文春文庫

さよならの手口

若竹七海

文藝春秋

目次

登場人物

葉村　晶　……　探偵
芦原吹雪　……　依頼人
芦原志緒利　……　依頼人の娘
泉　沙耶　……　依頼人の姪
石倉達也　……　依頼人の遠縁
石倉　花　……　達也の娘
山本博喜　……　依頼人の元マネージャー
山本祐子　……　博喜の妹
相馬大門　……　政治家
相馬和明　……　大門の息子
矢中ユカ　……　志緒利の友人、現在は江上ユカ
安斎喬太郎　……　大物俳優
岩郷克仁　……　二十年前に失踪した探偵
岩郷美枝子　……　克仁の妻
岩郷克哉　……　克仁の息子

岡部　巴　……　葉村晶の大家
富山泰之　……　ミステリ書店〈MURDER BEAR BOOKSHOP〉店長
真島進士　……　遺品整理人
倉嶋舞美　……　書店の客
蔵本周作　……　詐欺師

桜井　肇　……　〈東都総合リサーチ〉の調査員
渋沢漣治　……　調布東警察署の刑事
当麻　茂　……　警視庁警部
郡司翔一　……　当麻の部下

さよならの手口

警官にさよならを言う方法はまだみつかっていない。

レイモンド・チャンドラー（村上春樹訳）

1

この世には数かぎりない不幸が存在している。誰もが不幸とは無縁に暮らしたいと願い、不幸の臭いが漂ってくると身を翻して距離を置く。それがうまくいく場合もあるが、飛び離れた結果、かえって不幸に足を突っ込んでしまうこともある。不幸に見えたものが、実はすばらしい未来への鍵だった、ということもありうるし、逆に美しく装ってひとを誘い込む不幸もある。

長年、他人の不幸で飯を食っていると、いろんなパターンの不幸を知り尽くしているような気になるものだ。あくまでもそんな気になるだけ、だが。世の中には、わたしごときの知識や経験など、鼻息で吹き飛ばすような展開が待ち受けている。

わたしは葉村晶《はむらあきら》という。国籍・日本、性別・女。大学を卒業して以来、フリーターとして食いつなぎ、三十歳以降の十数年は長谷川《はせがわ》探偵調査所と契約するフリーの調査員だった。

自分で言うのもなんだが、探偵としてはまずまずの腕前で、同年代の会社員よりずっと稼いできた。家族とは十年以上会っておらず、無趣味で、友人もほとんどなく、ペットも飼っていないし、オトコとも縁がない。以前は新宿の、廃屋一歩手前の飲食店の二階を月五万円で借りていたが、そこが例の地震でいよいよ傾いてしまったため、現在では調布《ちょうふ》市内の農家の離れを利用したシェアハウスに、光熱費込み七万円で住んでいる。多めの収入に控えめな支出。今の住まいには、大家さんである岡部巴《おかべともえ》が作る野菜というすてきな特典もある。結果、わたしの貯金通帳にはけっこうな金額が残っていて、半年前、収入源だった長谷川探偵調査所が諸般の事情で店じまいしてしまい、失業の憂き目をみたときにものんびりとやりすごしてしまった。

今にして思えば、これがマズかった。すぐにも履歴書を作って、よその探偵会社に雇ってもらえるよう、頼んでみるべきだったのだ。実際、長谷川探偵調査所の長谷川所長は、知り合いの調査会社を紹介すると言ってくれていた。一応の実績があるのだから、雇用主もすぐに見つかっただろう。

現在、わたしは四十代だ。これまでこつこつ国民年金を納めてきたが、年金受給年齢を七十五歳に引き上げる、などと言われている世代である。となると、少なくともあと三十年は働かなくてはならない。いや、たぶん、それではすまないだろう。最近のニュースでは、次の仕事を必死で探している最中の人も、たんなるぐうたらのごくつぶしも、五人の子どもを育て上げてひ孫玄孫《やしゃご》にかこまれ余生を送っている九十歳も、全員「無職」だ。働いて税金を納めているかどうかで人間が判断される、そういう社会にわたしたちは生きている。

ただ、長谷川探偵調査所が閉鎖されたときには、そこまでは考えなかった。探偵稼業はけっこう疲れる。いい機会だから骨休めだ、数ヶ月はぶらぶらしていようと長谷川所長の申し出を断り、井の頭公園のベンチで優雅に読書などしているところへ、以前からの知り合いの富山泰之《とやまやすゆき》と再会したのだった。

富山は出版社を定年退職後、テレビ局に勤務する土橋保《どばしたもつ》という男と〈MURDER BEAR BOOKSHOP〉というミステリ専門書店を立ち上げた。新刊本と古書を両方扱うこぢんまりとした本屋である。わたしと出くわしたとき、富山の脚の骨折と店舗の移転が重なり、店はバイト店員を急募しているところだった。富山は愛想のいいオヤジだが、自分のペースに他人を巻き込む能力に長けている。気がつくとわたしはこの本屋で働いており、すでに五ヶ月がたっていた。

以前、店は商店街のはずれにあったのだが、現在では吉祥寺の住宅街の中にある。土橋所有の、木造モルタル作り二階建てのアパートを改築したものに移転したからだ。場所が場所だけに、たまたま通りかかって入ってみた、という客はほとんど期待できない。そもそも本屋も、紙媒体という形での本ですら、世界的に斜陽となりつつある昨今だ。へんぴな専門書店に客を呼ぶには、ウェブで宣伝するイベントが欠かせない。逆に言えば、イベントがなければ客なんか来やしない。

なので、正午から午後八時まで営業しているのは土日だけ。あとは水木金の三日間、午後五時から午後八時頃までしか店は開いていない。おかげさまでバイト代は探偵時代の収入の六分の一以下。一方で、探偵よりもむしろ、本屋のほうが重労働だ。そろそろ辞めて探偵稼業に戻りたい、と富山に言ってはいるのだが……。

それは、三月も終わりの火曜日のことだった。弥生になってもずっと寒かったのに、数日前から急に春めいてきて、この日はカレーが食べたくなるほど暑かった。そろそろ、日焼け止めなしでは外へ出られない季節の到来だ。わたしは首筋がちりちりするのを感じながら自転車をこいでいた。

去年の今頃は、ひと探しをしていた。家出娘の居所を確かめるべく、その友人を尾行。ふたりがスーパーで落ち合ったのを確認したときには、喜びと興奮で震えかけた。

いま、わたしが探しているのは本だ。京王線沿線の古書店をまわり、百円均一棚をのぞいて、現在進行中のイベント「倒叙ミステリ・フェア」に並べられそうな本を物色しているのだ。

店ではこれまでにも「クリスマスミステリ・フェア」や「科学捜査フェア」、「ミステリ作家が登場するミステリ・フェア」など、さまざまなイベントを行なってきた。このとき、よその本屋では真似のできない、専門書店ならではのラインナップを作れるかどうかが、わが書店の生命線を握ることとなる。幸い、富山が古物商許可証を持っているため、〈MURDER BEAR BOOKSHOP〉は古書も扱えるし、テーマ次第ではなかなか面白いフェアが組めるというわけなのだ。

問題は、新刊は前もってある程度仕入れられるのに対し、古本はたいていの場合一冊しかなくて、売れたらそれっきり、となることだ。フェアを始めて三日もたてば、品揃えは驚くほど貧相になってしまう。

「倒叙ミステリ・フェア」もそうだった。倒叙ミステリとは犯人側から描かれた謎解きミステリのことで、名作も多いが絶版品切れも多い。オープニングそうそう、並べておいてあった『伯母殺人事件』と『伯母殺し』両方を買われてしまい、R・オースティン・フリーマンの『ソーンダイク博士の事件簿』や『ポッターマック氏の失策』、『歌う白骨』もすぐに消えた。F・W・クロフツ、フランシス・アイルズやロイ・ヴィカーズもだ。スカスカになったスペースを埋めるべく富山に命じられ、こうして昼間から古本屋めぐりをしている次第だが、泥縄《どろなわ》とはこのことだ。

相手が古本であるだけに、探し物が見つかる保証はない。ところが運のいいことに、二軒目の古書店で一冊百円の『刑事コロンボ』をノベライズした文庫本をごっそりみつけた。「倒叙ミステリ・フェア」の目玉である『福家警部補シリーズ』の作者、大倉崇《おおくらたか》裕《ひろ》が手がけた三冊も入っている。これなら、多少は高く値段をつけられるかもしれない。「倒叙ミステリ」ではないが、犯人視点の小説という意味で『罪と罰』もついでに買ってバックパックに詰め込んだ。あたりが出ればモチベーションがあがるのは、探偵稼業も古本屋巡りも同じこと。ただし、家出娘を見つけたときほどは興奮しなかった。

バックパックを自転車の荷台にがっちりくくりつけ、三軒目の大型古書店めざして勢いよくペダルを踏み込んでいると、スマホが鳴った。自転車から飛び降りて出てみると、富山からだった。開口一番、富山は言った。

「あのですね。今からメールする場所に、すぐに向かってもらえませんか。本の引き取りです。さっき、真島《まじま》くんから連絡があったんです」

真島進士《しんじ》は、土橋保の知り合いの遺品整理人だ。遺品の中にミステリの出物があると〈MURDER BEAR BOOKSHOP〉に一報をくれることになっており、これまでにも彼のおかげでうちは儲かってはいる。とはいえ、

「富山さん、お忘れですか。今日は富山さんに言われて古本探しの最中なんですよ」

「おや、そうでしたか。てっきりまだ家にいるのかと思ってました」

富山はけろりと言ってのけた。この人の下にいると、時々、マジメに働くのがバカバカしくなってくる。

「それじゃ、出先からでかまいませんから、回ってください」

「わたし自転車なんですけど」

「あらま。それじゃ、あれですね。真島くんに頼んで、箱詰めだけしたら荷物は車で店まで送ってもらってください。よろしく」

もしもし、と叫んだときには電話は切れていた。そんなあつかましいことを、わたしに頼ませるつもりか。

そのつもりなんだろうな。

メールを見ると、場所は国領《こくりょう》だった。幸い、今いる場所からさほど遠くない。わたしは自転車の向きを変えた。

旧甲州街道沿いに自転車を走らせてから南下した。品川通を越えて、半分ほど収穫されたキャベツ畑の間の道を抜け、左折するといきなり、真島の会社〈ハートフル・リユース社〉のマークであるカワセミの絵のついたバンとトラックに出くわした。顔見知り

の作業員が段ボールを運び出しているところだった。

「あ、葉村さんどうも。お疲れ」

胸に「松下《まつした》」と刺繍された作業服を着た作業員は、箱をトラックの荷台にあげると、鼻をすすった。まだ二十代だろうに、覇気というものがまったく感じられない。気配を消して荷物を運び出せるから、遺品整理にはむいているとも言えるが、八十代の客に対してもタメロなので、真島は彼を客対応からはずしている。

「ご苦労様です。どんな感じですか」

松下は苦笑した。

「どんなもなにも、あの家見てよ」

松下の示すほうを見やった。狭い路地の、その奥の平屋が問題の家らしい。外壁は錆び付いたトタン。ところどころが黒ずんだ木製の壁。一年中風も通らず、日も当たらないとみえて、道は苔だらけ。この数日、乾燥注意報が出続けているのに、この家の周りだけは薄暗く、じめっとして見えた。悲惨なビフォーにほど大喜びするリフォーム番組にすら、ことわられかねない。一発蹴りをいれただけで、片がつきそうな建物だった。

「前に住んでいた一人暮らしの年寄りは、出先で倒れて何日か後に搬送先の病院で死んだんだって。身寄りがなくて、大家さんからの依頼なんだけどさ。あの家取り壊して、更地にするんだと」

「十坪くらいしかないようだけど、あんな場所、今の法律でなにか建てられるのかな」

「隣の庭に吸収されるだけっしょ」

言われて見直すと、ボロ家は隣家の敷地の端っこに建っていた。隣家は相当な敷地面積を誇っている。調布のあたりはもともと農家が多かったわけで、古くからの住人の戸建ての敷地が何百坪、というのは案外珍しくない。

その隣家の敷地に、白い小型犬を抱えたひとが立っていた。ヘアダイとパーマのあてすぎで傷んだ長い髪。安いダウンコートをロゴ入りのロングTシャツの上にはおり、派手なピンクのマフラーをぐるぐる巻きにし、短めのスパッツからあまり形の良くないまま脚がにょっきりと出ている。犬を抱き直すはずみに顔が見えた。古稀《こき》はとうに越えているようだ。

「どうせ取り壊すんだから、遺品の整理なんかしなくてもいいのにさ。まとめて廃物として処理すりゃいいのに」

松下が不謹慎な言葉を吐いた。大家らしき人物はくねくねと品《しな》を作るようにして、松下を見ている。その背後に薄く、煙が立ち上っていた。たき火でもしていたのだろうか。

真島が玄関から出てきてこちらに気づき、やってこようとしてじめついた地面に足を滑らせかけた。それでも段ボールを二箱持ったまま、軽々と体勢を立て直している。知り合った頃はまだ遺品整理人として独立したばかりで、糊《のり》のきいた作業服を着ていたが、たった半年で作業着にも年季が入っていた。

「突然呼び出してすみません」

開口一番、真島は謝った。呼んでくれてありがとうと、こちらが礼を言わねばならないシーンのはずだが。

「あれ、うちが引き取れそうな本、なかったんですか」

「本はたくさんありますよ」

真島は声を潜めた。大家と白い犬がこちらを凝視しているのを感じて、わたしもなんとなく小声になった。

「ミステリはどうですか」

「なくはないですね。新潮文庫の松本清張を見かけました」

真島に続いて大家の前を通った。軽く会釈したが、大家はあからさまに顔をそむけた。まいど、古本屋です、と口の中で言って屋内へ入った。

本来なら、車も箱もガムテープも自前で持ってこなくてはならないのに、全部を真島に貸してもらう交渉をした。スマホだけをジーンズのポケットに移し、コートやバックパックもトラックの助手席に置かせてもらった。真島はイヤな顔一つしなかったが、家の中へ一歩足を踏み入れたとたんに、その理由が知れた。上がりがまちにも、はがれかけた壁紙の隙間にも、奥の小さなキッチンにも、大量にカビが生えていたのだ。

確かに、本は多かった。あっちもこっちもその重みで床が沈んでいるほどだ。そして、予想通りの状態でもあった。カビが生え、そりかえり、しみだらけ。大部分は資源ゴミに出すのすらためらわれるほどの有様だった。

おまけに、古い娯楽小説ばかりだ。藤原審爾《しんじ》、河野典生、黒岩重吾、柴田錬三郎、石坂洋次郎……なるほど、松本清張もあった。どれも面白いが、状態がこれだけ悪いと買い手は見込めない。

紙ものはすべてわたしの担当ということになったので、かたはしからゴミになる本をひもで縛っていった。それを松下がどんどん運んで二トントラックの荷台に放り込んでいる。これじゃ、本の引き取りではなく、ただの掃除の手伝いだ。できればわたしだって、本をゴミにしたくはない。かといって、店に持ち帰るのも意味がない。結局はゴミに出すことになるからだ。

ありがたいことに、狭い家だった。玄関と四畳半が二部屋にキッチン、風呂場。脱衣所らしきものがついているなと思ったら、便器が見えた。恐ろしいことに、このトイレにはドアがない。ま、一人暮らしなら誰も気にしないと思うが。

そのすべての部屋に本があった。トイレにも、なんと風呂場にも。この家の住人はよっぽど本を読むのが好きだったのだろうか。それとも、本を集めるのが好きだったのだろうか。それにしては、値打ちものはほとんどない。もっともここにグーテンベルク聖書とか、『不思議の国のアリス』の初版本があったとしても、価値はなくなっていると思う。

水回りの本は、ほとんど見もせずに縛り上げて松下に託した。カビの胞子をどれほど吸い込んだのか、考えるだに恐ろしい。

「どうですか」

台所を片づけていた真島が、こっちの様子を見にやってきた。わざわざ呼びつけてこの有様だから、気がとがめているようだ。

「この家の住人って、何者だったんです？」

「一人暮らしのじいさん……つってもまだ六十代だったそうですけどね」

真島は聞かれたのが嬉しい、と言わんばかりに前のめりになって話し出した。

「大家のご亭主がどっかの飲み屋で知り合って、この小屋みたいな離れにただ同然に住まわせてやったのが二十年ほど前の話だそうですよ。なんでも、小説家をめざしてブラブラしてたらしい。大昔、どっかの文学賞の最終選考まで残ったって自慢してたそうだけど、最近じゃ小説の話なんか全然しない。もっとも、亭主がいなくなってからこっち、ただの店子なんだって大家のばあさんは言ってました」

小説家をめざして挫折した男。ありふれた話にちょっとがっかりして、作業に戻った。くしゃみが出て、目がかゆくなってきたので、途中からさらにピッチを上げて玄関周りの壁にもたれかかっていた本を処分し、茶の間らしき部屋に移動した。見渡すかぎりの本をテキパキ整理し、文机の周囲の古新聞やちらしの類《たぐ》いも捨てた。真島と松下が家具を運び出したので、家の内部は床が見え、壁が見えて、がらんとしてきた。

松下が部屋の壁の前にあったカラーボックスに手をかけた。どかしている間、目に見えるほどはっきりと床がたわんでいた。建築基準法や首都直下地震を小バカにしているとしか言いようのない、インチキな安普請《やすぶしん》だ。本の中がシロアリに食い荒らされていないだけ、ありがたいと思うべきかもしれない。

カラーボックスがなくなると、押し入れが現れた。イヤな予感を感じながら引き戸をはずした瞬間、松下と真島が同時にうわあ、と言った。押し入れには本がぎっしりと詰め込まれていた。

本を見てがっかりするなんて本屋として、いや人間としてどうなのか、と思いながら、半ば目をつぶって、上の段から本を下ろしていった。本を下ろすごとに、押し入れとその周囲の床がぎいぎい鳴った。

途中で気づいたのだが、なぜか押し入れの中はあまりカビ臭くない。途中で、本の隙間から、古い乾燥剤や水取り剤が落ちてきた。そのせいか、本も比較的きれいだ。

ここでようやくあたりが出た。『死火山系』『野の墓標』『オリエントの塔』『赤い袈裟』といった、水上勉の推理小説がまとめて出てきたのだ。

さらに探求を進めると、古い春陽文庫が出てきた。鮎川哲也の『夜の疑惑』、甲賀三郎の『乳のない女』。変わったところでは左右田謙《そうだけん》。この作家は全然知らなかったのだが、数ヶ月前に富山が『一本の万年筆』をどこからか仕入れてきて「入荷！」とネットにアップしたところ、その日のうちにマニアが息せき切って駆けつけてきた。

ついに金脈を掘り当てたかと思ったが、押し入れの下の段からは山田風太郎や香山滋が出てきたくらいで、あとは表紙もないような雑本ばかりだった。この調子なら、収穫は紙袋一杯分程度といったところだろう。真島の車に乗せてもらわなくても、自転車で帰れる。とにかくシャワーを浴びて、全身の埃とカビを落とし、本のせいでかさついた指にクリームをすり込みたい。気持ちのいい春の日に、自転車こいで古本屋巡りってどうなのよ、と思っていた数時間前が天国に思えた。

「葉村さん、どうですか」

息を止めるようにして押し入れの下の段の奥から本を引きずり出し続けていると、真島がタオルで首筋を拭きながら声をかけてきた。いつのまにか窓のカーテンも、壁にかかっていた額も、床の絨毯もとりのぞかれている。

「あと少しで終わります」

押し入れに半身突っ込んだまま、わたしは答えた。

「変なんですよ」

真島は前屈みで言った。わたしは押し入れの奥から本を引きずり出して、真島を見た。

「なにがです？」

「金目のものが全然、ないんです。貴金属や骨董なんてはなから期待してませんけど、ふつうは貯金箱とか、古い預金通帳くらいは出て来るんですけどね」

「大家さんが押さえちゃったんじゃないですか」

「かもしれませんが、ひょっとして通帳は、どこかの本の間に挟まってた、なんてことはありませんかね」

わたしは顔をしかめて額の汗を拭った。

「絶対にないとは言えませんけど。まさか」

真島は慌てたように手を振った。

「いえ、再チェックしろとは言いませんよ。さすがにね」

あたりまえだ。

疲労とストレスで精神がもたなくなってきている。このままでは、真島に当たり散らしてしまいそうだ。早く、片づけてしまおうと、再び押し入れに身体を突っ込んだとき、背後がにわかに騒がしくなった。

「ちいちゃん、ダメよそっちに行っちゃ。汚いからダメよ」

けたたましいきんきん声がして、真島があっと言った。白い毛の塊のようなものが、わたしの脇をすり抜けて押し入れに飛び込んできた。ふんふん鼻を鳴らしながら、押し入れの床板をかりかりとひっかいている。

「ちいちゃん、ダメだって。ねえ、ちょっと。ぼうっと見てないで、早く捕まえて」

言われた真島がこちらに寄ってきて、わたしの脇に一歩、踏み出した。ぎぎぎっ、と激しく床が鳴り、犬が狂ったように吠えた。次の瞬間、押し入れの床が轟音《ごうおん》とともにわたしの身体の下から消えた。

少しの間、気絶していたらしい。犬がきゃんきゃんと騒ぎ立てるのと、背後で誰かが絶叫している、そのやかましさのあまり現実に引き戻された。わたしはひどい悪臭に満ちた暗闇に頭から突っ込んでおり、上半身が重いもので押さえつけられていた。おでこがなにか堅いものにぶつかったままで、口の中は血であふれていた。はずみで右の頬の内側を嚙み切ってしまったらしい。身体を支えようと手を伸ばしたが、その手はドロドロぬるぬるするものに沈み込んでいった。

「葉村さん。葉村さん大丈夫ですか」

真島の声が遠くに聞こえた。返事をしようとして血を飲み込みかけ、むせかえった。必死で呼吸をしようとすると、おそろしい臭気が鼻を打ち、下向きになった胃から食道を通って、昼ご飯が滑り落ちてきそうになった。

「動かないでください。いま、どけますから」

両脇にひとの気配がして、すぐに身体が軽くなった。動かせるようになった左手を上にあげて、手がかりになりそうなものを探った。なにか、木材に触れたので、そこに体重をかけたが指が滑った。

「動かないでください」

真島の声がさっきよりははっきり聞こえた。

「足持って引きずり出しますから、痛かったら左手を上げてください。ゆっくりいきますからね」

両足が抱えられ、真島がよいしょ、というのが聞こえた。わたしの身体はナナメに引き上げられ、押し入れから数十センチ離れたところまでうつ伏せに引きずられた。はずみで口からどっと血が溢れ出して、あたりを染めた。松下がうげっ、と言った。口の中を切っただけだから、見た目より平気だから、と言いたかったが、声が出なかった。わたしは目をしばたたいた。押し入れの床が抜け、壁が向こう側にひっくり返り、割れた木材がにょきっと立ち上がり、なんともはや、ひどい有様だった。

おまけに床下に基礎などなく、地面がむき出しで、なんと水たまりができていて、その水たまりのなかに……。

「葉村さん、動けますか。いま、救急車呼びますから」

真島の言葉に、わたしは答えられずに、ただ水たまりを凝視していた。水たまりのなかの白い、丸いものを。

人間の頭蓋骨だった。

2

救急車で病院に運ばれた。前にも何度かお世話になったことがあるが、救急医療スタッフってのは神様なんじゃないかと思う。

家に帰ると言い張ったわたしを、辛抱強く説得し、ストレッチャーに乗せて運び、病院では立ったまま順番を待っていた救急隊員も。気絶したのはほんの数秒だから、貴重なベッドを占領しなくてもいいと思う、と言ったわたしをあやすようにして、懇切丁寧に状況を説明してくれた医師も。腕や胸、顔に刺さっていたトゲをひとつひとつ抜いてくれたナースも。

薬より、この人たちの爪の垢《あか》をもらいたい。まあ、わたしに効果があるとも思えないが。

満身創痍《まんしんそうい》でぼろぼろではあるが、とりあえず深刻な異常はみつからなかった。だが、どうやら救急車の中でわたしは再度意識をなくしていたらしく、CTなどでしっかり検査されたうえ、少なくとも今晩は入院しろ、と医者はかなり強硬だった。全身打撲、肋骨《ろっこつ》二本にひびが入っていたのはいいとして、おでこに大きなこぶもできているそうだ。

「頭が心配です」

医者は大マジメに言った。いつか誰かに言われるだろうと思っていたセリフだが、神様に言われたのは予想外だった。

　面倒だったが、考えてみれば、このまま退院したら警察につれていかれて白骨発見の事情を聞かれるに違いなく、そうなったら長く拘束される可能性が高い。病院のベッドで寝ていたほうがマシと言えた。

　わたしが運ばれたのは、調布駅近くの総合病院〈武州総合ホスピタル〉である。四人部屋の入口右側のスペースをあてがわれたが、ベッドにあがるだけでひびの入った肋骨のあたりが痛んだ。頭痛もひどかったし、とにかく全身が不快で、だだをこねたい気分だった。床が抜けて落ちたあげくに、頭蓋骨に頭突きをした女には、だだをこねる権利がある。甘やかしてくれる相手がいれば。

　そんなものいないので、鎮痛剤をもらった。飲んで横になって、目を閉じると同時に眠りに落ちたが、どれほどたったか、突然、激しい咳で目が覚めた。どこにいるのか把握できず、把握しようにも咳が止まらず、頭も働かない。息ができない。おまけに、肋骨が猛烈に痛む。

　暗い部屋のどこからか、誰かの舌打ちが聞こえたが、ナースコールをしてくれたらしく、しばらくすると看護師が駆けつけてきた。医者もやってきたので、わたしは息も絶え絶えに、昼間ものすごい量のカビを吸い込んだと訴えた。

　病室から運び出されたあとのことは、判然としない。医者がレントゲンを見て、

「うわ、肺が真っ白だ」

　とつぶやいていたことだけは覚えているが。あとで教えてもらったところによると、

要するにカビでアレルギーを起こしたらしい。

思っていた以上に重症で、ＩＣＵから出るまでに三日かかった。

その間、わたしは息をするだけで精一杯だったが、一般病棟に戻れてようやく、度重なる不幸に腹が立ってきた。探偵だった頃には、多少のトラブルは覚悟していた。だが、古本の引き取りがなんだってこんなことになる？

誰かのせいにしたかったが、どこにも怒りの持って行き場がなかった。鼻の穴に酸素の管を突っ込んだ姿で怒っても滑稽なだけだと思うと、よけいにむかついた。

その日の午後、次から次へと見舞客がやってきた。

まず、メロンを抱えた真島が現れた。彼は最初から謝り通しだった。あんな家を紹介するんじゃなかった、とか、押し入れのほうに不用意に足を踏み出して悪かった、とか、わたしが救急搬送されたあと、警察対応に追われ、富山への連絡が夜更けになり、すぐには誰も病院に行けなかった、とか。

相手から必死に謝られた場合、「あなたのせいじゃありませんよ」と慰めの言葉をかけなくてはならない。昭和の日本人の鉄の掟《おきて》だ。わたしも掟に従った。実際、今回の件は真島の責任ではなかった。しかも病院の手続きなどはすべてやっておいてくれたらしい。

わたしの持ち物はすべて、自転車を含めて〈MURDER BEAR BOOKSHOP〉に届けた、と真島は言った。紙袋に分けておいた「収穫」は、そのまま警察に押収されたそうだ。

用事が済むと、間の悪い沈黙が下りた。話題を変えることにした。

「それで、あれからどうなりました？　あの白骨は」

真島は息せき切って話し出した。

「警察にはいきさつを説明することになったんですけどね。私はあの家に立ち入ったのは、あの日が初めてだし、骨のことなんか知るわけないですよ。あそこの大家もタウンページでうちを知って連絡してきたわけだしね。って、何人の警察官に話したやら。そのうち、葉村さんとこにも来ると思いますよ。第一発見者は葉村さんだから。彼らも仕事で、それも書類を膨大に作らなくちゃならない仕事だから、手を抜けないんでしょうけどね」

「身元はまだ、わからないんですか」

「新聞で読んだところじゃ、死んだのは二十五年から三十年ほど前で、女性で、三十から五十歳ってことでした。古浜《こはま》さんにも聞いてみたんですけど、心あたりはないそうですよ」

へえ、女だったんだ、と思った。大家の亭主が「いなくなっ」た、と聞いていたから、なんとなく、その亭主の骨じゃないかと考えていたのだ。あれだけオトコに色目を使っていた大家のことだから、離れの作家志望とできて、共謀して、亭主を殺して床下に埋めたのではないかと。

カビと一緒に、昭和の推理小説も吸い込んでしまったみたいだ。

「コハマさんって、大家さんですか」

「そう。古浜永子《えいこ》。面倒くさいばあさんでね。あんなほったて小屋、どうせ取り壊すくせに、壊したり骨見つけたりしたんだから弁償しろって言われましたよ。おかげで弁護士に連絡したり、たいへんで」

「床下に埋めたのは、住人だった作家志望のおじいさんでしょうかね」

「本人が死んじゃってますからね。わかりませんけど、なんとなく、警察のテンションも低い気がしました。一昔前なら、時効ですもんね。元気になったら、葉村さんが自分で調べてみたらどうですか。探偵なんだし」

探偵を辞めたつもりはないが、今のわたしはただの本屋のバイトだ。しかも、それすら休業中だ。

真島と入れ違いに、富山がやってきた。定年退職をして少なくとも十年はたっているはずだが、白髪、老眼、肩こり知らず。おまけにペコちゃんのボーイフレンドみたいな顔立ちなので、おそろしく若く見える。春だというのにインバネスを着て右手で杖をつき、左手にバナナが入ったスーパーの袋をぶらさげていた。

「お元気そうですねえ」

富山は笑いながら言った。鼻にはまだ酸素の管が、尿道にもカテーテルが入っていて、顔も両腕も内出血でまだらになっているはずなのだが。

富山はパイプ椅子を引き出して座り、

「それにしても、驚きましたよ。古本の引き取りをお願いしただけなのに、なんだって床をぶち抜いたりしたんですか。おまけに骨まで見つけるなんて」

わたしのせいだと？

「うちの常連客の加賀谷《かがや》くんが言ってましたよ。古本がぎっしり詰まってたなら、その押し入れは相当の重みに耐えていたはずだ。その本をどけて軽くなったのに、葉村さんの体重で底が抜けるなんてって」

「タイミングの問題でしょう」

ミステリマニアが集まる店で、うわさ話に花を咲かせるには格好の事件だとは思っていたが、なんとしても見つけてもらいたかった白骨死体の妄念、なんてオカルト話になるのは勘弁してほしい。そう思って受け流すと、富山はさらに笑って言った。

「まあ、人間、四十をすぎて体重が増えるのはしかたがないことですよね」

「……ところで富山さん、わたしの荷物なんですが、持ってきてくださったんでしょうか」

わたしはできるかぎり大声で言った。まだ呼吸器全般がへろへろだから、意図したよりもか弱かったが。富山は面食らったように、

「ああ、真島くんから預かりました。まだ店にありますよ。いるんですか」

「いりますよ。財布が入ってるんです」

「ああ、そうですか。ホントにいりますか」

「お財布にはカードも入ってるんです。入院費を払うのに、絶対に必要です」

「うーん。自転車もいりますか。ここまで運ぶの、大変なんですよ」

「あのですね。この状態で、自転車に乗れると思いますか」

「自転車で退院するのかなあ、と思って」

「できるわけないでしょう。お願いしますから、財布とコートだけでかまいませんから、持ってきていただけないでしょうか」

「アナタが入院したせいでこっちも忙しくなったんですよ。そうならそうと、来る前に連絡くれればいいのに」

「けさまでICUに入ってたんですっ」

リキが入ったせいで、肺がぜいぜい鳴った。水が飲みたかったが、そんな気の利く相手でないことは言うまでもない。

「そうですか。あんまり気乗りはしませんが、それじゃ持ってきてあげましょう」

「どうもっ、おそれいりますっ」

「いいんですよ。気にしないでください」

病室のどこかで忍び笑いが聞こえた。ひとりで生きてきたことを後悔しそうになった。家族がいれば、当然そいつに頼めるのに。

バックパックに古書店巡りで見つけた「倒叙ミステリ・フェア」の補充本も入っている、と伝えた。富山は喜び、フェアでは、『ジョン・ディクスン・カーを読んだ男』が七冊も売れた、と言った。

それで勢いがついたのか、古いミステリマガジンに「ジョン・ディクスン・カーを読みそこなった男」っていう読者の投稿マンガが載っていて、とか、F・W・クロフツの『フレンチ警視最初の事件』は最近改訳版が出たが、旧訳版は入手困難で見つけたらひと財産だった、などと嬉しそうにしゃべり続ける。ようやく腰をあげてくれたときには心の底からほっとしたが、富山はバナナの入ったスーパーの袋をそのまま持ち帰ろうとした。

「ところで富山さん、なんですか、そのバナナ」

富山はきょとんとして、

「バナナは免疫力を高めるのに効果があるって言うでしょう。ボクもいつ葉村さんみたいにカビでアレルギーを起こすかもしれないし。ま、予防ですよ」

自分で食べる分だったのか。

なんならあげましょうか、と一本むしり置くと、富山は悠然と帰って行った。病室のどこかでまた忍び笑いが聞こえた。富山は千葉に住んでいる。吉祥寺から調布までバスで一本とはいえ、片足が不自由な人間にはたいへんだ。見舞いにきてくれただけでもありがたい。とは言うものの、疲れる。

しばらくぐったりしていたが、やがてなにかが心に引っかかって、目を覚ました。そういえば、あのとき、スマホをジーンズのポケットに入れたままだった。

着ていた服は病院が預かってくれていたらしく、かたわらの棚の下に入っているようだ。さすがにまだ、身体を起こせないため確認ができない。

緊急の連絡が入るわけでもないのに、スマホの無事がものすごく気になった。病室の天井をにらみつけ、冷静になるように何度も自分に言い聞かせなければならなかった。

「わあ、葉村ちゃん？ 死んでんの？」

耳元でわめかれて、飛び上がりそうになった。光浦功《みつうらいさお》。以前わたしが住んでいた新宿の部屋の大家だ。

「あ、まだ生きてるみたいね。だけど探偵辞めたくせに、また死にかけたんだって？　相変わらず不幸な女ね。あらあ、カテーテル入れてんの？　うちのばあちゃんも死ぬ前にはそれと同じようなおしっこ袋、ぶらさげてたわ」

「な、なんでアンタがここに」

光浦は金色のコートを着ていた。知り合って十年以上たつが、おっさん顔が福々しくなっていく一方、着るものの趣味が派手になり、今日はまた、できたての仏像のようだった。わたしがプレゼントした輪のピアスをしているからなおさらだ。新宿の住まいが地震で傾いたあと、行き場をなくしたわたしに今の住まいであるシェアハウスを紹介してくれたお礼に贈ったものだ。律儀な光浦はそれ以来、わたしと会うときには必ずこのピアスをつけてくる。

「葉村ちゃんとこの書店のマスターが、一部始終をブログに書き込んだのよ。それをシェアハウスの店子が読んで岡部のばあさんに伝えて、で、ばあさんがうちに連絡してくれたってわけ。世の中ってば、ネットのおかげでますます狭くなったわよね」

岡部のばあさんとは、シェアハウスの大家の岡部巴のことだ。調布の仙川《せんがわ》の甲州街道沿いに古くて広い木造のお屋敷と、野菜畑と、葡萄畑を持っており、葡萄畑脇の離れを貸し出している。元々は下宿屋だったが、まかないや掃除を住人たちに丸投げしたことで、結果的にシェアハウスになってしまったこの離れの名を〈スタインベック荘〉という。由来を聞いたことはないが、たぶん、葡萄つながりなんだろうと思う。

古い木造家屋だが、女性ばかりが住んでいることもあって、警備会社に入っている。うっかり警備を忘れて出入りしようものなら、とんでもない音量の警報機が鳴る。岡部巴は基本、口コミしか信用しないので、入居者はほとんどが大家自身かシェアハウスの住人の紹介だ。

「これ、岡部のばあさんから預かってきた葉村ちゃんの着替え。緊急時には勝手に部屋に入ってもいいって契約だから、入らせてもらったって。それと、これはばあさんの手作りのお惣菜。ひじきの煮たのと肉じゃがだって。けさまでICUにいたひとに、いくらなんでも早すぎるって言ったんだけど、せっかくだから持って行けって。どうする？アタシがもらって帰ろうか」

不覚にも涙が出そうになり、わたしは黙ってうなずいた。

「なんかしてほしいことない？　葉村ちゃんのためなら、たいていの役にはたったげるわよ。金とカラダは貸せないけど」

スマホを確かめるように頼んでみた。光浦は衣類を調べてくれ、看護師にも聞いてくれたが、見つからなかった。あの騒ぎの最中、床下に落ちたのだろうか。だとしたら、

「もう、死んでるわね」

光浦はつけつけと言った。

「床下、水浸しだったんでしょ。警察が骨を取り出すときに見つけて拾っといてくれてるだろうけど、水につかってたらダメよ。あきらめなさい」

うわあ、と思った。マメにバックアップをとっていた探偵時代、スマホは盗まれることもなく無事だった。最近、気が緩み、管理をいいかげんにしていたらこれだ。

「サイアク」

「保険には入ってたんでしょ。新しいのが安く買えるわよ。ひょっとしたら、生き返るかもしれないし。海外ドラマで観たんだけど、水没したスマホはお米に埋めとくといいらしいわよ」

光浦は頼んでもいないのに吸呑みに水を入れてきて、荷物を棚に整理するなどまめまめしく動きながら、しゃべり続けた。

そういやこないだ、知り合いのばあさんが八十八で死んだんだけど、近い身内がいなくて遺言状を残してたの。不動産から預貯金まで丸ごと全部、店子に残してあったんだって。最近、この手の話をよく聞くわ。葉村ちゃんも、岡部のばあさんにせいぜい愛想の一つでも言って、かわいがってもらったらどお？　あのあたりの土地、残してもらったらアンタ、左うちわよ。

え、あたし？　そりゃ岡部のばあさんはあたしのことかわいがってくれてるけどさ。財産はいいわよ、めんどくさいし。それよりその、アンタの荷物？　足の悪いじじいに持ってこさせるのは気の毒よ。アタシがとりにいったげる。いいのいいの、バスで吉祥寺に出て、鈍行で東中野からまわるだけだもん。あら、それじゃアンタ、財布もないの？　だったら小銭を置いてくわ。歩けるようになったら、売店でヨーグルトでも買いなさいな。

小一時間ほど世間話と用件をごたまぜにしゃべり倒すと、また来るね、と光浦は疾風のごとく帰って行った。義理堅いやつだから、ホントにまた来てくれるに違いない。

少し元気を取り戻したとき、カーテンが開いて、見知らぬ男がふたり、顔をのぞかせた。若いのと、五十がらみ。そろって安物のスーツを着て、ひげをきれいに剃り、汗とストレス臭とアンモニアがまざりあった臭いを漂わせ、尋常ではない目つきをしていた。

3

男たちは調布東警察署の捜査員と名乗ってバッジを見せた。年上が渋沢漣治《しぶさわれんじ》、まだ二十代のは真汐文吾《ましおぶんご》といった。ふたりとも所轄の人間ときいて、真島のセリフを思い出した。

警察のテンションも低い気がします。

話はもっぱら、若いほうに聞かれた。なんだか慣れておらず、一所懸命な感じで語尾に力が入っている。こちらもできるだけ丁寧に答えた。

警察に事情を聞かれるはめになったのは初めてではない。たいていの場合、刑事は探偵を嫌っている。女探偵はさらに嫌われている。入院中の本屋のバイトでいるほうが、警察の対応はいいようだ。

「白骨は女性だったそうですね。まだ、身元がわかりませんか」

一通りの質問が終わって、若い刑事が他に聞くべきことがあるかどうか考えているすきに、尋ねてみた。

「そうなんですよっ。なにしろ古い話だもので」

調布東警察署の庁舎は甲州街道沿いにある。立派でまだ新しい。新築したときに昔の捜索願など、処分してしまったのだろう。

「あの家に住んでいたおじいさんが犯人なんですか」

「アンタ、じいさんの名前は聞いてないのか。山田一郎っていうんだけどな」

壁にもたれてあくびをかみ殺していた渋沢が言った。書類の記入例みたいな名前だ。

「今、初めて知りましたよ。表札もなかったし、本にも蔵書印なんて押してなかったし。それに、考えてみればあの家には、金目のものだけじゃなくて原稿も見当たらなかったんですよね」

わたしは真島が気にしていたのを思い出して言った。渋沢が妙な顔をした。

「なんだよ、原稿って」

「作家志望と聞いていたもので、生原稿がどっさり出てくるんじゃないかと思ってたんです。紙ものはわたしの担当だったんですけど、それらしいものは創作メモすらなくて」

あの蔵書の傾向からすると、山田一郎氏のめざしていたのは作家として売れることだ。小説を書くのが好きだったのかどうかはわからない。真面目に働かないことの言い訳に「作家志望」は便利で手頃だ。だから、原稿が出てこなくても、不思議ではない。

渋沢は壁から身を起こした。

「葉村さんアンタ、元探偵なんだってな」

知ってたのか。

「真島って言ったっけ、遺品整理人に聞いたよ。あの家からは金目のものが出てこなかったって話もな。大家が先に押さえたんじゃないかって、アンタそう言ったそうだな」

そんなことまで警察に話したのか。わたしはゆっくりと鼻から酸素を吸い込んだ。

「よくある話ですから。だけど」

「だけど、なんだ」

「真島さんや松下くんも不思議がってたんですが、あそこに残っていたのはゴミだけなんですよね。あらゆるものがカビだらけでした。こぢんまりしたほったて小屋だし、最初っから解体屋や粗大ゴミの引き取り業者に頼んで、家を壊して中身ごと処分してもらったほうが合理的です。なのに、別料金を支払ってまで遺品整理業者を呼んだ。通常なら、依頼主が金目のものや思い出の品を取りこぼさないためなんですけどね。それを先に押さえてたとすると、遺品整理人はいらなくなっちゃうわけで」

渋沢はふん、と鼻を鳴らした。

「アンタはなんでだと思うんだ」

「真島さんの話では、大家の古浜は〈ハートフル・リユース社〉に損害賠償請求をする、と言ってきたそうです。小屋が壊れて骨が見つかったのは想定外だったとしても、ろくな遺品が見つかりませんでした、という結果になることを知っていて、あえて探させて、いちゃもんをつけようとした」

「ふん」

「または……考え過ぎかなあ」

「もったいぶるな」

しゃべりすぎて、呼吸器全体が疲れきっている感じがした。渋沢が脇にあった吸呑みをひょいと取って、口にくわえさせてくれた。たんに話が聞きたいだけの行為だとわかっていながら、拝みそうになった。

生ぬるい水は、ビックリするほどうまかった。わたしは咳払いをして続けた。

「仮定の話ですけど、大家の古浜が床下に骨があることを知っていて、家の解体の前に取り除いて隠したかったとしたらどうでしょう。骨は押し入れの底の下にありましたが、その押し入れには本がぎっしり詰まっていて、引き戸の前にもカラーボックスがありました。お年寄りがひとりで骨を取り出すのは無理だったでしょう」

「ほう、それじゃ元探偵さんは、古浜永子が骨について知っていた、と思ってるわけだ」

「警察だって、そう思ったでしょ」

渋沢はつまらなそうに顔を背け、代わりに若い刑事が言った。

「でもでもっ、山田一郎はあの家に住み始めてから、この二十年あまり、近所のパチンコ屋と居酒屋と、たまに京王閣に行ってたくらいで、女性関係なんてまるで出てこないんですよっ」

なにも知り合いを殺したとはかぎらない。通りすがりの女性をあの家に引っ張り込んで殺したのかも。または、行きずりの女性を家に連れ込んだが、そこでトラブルになった可能性だってある。

もっとも、あのあばら屋では、間違いなく近所に騒ぎを聞きつけられたはずだ。あの家に連れ込まれる物好きがいるとも思えない。

「古浜永子の周囲にも行方不明になった女性はいませんっ。ちゃんと調べたんですからっ」

骨が見つかってまだ一週間たらず。ちゃんと調べたわけがない。

「あのひと、いつからあそこに住んでるんです？」

「あのあのっ、結婚したのは三十年ほど前ですっ。四十すぎまで独身だった古浜啓造《けいぞう》のとこに、当時スナック勤めだった永子が、なかば押しかけみたいにして入り込んだそうですっ。古浜啓造は相当な変わり者で、働きにも出ずに親の財産で暮らし、ときには旅に出て何年も帰らず、両親を相当嘆かせていたみたいですっ。近所付き合いもなし、友人もいない。それでも、あの辺の土地や不動産をかなり持ってる金持ちですからね。永子にしてみれば、うまいことやったってことなんじゃないですか。この間も、街道沿いの土地を売って、マンション建てて、しこたま儲けたって話ですっ」

真汐とかいう刑事は若いが、中身はおばちゃんだ。ゴシップを嬉しそうに話してくれた。

「そんなだから、結婚生活は最初っからうまくいかなくて、ふたりは喧嘩ばかりしてたそうですっ。で、半年もすると、啓造はまた旅に出て行った」

「そのご亭主は現在、行方不明なんですよね」

わたしは考え込んだ。渋沢は鼻で笑って、

「アンタね、見つかった白骨死体は女のもの。亭主ったら普通は男なんだよ」

「普通はね」

渋沢の笑い顔が引きつった。

「なにが言いたい」

「なにかで聞いたんですけどね。女性は閉経後、女性ホルモンが激減します。その結果、七十歳女性の女性ホルモンは、七十歳男性が持っている女性ホルモン量の半分になってしまうんだそうです」

「はあ。えっ、それで？」

若い刑事が不得要領な顔つきで言った。

「要するに、じいさんよりばあさんのほうが男らしいって話です」

「あのあのっ、葉村さん、具合は大丈夫ですかっ」

若い刑事は心配そうに言った。渋沢が彼の肩をこづいた。どうやら渋沢にはわたしがなにを言いたいのかわかったらしい。ひょっとしたら、古浜永子は若い刑事に対しても、松下にみせたのと同じように品を作ってみせていたのかも。ただし、あれが求愛行動だなんてことは、たぶん当事者の若者たちは気づかないのだ。

「それじゃ、入院中にもかかわらずご協力どうも。オレたちは帰ります。あ、そうだ。葉村さんアンタ、現場にスマホ落とさなかったか」

「今度、今日の供述を調書にしてサインしてもらうから、そのとき持ってくるわ。ま、完全に死んでるけどな。本体がないと、保険に入ってても代わりの機体もらえないんだろ」

「はい。はいっ」

お大事に、と刑事たちは帰っていった。

それから数日の間に、カテーテルが抜かれ、酸素と点滴も外された。歩いてトイレに行き、鏡で自分の顔を見た。自分の容姿に対する幻想とは、十代でお別れした。可もなく不可もない。印象に残らず覚えにくい。もともと探偵向きだったが、四十を越えてますますその傾向に磨きがかかってきた。

今のわたしの顔はたいへん個性的だ。おでこの真ん中に、頭蓋骨に頭突きをした痕が残っていた。内出血がおさまりかけて、緑色でまんまるの痕だ。押し入れの床板のささくれがトゲとなって刺さっていたのを抜いた箇所が、かさぶたになって、頬や首に点々と残っていた。目の下にクマができ、顔色が悪く、唇が乾燥してがさがさだ。特殊メイクなしで、ゾンビのエキストラを勤められる。

光浦がうちの大家から預かったと持ってきてくれた荷物には、タオルとブラシ、いつも使っている洗顔料や化粧水が入っていた。なじみの香りに包まれてゆっくりと顔を洗った。生きていてよかった、と思った。

水曜日の夕方、担当医の鳴海《なるみ》医師が来て、

「心配だった頭は、今のところは大丈夫でした」

と宣言した。笑ってしまった。

医者は今のセリフは撤回すべきかも、という顔つきになったが、今晩何事もなければ明日の午前中に退院していい、と続けた。肺の状態がまだ完全ではないので、抗生物質は続けること。絶対に勝手に飲むのをやめたりしないこと。来週、火曜か木曜日に外来を受診すること。

医者をハグするべきか、ひれ伏すべきか考えて、どっちもやめてお礼を言った。鳴海先生は鷹揚《おうよう》にうなずいて出て行き、わたしはうきうきと冷蔵庫で黒くなりつつあったバナナを食べた。

それまではどんな人間が同じ病室にいるのか、まったく気にしていなかった。警戒心が強いわたしにしては珍しいことだ。ようやくそこに思い到って周囲を見回すと、対角線上にあるベッドで年配のご婦人がイヤホンをつけて、始まったばかりのワイドショーを観ていた。

他の二つのベッドは空いていた。すると、先日ナースコールをしてくれたのは彼女だろうか。一言挨拶をしなくては、と思ったが、彼女はテレビに夢中だ。

最初の見舞いの翌日に、光浦は約束通り荷物とコートを届けてくれていた。そのコートを羽織って、院内を散歩した。

〈武州総合ホスピタル〉は、地下三階地上十二階建てだが、医療設備をのぞけば、どうやら上にいくほどあれこれ豪華になっていくというヒエラルキー型の作りになっているようだった。十階より上はエレベーターを出た瞬間に追い払われ、見せてもらえなかったので、あくまでわたしの印象だが。

そのエレベーターで、十階へ上がっていく特注品とおぼしき車椅子を見た。九階の休憩室では、受け持ち患者の悪口を言い立てている付き添いらしいおばさんたちを。四階ではまるまると太った女が高齢の見舞客といちゃついているのを見て、三階では深刻な顔で話し合う医者たちと保険会社の調査員を見た。

病院一周という軽い運動ですら息が切れ、地下一階の売店に行った。まだ朝刊が売れ残っていた。飲むヨーグルトと朝刊を買って、売店脇のベンチに座った。

よほどのことがないかぎり、新聞はテレビ欄から見る習慣だ。特番が組まれるような大事件が起きていないのを確認してから、社会面を開いた。

『調布白骨事件　身元判明犯人逮捕へ』

わたしはヨーグルトにむせた。

記事自体はそれほど大きくはなかった。社会面の中でも四番手ほどの扱いだ。だが、記事まで読んだ人間は、そこそこ驚いただろう。なにしろ死亡していたのは遺骨が見つかった建物の住人「古浜永子」さんで、古浜永子だと思われていたのがその夫の古浜啓造だったのだから。亭主が女房を殺して女房になりすましていた、なんてそうあることじゃない。

記事によれば、永子が死亡したのは、結婚半年後の一九八五年の春頃。啓造は死体を離れの押し入れの床下に埋め、その後、知人男性に離れを貸した。最近になってその男性が亡くなったので離れを取り壊すことにしたが、遺骨を取り出すために邪魔な男性の家財道具の処分を業者に頼み、その作業中に遺骨が発見されてしまった……。

武蔵野版の記事は社会面より多少は大きかったが、内容はほとんど変わらなかった。ただ、遺体が古浜永子だと古い歯科記録で確認されたこと、古浜啓造は死体遺棄については認めたものの、殺人は否認している、とあった。

新聞をたたんで、部屋に戻った。エレベーターを降りると、談話室の前に調布東警察署の渋沢刑事が立っていた。彼はわたしに気づくと手にしたビニール袋をかざしてみせた。スマホが入っていた。わたしは朝刊で敬礼した。

「犯人逮捕、おめでとうございます」

「おかげさんで」

談話室のソファに腰を下ろして、スマホを受け取った。渡す前に、渋沢は言った。

「警告しとくが、この袋は開けないほうがいい。猛烈に臭い。山田一郎の家じゃ、しばらく前から下水管がイカレてたらしくて、床下にたまっていた水は、つまりそういう水だ」

わたしはビニール袋を床に置いた。お米に埋めておけば、ひょっとしてデータは甦るかもしれないが、悪臭まではとれないだろう。あの泥の中に手を突っ込んだことを思い出し、ぞっとして、ついでに古浜永子の頭蓋骨に感謝する気になった。あの骨が受け止めてくれなければ、わたしは頭から「そういう水」に突っ込んで、下手したら飲み込んでいただろう。内出血やこぶや「頭が心配だ」くらいのことは、それよりはるかにましだ。

渋沢は調書を取り出した。自分のしゃべりがお役所書類口調に変換されていることに違和感を覚えつつも、目を通してサインし、拇印《ぼいん》を押した。スマホを届けてくれた礼を言うと、渋沢は頭をかいた。

「正直に言えば、遺体の第一発見者に証拠品を返しに行くって口実で逃げ出してきたんだ。あの古浜啓造の取り調べは気がめいる」

「取調室で、あの真汐とかいう若い刑事さんに色目でも使ってるんですか」

「七十二だぞ、七十二」

渋沢はうんざりと言った。

「七十二のババアが二十六歳にむかってくねくねしてたってどうかと思うがな、これが七十二のジジイだぞ。文吾のヤツは気づいてもないようだけど、狭い取調室で毎日見せられてみろ。勘弁してくれって話だよ」

「そのじいさまは、殺人容疑を否認してるんですって？」

「事故だと言いはってる。三十年前、酔っぱらった永子が、勝手に転んで火鉢に頭をぶつけて死んだんだと。仲が悪かったから殺したんだと疑われたくなくて、遺体を隠したそうだ。もともと啓造は女より男が好き、女装が好きで、旅という口実で実家を出ては都内のマンションを借りて『女生活』を送ってた。だから一人二役で夫婦を演じられると思ったらしい。もっともすぐに、本人である古浜啓造の役をするのが面倒になって、今じゃよほどのときしか戻らなかったって言うんだから、あきれるよ」

「渋沢さんは、ホントに事故だったと思います？」

「さあな。最初は全部を山田一郎がやったことで、自分は知らないと供述してたくらいだからな。山田一郎は水戸の出身で、二十五年前までは群馬県内の建設会社の寮に住んでいた。時期的に見て、三十年前の永子の死と関係があるとは思えない。そう言うと、しぶしぶ死体を隠したことは認めたがね。今度はそれを山田一郎に知られて恐喝されたと言い出した。それでしかたなく、あの離れに住まわせてやってたんだと」

「わあ、説得力ありますね。あの離れ、すてきですもんね。あれなら恐喝者も喜んで住んでたんでしょうね」

「嫌みを言うなよ、元探偵。山田一郎はおおかた、いざ骨が見つかってしまった場合の保険だったんだろうよ。啓造の愛人だったのは間違いないようだし、ま、安く囲われてたってとこだろう」

「啓造からお金をもらってたんですか」

「いや、山田一郎は建設作業員だった頃、後遺症の残る大怪我をして障害年金を受け取っていた。生活費はそれでなんとかしてたんじゃないか。家賃は払ってなかったんだし」

あの本の山を思い浮かべた。新刊で買ったとは思えない、雑本の山。

「あんたの言ってた通り、金目のものは古浜啓造が押さえてた。山田一郎が死ぬ前、病院に担ぎ込まれたあとで、入院費を払うのに必要になるだろうと保険証や年金手帳や通帳、それからパソコンも持ち出したんだそうだ。それと、あんたが気にしてた生原稿な。それも段ボール箱にまとめて入れてあったらしい。〈ハートフル・リユース社〉が来る直前、箱ごと持ち出して庭で燃やしたと言ってた。よけいなことが書かれていると面倒だから、念のためそうしたそうだよ」

山田一郎が古浜啓造の愛人だったのなら、その生活をネタにした小説を書いていた可能性は高いし、となると「古浜永子」が実は古浜啓造だと、もっと早くに気づかれていたかもしれない。

わたしは「古浜永子」の背後にただよっていた煙を思い出した。段ボール箱一杯分の山田一郎の生きた証は、あっさりと燃やされて消えた。読んでみたかったとは思わないが、惜しいような気がした。

「それにしても葉村さんよ、あんた、古浜永子が男だってよく気づいたな。元探偵の勘か」

渋沢は立ち上がり、探るような目でわたしを見た。

「そんなご大層なもんじゃないですよ。ただ、『古浜永子』のなま脚は気に入りませんでした。いくら年配でも、女性の脚にしては妙だなと思ったんです。女性を尾行するときには、脚を目印にしているもので」

それで、古浜永子が本当は古浜永子ではなく、古浜啓造だったとしたらどういうことになるのか考えてみた。「亭主がいなくなっ」た時期、白骨の死亡時期と推定年齢、すべてが古浜永子に当てはまることになる。

古浜啓造は資産家だった。本人の姿がなくて、妻がすべてを牛耳り始めたら、誰かがおかしいと感じるだろう。書類のサインや実印、貸金庫の暗証番号などなど、妻が何もかも手配できるはずはなく、どこかでぼろが出るはずだ。ところが、これまで「亭主がいなくなって」も、誰も古浜永子を怪しんでいない。マンション建ててしこたま儲けたりしても、だ。それもそのはず、古浜啓造が本人の財産を動かしていたのだから。

「なるほどね」

渋沢はうなずいた。そして一瞬、遠くを見るような目つきになった。わたしは気になった。

「なにが、なるほどなんです?」

「……いや。あんた、今も探偵だってこった。古本屋のバイト、いつまで続けるつもりなんだ?」

渋沢は、ま、オレにはどうでもいいことだがね、と談話室を出て行った。

4

翌日の午前中に退院した。弥生の最後の火曜の夕方に担ぎ込まれて、出て行くのは月が変わって木曜日。ロングステイだったし、けっこうな請求額だった。一日でも早くカラダを治し、探偵稼業に戻ろう、と決めた。保険に入っているし、もちろん請求するつもりだが、この分だと来年からの保険料があがりそうだ。

長谷川探偵調査所が懐かしい。所属していたわけではなく自由契約だったが、わたしが調査中に怪我をすると、長谷川所長はあちこち駆け回って治療費や入院費を引き出してくれた。〈MURDER BEAR BOOKSHOP〉にそれは望めない。保険にしろ自腹にしろ、おのれでなんとかしなくてはならない。

ATMみたいな機械で支払いをし、処方箋を受け取り、さて帰ろうとしたとき声をかけられた。振り向くと、ラメ入りの紺の生地に白い縁取りのあるスーツを着て、レースのストッキングにピンクのリボンのついたパンプスをはいた女性が歩み寄ってきた。人目を引く高級そうな装いだが、髪型や化粧に手をかけておらず、全体にちぐはぐに見えた。わたしより少し年上だろうか。

「葉村晶さんですよね」

「そうですが」

「七七一六号室に入院してらした葉村さんですね」

彼女は念を押して、泉沙耶《いずみさや》と名乗った。

「葉村さんと同室だった芦原吹雪《あしはらふぶき》の姪でございます。このたびは伯母がたいへんお世話になりまして」

頬に血がのぼった。あの老婦人とは、なんだか間が悪くて挨拶しそこねたまま病室を出てきた。ナースコールをしてくれた命の恩人かもしれない相手に礼の一つも言わなかったのに、たいへんお世話になりまして、と来た。

もごもごと返礼すると、泉沙耶は一歩、こちらに踏み出した。

「あの、実は少々お願いがございまして、お時間おありでしょうか」

「ええ、あのまあ、少しでしたら」

沙耶はさらに一歩、間合いを詰めてきた。

「退院直前にたいへん申し訳ないのですが、伯母に会っていただけないでしょうか。実は伯母が葉村さんに聞いていただきたいことがある、と申しておりまして。ご迷惑でしょうが、一度会えば気がすむと思いますの。年寄りのわがままだと思って、おつきあいいただけませんか」

なんでわたしに。

とは思ったが、了承せざるを得なかった。その昔、礼儀正しくしないと結局は自分の損になるんだよ、と亡き祖母にしつこく教えられたものだ。年寄りの教えはたいてい正しく、その正しさを思い知ったときにはたいてい後の祭りである。

エレベーターに乗った。二人きりになると、沙耶の服から湿ったような古い臭いが漂ってきた。泉沙耶はまっすぐ前を見たまま早口に言った。

「芦原の伯母は、あなたに頼み事をすると思います。わたしとしては、それをぜひ、引き受けていただきたいんです」

おい、一度会ってくれってだけの話じゃなかったのか。

「どういうことですか」

「伯母は末期がんで余命わずかと言われております。そのせいもあって、少々わがままですし、あなたにはご迷惑をおかけするはずです。でも、なにを頼まれても、とりあえずきいてやっていただけないでしょうか。実際に引き受ける必要はありません。その場さえしのいでいただければいいんです。あとはこちらでなんとかしますから」

話している間にエレベーターは到着し、談話室が見えた。見覚えのある老婦人が座っていた。

どっと気が重くなった。芦原吹雪がなにを言い出すのかは知らないが、死にかけた女性相手に、おためごかしをしとけ、と頼まれたのだ。いや、強要されたと言ってもいい。これでわたしが頼みを断り、芦原吹雪が発作を起こして死んだりしたら、とんでもなく後味の悪い思いをすることになる。つまり、断るという選択肢は最初からない。

「伯母さま、おつれしました」

泉沙耶はわたしの返事を待とうともしなかった。談話室の入口で身を引いて、ほとんど押し出すようにしてわたしを中に通し、

「では、わたくしは失礼します」

さっさとどこかへ消えた。

こうなっては腹をくくるしかない。わたしは開き直って頭を下げた。

調布東警察署の渋沢刑事と話したとき、ここはいかにもさえない談話室だった。消毒しやすそうな黄色い椅子に、よくできたビニールの観葉植物。花の上で笛を吹く妖精、といった調子の退屈な絵が数点かけられている。

芦原吹雪はまるでこの場所が謁見室でもあるかのように、堂々とわたしを出迎えた。

「死にかけているひと」を初めて見るわけではなかったが、彼女は健康体に見えた。ビタミンをどっさり投与されているためだろうか、肌がきれいだ。完璧な髪はたぶんウィッグ。暖かそうなタータンチェックのガウンにくるまれ、足は刺繡入りの室内履きに収

まっている。ファッションを身だしなみと考える世代、階層の女性、という印象を受けた。ゆっくりとしたしゃべり方やしぐさが、加齢や病気のためではなく、優雅であるとみえるのだから、たいしたものだ。

「今日は退院ですのに、年寄りのわがままにつきあわせて申し訳ございません。早くお帰りになりたいでしょうから、用件だけ申し上げますね」

芦原吹雪はわたしのしどろもどろの挨拶を聞き流し、しわがれ声で言った。長いこと煙草を吸ってきた人間特有の声だった。

「わたくしには娘がひとり、おります。二十年前、二十四歳のとき家を出て行きました。それ以来、どこでどうしているかわかりません。わたくしは死にかけております。死ぬ前に娘の安否を知りたい。そこで、あなたには娘を見つけていただきたいんですの」

はあ？　と今度こそ、わたしはまぬけな声をあげてしまった。芦原吹雪はゆっくりと微笑んだ。

「探偵さんにとっては、よくある依頼なのではありませんか」

「それはまあ、そうですけど、いまのわたしは探偵じゃありませんよ」

「ですけど、この間見つかった白骨死体の事件を解決なさったじゃありませんか。あ、申し訳ないのですが、実は警察の方たちが病室にいらしたときや昨日のここでの話、聞かせていただきましたの」

「わたしが解決したわけじゃ」

「すごいですわねえ」

芦原吹雪は目をきらきらさせた。

「お話をうかがってワクワクいたしました。ここのところ、何年もこんな面白いことってございませんでしたのよ。ご亭主が奥方を殺して、奥方のふりを、それも何十年も。失礼ですけど、笑ってしまいました。歳をとって病気をすると、世界が色あせて見えるものですけれど、今回の白骨死体の一件のおかげで、なんだか寿命が延びた気がいたします」

いやしくも殺人事件に対してひどいこと言ってるな、とは思ったが、話し方が無邪気なのでとがめる気にはならなかった。そんなことより、あれとこれでは話のレベルが違いすぎる。

「あのですね。たまたま出くわした事件について、無責任な推理をしてそれがたまたまあたった、というのと、長期間行方不明の人間を探すのでは、作業がまるで違います。ご存知の通り、わたしも怪我と病気でまだ半分ぼろぼろですし、いまはどこの探偵社にも所属しておりません。それに、二〇〇七年に探偵業法が施行されまして、届け出なく探偵業を行なうと、最悪の場合は六ヶ月以下の懲役または三十万円以下の罰金を科せられることになってまして」

吹雪は脇の椅子に載せてあった紙袋をとって、無造作にこちらに差し出した。

「ここに、前に頼んだ探偵の報告書が二つ入っております。ひとつは娘の失踪直後にわたくしがお願いしましたその報告書。もうひとつは失踪の七年後、おせっかいな親戚が別の興信所に勝手に頼んだもの。なんでそんな真似をしたのか、事情は見当つきますでしょう?」

七年たっても見つからないんだから、あきらめて娘の失踪宣告をしろ。ついでにうちの子を養子にして全財産よこさないか、というところだろう。

「さっきの、あれ。沙耶。ものすごい格好でしたでしょ」

吹雪はうんと声をひそめた。聞き取れずに身を寄せると、煙草の香りが鼻をついた。

「あれは娘の服なんですの。わたくしが入院したものですから、家に入り込んであんな古い服を見つけては、見舞いっていうと着てまいります。いくら死にかけてるからって、わたくしぼけちゃおりませんのにねえ。あの寸胴の大根足を娘と間違えたあげく、沙耶に全財産残しますなんて遺言状書くとでも思っているのかしら」

「書かないんですか」

芦原吹雪の視線が、わたしの上にずいぶん長いことどまっていた。それから、彼女は微笑んで言った。

「面白いわね、あなた。わたくしの周囲にはいないタイプだわ」

「失礼しました。でも、本気で娘さんを探すなら、たまたま同室になった個人ではなく、機動力のある大手の探偵社に依頼するべきです。そうしないということは、あなたは娘さんが見つかるなんてこれっぽっちも考えておらず、今回のご依頼は姪御さんをはじめとするご親戚の方たちへの嫌がらせである、というふうにみえます」

芦原吹雪は顔をのけぞらせて大笑いした。やせてしわのよった首がむきだしになって、少しドキッとした。ガウンのせいでふわふわに見えても、たぶん、彼女の体重は小学生なみにまで減っているのだ。

「わたくし、大手の探偵社なんて信用しておりませんの。二十年前にお願いしたところは、捜索願を出した警察の紹介だったんですけどね。元警察官が調べてくださいましたが、なんの手がかりもなくて。そのくせ調査を引き延ばし続けるものだから、お金がものすごくかかりました。娘が見つからないので六週間で調査を打ち切りたい、と申し出たら、いろいろ失礼なことを言われましたし、その後もひどい目にあわされました」

「それは、いったい……」

「思い出したくありません」

芦原吹雪は顔をこわばらせていたが、やがて、ふっと身体の力を抜いた。

「断らないでくださいませね、葉村さん。あなたはいま、ツキってものをお持ちです。白骨死体を見つけ、誰にも知られずにいた犯罪を暴いた。わたくし、そのツキに賭けるつもりでおりますの。その紙袋には、娘の使っておりましたアドレス帳や手帳、それに三百万円入れておきました。たりなくなった場合、おっしゃっていただければ同じくらいの金額は出せます。それで、どうか、娘を見つけてくださいまし」

言いたいだけ言うと、吹雪は深いため息をついた。眠ろうとしているのか気絶しようとしているのか。落ち着かず、看護師を呼んだものかと思案していると、やがて彼女はのっそりと立ち上がった。それと同時にどこからともなく泉沙耶が現れて、芦原吹雪に手を貸した。

病室へと去って行くふたりを見送って、わたしは談話室の椅子にへたりこんだ。なんともはや、毒気の強いばあさまだ。

しばらくそうしていると、泉沙耶が戻ってきた。気まずそうに目をそらしつつ、彼女は言った。

「ご迷惑を」

「これ、そちらに渡しておきます」

わたしは紙袋を差し出した。泉沙耶は意外そうに首を傾げた。

「引き受けないんですか。芦原の伯母は、葉村さんなら絶対にお引き受けくださる、と決めてかかっていましたけど」

「伯母さまにも言いましたが、届け出なしで勝手に探偵業をやったりしちゃいけないんですよ。そういう法律がありますので」

誠実そうに聞こえるといいのだが。探偵は絶対に、なにがあろうと絶対に、法律に触れるような真似をしてはいけない。例外はない。ホントだってば。二十年も前の家出娘をいまさら見つけ出す、というような面白くもなければ成功率が極めて低い仕事だから、遵法精神を打ち出して断っているわけではない。ホントだってば。

泉沙耶は途方に暮れたように、困ったわ、と言った。

「伯母さまは、葉村さんに毎週報告に来てもらうように伝えてくれ、と言っております。葉村さんが来てくださらなければ、興奮してどうかなってしまいます。ああ見えて、本当に具合が悪くて、お医者様からは今日明日でもおかしくない、と言われているんです」

「そもそも、その娘さん……名前はなんというんですか」

泉沙耶はほんの一瞬、顔をしかめて唇をかんだ。

「しおりです。志に一緒の緒に、利益の利、と書きます」

志緒利。頭に漢字を思い浮かべてみた。芦原志緒利。画数が多くて、なんだか息苦しい名前だ。

「志緒利さんは吹雪さんの一人娘ですか」

「そうです」

「失礼ですけど、吹雪さんは娘さんを探すのに、初対面に近いわたしに現金でぽんと三百万よこしました。お金持ち、なんでしょうね」

「そう言っていいと思います」

「なのに、病室は個室じゃない」

「本人の希望です。入院生活も長くなりましたせいか、先日、個室には飽きた、監獄みたいでイヤだと言い出しました。ただし、明日にはやっぱり個室でなければイヤだと言い出すかもしれない。伯母はエキセントリックな性格なんですよ。周囲の人間も、伯母には振り回されております。そのうえ先行きが短いとなったら、たいていのわがままはきいてやろうと思いますからね。今回、葉村さんをわずらわせることになった件もそうです。志緒利がいなくなって、ちょこっと探したらもう死んだと思うことにする、とさばさばしていたのに、二十年もたってまた急に、探そうだなんて」

泉沙耶は疲れたように、椅子にもたれかかった。

「志緒利さんからこの二十年、連絡はないんですか」

「一度、伯母にはがきが来ました。行方不明になって、半年くらいたっていたかしら。京都から、金閣寺の絵はがきで、まるで旅先から出したんじゃないかというような能天気な内容でした。志緒利が家出したときは、わたし、ちょっと彼女に同情してたんです。伯母は昔から破天荒な性格だから、あの母親から逃げ出したくなったのも無理はない、って。でも、その絵はがきで冷めました。たぶん、いまもどこかでおもしろおかしく暮らしてるんじゃないかしら」

そこまで言って、泉沙耶は狼狽したように目を瞬いた。

「あのう、葉村さん。どうでしょう、引き受けていただけないでしょうか。探偵ができない事情がおありなんですし、本気で志緒利を探し出せとは言いません。毎週、病室に寄って、十分ほど適当に調査状況を説明してくださるだけでいいんです。それで伯母の気はすみます。それに……とにかく、ここに入っているお金はさしあげますから、損にはならないと思うのですが」

それも詐欺だ、とわたしは思った。泉沙耶はこう言いたかったのだ。それに、そんなに長くはかからないから、もうじき伯母は死ぬから、と。

ただ、正直、お金はほしかった。三百万全部でなくてもいい、半分、いや三分の一でいい。それでここしばらくの無報酬状態を穴埋めし、医療費にもなる。これ以上、貯金を目減りさせなくてすむ。

わたしは泉沙耶に切り出した。

「条件があります」

5

考えようによっては、芦原吹雪の言う通り、ツキがめぐってきたのかもしれない。探偵稼業に戻りたいと思ったら、その途端、依頼人が現れたのだ。

そうは言っても、ひびの入った肋骨といかれた肺が無理をさせてくれないので、まずは社会復帰しようと思った。

あいにくかなり雨足が強かったので、病院の売店でビニール傘を買った。ずっと建物の中にいた人間にすれば寒いが、マフラーや手袋が欲しくなるほどでもない。それでも、仙川駅前の桜は散って、花びらと花弁が地面にまき散らされていた。

その足で、携帯電話会社のショップに立ち寄った。

対応してくれたのは、「平松《ひらまつ》」という名札の女の子だったが、ビニール袋を見せて状況を説明すると目を丸くした。さすがにこういう事態に対処するマニュアルはなかったようだが、

「葉村様ですね。葉村様は保険に入ってらっしゃるので、こちらの番号に電話で申し込めば、新しい機体を割引価格でお送りできます。費用は電話料金と一緒に引き落とされますが、一定期間内に古い機体を送り返さないと、新しい機体を買うのと同じ金額が引き落とされてしまいます」

わかる範囲の話になると、立て板に水と説明してきた。

送り返して、悪臭で電話会社の技術者が倒れたりしても、訴えたりしないでしょうね、と聞いてみると、「平松」は、それにつきましてはサーヴィスセンターに問い合わせてくださいませ、と言った。えらいもので、部署たらい回しで責任逃れと言えなくもない態度をとりながら、実に愛想がいい。

無責任を感じよくご呈示する社会。ときどき、暴れたくなる。

新しいスマホは翌日やってきた。最後にデータをコピーしたのは半年も前のことだ。しかしチェックすると、古いデータで十分、用がたりることがわかった。それ以降に知り合ったひとたちのデータは消えたわけだが、それでこの世が終わるわけでもない。

誰かにあらためて連絡をとるつもりはなかったが、手元にこの小さな通信機器が戻ったことで、なんだかぐっと落ち着いた。雨はまだ残っていたが、前日にくらべて暖かくなっていたこともあり、リハビリがてら、シェアハウスの掃除や洗濯をしてすごした。

窓からは岡部巴の住む母屋の庭が見下ろせる。雨合羽《あまがっぱ》を着た岡部巴がわたしに気づいて手を振ってくれた。わたしは階段を下りて、挨拶に行った。結局、彼女が入院の保証人になってくれたのだ。遠くの親族より近くの大家。ありがたい話だ。

「あら、退院できたんだね。よかったよかった」

岡部巴はにこっとした。彼女はあの後、手料理をタッパーに詰めて見舞いにきてくれた。もう八十歳近いと思われるが矍鑠《かくしゃく》としていて、野菜を育て、収穫し、くわえ煙草で軽トラックを運転して近所のスーパーなどに納品に行き、築七十年を越えるという母屋をピカピカに磨いている。

地震の後、幹線道路沿いの建物への規制が厳しくなった。幸い、母屋は道路からかなり奥まった場所にあるので建て替えの必要はなかったのだが、なんとなく、傾いているように見える。地震で屋根瓦が落ちたりずれたりしたし、なにせ築七十年だ。床下からネズミが走り出てきたのを目撃したこともあるし、屋根裏にはイタチが住んでいたそうだ。出入りの大工ですら、しきりと建て替えを勧めているそうだが、本人はどこ吹く風である。

「たいへん、ご迷惑をおかけしました」

「災難だったね。うちも古い家には違いないし、床が抜けないように気をつけなくちゃ」

「抜けそうなんですか」

「ぎいぎい言ってるよ」

あはは、と岡部巴は笑った。

軽い世間話をしたあと、仙川商店街に買い物に出かけた。ついでに和菓子屋でかぼちゃ系銘菓の詰め合わせを選び、快気祝いののしをかけてもらって発送する手続きをした。正しい生活。真人間・葉村晶、だ。

家に戻ると、野菜畑を見下ろす南向きの自室で、預かってきた芦原志緒利の資料を取り出した。

最初の探偵社の調査報告書は、パソコンではなくワープロによるものだった。志緒利が失踪した一九九四年といえば、当たり前だが、あのウィンドウズ95の発売前だ。まだパソコンはそれほど一般的ではなく、報告書はワープロで仕上げるのが常識だったし、一部の調査員は頑固に手書きだった。添付されている写真も、フィルムカメラで撮影し、写真店で現像したものを糊で貼ってある。

芦原吹雪は「警察の紹介だ」と言っていたが、表紙にある〈岩郷《いわごう》総合調査研究所〉という会社名にはまるで聞き覚えがなかった。調査を担当したのは岩郷克仁《かつひと》という人物で、個人事務所のように思える。

表紙を開くと、いきなり若い女性の写真が出てきた。どこかの写真館で撮ったものだろう、バストショットで取り澄ました顔つきの写真だ。

一目見て、おっ、と思った。彼女は、なんというか、想像とは違っていた。平たい丸い顔、左右の間が開いた小さな目、しゃくれた顎《あご》。鼻の穴はこちらをむいているし、中途半端に日焼けしていて、ほお骨のあたりにソバカスが飛び散っている。髪は見るからに癖が強くて堅そうで、相当にヘアメイクを施した後だろうに、あちこち飛び出ていた。

古い小説に出てきた、狆《ちん》くしゃ、という言葉を思い出した。狆がくしゃみをしたような醜女、という意味らしい。どんな顔のこった、と思っていたが、志緒利を見て納得した。そうか、こういう顔のことか。

あの優雅な芦原吹雪の娘には見えない。わたしは唖然としていたが、眺めているうちにだんだん目が離せなくなってきた。確かに醜い。彼女を美人と呼ぶひとはいないだろう。なのになぜか、もっと見ていたくなる。不思議にひとを引きつける、強烈な愛嬌のようなものがある。美人の群れに紛れ込んでも、他の美人を目立たなくしてしまう女。

これが芦原志緒利か。

報告書を丹念に読んだ。

芦原志緒利は一九九四年七月二十五日、芦原家の別荘のある山梨県河口湖へと行くと言って家を出た。当時、志緒利は「家事手伝い」だった。いまならこれも「無職」だが、要するに結婚準備中で、この日も河口湖にほど近い知り合いの鈴木夫婦の家で見合いをすることになっていたらしい。

本来は、母親である芦原吹雪と一緒に行くはずだったのが、吹雪が急用で行けなくなった。志緒利は電車で行くと言い、吹雪は気をつけて行くように、と言って、八時すぎに車で家を出た。母娘は世田谷のはずれ、成城にある敷地三百坪の一軒家に二人で暮らしていた。志緒利は吹雪を玄関で見送ったという。

その日以来、芦原志緒利を見たものはいない。

見合いの約束は、午後三時だった。それより一時間くらいは早く現れると思っていた志緒利がさっぱりやってこないので、二時半に一度、鈴木夫婦の妻が別荘と、東京の芦原家へ電話をしている。このとき、芦原家は無人で誰も出なかった。この時代、携帯電話もようやく普及し始めたばかりで、志緒利は持っていなかった。

妻は留守電にメッセージを残し、そのまま待ったが、日が暮れても志緒利は現れなかった。結局、見合いはキャンセルになった。夫婦は腹を立て、妻は再度、東京の芦原家に電話をかけた。今度は芦原吹雪が出た。

事情を聞いて吹雪は驚き、志緒利のバッグや靴がなくなっていること、鍵もかかっていたし、確かに出かけたはずだと言った。そこで、夫婦は歩いて五分ほどの近所にある、芦原家の別荘に様子を見に行った。誰かが立ち寄った様子もなく、別荘は静まり返っていた。

芦原志緒利はそれっきり姿を見せなかった。吹雪は河口湖にとんできたが、見合いが取りやめになったことに猛烈に腹を立て、あのバカ娘がどこに行こうが知るもんですか、とわめきちらしたそうだ。鈴木夫婦は必死に彼女をなだめ、どこかで事故にあっているかもしれないから、警察に捜索願を出したほうがいい、と説得した。

そんなことをしたら、芦原の名に傷がつく。吹雪はそう言って拒否した。結局、捜索願が出されたときには失踪から一ヶ月たっていた。

家族の対応がそんなだから、警察もはなからこれを事件とはみなしてはいない。身元不明死体や人物と照合し、探偵社を紹介しただけだ。

「志緒利さんはおとなしいお嬢さんでした」

鈴木の妻は岩郷調査員の質問にそう答えている。

「でも、吹雪さんの個性が強烈すぎて、相対的にそう見えていただけかもしれません。吹雪さんはお嬢さんをとにかく申し分のない相手と結婚させたがってました。ご自身が結婚なさらなかったから、よけいにそうお考えだったのかもしれません。ただ、お母様が未婚でらっしゃるでしょう。ご本人がよくても、ご両親やご親戚が反対されがちですし。吹雪さんにも、それとなく、お見合いでは難しいかもしれないと申し上げたんですけどねえ。

ええ、ですから吹雪さんご自身が娘さんの結婚の支障だなんて、想像もできなかったんだと思います。お話がまとまらないのは、志緒利さんになにか問題があるに違いない、というのが吹雪さんのお考えでした。 スターってそういうものなのかもしれませんが、志緒利さんにとっては辛いですよ。

もちろん、あれは家出ですよ。あとで聞いたんですけど、吹雪さんはあの直前、志緒利さんにかなりまとまったお金を渡していたらしいんです。お見合い用の服や宝石を買うようにね。お相手に、せめてお金のあるところを見せたかったんじゃないかしら。

こういう状況ですから、大金が手に入った志緒利さんがそれを持って逃げ出したとしても、当然なんじゃないでしょうか」

ここまで読んで、なんだか腑に落ちないものを感じた。スター？ 報告書を置いて、パソコンを立ち上げた。芦原吹雪を検索してみた。


【芦原吹雪　あしはら・ふぶき】

女優。一九四〇年生まれ、東京都出身。戦前、芦原財閥を築いた芦原信の三男、芦原亨彦《ともひこ》の娘。本名は沙織だったが、のちに芸名でもある吹雪に改名している。

一九五六年N乙女歌劇団に入団。トップスターとして人気絶頂期の一九六六年に退団後、映画界へ転身。四年の間に十五本の映画に出演。土方龍《ひじかたりゅう》監督と組んだ『白い薔薇の女』『暗渠の薔薇』『薔薇キメラ』などの薔薇シリーズで、その演技力を高く評価された。

時代を代表するアイコンのひとりとして、現在でもカルト的人気を誇っている。一九七〇年病気を理由に突然引退。以後、表舞台から遠ざかる。

一九九四年に娘が失踪したことが週刊誌等でとりあげられ、二十四年前の引退の理由が妊娠だったことや、未婚の母となっていたことが報じられた。娘の父親として有名政治家や財界人、大物芸能人の名前が取りざたされる中、自分が父親だと名乗る人物がTテレビのワイドショーに出演し、涙ながらに娘に呼びかけた。しかし、後にこの人物が騒ぎに便乗した謝礼金目当ての偽者と判明。Tテレビの情報局長、担当プロデューサーらが処分された。

へえ、という驚きと納得を同時に味わった。芦原吹雪は本物のスターだったのか。あの女王様みたいな振る舞いには、ちゃんとした裏付けがあったわけだ。おまけに、こんな事件があったとは。まったく覚えていなかった。

財閥のお嬢様がスターになった。財閥は戦後解体されたが、スターは一度なったら一生スターだそうだ。周囲はともあれ、本人の気分はそうだろう。金持ちなのは、生家の財産や自分で稼いだものというより、娘の父親からの援助その他によるものなのかも。親戚が群がってくるのもうなずける。

吹雪が探偵社などに頼みたくない、といった理由もよくわかった。彼女は「大手の探偵社」だから信用できないのではなく、探偵社はどこも信用できないのだ。娘が失踪し、探偵を頼んだが、見つからないので調査を打ち切ったらマスコミに流された。引退して四半世紀たとうかというのに、そんな目にあわされたのだ、そりゃ思い出したくもないだろう。

にしても、うまいな。わたしは感心した。誰が父親かと話題になったら、自分です、と男が現れ、のちに偽者だと判明。マスコミ関係者が大処分。以後、この話題はタブーとなったのだろう、それから先の話はどこをどう検索しても出てこない。

火事をあおっておいて一気に水を浴びせかけ、鎮火する。情報コントロールがたいへんお上手だ。てことは、芦原志緒利の父親は、やっぱり……。

わたしは首を振って、報告書の残りを読んだ。〈岩郷総合調査研究所〉の岩郷克仁は、実に細かく志緒利の周囲を嗅ぎ回っていた。吹雪が持たせてくれた志緒利のアドレス帳に載っている相手には全員話を聞いているし、近所の人間たちにもだ。聞き込み相手がゆうに百人を越えるというのは、かなり熱心な家出人調査だと思う。

とはいえ、収穫らしきものはない。調査が行方不明後一ヶ月以上経ってから、というのがネックだったようで、近所の人間もあの日、家を出る芦原志緒利を見たかどうか覚えていないし、芦原邸に呼ばれたタクシーも見つかっていない。

吹雪の話では、志緒利は見合いに備えて大きなスーツケースを用意していたが、それは志緒利と一緒になくなっている。吹雪が以前、パリに数ヶ月住んだときに持って行ったかなり大きなスーツケースで、真っ黄色でめだつ。そんな荷物があるなら、志緒利はタクシーを呼んだはずだし、バスに乗ったとしたら運転手か近所の人間で誰かその姿を覚えているに違いない。なのに、それがない。

となると、誰か志緒利を車で迎えにきた人間がいたのではないか。岩郷調査員はそう考えて、志緒利の友人で免許証を持っている人間を一人ずつ、つぶしている。志緒利は幼稚園から大学まで女子校で、男性の友人はおらず、アルバイトをしたこともなく、親しい友人は少ない。おまけに、家出したと思われる日は平日だ。だいたいの人間に「アリバイ」がたった。

この作業で残ったのは、矢中《やなか》ユカという女性だった。彼女は幼稚園から志緒利とは友人で、仲がいい。おまけにこの日、母方の祖父母の住む富士吉田市に出かけていた。志緒利の目的地は河口湖だが、ほとんど同じ行き先みたいなものだ。

本人の申し立てによれば、午前十時頃、愛車のボルボに弟を乗せて松濤《しょうとう》の自宅を出発。途中、高速のサービスエリアでご飯を食べて、祖父母の家に着いたのは午後一時過ぎだったという。二十二歳の弟も同じ証言をしている。

岩郷は当初、矢中姉弟をかなり疑惑の目で見ていたようだ。弟は表向き有名私立学園に幼稚舎から通っていたお坊ちゃまだが、中学のうちから豊富なお小遣いを懐に遊び歩き、たびたびトラブルを起こしていた。強姦や暴行で訴えられたこともあるほどだが、毎回うまく言い逃れている。調査員相手に嘘をつくくらい、屁でもなかろう、というわけだ。

しかし、岩郷が富士吉田まで出向いて調べると、姉弟と談合坂のサービスエリアで出会ったという人物が現れた。矢中姉弟の祖父の古い友人でもある元警察官である。ふたりがラーメンを食べているのに声をかけ、車で立ち去るときにも見送った。他に同乗者はいなかったという。もちろん、それ以前に、矢中姉弟が頼まれて志緒利をどこかまで乗せたという可能性もないわけではないが、嘘をついたという証拠もない。

ただ、そこまで岩郷が突っ込んだおかげだろう。矢中ユカがしぶしぶ新しい、それも重要な証言をした。

以前、ユカは志緒利を新宿のロイヤル・ハリウッド・ホテルのラウンジで見かけていた。一緒にいたのは四十代くらいの男性で、ふたりは仲良く寄り添っていた。後になって、そのことで志緒利をからかうと、志緒利は真っ青になって、誰にも言うな、と堅く口止めをしてきたという。

志緒利が家を出て行ったと聞いて、ユカが真っ先に思い出したのはその件だった。あれは志緒利の不倫相手で、ふたりは駆け落ちしたのではないか、と。

岩郷調査員はさっそくホテルにあたっている。その結果、志緒利と相手の男性は二度ほどホテルのラウンジで待ち合わせをしていたようだが、宿泊もせず、食事もせずに徒歩でホテルを出て行った、と判明した。


そこまで読んだところで、背中が痛くなってきた。知らない間に、全身に力が入っていたようだ。岩郷克仁に感情移入していたつもりはないが、志緒利と相手の男がホテルになんの痕跡も残していなかったことに、ものすごくがっかりした。おまけに徒歩って。タクシー使えよ、タクシー。ふたりがどこへ向かったか、わかったかもしれないのに。

同時に、あらためて二十年は長い、と痛感した。子どもの頃、二十年前とは歴史上の話だった。四十をすぎれば、二十年前にははっきりした記憶があるわけで、それほど遠い過去には思えない。しかし、実際には昔もいいところで、例えばロイヤル・ハリウッド・ホテルはとっくになくなっている。死者十四人の大火災を起こし、しばらく廃墟となっていたが、二〇〇七年頃に取り壊されて、いまでは……なになったんだっけ。とにかく、新しい施設になっている。

失われた二十年。冗談にもならない。

ゆっくりと身体をほぐし、落ち着いてきたところで続きを読んだ。調査はこれ以降、進まなかったようだ。岩郷も遊んでいたわけではなく、三週間というもの、前にも会った志緒利の友人たちを繰り返し訪問したり、ロイヤル・ハリウッド・ホテルのラウンジをうろついたり、どうやったのか「不倫相手」の似顔絵まで作っている。それでもその男の手がかりは、なにも得られなかったとみえる。

岩郷はしまいには、志緒利の父親について調べようとしたようだ。父親が志緒利をどこかに逃がしたのではないか、と考えたのかもしれない。ありうることだし、父親の線は捨てきれないが、そこを突っ込むのは探偵として越権行為だということをわかっていなかった。調べようとしたことを報告書に書いたのは、どうかしている。

おそらく、それが吹雪の逆鱗《げきりん》に触れたのだろう。報告書はある日、ぶつっと終わってしまった。竜頭蛇尾を絵に描いたようで、わたしは苛立った。

それでも、岩郷の報告書……〈岩郷レポート〉は全体的によく調べていたし、よく書けていた。岩郷の調査に手抜きはない。ほぼひとりで調べたのだと考えると、実に素晴らしい報告書だと思った。結果が出せなかったのだから、報告書をほめてもしかたないのだが。

それにくらべて、七年後に勝手に親戚が調べさせたほうの、もうひとつの調査報告書ときたら。

表紙にある興信所の名前からして、気に食わなかった。この興信所のことは、わたしも知っていた。悪名高く、ここのせいで業界全体が迷惑したと言っても過言ではない。調査内容を依頼人とは敵対するほうに売りつけたり、それをネタにゆすったり、トラップを仕掛けて陥れたり、悪い噂には事欠かない会社だった。確か、被害届が出されて現場の人間が何人か逮捕されたが、その直後、経営陣は会社を解散。翌日には別の名前で別の場所に新しい事務所をかまえたそうだ。長谷川探偵調査所の長谷川所長は、彼らを「ナマコ」と呼んでいた。内臓さえあれば、肉を捨てても再生すると。

その「ナマコ」の調査報告書は、志緒利がいなくなってから七年間の身元不明遺体について、いくつもの事例をあげていた。多くは、身元不明のままになっている若い女性の遺体の話だった。しかし例えば、身長や年齢、血液型、衣類や持ち物など、志緒利との具体的な共通点の話はなにもない。

さらに読み進むと、唐突に青木ヶ原の樹海についての詳細な記述が続いた。百科事典とか、オカルトのガイドブックとか、そういうものの文章を丸写ししたと思われる。文章の最後は、こう締めくくられていた。

「見合いが行なわれるはずだった河口湖と青木ヶ原の距離の近さを鑑《かんが》みるに、発見された女性遺体のいずれかがマルタイである可能性は極めて高いが、遺体はいずれも行政解剖の後、荼毘《だび》に付され、かつ無縁仏として共同埋葬されたため、現在では確認がきわめて困難である。また、死体検案書は容易く入手できるものではなく、それ相応の手続きや人脈を経なくてはならないため、別途相談が必要となる。」

なんだこれ。

芦原吹雪が一笑に付したのも当然だ。たまたま志緒利の本来の目的地近くに自殺の名所があったからと言って、それがなんだというのだ。おまけに、はっきりさせたかったら、もっと金を払えときた。おそらく吹雪の親戚は「ナマコ」に対し、志緒利が死んでいるか、死んでいると母親に思わせられる報告書がほしい、とかなんとか依頼したのだろう。「ナマコ」はそれに応じて、オフィスから一歩も出ずに、報告書だけをでっち上げたに違いない。

気づくと、窓の外がようやく暗くなりはじめていた。冬に比べて日が長くなったなあ、と思った。靴下をもう一枚重ねて、灯りをつけた。スマホを取り上げて、〈東都総合リサーチ〉の桜井肇《さくらいはじめ》という男に電話をかけた。

東都は大きな調査会社で、長谷川探偵調査所はよく頼まれて東都の下請けをしていた。逆に東都に応援を依頼することもあった。その関係上、桜井とはよく一緒に仕事をしていた。

「よお。なにやってんだ、葉村」

開口一番、桜井は言った。

「長谷川さんとこがつぶれて、探偵やめてどっかでバイトしてるって聞いたぞ。もったいない、うちに来いよ。こき使ってやるから。うちの社長の甥とやり合った一件なら、もう気にすることあない。社長は経営権を白峰《しらみね》常務に譲って来月引退するし、あの甥はまた刑務所に戻ったし」

「なにやったの」

「強制ワイセツ。被害届が七件も出てるから、今度は長いかもな」

「進歩のないヤツ」

「まったくだ」

しばし、業界内のうわさ話に花を咲かせた。ストーカー事件や警察の内部情報流出事件などで、探偵業界もいろいろ以前とは変わってしまった。調査の方法も変化した。この道二十年の探偵より、通信ツールの扱いに慣れた十代のストーカーのほうが、個人情報を探り出すのがめちゃくちゃうまかったりするのだ。

「もしくはヘンタイとかな。顔もあわせずに女の子たらしこんで、裸の写真送らせるヤツとか。イヤな時代になったもんだ。ところで、おまえ、世間話するために連絡してきたんじゃないよな」

芦原吹雪の依頼について、簡単に説明した。泉沙耶に出した条件のひとつが、わたしが選ぶ探偵社に泉沙耶が正式に調査の依頼をすることだった。沙耶は相当に渋っていたが、それが嫌ならわたしも下りると脅すと、ようやく了承してくれた。

「芦原吹雪ねえ。大昔の女優。聞いたことがあるようなないようなな。二十年前ねえ。うーん」

桜井はしばらくうなっていたが、じきに、いいんじゃないの、と言った。

「実際には葉村が調べて、うちは補佐するだけだろ。葉村は探偵業法上の問題をクリアできるし、こっちは苦労もなく料金をちょうだいできる。正規料金でいいんだろうな」

「もちろん。一日七万円でとりあえず十日分。きっちり払わせていただきます」

「おまけに調査することで、死にかけたばあさんに、娘と会えるかも、という希望を与えられるとくれば……断る理由が見当たらない」

月曜にでも沙耶を桜井に引き合わせ、正式に契約する。もちろん費用はわたしが預かったお金から出す、ということで話がついた。桜井が電話の向こうでもみ手をしているのが見えるようだ。

「悪いなあ、葉村。そうだ、契約は夕方にしよう。すんだら一杯奢らせてくれ」

「午前中にしてよ。そんなことより」

わたしはとっておきの声を出した。この状態でアルコールは嬉しくない。

「調べてほしいことがあるんだけど」

6

土曜日の午前中、快気祝いが届いた各方面から連絡があった。

真島進士はついたよとメールをくれ、大家の岡部巴は「好きなんだよね、かぼちゃパイ」と喜んでいた。光浦功は、葉村ちゃんがおつきあいのマナーを心得ているとは思わなかったわ、と言った。失礼だと思ったが、〈MURDER BEAR BOOKSHOP〉の富山泰之にくらべればましだった。

「お菓子どうも。バナナのほうがありがたかったんですけど、まあいいです。ところで、そろそろ仕事しませんか。もう怪我人でいるのにも飽きたでしょう。ちょうど土曜日だし、今日からよろしく」

笑いながら電話をしてきたのだ。

「好きで怪我したわけじゃないんですが。ていうか、医者にはまだ無理をしないように言われてるんですが」

「いやもう、あれだけ休んだんだから、葉村さんはクビでいいだろうと思って次のバイトを探したんだけど見つからなくて。世の中、ホントに景気よくなってきたみたいですね」

「クビでいいですから、他をあたってください」

「〈倒叙ミステリ・フェア〉もそろそろ終わりなので、次の企画を考えなくちゃなりません。葉村さんの白骨発見を祝って、〈骨ミステリ・フェア〉はどうでしょう。となると、思いつくのはキャシー・ライクス原作の『ボーンズ』……は、科学捜査フェアでやっちゃいましたけど、アーロン・エルキンズのスケルトン探偵シリーズ、ビル・プロンジーニの『骨』、ドナルド・E・ウェストレイクの『骨まで盗んで』、レジナルド・ヒルの『骨と沈黙』、乃南アサの『風の墓碑銘』、法人類学者のノンフィクションが何冊かあ

ります し、復顔の本とかもね。他になにか思いつきませんか」

「スティーヴン・キングの『骸骨乗組員』シリーズとか?」

「ふざけないでください。フェアのラインナップ次第では、バイト代が出なくなりますよ」

いやもう、バイト代はいらない。三百万あるし。

きっぱり断るつもりだったが、寸前で気が変わった。なんだかんだ言ってもこの数ヶ月間、〈MURDER BEAR BOOKSHOP〉にはお世話になっている。バイトがいなくて困っているのなら、手伝いくらいはするべきだろう。もちろん、本の買い取りとか重いものの運搬なんてのは無理だが、土日の店番くらいなら。バイトが見つかるまでなら。

「土日だけ、ねえ。まあ、いいでしょう。わかりました。ブログにも葉村さん、店番復活と書いておきます。よろしく」

富山はあっさり言った。もう少し感謝してもらえるかと思った。

月曜日の探偵業再開にむけて、土日はのんびり過ごすつもりだったが、急遽、支度をして家を出た。途中、アウトドアショップに寄って、携帯用の酸素缶を買った。息ができなくなったときの恐怖と不安は忘れられない。

それでも開店時間の正午よりずいぶん早く着いたが、すでに顔見知りの常連客がいた。高校生の加賀谷は、よほどヒマなのか友だちがいないのか、土日は開店前に現れて閉店までいる。店の二階の〈カフェ殺人熊〉……といっても、コーヒーメイカーと紙コップが置いてあるだけなのだが、そこで受験勉強をしているらしい。マニアの会話に茶々を入れながら勉強するとはかどるそうで、ネットショップで買ったというシャーロック・ホームズ絵入りのマイ・カップをカフェに置いている。

三十代半ばくらいの女性に話しかけられていた加賀谷は、わたしに気づくと話を打ち切って大声を出した。

「あ、葉村さん、退院おめでとうございます」

面食らったが、すぐに彼の助けを求めるような視線に気がついた。相手の女性は握りしめたハンカチ越しにこちらをにらみつけてきたが、その目は明らかに濡れていた。見覚えはないが、加賀谷と親しげに話している以上、常連客なのだろう。

「先にカフェを開けるから、少し待ってね」

気づかなかったふりをして、鍵を取り出して二階に上がった。今のわたしに、他人の悩みに振り分けてやるほどの体力も気力もない。

待ってろと言ったのに、加賀谷はわたしのあとからついて二階にあがってきた。

「助けてくださいよ、葉村さん」

加賀谷は困ったように言った。

「あのひと、結婚の約束をしていた相手の安否がわからなくなったって泣くんですよ。そんなのボクに言われても、どうしようもないし」

わたしに言われたってどうしようもない。

カフェに入って換気をした。二階の一隅にある大きなバスケットから、〈MURDER BEAR BOOKSHOP〉の看板猫であるでかい茶虎が悠然と現れてあくびをし、のそのそと部屋から出て行った。こいつはわたしにまったく関心を示さない。使えない邪魔者だと思われているようだ。腹が立つことに、そう思っているのは世の中にこいつだけというわけでもない。

いつもの二倍ほどの時間をかけて散らかったものを片づけ、椅子を並べ直し、コーヒーメイカーを洗ってセットした。壁一面にかけてある額の埃を払った。有名なミステリ作家の写真やその生原稿、サイン、なにかの賞状など、いちいち確かめていられないほど種々雑多な額がある。

それがすむと、土橋の母親が使っていた古めかしい掃除機を床にかけた。重い掃除機だから引きずるだけで疲れるが、とんでもない作動音がするので加賀谷の話も聞こえなくなった。

掃除がすむと、加賀谷は世にも情けない顔で言った。

「ってことなんですけど、どうしたらいいですか」

「ごめん。聞こえなかった」

「もう、葉村さん。相談に乗ってくださいよ」

「肺機能が常人の二割引で、肋骨が治りかけの人間に、むちゃ言わないでよ」

加賀谷はうつむいた。どういうわけか、ミステリなんぞという人殺し小説を愛好する人間は、おおむね育ちがいい。

「すみません。葉村さん、探偵だからなんとかしてくれるんじゃないかって、彼女もそう言うし、ボクもそれしか考えてませんでした」

ホームズのマグカップをしょんぼりすすっている加賀谷を置き去りに、一階へ下りた。店の前のコンクリートの床に例の茶虎が仰向けになり、ゴロゴロ言いながらさっきの女性におなかをさすってもらっていた。

一階のドアを開けて、百円均一ワゴンを引きずり出し、入口のすぐわきに設置した。この作業は辛かった。力を入れるとあばらがひどく痛むのだ。

四苦八苦しているわたしを、茶虎は小バカにしたようにながめ、後ろ足で頭をぼりぼり搔いた。蹴飛ばしてやろうかと思っていると、くだんの女性が黙って手を貸してくれた。ものすごくありがたかった。

奥の物置からほうきを出して、店の周りと道を軽く掃き、片手に本を抱えたクマが血まみれの刃物を振り上げているイラスト付きの看板を拭いた。アパートに絡んだツタの葉に、鮮やかな新緑のものがある。寝ている間に桜は散ったが、やはり季節は春だ。

「ねえ。中見ていい?」

話しかけられて見上げると、女性が店の入口を顎で指していた。

「どうぞ。いま、電気つけますから」

急いで店内に入り、灯りをつけ、カウンターの下にある監視カメラのスイッチを入れた。一階の店内二ヶ所と、二階のカフェの映像が四分割で見られる。彼女は明るくなった店の中央の〈倒叙ミステリ・フェア〉のコーナーをのぞきこんだ。

「あたし、こういうミステリ嫌いなのよね」

彼女は言った。

「やなヤツが一人称の小説って、読むの辛くない？　いくら最後に名探偵に犯行を暴かれて破滅するってわかってても、それまでがしんどい」

「犯人がイヤなヤツとはかぎらないんじゃないですか」

「その場合は、名探偵がやなヤツだもん」

彼女は唇をこすりながら、起き直ってわたしを見た。

「加賀谷くんから、なにか聞いた？」

「特には」

「そう。ねえ、あなた探偵なんだってね。実はあたしの彼氏が」

「退院してきたばかりなので、その手の相談は受けられません」

「なにも雇おうって言うんじゃないのよ。捜索願を出したほうがいいか、アドバイスが欲しいだけ」

女性は倉嶋舞美《くらしまま　み》と名乗った。もともときれいなうえに、服装やメイクやネイルなどすきなく装っている。自分の身に降り掛かった悲劇で頭がいっぱいで、世界中がそれに対応してくれると、当然のように思っている。

ネイルを気にせず手を貸してくれたのだから、根は親切だとわかっていた。ただ、こういうタイプは自分のやることをすでに決めていて、それ以外のアドバイスに腹を立てる。かといって、本人の望み通りの答えを出してあげたとしても、その結果がうまくいかなければ、

「あなたにああ言われたからそうしたのに」

と他人のせいにする。世界の平和を望むなら、アドバイスなどしないにかぎる。

わたしは目をあわせないようにしてカウンターに座り、本のカバーを折るふりなどしていたが、倉嶋舞美は勝手にしゃべった。途中で、店に客が入ってきた。狭い店内のこと、こちらの話も丸聞こえだ。はらはらしているのに、舞美はいっこうにおかまいなしだった。

二ヶ月半ほど前、婚活サイトで知り合った同い年の蔵本周作《くらもとしゅうさく》。年収八百万の公認会計士。猫好きで意気投合し、週に二回デートするようになった。堅実な人間で、デートはたいていチェーンの居酒屋。資産運用について親身にアドバイスしてくれ、投資としても、一緒に住むのにもいいからと、東小金井のペット可マンションの購入を勧められた。親の意見も聞きたいというと、自分で決められない女に魅力は感じないと言われた。それで喧嘩になり、その日は別れた。あとで謝りの留守録を残したのだが、それっきり三週間。彼からの連絡はなく、電話もつながらない……。

倉嶋舞美は目に涙を浮かべて切々と訴えていたが、その話は過不足なくまとまり、流れがよく実にわかりやすかった。いったいこれまで何人の逃げられない相手に、話を聞かせてきたのやら。

その犠牲者たちが全員、なんと言ったか想像できた。昔からある、典型的なデート商法だ。

「あたし、バカじゃないのよ」

倉嶋舞美は言った。

「彼の勤め先の会計事務所がホントにあるかどうか確かめたし、電話だってしてみたんだから」

「事務所に行ってみたんですか」

つい、聞いてしまった。倉嶋舞美は口を尖らせて、

「そこまではしないわよ。ホームページをチェックしたの」

詐欺師なら、偽のホームページくらい用意しとくものだ。電話の取り次ぎのみの秘書だって、ワンクリックで手配できる。

そういうと、倉嶋舞美はむきになって、彼は詐欺師じゃない、と言いはった。

「だって、猫好きだもの。一緒に猫カフェに行って、猫を扱う様子を見て、この人なら間違いないって思った。猫好きに悪い人はいないんだから」

そうだったのか。世界征服を企む悪の結社の親玉は、たいてい猫を膝にのせているものだと思っていた。

「ねえ、警察に捜索願を出したほうがいいと思う？　友だちはみんな、やめろって言うんだけど」

「出しても受け付けてもらえませんよ」

「なんでよ。結婚するつもりだったのよ、あたし」

もう過去形じゃないか。などと言ったら大騒ぎになる。いくら男女の機微に疎くても、四十をすぎればそれくらいはわかる。

「捜索願は基本、家族が出すものです。彼の家族や友人に会ったことあるんですか」

「……ないけど」

「蔵本さんの家に行ったことは？」

「ないけど」

「蔵本さんの出身地は？　ホントに蔵本周作って名前かどうか、わかりますか？　名刺をもらっただけなのでは？」

「だから、なによ。彼は嘘つきじゃないし、いいひとよ。連絡が切れたのは、彼の意思じゃない」

倉嶋舞美は目に涙をいっぱい溜めていた。かわいそうだと思ったが、このまま警察に行かせたりしたら、もっとイヤな思いをすることになる。

「第三者から見れば、倉嶋さんはその蔵本という男にだまされたとしか思えません。でも、あなたはご自分というものをしっかり持っていて、いい加減なマンションなど買わされずにすんだ。それでいいじゃないですか」

舞美はわたしをにらみつけていた。復帰早々、お得意様を失うはめになるわけか。初志を貫徹して、黙っていれば良かった。

「とは言っても、あなたのほうが正しいのかもしれない。そこで、提案があります。蔵本周作さんは公認会計士と名乗ったんですよね。公認会計士の協会があるはずです。そういう名前の公認会計士がいるかどうか、問い合わせてみたらどうでしょう。いまの話をすれば、詐欺師かもしれないわけですから、調べてくれると思いますよ」

「……わかった。あんたの間違いだってことがそれではっきりするよね。高級なチョコレートを賭けたっていい。彼はいいひとで、なにかの事件に巻き込まれたのよ。でなければ、あたしに連絡してくるはずなんだから」

倉嶋舞美はぷいと店を出て行った。

ため息が出た。さっきから店内をうろうろしていた客と目が合った。彼もまた慌てたように目をそらし、手にしていたヴィクトリア・ホルトの本を棚に戻して出て行った。ひとを見た目で判断してはいけない、と亡き祖母によく言われたものだが、がたいがよく、とってつけたような金髪にワークブーツのごついお兄さんが、ヴィクトリアン・ロマンスに興味を持つとは思えない。急いで彼がいた本棚を確認しにいったが、特になくなっているものはないようだった。もっとも、二週間ぶりなのだから、棚ごと本が入れ替わっていても気づけないが。

小さな本屋の最大の敵は、万引き犯である。いまのわたしに、しかし、あんなゴリラみたいな万引き犯をとっつかまえる体力はない。

幸いにしてその日も、その翌日の日曜日も、穏やかに過ぎた。〈倒叙ミステリ・フェア〉もなるほど一段落で、客足はまばらだった。それでも、常連客が顔を出して、それぞれ何冊か買ってくれた。彼らのめあては二階のカフェでのざっかけないおしゃべりなのだが、なにも買わずに出入りするのはマズいと感じてくれているようだ。ありがたい話だ。

なかにはわたしが白骨を見つけたのを知っていて、その話をふってくる客もいた。何度も同じ話を聞かれるので、白骨に激突した痕だといっておでこに残るあざを見せてやると、写真を撮られそうになった。断りもなくひとの写真を撮る無作法がはびこるようになったのは、いつからなんだろう。

とにかく〈骨ミステリ・フェア〉は開始前から盛り上がりそうだった。常連たちは手持ちの知識を並べ立てた。ジャン・バークにも『骨』ってあった、伴野朗の『五十万年の死角』も骨ミスだろう、ロス・マクドナルドの『ギャルトン事件』にも骨が出てきたよね、えっ『ギャルトン事件』に？　ギャートルズの間違いじゃないの。

おかげで『ギャルトン事件』が売れ、横溝正史の『髑髏検校』が売れた。フェアの仕入れはたいへんそうだ。

常連客が二階に移動し、店が空いたところで倉嶋舞美が現れた。仏頂面で、駅前で買ったのだろう、チョコレート・ショップ〈レオニダス〉の紙袋を持っていた。彼女は紙袋を無言でわたしに差し出した。

倉嶋舞美は二階から、紙コップに入れたコーヒーを二つ持ってきてくれた。レジカウンターの内側の椅子に並んで座って、ふたりでコーヒーを飲み、チョコを食べた。チョコはびっくりするほど美味しかった。そう言うと、彼女はここのはベルギーのチョコなんだよね、なんかポアロの短編にベルギーのチョコの話があったよね、と言った。

「吉祥寺には〈リンツ〉もあるけど、あたしは〈レオニダス〉が好き。それより新宿にあった〈ノイハウス〉のチョコが好みだったんだけどな」

「詳しいですね。そっち系の仕事してるんですか」

「そっち系ってのがどっち系だか知らないけど、仕事は普通の会社員。中くらいの建築会社で経理の仕事してんの。スイーツとミステリはただの趣味」

めったにカウンターにあがることのない茶虎が、巨体を持ち上げてカウンターにどすんと飛び移り、倉嶋舞美の膝めがけて飛び降りた。舞美は嬉しそうに茶虎をなで回し、猫も嬉しそうにうにゃうにゃと答えている。麗しい光景で、店内にいた仕事帰りらしいスーツとショルダーバッグ姿の女性が、こちらをひどく気にしていた。わたしには少しもうらやましくはない。こんな巨体がわたしめがけて飛んできたら、死ぬ。

小一時間ほど、猫をいじり続ける倉嶋舞美とおしゃべりをした。主にミステリについて。わたしたちは同じミステリ・ドラマを愛好していたし、ミステリの趣味も似ていた。全然話題にならなかったけど『追跡犬ブラッドハウンド』っていう話が好きだった、となにげなく言うと、彼女は飛び上がった。

「あたしもあれ、大好き。だけど、読んだひとに会ったの初めてかも。『キルトとお茶と殺人と』も好きなんだけど、誰とも話があわなくて」

「えっ、あれは傑作でしょう」

「葉村さん、読んでるの？　すごい。じゃあ、すっごく昔の本なんだけど、ランドルフ師シリーズって知ってます？」

楽しいひとときだった。最初から最後まで、蔵本周作の話は一言も出なかった。彼女は会社の上司の面白話を披露し、わたしは住んでいるシェアハウスの話をした。帰りぎわ、倉嶋舞美は、次に来るときは〈レモンドロップ〉のレモンパイを持ってくる、と言った。わたしは紅茶を用意しておく、と答えた。好きな本の話ができる相手は、なかなかにして得がたい。

六時を過ぎた頃、富山が土橋保と連れ立ってやってきた。それで解放されて、家に帰った。晩ご飯がすむと、わたしは本棚の一番奥から『ランドルフ師と罪の報酬』を探し出した。

7

月曜日の午後、新宿にある〈東都総合リサーチ〉のオフィスビルで泉沙耶と落ち合った。

土曜日までの暖かさが嘘のように冷え込んだ昨日にくらべればいくらかましだが、月曜日も朝から寒かった。コートをクリーニングに出したのを、後悔しながら出かけたが、泉沙耶は軽くて暖かそうでいながら春らしく見える、明るいグレーのコート、体型を隠すブルーのニットに黒のカルソンパンツ姿で、ごくまともな女性に見えた。

こんなひとでも遺産欲しさのあまり、二十年前の従妹の服を着て出歩くのか。だとしたら例の「ナマコ」への依頼者のほうは、さぞかし遺産に執着していることだろう。興味がわいてきた。

わたしたちは七階の個室に通された。桜井肇や事務の人間立ち会いのもと、泉沙耶の名で家出人捜索の依頼をした。芦原吹雪から預かった現金で支払いをし、泉沙耶宛に領収書を出させ、すべての書類の控えをもらった。沙耶は緊張していたようだが、桜井が話しかけるうちに気持ちがほぐれてきたらしく、リラックスして会話が弾んだ。三十分足らずの間に、桜井は沙耶の身辺の基本知識をすべて引き出していた。

結婚して二十二年になります。専業主婦ですよ。頼まれてたまに、趣味のキルトを教えることもありますが。ええ、このバッグはわたしの手作りで、完成までに二ヶ月かかりました。そんな、趣味がいいだなんて……評判は悪くないですけど。個展を開いたこともありますのよ。全部、売れました。そんな、すごいだなんて。それほどでも。

夫は二歳年下で、中堅商社の副部長をしております。はい、恋愛結婚ですね。そんな、大昔のことですわ。大学のテニスサークルの交流戦で知り合いました。平凡な夫婦ですよ。

家は二十年前に、二十五年ローンで三鷹に建てた一戸建てです。子どもですか。上の二十歳の娘はカナダに留学中、下は野球部所属の高校生の息子。家のローンもまだ終わらないし、教育費がものすごくかかるのに夫の給料は上がらないんです。吹雪伯母さまに？　ええ、たまに援助してくださいます。ほんとにたまに、ですけど。

だから、お礼にと思って、伯母さまにはできるかぎりのことをしているつもりなんです。家が三鷹で伯母の家とも近いものですから、入院して以降は、月に一度ほど風を通しに行っています。そんな、立派だなんて……。当然のことをしているだけです。志緒利をのぞけば、伯母に一番近いのはわたくしですから。はい、わたしの母が吹雪の妹になります。他に兄と弟がおりましたが、どちらも子どもを作る前に死にまして、はい。祖父母も母もずいぶん前に。母が生きております頃は、芦原の伯母とも行き来はございませんでした。

昔のひとたちですから。歌劇団は規律も厳しくて、ちゃんとした家の娘にとって花嫁学校みたいな面もある、というので許していたんでしょうけれど、その後、伯母が映画の世界に進んだときには、女優なんて売春婦と似たようなものだ、と恥じていたとか。おまけに、一般の婦女子がシングルマザーなんて、考えられないような時代でしたものね。

経済的に援助ですか。吹雪の伯母から？　さあ、わたくしにはなんとも……家で、お金の話はしませんでしたから。

あ、そうそう。伯母が葉村さんにも家を見てもらってかまわないと言っています。志緒利のものもあるので……。なにかの参考になるかもしれません。鍵は、今日は持ってくるのを忘れたので、またご連絡いたします。

志緒利の調査依頼を勝手にした親戚ですか。石倉《いしくら》の叔父です。達也《たつや》といいまして、吹雪伯母の母方の従弟なんですが、昔から山っ気の多いひとで、よく伯母のところへ無心に来ていました。志緒利がいなくなったあと、花《はな》っていう自分の娘を養女にしたらどうか、とずいぶん強く吹雪伯母に迫っていたんですよ。伯母は相手にしてませんでしたけどね。

そうしたら、勝手に興信所を頼んだでしょう。それも、調べたとは言えないようなひどい内容だったとかで吹雪伯母さん、かんかんになって、以後、石倉とは縁を切りました。

ええ、身内の恥をさらすようですけど、それまでも石倉の叔父があちこちから借金していたんですが、最終的には吹雪伯母が肩代わりしていたんです。だから、貸すほうも安心していたところがありました。でもそのことがあってから伯母は、石倉と自分はもう無関係だ、二度と借金の肩代わりはしないので、石倉と付き合う場合はあらかじめそこをお含みいただきたい、って、いろんなところに通達したんですよ。

それで、石倉の家にはお金を貸していたひとたちが押しかけて、大騒ぎになりました。石倉の叔父はどこかに雲隠れするし、叔母は実子だけつれて家を出たそうです。叔父は女性にもだらしなくて、三人目の妻でした。

そんなわけで、石倉の家に取り残されたのは花ちゃんひとりでした。だから、なにがあったのかはっきりしないんですが、石倉の叔父が久しぶりに家に帰ってみたら……。

景気よくしゃべっていた泉沙耶は、はっとしたようにハンカチで口を押さえた。

「すみません、皆さんお忙しいんでしょうに、よけいなおしゃべりをしました」

失礼します、と椅子をがたつかせて立ち上がった。なおも話しかけようとする桜井を目で制して、わたしは言った。

「タクシーをお呼びしましょうか。それとも駅までお送りしましょうか」

「いえ、ひとりで大丈夫です」

急ぎ足の沙耶をエレベーターホールまで送り、木曜日には通院かたがた芦原吹雪に報告にいく、と告げた。沙耶はろくに返事もしなかった。よくあることだ。桜井と話しているうちに気が弛み、よけいなことまでしゃべってしまい、誰とも目を合わせられなくなるのは。こういう場合、落ち着くまで放っておくにかぎる。

部屋に戻ると、桜井が外を眺めながら飴をしゃぶっていた。一度、煙草の臭いで尾行がばれてしまい、禁煙したそうだ。わたしも以前は喫煙者だった。やめて久しいが、時々、吸ってしまった夢を見る。

「相変わらず凄腕ですね、桜井さん」

「マダムキラーと呼んでくれ。だけど、腕が落ちたかもな。前は途中で我に返らせたりしなかったのに」

桜井肇はデスクの上にファイルを滑らせてよこした。

「頼まれてた調べ物だ。それにしても、二十年前は面倒だ。どこからとっかかるつもりだよ」

ファイルを開いた。〈岩郷総合調査研究所〉岩郷克仁の略歴。矢中ユカの現在の連絡先。処分されたTテレビのプロデューサーの連絡先。当時、芦原吹雪の隠し子の父親ネタを載せた週刊誌やタブロイド紙の記事のコピー。

「やっぱり、まずは岩郷調査員の話を聞いてみたいかな。報告書があれだけの力作だったんだし、いまでもこの件についてはよく覚えてるはずだから。この探偵社の評判、なにか聞けた？」

「それなんだけど、〈岩郷総合調査研究所〉はずいぶん前から開店休業状態みたいだな。事務所にしていた自宅は移転した気配がないけど、活動はしていないらしい。公安委員会に探偵業の届け出もしてないし」

わたしはがっかりした。二十年もたってると、こういうことが起こる。

「病気でもしたのかな」

「誰も評判を聞いてないって言うんだから、死んでてもおかしくないな」

急いで略歴をみた。案の定というか、岩郷克仁は元刑事だった。茨城県出身。一九五二年、十八歳で警視庁に入庁。以下、所轄の警邏係、機動隊勤務などを経て、一九六〇年に成城警察署刑事課に配属。同じ年、土屋美枝子《つちやみえこ》と結婚。翌年、長男・克哉《かつや》が生まれる。

所轄署に十年、その後本部の刑事三課に呼ばれ、十三年勤めた後、成城警察署刑事課に戻り、結局はそこに退職までいたことになる。この道三十数年、ベテランの泥刑だったわけだ。とはいうものの、

「一九九四年定年退職。直後に〈岩郷総合調査研究所〉を立ち上げる……いきなり？」

「そのあたりのいきさつまでは、週末の二日間じゃ無理だったよ。ただ、それほど珍しいわけでもない。組織に長いこといた人間は、独立したくなるんだろうな。元警察官同士のつながりもあるから、選ばなければ仕事は来るだろうし、事務所を自宅にすれば初期投資は最低限ですむし。もっとも、いわゆるサムライ商売だから、軌道に乗る事務所は珍しい。なのに、どういうわけか、みんな自分だけはうまくいくと思っちまうんだ」

「桜井さんも独立、考えたことあるの？」

「当たり前だ。男なら一国一城の主をめざすもんだろ」

「なんであきらめたの」

「聞きにくいことをはっきり聞くね。いろいろあってさ、とだけ言っておくよ」

桜井はぎこちなく笑った。完全にあきらめたわけではないようだ。

岩郷克仁の件はおいて、九四年の隠し子騒動のときの記事を出してみた。だいたいが九四年十一月の前半に出たものだ。えげつない三流紙ばかりなのかと思ったら、名の通った週刊誌数誌と、タブロイド紙二紙に掲載された記事のコピーがあった。どれもいわゆるオヤジ媒体で、強烈なあおり文句やえげつない惹句の裏に、ありとあらゆるものに対するねたみや反感が見え隠れしていた。

そしてこのとき、たたきがいのある「水に落ちた犬」は芦原吹雪だった。『清純派女優の裏の顔』、『子どもの父親は大物政治家か』、『歌劇団時代からの派手な男性交流』……などなど。こんなキャッチを考えた編集者たちはその昔、芦原吹雪に言いよってこてんぱんに振られでもしたのだろうか。

などと、うがちたくなるほど、中身のない記事だった。はっきりしている事実は芦原吹雪に二十四歳になる娘がいて、父親が誰だか戸籍に記載がないことだけだ。あとは、得体の知れない、存在しているかどうかも怪しい「情報通」と称する人間の、又聞きの又聞きみたいな話を、うまいことちりばめて記事に仕上げている。

それでも、少なくとも「ナマコ」の報告書より、よっぽどよくできてはいた。芦原吹雪が片っ端から大物と寝てた、とまでは信じられないにしても、このうちの誰かと恋人同士だったかもしれないな、と思わせる程度には説得力があった。だからといって、特に糾弾されるようなことでもないと思うが。成人の、双方の合意に基づく関係は、犯罪ではない。

「で、この、大物政治家S・Dって誰？」

「相馬《そうま》大門《だいもん》だよ。あれ、ほんとはヒロカドって読むんだってな。だけど通称ダイモンだから」

「へえ」

「あ、葉村おまえ、相馬大門知らないな。国土交通省になる前の建設省を牛耳ってた黒幕だよ。大がかりな談合事件や贈収賄事件の陰には必ず相馬大門がいると言われてたのに、いつも捜査の網をすり抜けてさ。特捜の鬼と言われた支倉《はせくら》検事がひき逃げされて死亡したの、あれも相馬の指示だったって言われてる。闇の勢力とも昵懇だったし、ほら、大きな事件があると必ず中心人物が突然、自称右翼に刺されて死んだりするだろ。あれも相馬の」

「楽しそうだね、桜井さん」

「え、なに？　バカ、そんなわけないだろ」

ニッポンの黒い霧というか、金融腐食列島というか。この手の陰謀伝説は意外なほど愛されている。もちろん、まったくのでたらめではなく、相馬大門も裏で相当に汚いことをしてきたのだろうが、陰謀史観論者によってそれ以上に盛られていると思ったほうがいい。桜井が言うほどのおっかないフィクサーなら、女優の隠し子騒動なんて下世話な話で取りざたされやしないだろう。

それにしても、

「なんで、相馬大門が隠し子のパパ候補になったわけ？」

「相馬は芦原吹雪の後援会長だったんだよ。それに、昔ながらの大物だったから、女の噂も絶えなかったらしい。なによりスターを引退させて、ずっと援助するなんてことは、そこらへんの男には無理だよな」

テレビの情報番組に偽者を仕込んで、隠し子騒動そのものを一気に終息させる、などという真似も、そこらへんの男には無理だ。

「まだ生きてるんだっけ」

「いや、とっく。九四年の段階で八十近かったはずだよ。死んだのは」

桜井はiPadを操作して、

「二〇〇三年だって。引退は騒ぎの翌年の九五年、当時四十六歳だった息子の和明《かずあき》が親父の地盤を受け継いで、フレッシュな若い力を、とかなんとかいうキャッチで打って出て当選したんだな。それにしても、四十六でフレッシュって、恥ずかしくないのかね。まあ、恥ずかしかったら政治家なんかやってないか。最近あんまり名前聞かないけど、いまコイツはどこに所属してるんだ。野党？　与党？　なんかふらふらしてんなあ」

放っておくと、いつまでも検索していそうな桜井にしびれを切らしてわたしは話を変えた。

「で、この第二のパパ候補、財界人I・Tってのは？」

「スーパーチェーンの大躍進で名を馳せた今津孝《いまづたかし》だろう。芦原吹雪とは幼なじみだそうだ。今津家と芦原家は軽井沢の別荘が隣同士だったとか。セレブな付き合いだね。ただし、吹雪が引退した頃、今津はまだ独身だった。家格も同じくらいだし、ふたりの結婚になんの支障もない。もし子どもができたら、少なくとも娘の認知はしたんじゃないかな。というわけで、これはないな」

「それじゃこの、大物俳優Ａ・Ｋは？」

「ずばり、安斎喬太郎《あんざいきょうたろう》」

これはこれは。わたしでも名前を知っている。相馬大門が陰謀伝説の持ち主なら、こちらは豪快伝説だ。飲む打つ買う、やりつくして年をとり、すでに役者の仕事はあんまりないらしい。糊口をしのぐためにバラエティーに出るようになったが、そんなテレビで見る顔は、化粧やライティングでもごまかせないほど荒廃しきっている。

「芦原吹雪とは七本の映画でコンビを組んだ。女房は安斎をデビューさせた大恩人でもある映画監督・遊木川策《ゆきかわさく》の娘だ。しかも女房の母親は某映画会社の社長の妹ときた。七〇年といやあ、映画会社にはまだかなりの権力があったもんな。離婚や子どもを認知、なんて真似したら、安斎は芸能界から完全に干されただろうよ。実際、遊んではいたが、財布のひもは女房に握られてるんで有名だそうだ」

「あんまり豪快じゃないですね。それじゃ、安斎喬太郎は、あり？」

「ありだね。吹雪の引退後もお互いの家を行き来するほど親交があったし、九四年の騒ぎのとき、こいつは完全には否定しなかったそうだから。もっとも、大物俳優ともてはやされてはいても、九〇年代には映画の仕事がなくて、量産されるＶシネマなんかで食ってたそうだ。芸能人にとっては、どんな形であってもネタにされたほうが黙殺されるよりましだからな。思わせぶりなそぶりを見せて、マスコミの気を引いてただけかもしれない」

ますます豪快じゃない。てか、ちっちゃい。

「主な父親候補はこの三人だけど、他にも名前が挙がっている人間はいる。例えば、マネージャーだったY・Hこと山本博喜《やまもとひろき》。山本は芦原吹雪が引退した後もずっと、陰になりひなたになり女王様に尽くしてきたらしい。この男なら、父親本人でなくても、誰が志緒利の父親なのか知ってるかもしれない」

「ふーん。連絡先は？」

「も少し待ってくれ。さっきのあの、石倉の花ちゃんだっけ？　あれも調べてわかり次第連絡するよ」

志緒利の「父親あて」が面白すぎて、うっかり本来の目的を忘れるところだった。わたしは志緒利本人を見つけ出さなくてはならないのだ。その父親ではなくて。そこを下手につつけば、岩郷の二の舞だ。依頼を引っ込められて、金返せと言われるかもしれない。

別れ際に、桜井が名刺の箱をくれた。〈東都総合リサーチ〉調査員・葉村晶。

「葉村の入社については、白峰常務の内諾をもらってる。ただし、今回の仕事は葉村の持ち込みで報酬がうちから出るわけじゃない。おまけに社長とはいろいろあったから、正式に雇用契約を結ぶのは社長が引退した後、再来月の一日ってことでどうかな」

一瞬、驚いた。東都に入れてよ、と頼んだつもりはなかったからだ。しかし考えてみると、そう言ったも同然だったかもしれない。東都を通して探偵の仕事をしたい、と持ちかけたのだから。

「……わかった。いろいろありがとう」

「名刺の連絡先は、オレのデスクになってる。他に調べてほしいことが出たら、また言ってくれ」

東都のビルを出ると、寒風が身にしみた。それでも昼下がりの空は黄色っぽく、春めいてかすんでいた。振り仰ぐと東都総合リサーチのガラス張りのビルに、新宿の光景が切り取られて映り込んでいた。なんとも言えない気持ちになった。このでかい会社の一員になるのか、わたし。

なってしまうのか。

8

朝ご飯は十時半にすませ、いまは三時半。特におなかがすいているわけではないが、薬を飲まなくてはならない。一日三回きちんと薬を飲む、というのは意外に面倒だ。入院中も退院してからも、薄味の和食ばかりだった。寒いせいもあるだろうが、そろそろ、血管を詰まらせるタイプの食事が恋しくなっていた。南口の駅ビルの地下のタイ料理店に行ってガパオライスを食べ、薬を飲んだ。小田急線にまわって急行に乗った。

シートに座ってから、しまった、と思った。初対面の人間に会うのにエスニック料理はまずかった。探偵のときには持ち歩いていたガムや歯磨きセット、デオドラントシートのようなものは、今日は持っていない。

自分からニンニクとジャスミンライスと香菜のにおいが立ち上っているのを感じ、バッグを探った。ニンニク料理の後に飲むタイプのにおい消しが出てきた。これって抗生物質と一緒に飲んで、大丈夫なんだろうか。

〈岩郷総合調査研究所〉があるはずの、新百合ヶ丘で下車した。駅前はいかにも郊外型タウンといった感じで、一階はバスターミナル。二階部分をコンコースでつなぎ、駅とホテルと大型スーパーやショッピングモール、シネコンがぐるっと一周できるようになっていた。九〇年代の開発業者が好きそうな光景だ。

吹きっさらしのコンコースを下りて駅前から離れると、生活のにおいのする「街」になった。地味な商店街を抜けて、普通の住宅街に出た。同じ顔をした建て売り住宅がひしめきあっている。スマホの画面を見ながら十二、三分歩いて、わたしは立ち止まった。このあたりのはずなのだが。

何度も行ったり来たりして、岩郷の表札を探した。いっこうに見つからないのでついにあきらめて、通りがかりのひとを捕まえた。相手は小さい子どもを連れた若い母親という、もっとも警戒心旺盛な人種だったが、わたしが道に迷っているのに気づいていたらしく親切だった。

「ああ、岩郷さんならここですよ」

彼女はわたしの背後を指さした。振り向いて、驚いた。ワンブロックほどをコンクリートの壁がしめているため、てっきり公共施設のようなものだと思っていたのだ。

「でかっ。ここが全部、岩郷さんちなんですか」

母親はくすくす笑った。

「入口はこの裏側なんですけど、テラスハウスなんです。うちのお隣のお隣が岩郷さんです」

母親に案内される形で裏に回った。さぞや小洒落ているのかと思いきや、二階建ての横に長い団地のような、つまりは長屋がわたしたちを出迎えた。各戸の玄関脇には木枠の窓があり、すりガラスにクレンザーや台所用洗剤の容器が透けて見える。ひびのはいった古いコンクリートの土台。ペンキのはがれたドア。雨ざらしの三輪車。プロパンガスのボンベ。誰かが作ったペットボトルの風車がくるくる回っていた。

「すごいでしょ。昭和のテラスハウス」

若い母親がまた笑った。雑草生え放題で、掃除をしている様子もない。敷地の隅に古タイヤが積んであるのは、誰かが拾ってきたというより不法投棄されたように見えた。

ドアの真ん中に「3」とある家が、岩郷さんちだと母親が教えてくれた。礼を言って、近寄った。最近ではあまり見かけない、ポッチだけの呼び鈴があって、その下に郵便受けがあった。表札は濡れて乾いてを繰り返したボール紙で、変色し波打っている。文字も流れているが、かろうじて「岩郷」と読めた。その下の長い表記は「岩郷総合調査研究所」だろう。

呼び鈴を押した。しばらく待ったが、応答はなかった。古い家のにおいが鼻をつく。いやでも例の白骨死体の件が思い出された。

呼び鈴にもう一度指を伸ばしたとき、唐突にドアが開いた。びっくりして飛び退いた。全体的にまん丸い感じのおばあさんが、ドアの向こうに仁王立ちになっていた。

「なんだい」

治りかけのあばらを押さえ、無理に笑顔を作った。

「〈岩郷総合調査研究所〉はこちらでしょうか。岩郷克仁さんにお目にかかりたいのですが」

おばあさんはまん丸い目を大きく見開いて、わたしを見た。

「あんた、うちの亭主を知ってるのかい」

「お会いしたことはありません。お名前だけです」

正攻法でいったほうがいいと思い、名乗って名刺を差し出した。

「かつて岩郷さんが調べていた事件を引き継ぐことになったので、参考までにお話をうかがいたくて参上しました」

岩郷の妻……資料によれば美枝子……は、これ以上は無理というほど名刺を離して見て、探偵ねーえ、と呟いた。

「とにかく入んなさい。今日は冷えるから」

美枝子のまん丸いお尻を見ながら、屋内に入った。ほっとしたことに、家の中は清潔だった。よほどきれい好きなのだろう、柱も床も階段もシンクも、どこもかしこもピカピカだ。長年かけてしみついたその家のにおいはもちろんしているが、不快ではない。

玄関をあがってすぐが台所で、右側に急な階段があった。奥の間へのガラス戸が開いていて、六畳間が見えた。わたしはそこへ通された。部屋の右側が押し入れになっていて、ふすまの穴はきれいな千代紙でふさいであった。

部屋の中央にはまだこたつが出ていて、南向きの窓から差し込む春の日ざしが、天板に葉影をゆらめかせていた。美枝子の定位置は壁の前らしい。よっこらせ、と座り込むと、ポットにも食器棚にもテレビのリモコンにも、全部に手が届くようになっていた。

「あんたが引き継ぐってのは、あれでしょ。芦原吹雪の娘の件。ねーえ？」

美枝子は食器棚から〈笠間焼〉と書かれた木の箱を出し、中の湯のみをふきんでごしごし拭きながら、言った。わたしは驚いた。

「よくわかりましたね」

「そりゃあ、そうだよ。あんたは探偵だし、亭主が探偵になってから調べたのはあの一件きりなんだから」

「てことは、岩郷さんはもう探偵じゃないんでしょうか」

「たぶんねーえ」

美枝子はきゅうすをくるくる回した。

「なにしろ、吹雪の娘さん探しが打ち切られて二週間くらいあとだったたっけか、お父ちゃんどっか行ったっきり帰ってこないからねーえ」

ふーん、と聞き流しかけて、慌てた。

「帰ってこない？　いつからですか」

「だから、芦原吹雪の娘を探す仕事が途中で終わって、すぐ」

ということは、

「岩郷さん、二十年も前から行方不明ってことですか」

「もう二十年になるんだねーえ」

こちらの驚きをよそに、美枝子は棚の上の写真に向かって、のんびりと言った。

「どこに行っちゃったやら。そろそろ帰ってきてくれないと、こっちの寿命が持たないってのよ。ねーえ？」

写真はいまよりは若い美枝子と岩郷克仁が寄り添っているものだった。ふたりとも目がしわに埋もれるような笑顔だった。息子が撮ってくれたんだねーえ。

渋いお茶を飲みながら、話を聞き出した。岩郷克仁は、それこそ水上勉の小説に出てくるような昔気質の刑事だったようだ。執念深くて、しつこくて、粘り強く、おかげで数々の手柄をたてた。この部屋の壁が全部埋まるほどの賞状をもらったのだ、と美枝子は誇らしげに言った。大地震のあと、額が落ちてきたら危ないからと息子が外して二階に仕舞ったのだ。ホントは危なくてもいいから飾っておきたかった。でないとお父ちゃんが帰ってきたとき、がっかりする。

「息子はワンガンっての？　海の近くのマンションの十八階なんてとこに住んでるくせに、地震が恐いんだよ。だったら地べたで暮らせばいいのにねーえ」

「立ち入ったことをお聞きしますが、岩郷さんがいなくなって、捜索願とかは出されなかったんですか」

「息子は嫌がったがねーえ。元警察官が警察に迷惑かけたんじゃ、お父ちゃんが困るだろうってのさ。克哉も心配してなかったわけじゃないんだよ。ただ警察にいた時分にはお父ちゃん、五日も六日もなんの連絡もなしに帰ってこないなんてざらだったからねーえ。だけど、さすがに二週間すぎて、どうしたもんかと思ってるとこへ、お父ちゃんの成城署時代の後輩から連絡があったから、相談したんだよ」

「それで、なにかわかったんですか」

「なにも。事故で死んだわけでも、行き倒れてたわけでもないってことだけ」

芦原志緒利について、彼女を捜していた探偵まで消えた。できの悪いホラー映画のオープニングみたいだ。

「確認させていただきますけど、岩郷さんが探偵になって受けた依頼は、芦原吹雪さんの娘さんの件だけなんですね」

「間違いないねーえ。そもそも、お父ちゃんはマジメに探偵をやるつもりはなかったんだよ。ものすごく根を詰める仕事を何十年もやってきたんだから、退職金で故郷の茨城に畑付きの小さな家でも探して、ふたりでのんびりやりたいねーえって言ってたんだ。探偵の看板は出したけど、ご近所さんに困りごとでもあったら相談に乗りますよ、くらいのことだったんだよねーえ」

「けど、芦原さんの仕事は引き受けられた」

「後輩に頼まれちまったから。それに、お金がよかったんだよ。退職金と年金で暮らしていくには十分だけど、お金はいくらあったって困らないからねーえ。それにあんた、なんたって相手があの芦原吹雪だもの。あんな美人スターによろしくお願いしますなんて頭下げられて、舞い上がっちまったんだよ、お父ちゃんは」

岩郷美枝子は深々とため息をついた。

「あの後、しばらくワイドショーじゃ芦原吹雪に隠し子がいたって毎日大騒ぎしてたもんねーえ。お父ちゃんがこんな番組見たら、怒って血圧があがるんじゃないかって思ったもんだよ」

ん？

「ちょっと待ってください。それじゃ、隠し子騒動がテレビや雑誌で取り上げられた頃には、もう岩郷さんは行方不明になっていたんですか」

岩郷美枝子は丸い頭をうんうん、と縦に二度振った。

どういうことだろう。

「ちなみに、岩郷さんと連絡がつかなくなったのは、いつのことでしょう」

「忘れもしない十月二十日。前の晩に息子が来たんだ。その頃、克哉は結婚して都内の社宅に暮らしてたんだけど、久しぶりにやってきたと思ったら、父さんの退職金いくらあるんだ、ってさ。嫁は社宅から出たいと言ってる、給料は減らされた、だけど自分は一流商事の社員なんだから、恥ずかしくないレベルのマンションを買いたいって言うんだよ。お父ちゃん、カンカンだったよ。学費の高い私立大まで出してやったのに、親の退職金までかじろうってのか、なに様のつもりだって。克哉のほうも、オレだって好きで安月給の刑事の息子に生まれたんじゃねえや、ってわめいて帰るし」

美枝子はため息をついて、こたつがけの端で涙を拭いた。

「だから翌朝、お父ちゃんは不機嫌でね。ひとっことも口利かないで、朝飯食べて出かけていったんだ。だからあたしは、行き先も、帰りがいつになるかも聞かなかった。聞いときゃよかったよ。ねーえ？」

十月二十日。隠し子騒動が週刊誌を騒がせたのは十一月の前半。

芦原吹雪の勘違いだろうか。一連の騒動がメディアをにぎわせたのは、岩郷克仁がリークしたせいではなかった可能性が高い。

「だけど、不思議だよねーえ」

岩郷美枝子は丸い頭をかしげて言った。

「そりゃあ、探してくれって頼まれるまで、お父ちゃんもあたしも、芦原吹雪に娘がいたなんて知らなかったけど、その娘さんの周りのひとたちはみんな、娘さんが芦原吹雪の娘だって、知ってたんだよねーえ？　名字も芦原だし、どっか私立の学校に通ってたんでしょうが。あんなに毎日、ワイドショーでとりあげるほどのことだったのかねーえ」

なんとも答えようがなかった。美枝子も別に返事を期待していたわけではないらしく、居住まいを正してわたしに言った。

「あんたさんが芦原吹雪の娘さんを探すんなら、ついでにうちのお父ちゃんのことも気にかけてやってくれないかねーえ。あたしもさ、暮らしに困ってるわけじゃないんだよ。

お父ちゃんの退職金には手をつけてないし、年金もあるし。だけど、この先どんだけ長生きするかわかんないし、探偵さんを雇うお金ってのもねーえ」

　慌ててうなずいた。

「わかります」

「ちょこっと気にしてくれるだけでいいんだよ。そのかわり、あたしにできることならなんでもするからねーえ」

　丸い目にひたと見つめられた。のんびりした口調とは裏腹に、追いつめられた草食動物のような目つきだった。こんな辛抱強い羊みたいなおばあさんに頼まれて、断れる人間がいるだろうか。なにか、美枝子の気を少しでも紛らわせなくては、という気持ちになった。

「あーっと、それじゃあ、岩郷さんが残した資料ってありますか。芦原志緒利さんを探していたときのメモとか手帳とか」

「残ってないねーえ。いつもお父ちゃんが使っていた手帳があったんだ。赤い革の、これくらいの」

　美枝子は辞書くらいの大きさを指で囲ってみせた。

「退職するとき、後輩がくれたんだよ。現役時代のお父ちゃんは手帳よりメモ帳を使ってたんだけど、これからは手帳のほうが格好つくって後輩がね。赤かよ、ってお父ちゃん照れてたけど、芦原吹雪の前でカッコつけたくて、あの件はその手帳に全部書き込んでたんだわ。出て行くとき、その手帳もセカンドバッグに入れて持っていったんだよねーえ」

岩郷克仁の失踪当時の服装は、古いグレーの背広の上下。ベージュのニットシャツ。ベージュの帽子に黒いセカンドバッグ。黒い靴。

そういえば、最近あまり男性のセカンドバッグって見ないなあ、と思った。九〇年代の前半までは、金融業や不動産業のひとたちがよく持っていた。

「それじゃあ、報告書を打ったワープロは？」

「お父ちゃんの行き先がわからなくなったあと、息子とか成城署の後輩とかが調べてくれたんだけどねーえ。いまはどこにあるんだろう。なんの手がかりもなかったみたいだねーえ」

よいしょ、と美枝子は立ち上がった。

「二階に来てくれるかい。お父ちゃんのものは、いま、二階の部屋に置いてあるんだよ」

階段に触れる足の裏の冷たさに閉口しながらあがると、台所の上の部屋は四畳半ほどで、「お父ちゃん置き場」になっているようだった。額に入った賞状が、なるほどたくさん壁に立てかけられていた。しかしそれ以外は見渡すかぎり衣類が中心で、書類のたぐいは見当たらない。

「そういうのは、息子が持ち出したんだねーえ。克哉もお父ちゃんとは喧嘩別れみたいになったから、気がとがめてたんだ。お父ちゃんがいなくなってしばらくはよくうちに来て、お父ちゃんの持ち物調べてたよ」

「息子さんに言えば、見せていただけるでしょうか」

「聞いてみるよ」

いま、うちに残っているのはこれっきりだねーえ、と文箱を渡された。クッキーの空き箱に、下のふすまに貼ってあったのと同じ千代紙を貼りつけて作ったものだ。開けてみると、覚え書きや名刺、はがきなどがぐちゃぐちゃに投げ込まれてあった。しかも、どうやら現役時代のものらしい。一番上のメモの束には「S51,3,6」などと殴り書きされている。

「持っていっていいよ。お父ちゃんも許してくれるねーえ」

「いえ、これは……」

「いいんだよいいんだよ、遠慮しないで」

邪魔なだけだ、とは言いかねた。持って帰ることにした。岩郷美枝子は紙袋をあげよう、と押し入れを開けた。押し入れの下半分は、包装紙や紙袋で占領されているようだった。

「他になにかしてあげられることはないかねーえ」

辞去しようとすると、美枝子はすがりつくようにわたしを見た。なにも思いつかなかったので、芦原吹雪と岩郷を引き合わせた、岩郷の成城警察署時代の後輩の名前と連絡先を尋ねてみた。

「名前は渋沢って言うんだよ、渋沢漣治。今は調布東警察署にいるんじゃなかったかねーえ。いまでもお父ちゃんに年賀状をくれるのは渋沢さんだけだもの、覚えてるよ。でも、ちょっと待っててくれれば探してちゃんと見るけど」

「いえ」

わたしは力なく手をあげた。

「調べなくていいです」

9

新百合ヶ丘の駅に戻り、喫茶店を探した。座ってゆっくり考えたかったのだ。探偵業五ヶ月間のブランクのせいか、退院直後で身体が本調子ではないせいか、思いがけない方向に話がいったせいか、あんなに協力的な相手だったのに聞き込みとしては四十五点、という気がしていた。といって、他になにを聞けば良かったのかもわからない。

喫茶店が見当たらないのでマックに入ってコーヒーを買った。けたたましく笑い続ける高校生男女の隣の席にへたりこみ、ふだんは入れないミルクと砂糖をたっぷり入れて飲みながら、これから先どうしたらよいかを考えた。美枝子には申し訳ないが、わたしの仕事はあくまで芦原志緒利を探し出すことだ。岩郷克仁ではなく。

とはいうものの、岩郷の行方不明が志緒利の失踪とまるで無関係だとは思えなかった。というより、岩郷が消えていたことで、それまでたんなる家出だと思っていた志緒利の失踪に、まがまがしい影がさしてきた。おかげでなんだか落ち着かなかった。気が急くというか、焦っている。なのに、新宿と新百合ヶ丘、二ヶ所を移動しただけでこんなにも疲れきっている。

岩郷美枝子から聞いた話のメモをとり、資料を読み直して頭を整理した。こうなってくると、まっさきに会いたいのは芦原吹雪のマネージャーだった山本博喜だ。桜井の言う通りに吹雪に尽くしていたのだとしたら、彼ほど芦原母娘の事情に通じている人間はいないだろう。にもかかわらず〈岩郷レポート〉に山本の名前はただの一度も出てこない。その理由が知りたかった。しかし、それは桜井が山本の連絡先を突き止めてからの話だ。

落ち着け。焦るな。自分に言い聞かせた。今日できることは、家に帰って体調を整えることだけだ。

糖分を補給し、温まったおかげで歩けるようになった。電車に乗って成城学園前駅で降り、成城石井でお弁当を買った。バスで帰るつもりだったが、文箱が予想外に重く、探偵初日のプチ贅沢で、家までタクシーを奢ることにした。

車は住宅街を走り抜けた。神戸屋レストランの脇を通るとき、芦原邸はこのあたりなんだな、と思った。明日にでも家の周囲を見てみよう。なにか気づくことがあるかもしれない。

タクシーは二十分とかからずに甲州街道に出て、葡萄畑の前の道にさしかかった。この辺で停めて、と言いかけたとき、花柄のミニスカートにブルーのパーカ、大きめの黒いショルダーバッグ姿の若い女性が〈スタインベック荘〉から現れ、うつむいて足早に駅のほうへ去っていくのが見えた。うちの定員は七名だが、年度終わりに二人が出ていき、いまは二部屋が空いている。おまけにわたしが入院していたため、掃除や買い物の当番が回ってくるのが早くなったと、同居人たちからそれとなく苦情を言われたばかりだった。

一階の中央にある、みんなが出入りするリビングのテーブルに、空になった麦茶のグラスが乗っていた。同居人のひとりである瑠宇《るう》さんが、それを片づけながらこっちを見て、「おかえり」と言った。

「いまのひとに会った？」

「入居希望ですか」

「うちは大家かその知り合いの紹介がないと入居できないって断ったんだけどね。どうしてもって粘られてさ。シェアハウスで警備会社と契約してるし、都会で駅近なのに畑があって、ホントにうらやましいなんて言われて、まあ、見せるだけならいいか、どうしても入居したいって言うなら、葉村に頼んで身元調べてもらおうって思って」

同居人がふたり減ったため、みんな内心、新しい入居者が欲しいのだ。

「いいんじゃない、見せるだけなら」

瑠宇さんは肩をすくめた。

「だけど、途中からなんか、ひやかしっぽい気がしてきた。どんなひとと一緒に暮らすのか知りたいって、あたしたちのこと根掘り葉掘り聞いてってたし。もしかして葉村の同業じゃない？　誰かに結婚の予定でもあって、素行調査してるとか」

「誰に？」

「さあ。自慢じゃないけどあたしじゃない。この五年ほど、オトコは回ってきてないし」

「今日、お風呂の掃除当番、わたしですよね」

「シェアハウスで間違いなく回ってくるのは、掃除当番だけだよ」

部屋で着替えた。肋骨が痛まないようにと、ずっと前開きのシャツやカーディガンを着ていたのだが、そろそろ大丈夫だろうと、今日はかぶるタイプの細身のシャツにしていた。着るのは簡単だったのに、いざ脱ごうと思ったらこれがたいへんだった。どうやってもあばらのあたりに力が入る。若い頃に比べて身体がかたくなっていて、関節が曲がらない。両手を上げてシャツをたくしあげるところまではなんとかなったが、頭が抜けない。無理に抜こうとすると、脇腹に激痛が走った。頭までシャツの中に入れた状態で、呪いの言葉を吐きながら、じたばたと大暴れをした。

ようやく脱げたときには、またひとつ賢くなっていた。「人間四十をすぎたら着られない服がある。見た目や若作りというレベルではなく、生物学的に」……。このまま順調に年を重ねれば、わたしはいずれ賢人と呼ばれるようになるかもしれない。

ふとんの上に倒れ臥して呼吸を整えてから、這うようにして風呂に行き、掃除をすませた。温かい紅茶をマグカップに入れて自室に持ち帰り、お弁当を開けた。

前の家で使っていた家具は、ほとんどが拾い物か貰い物だった。引っ越してくるとき処分して、いまの部屋にある家具はシェアハウスの物置に残されていたのをもらった籐の椅子と文机、それに本棚に使っている深くて低い木の棚だけだ。荷物はほとんど押し入れに押し込み、棚に入らなかった本は壁にそって積んである。ふとんはすのこの上に敷きっぱなしで藍染めの布をかけて、万年床をベッド風にしてある。

壁が白い珪藻土《けいそうど》で、梁《はり》や柱がダークブラウン、天井が羽目板とレトロな和室だから、なにもないのがちょうどいい。と、わたし自身は気に入っている。部屋に来たことがある光浦には、きれい好きのジジイがよくこういう部屋に住んでるわよね、と一蹴されてしまったが。

パソコンを海外のラジオにつなぎ、音楽を流した。籐の椅子に座り込んで、その殺風景な部屋を見つつお弁当を食べた。三口目を食べたとき、あれ、と思った。

倉嶋舞美に言われて『ランドルフ師と罪の報酬』を探し出し、棚の上の目立つ場所に置いた。今日、出かけるときにも間違いなくそこにあった。電車の中で読むのに持って出ようかと考えたのだが、活字が小さいわ紙は古くて破れそうだわ、外出のお供は無理だな、と棚の上に戻して出たのだ。

その古い文庫が、いまは棚の脇の、積み上げた本の山の上に移動している。

弁当を置いて、部屋を見て回った。文机の抽斗《ひきだし》に入れている貯金通帳や年金手帳、その他の貴重品は無事だった。貯金箱がわりにしている、プラスティックの蓋のついたガラスのコンフィチュール入れも中身そのままだ。

印鑑やパスポートは、クリーニングから帰ってきて袋に入ったままになっている分厚いダウンコートの内側に、クリアバッグに入れて吊るしてある。芦原吹雪から渡された現金の残り、百五十万円ほども一緒に入れていたが、こちらも無事だった。

まさかなとは思いつつも、押し入れの引き出しもみた。我ながら色気のかけらもない下着や、そろそろクリーニングに出さなくてはならないカシミアのセーター、お気に入りのスカーフもなくなってはいない。カメラやビデオカメラ、ウィッグや眼鏡などの探偵道具を入れた箱も手つかずだ。

いったん部屋を出て、扉の錠前をチェックした。屋内の和室の引き戸にもかかわらず、ノブと錠がついている。錠はそこそこ立派でも、引き戸と連結している柱がちゃちいから、その気になればこじ開けられる。しかし、錠やその周辺に疵のようなものは見当たらなかった。

階下に下りて、瑠宇さんを捕まえた。彼女はわたしの質問にぽかんとした顔をした。

「うん、自分で家の中を見て歩いていいか、って言われたからしばらく勝手にさせたけど。なんかあった？」

「てことは、二階にもひとりで行った？」

「行ったけど」

「ひょっとして、マスターキーの場所を教えたり、しなかった？」

「火事とか地震のときに、誰かが部屋に閉じ込められたらどうするんだって聞かれたから、マスターキーがあるって……キーは、空き部屋を見せるんで裏口のキーボックスから出したし、それを彼女は見てたけど……やだ、なにか盗まれでもした？」

瑠宇さんは不安そうに立ち上がった。わたしは首を振った。

「だけど、今日、誰かが部屋に入ったみたいなんだ。その子の連絡先、聞いた？」

「手作りの名刺をくれた。固定電話の番号なんて、若い子がいまどき珍しいなって思ったけど、こんな古い和風のシェアハウスを見に来るくらいだから、てっきり」

言いながら、瑠宇さんはケータイをかけた。

「あの、そちらにサトウケイコさんはいらっしゃいませんか。いる。寝てる。わたしは今日、ケイコさんとシェアハウス〈スタインベック荘〉でお会いしたもので……えっ、ですからうちで会ったんですよ。誰とって、サトウケイコさんですって。嘘じゃありませんよ、なんでわたしが嘘つくんですか。は？　出かけてない。え、でも……寝たきり？　九十八歳？　ケイコさんがですか？　はあ。はい……」

瑠宇さんが持っていた手作りの名刺を見た。薄いピンクの紙に、カタカナ文字がハンコで押され、裏を返すと固定電話の番号が同じようにハンコでわざと不揃いに押してある。隅に花のシールがあしらわれていて、名前の下には猫のシールだ。こんな名刺、営業にも婚活にも使えないが、胸に一物ある人間がシェアハウスに潜り込むにはいいアイディアだ。こんなチャイルディッシュな真似をする女の子を疑うやつは、めったにいない。

「申し訳ない」

電話がすむと、瑠宇さんは蒼白になった顔を下げた。

「疑わずに家に入れた。あたしのミスだ」

「電話、どこにつながったんですか」

「明大前の〈福福菜館〉だって。なんなんだろう、いったい」

「彼女、どうしてここを知ったんですか」

「大家さんがやってる〈スタインベック荘〉のツイッターで知ったって。うわーっ、参ったな。考えてみれば、普通、スマホとか見せそうなもんなのに、こんな名刺だけだし。上から下まで安売りファッションなのに、バッグだけごつい黒革のショルダーだし。怪しいと思うべきだった。ひとりにするなんて、あたしはなんてバカなんだ」

そんなことはない、と瑠宇さんを慰めた。昼日中に、顔を出してまで悪さをしようとする若い女がいるなんて、たいていは思わない。

瑠宇さんは自分でデザインしたバッグを作り、ネットで売って生計をたてている。同居人のなかでひとりだけ居職だ。そのため昼間は、宅配便の受け取りからセールスの撃退まで、ほぼ彼女一人にまかされている。とはいっても、家で遊んでいるわけではないのだし、同居希望者を長いこと見張っとけ、というほうが無茶だ。

そうこうしているうちに他の同居人たちが帰ってきて、ますます大騒ぎになった。大家の岡部巴も呼んだ。岡部巴は顔を曇らせて、言った。

「そういえば、この間からうちに、変な電話が入るんだよ。なんていうんだろう、振り込め詐欺的な？」

「どういう内容なんですか」

「あんたが持っている不動産は、幹線道路に面しているからじきに評価額が下がる、いまなら高く買ってあげる、なんならマンションが建ったあと、一部屋ただで提供する、とかなんとか」

「あからさまな詐欺ですね」

「この手の電話とか営業みたいなものは、前からあったんだよ。うちや〈スタインベック荘〉に警備会社入れたのはそのためだもの。勝手に入り込んで、敷地を測量しようとした厚かましい開発業者がいたからね」

とはいえ、今回の侵入は〈スタインベック荘〉だけだ。しかも、誰にも盗まれたものはなく、だからよけいに気持ちが悪いね、と言い合った。同居人といっても、それぞれの個人的な事情までは知らない。都合上、どんな仕事をしているかくらいは知っているが、家族はいるのか、どんな関係なのか、彼氏がいるのか、経済状態はどれほどなのか、互いに互いを知らないのだ。

さしさわりのない範囲で聞いてみたが、思い当たるトラブルはないようだった。誰もストーカーに狙われてないし、骨肉の遺産争いもないし、不倫もしてないし、他の女にねらわれるようなすてきな彼氏の持ち合わせもなく、大きな取引をまとめる直前の者もおらず、ネットで誰かの悪口をばらまいたわけでもない。気が抜けるほどなにもない、むしろかわいそうな女の集まりだよね、と誰かが言って笑ったが、おかげで謎は深まった。「サトウケイコ」は九十八歳の名を騙って、いったいなにがしたかったのだろう。

とりあえず、マスターキーの置き場所を変えた。しばらくは、内覧希望者にも土日、ひとが多くいるときに来てもらおうと話がまとまった。監視カメラについても今後の検討課題になった。震災以降、ちまたは放射能への恐怖vs電力不足への恐怖で二分されているが、〈スタインベック荘〉では放射能への恐怖のほうが勝っていて、全員かなりの節電家だ。それでも、監視カメラの電力くらいはいいんじゃないか、という話になったのだ。

　疲れてきたので部屋に戻り、弁当の残りを食べた。ファンヒーターをつけ、しばらく温風の吹き出し口の前に座って温まりながら、冷めた紅茶で薬を飲みこんだところへ、スマホが振動した。見知らぬ番号からだった。ヒーターを消して、警戒しながら出た。

「調布東警察署の渋沢だが」

　しかつめらしい口調だった。紅茶が逆流しそうになった。

「あんた、新百合ヶ丘までなにしに行ったんだ？　芦原吹雪となんか関係あるのか」

「岩郷さんの奥さんですか」

「久しぶりに電話があったんだ。今日、お父ちゃんを探して女探偵が訪ねてきたって。名前を聞いて驚いたよ。ずいぶん早く現場復帰したもんだな。も少し本屋でリハビリでもしてろよ」

　最後に会ったときは、本屋のバイトなんかさっさとやめて探偵に戻れ、ととれるような発言をしていたと思ったのだが。

「渋沢さんは、成城警察署時代の岩郷さんの後輩なんですってね。芦原吹雪の娘さんが行方不明になった事件を、岩郷さんに回したのも渋沢さんですか」

「やっぱり芦原吹雪だったんだな。こないだ、あんたと病院の談話室で話してたとき、外で聞き耳たててた女が、年はとっていたが芦原吹雪そっくりだった。ああいうセレブ気取ってるばあさんが、あんな無名の病院の大部屋にいるわけないと思ったんだがね。

あの女、なんて言って近づいてきたんだ？　今頃になって、娘を捜してくれってあんたを雇ったのか」

「ノーコメント」

「あたりかよ。なあ、悪いことは言わない。芦原吹雪には近寄らないほうがいい。あの女のせいで、どれだけの人間が人生を狂わされてきたか」

「岩郷さんもそのひとりだと？」

「おい、警察官が探偵になんでもぺらぺらしゃべると思ったら、大間違いだ」

「そりゃそうでしょうけど、これは二十年も前の話ですよ」

渋沢漣治はため息まじりに、そうなんだよな、と言った。

「口の堅い、信頼できる調査員を紹介してくれって言われたんだ。あまり大勢には知られたくないから、できれば個人経営の探偵社がいいと。オレに思いつけたのはガンさんだけだった。退職したら、自宅に探偵の看板でも出すか、って言ってたからな。試しに聞いてみたら、やってもいいと芦原吹雪に会いに行ってくれた。あの女はあれでも女優だ。その気になれば、相手を信頼させたり保護欲をかきたてたり、簡単にやってのける。ガンさんもあっさり籠絡されちまった」

渋沢は苦々しげに言った。

「だけどガンさんは、調べるとなったら手加減を知らないからな。突っ込んじゃマズいとこまで調べ始めて、その結果、行方不明だ。おまけにその直後に隠し子が失踪したってマスコミが騒いで、ネタをリークしたのもガンさんにされちまった」

「違うんですね」

「当たり前だ。いやしくも元刑事だ。絶対にマスコミに話を流したりしない、とまではいわないが、流すとなったら面白半分やささやかな取材謝礼金がめあてなんてことはない。ちゃんとした目的があったはずだ。だけどそんなもん、あるわけがない」

岩郷は芦原志緒利の父親が誰かを調べ始めていた。どうしてもそこを探り出したくて、マスコミを利用した、という可能性はある。

とは、頭に血がのぼっているいまの渋沢には言えない。火に油を注ぐようなものだ。それに、時期的な問題もある。

「美枝子さんの話じゃ、岩郷さんが行方不明になったのが十月二十日。記事が出始めたのはその二週間後くらいからです。二週の間、岩郷さんがどこかに潜伏していた、なんてことはないんですよね」

「なに言ってんだ、あんたは」

渋沢はあきれたように嘆息し、一転、怒鳴ってきた。

「なんでそんな面倒なことをしなくちゃならないんだ、え？　百歩譲ってガンさんがリークしてたとして、身を隠すほどの悪事じゃないだろってんだよ。そもそも、ガンさんは長いこと留守にしてもたりるほどには金を持ち出してないし、後で調べたけど金が動かされた形跡もない。芦原吹雪から受け取った調査費用や報酬の前渡し金はそっくり通帳に入ってたし、経費はきちんとつけてあった。金もなしで潜伏できる場所なんて、あるわけないんだ」

「ほんとにぃ？」

「あ、おまえ、なんかよけいなこと疑ってるな。これだから探偵はやなんだよ。この世には夫婦愛ってもんもあるし、愛妻家ってのも存在してるんだ。ガンさんがいなくなって、半年後に様子を見に家に行ったときなんかな、奥さん、なにもない壁に頭ぶつけながらガンさんの無事を祈ってたんだよ。それくらいあの夫婦は仲良かったんだ。そんな、ガンさんにかぎって、愛人とかそんなの、絶対にないっ」

「おや。なんでまた潜伏先を愛人宅に限定するんです？　黙って泊めてくれるところなら、親戚でも、かつての同僚でも、世話したことのある元泥棒でもいいんですよ」

ひょっとして渋沢さん、愛人て言葉にトラウマでも、と聞こうかと思ったがやめにした。警察官をからかっていいことはひとつもない。

渋沢は言葉に詰まったらしく、電話の向こうで息を荒くしていた。それで、別の可能性に思いいたった。

「まさかそちらでは、岩郷さんの行方不明は女がらみってことになってるんですか」

「この世の人間の八割はバカだ。警察も例外じゃない」

「お金がまったく動いてないのに、岩郷さん本人の意思による失踪だと？」

「芦原吹雪が抗議してきたんだよ。成城警察署が紹介してくれた元警官の探偵が、あることないことマスコミに流した、どうしてくれるって。こういうとき、臭いものをシャットアウトできるなら、どんな蓋でもいいと思うヤツらはうちにも大勢いるんだよ」

「その蓋が『消えた岩郷さん、個人情報をマスコミに流した報酬で愛人宅に居続け説』

ですか。いい加減な話ですね。ひょっとして、紹介した渋沢さんも……？」

「だから、警察官がなんでも探偵にぺらぺらしゃべると思うなよって」

渋沢の口調はこれまでよりさらに、厳しくなった。五十代で所轄の刑事課の巡査部長。まあ、出世街道を走っているとは言いがたい。ことによるとその件で、渋沢だけではなくその上司たちも「人生を狂わされた」のか。だとしたら、しゃべりたがらないのはわかるが、といってこちらも引き下がるわけにもいかなかった。

「それじゃあ、渋沢さんは個人的にどう思ってるんですか。岩郷さんが奥さんを捨てて、お金は罪滅ぼしに置いて、それっきりなんの連絡もなし。それでいいんですか」

「いいわけないだろ。あの人は義理堅いひとだ。万が一、そのとき自発的に身を隠したとしても、二十年もそのままなんてことはない。絶対にない」

「だとしたら、岩郷さんは二十年前に死んだってことになりますよ」

自分で言ってしまってから、背筋が冷たくなった。渋沢が怒り出すだろうと思ったが、彼は無言だった。もちろん、渋沢も考えたのだ。その可能性がかなり高いことを。

「とにかく」

長い沈黙の末に、渋沢は言った。

「あんたも気をつけろよ、女探偵」

スマホを充電器に戻した。今日は体力温存が最優先だったはずが、頭に血がのぼって眠気が飛んだ。このまま横になっても眠れそうにない。それでも、眠るしかない。

顔を洗って歯を磨いた。久しぶりにミニ湯たんぽを入れて、ぽかぽかになったふとんにもぐり込んだ。『ランドルフ師と罪の報酬』は読む気がしなくなったので、何度も読んだことのあるアガサ・クリスティーの『パーカー・パイン登場』にした。面白すぎず、退屈でもなく、いつでもやめられるから睡眠の友には最適だ。狙いはあたって二十頁と進まないうちに、消えた睡魔が戻ってきた。

枕元に置いてあるうさぎの形の常夜灯を手に取った。真っ暗だと眠れないので、寝るときにはいつも、このとぼけた顔のうさぎのライトをコンセントにさして寝る。あくびをしながらいつも通りさそうとして、気がついた。コンセントには、これまでに見たこともない電源タップが差し込まれてあった。

10

「盗聴器だね」

桜井肇は言った。朝八時の始業と同時に駆け込んできたわたしを見て、うっとうしそうにしていたが、タップを分解したいまとなっては顔つきが違っていた。

「やっぱり」

「ただし安物だよ。秋葉原あたりじゃこんなの三千円しないかもな。電波の範囲もそれほど広くないから、これで盗聴するとなったら、よほど葉村の家の近くじゃないと無理だろうよ」

「葡萄畑にひそむとか?」

「おまえなあ。笑い事じゃないだろ。近くに怪しい車が停車してなかったか」

葡萄畑と〈スタインベック荘〉は甲州街道から直角に入った道に沿ってある。人通りも車通りも少ないため、この道を知っている近隣の住人がたまに車を停めて仮眠をとっている。同居人のひとりの話では、露出狂の車が停まって、窓を開けて見せびらかしてきたことがあったそうだ。気の毒なくらいの代物だった、と彼女は大笑いしていたが、話を聞いた大家の岡部巴が即刻、警察に一報を入れた。近くに中学校があるのに、危険者情報を放っておけるか、というわけだ。

ただこの道、葡萄畑や野菜畑に囲まれて見晴らしがいいうえに、マンションがいくつも周囲に建っている。目撃者には事欠かないから悪さはもちろん、長期間の違法駐車だって、たいへんしづらい。

「これでも出てくるとき、尾行や監視をされてないか気をつけてきたんだけど、特におかしなことはなかったよ。といっても、ふだん尾行なんてされたことないから、絶対に気づけたという自信はないけど」

「まさか、あれか？」

桜井が声を潜めた。

「芦原吹雪の件で葉村が動いているのを知って、相馬大門が手を打ってきたんじゃないか」

「は？　だって相馬大門死んでるじゃない」

「あれだけの大物には、気の利いた影の軍団がついているもんだろ。大門が死して後も芦原吹雪とご落胤《らくいん》を守ろうとして、葉村のことを調べているのかもしれないじゃないか。葉村が騒ぎを起こしたらすぐ排除できるように」

「桜井さん、嬉しそうだね」

「え、なに？　バカ、嬉しいわけないだろ。そっちこそ、なに笑ってんだ」

盗聴なんて真似をされて頭に来ないわけないが、「サトウケイコ」は苦労して部屋に入って盗聴器を仕掛けたあげく、シャツが脱げずに大暴れするわたしののしり声を聞かされたわけだ。盗聴していた人間はあの騒ぎをいったいなんと思ったか、と考えると自然と笑いがこみ上げてしまう。

それはともかく、

「影の軍団が存在してたとして、こんな安っぽい盗聴器使う？　それに、娘を捜せと言ってきたのは芦原吹雪だよ。調査を始めるか始めないかの時点で、盗聴なんてしないでしょうよ」

「じゃあ、葉村には、他になにか盗聴器を仕掛けられるような心当たりでもあるのか」

「わたしにはないけど、部屋間違えただけかもしれないし、泥棒に入るつもりでシェアハウスのあちこちに仕掛けたのかも。というわけで、盗聴探知機貸してもらえないかな」

「いいよ。うちの盗聴バスターズに頼んで、適当なのを見つくろってやる。盗聴器のほうも調べとくよ。先月うちに元鑑識っておっさんが入ったから頼んでみよう。こんな安物、販売先や入手経路がわかったり、指紋がとれたからっていますぐにはどうにもならんけど、この先の展開次第で役に立つかもしれないから。そうだ、それとわかったことがあるんだけど」

「山本博喜の連絡先？」

「いや、それはまだ。石倉花ちゃんのほう。その子、事件に巻き込まれてたわ」

桜井はデスクのパソコン画面をこちらに向けてくれた。二〇〇一年八月五日。川崎市多摩区の住宅で、帰宅した父親が倒れている娘（二十五）を発見。すぐに病院に搬送されたが、意識不明の重体。発見時、娘の首には家にあった電気コードが巻きついており、擦過傷と圧迫痕が認められた。警察は事件の可能性が高いとみて、捜査を進めている。

「な……に、これ。石倉花ちゃんは殺されてたってこと？」

「それはわからない。検索かけてもこれ以上の情報は出てこないんだ。だから死んだのか助かったのかもまだ不明。昨日は他の仕事で手一杯だったから、今日、続きを調べて連絡するよ」

泉沙耶の話からすると、誰か、借金取りに暴行されたということだろうか。それにしても、昨日からのこの展開には参ってしまう。探偵の仕事が平和なわけはないが、暴力沙汰が飛び出してくることなどめったにない。

以前にも使ったことのある盗聴探知機を借り、京王線に戻ろうとして歩いていると、スマホが鳴った。泉沙耶からだった。昨日の余波か、口調がよそよそしい。それでも、芦原邸の鍵を渡したいが、と言われた。三鷹の自宅までとりに行くことになった。京王線に乗る前で良かった。芦原吹雪の言う「葉村晶のツキ」のおかげだろうか。

中央線のホームにあがると同時に特快が来た。三鷹で下りて、泉沙耶の家に出向いた。こぎれいな建て売りだ。ほぼ駐車スペースしかない家の前に、無理矢理に小さな花壇をしつらえて、いまは三色すみれが咲いている。

チャイムを鳴らすと泉沙耶は玄関から門まで出てきた。顔がこわばり、ぎこちない。自分の身体から、できるだけ遠くへと離すように、鍵を差し出してきた。

「本当にわたしひとりで家に入ってもよろしいんでしょうか」

再度確認した。泉沙耶はうなずいた。

「あの家にはいま、貴重品はありません。貴金属類や不動産の登記簿といったものは、入院前に銀行の貸金庫に入れました。伯母の女優時代の脚本とか衣装とか、そういうのはありますけど、欲しがるのはよほどのマニアだけですし、そんなマニアもういないでしょ。気にすることないと思います。電気も水道も生きてますから、自由にお使いください」

立ち会う気はさらさらないようだ。

いくら貴重品がなくても、お屋敷に一人で入って、後でどんなクレームをつけられるかわかったものではない。桜井を呼び出して、一緒に来てもらうことも考えたが、彼も忙しそうだ。なにより、今回はわたしのケースだ。この程度で尻込みしているわけにはいかない。

「わかりました。それでは、鍵はお預かりします」

「木曜日に伯母のところへ報告にいらっしゃるんですよね。鍵はそのときお返しください」

志緒利の部屋の場所など聞きたかったが、用件が終わると、泉沙耶はさっさと引っ込んでしまった。

バスで仙川に戻った。いったん部屋に戻り、探知機を置いた。盗聴器調べは帰ってからすることにして、映像用のカメラを持ち出した。眼鏡に取り付ける、軽くて扱いやすいタイプだ。「家宅捜索」の一部始終をこれで撮影しておくことに決めた。面倒だが、相手はわがままなスターだ。いつ気が変わって、わたしが悪者になるかわかったものではない。身を守る策を講じておいたほうがいいと思った。

仙川商店街を南へ突っ切り、成城学園前駅行きのバスに乗った。十分ほどで調布市入《いり》間《ま》町と世田谷区成城八丁目の間に出る。世田谷のはずれ、一種の陸の孤島だが、不動産屋の広告では、おごそかに「成城」と呼ばれる地域だ。

バス通りは狭く、曲がりくねっていて、歩道が細く、しかも交通量はそこそこ多い。畑があり、病院や商店が住宅と入り交じっていて、空いている土地に家を建てたり開業したり、よかれと思ってやってたら、こんなになっちゃいました、といった感じの一帯だ。二十三区の西側には、よくこういう町並みがある。

排気ガス臭くて咳が出た。思わず、酸素缶を取り出した。

缶を口に当ててすーはーしながら住所をたよりにバス通りから奥へ入ると、俗に「世田谷の藪知らず」と呼ばれるくねくねと曲がった小道が現れた。五叉路三叉路Y字路、自由奔放な道だ。それでも、芦原邸を探し出すのにさほど苦労はしなかった。これ見よがしな白亜の豪邸が目の前に現れたのだ。

シンデレラ城とまでは言わないが、注文住宅、それも名のある建築家が手がけたに違いないような家だ。高くて真っ白な壁に囲まれ、上部が丸くくりぬかれた木と鉄の大きな扉から、広々とした玄関が見通せる。扉の脇に、半ばさびた鉄板があり、〈ASHIHARA〉と切り抜かれていた。玄関の脇には、野方図に枝を伸ばす薔薇のアーチが見える。石畳に、枯れた芝生。ガレージにはミニ・クーパーとロールス。どちらも白っぽく埃をかぶっていた。

芦原吹雪は七〇年に引退してからずっとここに住み、志緒利を育ててきたのだろうか。だとすると、この家も築四十年を越えているが、それにしては新しく見える。まめに化粧直しを行なっているのだろう。外壁を白く保つのは、特にバス通り近いこの環境だと、難しいはずだ。吹雪の経済状態に、がぜん、興味がわいてきた。

試しにチャイムを鳴らしてみたが、もちろん応答はなかった。鍵を開けて、中に入った。

外から見て想像するより、庭は広かった。主が長らく留守にしているわりにはきちんとしてみえた。庭の大部分は芝生で、その上にオブジェが点在していた。ブルーの立方体の中に十字架。複数の色がまざりあったサイケデリック風。ねじれた白い薔薇。いずれも日の光を通し、不思議な光を芝生に投げかけている。

箱根彫刻の森美術館をスケールダウンしたような感じだが、近寄ってみると、オブジェの端にサインが刻まれていた。〈F・A〉。芦原吹雪の作品だろうか。

庭先でカメラをセットして、映り具合を確認した。玄関の鍵を開けて、中に入った。

玄関ホールはとんでもなく広々としていて、それだけでひとつの応接間のようだった。吹き抜けになっていて、お姫様が下りてくるようなゆるやかなカーヴの階段が、こちらに向かってのびていた。壁も階段も色は白。階段には作り物のツタと花が金と緑とピンクであしらわれ、天井にヴェネチアングラスのシャンデリア。シャンデリアの下に、ビロードばりの長椅子とティーテーブル、椅子のセットがある。壁にはギリシャ神話を模した巨大な絵画、足下には淡い色合いのシルクの絨毯。この四畳ほどの大きさの手織りの絨毯だけで、たぶん、数百万はする。あらためて、カメラをまわしておいて良かったと思った。

『風と共に去りぬ』のテーマをハミングしながら、左手のドアを開けた。広々としたリビングだった。庭に面した窓に近寄って、深緑のビロードのカーテンを開けた。少しためらったが、息苦しいのがイヤで窓も開けた。

こちらは玄関ホールよりもっと重厚で、ペルシャ絨毯の上に立派な革張りのソファセット、ウィスキーがぎっしり並んだガラス扉のサイドボード。「洋酒」が金持ちアイテムだった頃は、さぞや多くの人間が圧倒されただろう。酒の上の棚には、これまたひとつ十万はするだろう、クリスタルガラスのウィスキー・グラスが何十個も伏せておかれていた。奥の本棚には『原色日本の美術』全巻に、革装の百科事典。金が箔押しされた洋書がぎっしり。壁には重厚な感じの油絵が三点かけられていた。山に沼、曇天の森、空き家に里山。いずれも無機的で暗い絵だ。

玄関周りはロココなお姫様仕様で、リビングはハッタリきかせた昭和な金持ち仕様。元財閥のお嬢様のわりには、芦原吹雪って俗物だな、と思いつつよく見ると、絵にもF・Aのサインがあった。

玄関ホールへ戻った。階段の裏に通路が見えた。通路を通ると、右手にキッチンとバスルームがあって、キッチンの隣は食堂になっていた。八人がけの長い食卓だが、ここはむしろあっさりした作りで、カーテンも無地の焦げ茶、真新しい壁紙はクリーム色、椅子は濃紺の布張り。刺繡の額が一点あり、壁を内側にへこませた形の棚にドライフラワーをさした花瓶が置いてあった。

食堂の隣には三枚の扉があった。右側のを開けると、南向きの八畳ほどの和室と三畳間が二つ、トイレと風呂がついていた。和室にはテレビがあり、板の間に旅館にあるような椅子とテーブル、小さな冷蔵庫と湯沸かしポット、お茶道具があるほかはがらんとして、私物らしいものはなにもない。客室、あるいは使用人部屋だろうか。

左は二十畳の大和室。床の間と、その前にはどうやら炉も切ってあるようだ。

中央の扉は納戸だった。納戸といっても、いまのわたしの部屋より広い。雑多なものが詰め込まれている中で、側面に「家計簿など」と書かれた段ボール箱が気になった。九四年当時、芦原吹雪と娘がどんな生活をしていたのか、家計簿に手がかりがあるはずだ。

それは後回しにして、二階へあがった。リビングの上、南側の部屋に入った。吹雪の居間だろうか。こちらは食堂と同じく、ぐっと渋くてシンプルだ。大きなテレビと大量のDVD、脚本や歌劇団時代のものらしいパンフレットや、アルバムが何十冊もあったが、あとはソファだけだ。隣のベッドルームも家具は最小限、布ものも茶と紺と白と深緑で統一されて、ごく地味だ。ウォークイン・クローゼットの中身はさすがにすごかったが。

アンティークのデスクに便箋がのっていた。開いてみると、水茎の跡麗しい達筆で時候の挨拶が書きかけになっていた。すでにこの家に戻ってこられないことを覚悟して処分したのだろうか、それ以外に吹雪の個人的なものは見当たらない。女優なんだし、等身大の自分パネルとか、肖像画が飾られているのかと思っていたのに、それもない。自室と玄関とリビング。全部趣味が違う。絵やオブジェを作ったのも彼女なら、し好がほとんど分裂している。

廊下を挟んで向かい側の部屋は、またがらっと印象が変わっていた。ピンク、赤、ペパーミントグリーン。愛らしい少女の部屋、といった感じだ。写真館で撮ったのか、大きく引き延ばした振り袖姿の写真があった。芦原志緒利の写真だ。

写真の中の志緒利は、どう転んでも美人とは呼べず、肌も汚い。しかし、やっぱりチャーミングで、目を引いた。これが見合い写真だったのだろう。バストショットと全身と、それぞれ違う振り袖を着ている。

部屋の中を見て回った。猫足のチェストには、かわいらしいブラウスや素材のいいセーターがぎっしり詰まっていた。クローゼットにもお洋服がどっさり。どれも部屋と同じような趣味だ。少なくとも、志緒利はわかりやすくて単純だ。

デスクの中には、古いノートや教科書があった。取り出してみると、抽斗の底にスクラップブックが横たわっていた。開いてみると、自分で撮影したらしい、犬や猫の写真が貼ってあった。かわいらしい丸文字で、「依田さんちのミーちゃん」などと名前と、撮影した日だろうか、日付も書いてある。

スクラップには人間の写真もあった。若い女性がこの家の台所で炊事をしながらこちらを振り向いて笑っている写真には、「お手伝いのゆきちゃん」とあった。割烹着を着た初老の女性の写真は「ばあや」だ。

志緒利失踪当時、芦原家にいたのは母娘だけだったはずだ。〈岩郷レポート〉にはそうあった。だが、それ以前にはお手伝いさんやばあやがいたのだ。あの部屋からもあきらかだ。彼女たちの話は、岩郷克仁も聞いていない。

もしかしたら、これが手がかりになるかもしれない。

スクラップを手に立ち上がったとき、机からはがきが落ちた。拾い上げると金閣寺の絵はがきだった。泉沙耶が言っていた、あの絵はがきだろうか。

ハーイ、ママ。元気?
あたしは元気で生きてます。
おあいにくさま、毎日楽しくてしかたないの。
ガッカリしないでね。
じゃあね。

スクラップブックの字と比べてみた。特徴的な丸文字でよく似ている。消印はかすれて読みづらく、かろうじて京都駅前、95、それに2か7と思われる一桁の数字が読み取れた。失踪してから半年以上はたっている。

九五年のこの日付、阪神淡路大震災後である可能性が高い。2だとすると二月、この時期に京都に観光旅行に行った人間も珍しい。といって京都にいたのなら、ひどい揺れも経験しただろうし、いずれにしてもこんな能天気なはがきを書いている場合ではない。前もって書いたが出すかどうか迷っていた絵はがきを、地震後の安否確認用に出した、と考えるのが自然だろう。もちろん、第三者がでっちあげて出した可能性も否定はできないが、行方不明になっている娘から、大地震直後に被災地近くの消印でこんな変なはがきが来たら、かえって騒ぎになる。第三者ならそう判断すると思う。

だとすると、志緒利本人のはがきなんだろうが……なんなんだ、これは。

泉沙耶の同情が「冷め」たのも無理はない。芦原吹雪が二十年間、探さずに放っておいたのもうなずける。

絵はがきを放り出しかけて、ふと、もう一つの可能性に気づいた。はがきを書いたのは確かに志緒利だが、出したのは身内、という可能性だ。だが、その場合……わたしは唾を飲み込んだ。そんな面倒なことをする理由は、不愉快なものしか想像できなかった。

11

ぼうっとしているところへ、スマホが鳴った。深く考えずに出たら、岩郷美枝子だった。

「葉村さんの話を、息子にもしたんだねーえ」

美枝子は言った。

「葉村さんに、お父ちゃんのことでわかってることを知らせてあげたらって勧めたんだけど。さんざん探して見つからなかったんだから、もういいって克哉は言うのさ。あきらめちゃダメだって、葉村さんからも息子に言って聞かせてもらえないかねーえ。芦原吹雪の娘さん探すついでに、お父ちゃんのことも探してあげるからって、言ってもらえないかねーえ」

うわー。内心で悲鳴をあげた。こういうことになるんじゃないかと思っていた。息子さんが気乗りしていないのなら、そっとしておくべきだ、と言ったが、美枝子は聞いていなかった。結局、岩郷克哉の連絡先を控えるはめになった。時間があれば、連絡だけはとってみる、と約束もした。

会いたがらない相手と連絡をとるのにはコツがある。粘りまくることだ。ひょっとしたら、岩郷克哉は父親になにが起こったのか、見当くらいはついているのかもしれない。その情報をもらえれば、志緒利探しに役立つかもしれない。でもいま、粘っている余裕はない。優先すべきことは、いくらでもある。

作業を再開することにした。

カメラ映像とは別に、スマホで絵はがきを撮影した。ついでにスクラップブックの人間の写真もおさめた。他にも何枚か、メモ代わりに写真を撮った。

階下に下りて、納戸から「家計簿など」の段ボール箱を引き出した。重い箱だった。すべて床にあって、よかった。これが棚の上にあったなら、下ろすときにまた肋骨をやられていたかもしれない。

箱を「使用人部屋」に引きずり込んだ。箱を開けて中身を見ていった。十年以上たったものはとっくに捨てられているかなと思ったが、最後の箱から一九八五年以降、十年分のファイルが出てきた。

領収書やレシートが貼りつけられた、重たいファイルを持って、南側の板の間に行き、窓を開け、椅子に座った。じっくりと見ていった。

いろいろなことがわかった。

まず、この家計簿は二階の手紙やノートと同じ筆跡でつけられていた。スターは一円玉なんて見たこともないんだろうと思っていたが、実に細かい。ある部分だけなら、そこらへんの主婦の家計簿と変わらない内容だ。

とはいえ、例えば収入などは、とんでもなく特殊だ。毎月、月末に二百数十万がきちんと入っていたようだが、それだけではない。あるとき突然に七百万、二ヶ月後に一千万、またあるときは五百万、などの臨時収入があったようだ。どこからの、どういう金かについては記載がなかった。

また、八九年三月から同年七月まで、高田由起子《たかだゆきこ》という人物に毎月二十三万円を支払い、そこから税金や年金等を差し引いてあった。さらに八五年一月から九四年の五月までは、安原静子《やすはらしずこ》という人物に毎月三十五万円。お手伝いのゆきちゃんとばあやへのお給料と考えるのが、自然だろう。

八九年の家計簿には、「ばあや見舞い」「ばあや入院費」といった項目がある。安原静子が病気になり入院したので、ゆきちゃんが雇われた、ということだろうか。

買い物は使用人のどちらかがしていたのだろうが、レシートを見るかぎり、食事はそれほど贅沢ではない。ただ、たまにいい肉をおごったのか、肉屋へかなりの支払いをしている。月末には、酒屋に多いときで二十万くらい支払っているときがある。

三年に一度、建設業者への支払いもあった。出入りの業者は時々変わっている。庭師、便利屋の出入りがあるが、やはり業者の入れ代わりが激しい。芦原吹雪はそれほど気まぐれだったのか。

あとめだつ支出といったら、毎月「志緒利」に二十万と数千円。端数があることからみて、お小遣いだけではなく、習い事の月謝も含まれていたのかもしれない。〈岩郷レポート〉には、志緒利が通っていたアロマテラピー教室への聞き込みもあったが、その支出の記載がないからだ。他には、たまにある「アシハラ」に数十万、おそらく実家への経済援助だ。泉沙耶は、実家の両親や妹が吹雪を恥じていたと言っていたが、それでも彼らは吹雪に寄生していたわけだ。

メモをとりながらじっくり読んだ。九四年は特に念入りに見た。

志緒利がいなくなったこの年、お金の出入りも相当に激しかった。吹雪は春に海外に行ったらしく、まとまった金を旅行会社に振り込んでいる。五月にばあやが辞めたらしく、六月以後、人件費がなくなる。酒屋には毎月二、三十万円の支払いがあるし、電気代やガス代、水道代がかなりの金額になっている。

お見合いのためだろう、志緒利に着物を作ったり、写真館、美容院に支払いをしている。志緒利の小遣いが年初めから毎月百万にあがっているのは、〈岩郷レポート〉にあった、見合い相手に宝飾品やなにか、お金のあるところを見せようとしていたのだろうか。

八月の末に、岩郷への支払いの記載があった。まずは七十万円。それ以降、九月までに三十万、五十万、十八万と、調査費用を支払っていたようだ。

どんどん使う一方で、得体の知れない金が何度も入ってきていた。金額は数百万ずつ。一部の金額を書いた脇には、(預かり)とか(金庫へ)などと書き込まれていた。

金庫……。

ずっと書類と向き合っていたから、全身がガチガチでおなかもすいてきた。時計を見ると、三時近かった。

立ち上がって身体をほぐし、カメラを外し、荷物をそのままに家を出た。近所にパン屋を見つけたので、サンドウィッチと飲み物を二本買った。家に戻り、門の鍵をまわしていると、突然、怒声が降ってきた。

「おい、おまえ。そこでなにをしている」

振り向くと、軽トラックが停まり、運転席から日に焼けたごま塩頭の初老の男が身を乗り出していた。険しい目つきでこちらをにらみつけている。トラックの腹に〈谷川植木〉とあった。芦原吹雪の家計簿に出てきた庭師の名前だ。

「泥棒じゃありません。芦原さんとご親戚の泉沙耶さんから鍵を預かっているものです」

鍵を持ち上げて男に見せた。彼はなんだ、という顔になり、手を振ってトラックを発進させた。

思わず追いかけた。三叉路で停車したので、開いている窓から話しかけた。

「芦原さんの家の庭をまかされていらっしゃったんですよね」

「うわっ、ビックリした」

〈谷川植木〉はぎくっとして窓から身体を反らすようにした。

「すみません。話、聞かせてもらえませんか」

早口に事情を説明した。死を前にした女性が二十年前に消えた娘に会いたがっている、と聞かされては、誰もむげにはできない。〈谷川植木〉もそうだったようで、役に立つかわからないけどちょっとだけなら、と軽トラを路駐して、芦原邸についてきた。

作業のあとで汚れちまってるから、と家に入るのを遠慮したので、例の使用人部屋の南側の窓を開けて、外から板の間に座ってもらって話をした。

「いきなり怒鳴って悪かったね。最近、うちのお得意さんが立て続けに空き巣にやられてさ。芦原さんとことはずいぶん前に縁がなくなったから、もう客じゃあないけど、泥棒に狙われてるなら放ってはおけなくて」

渡したペットボトルのお茶を半分ほど一気に飲むと、〈谷川植木〉はするっと顔をなでた。

「ずいぶん前っていつ頃ですか」

「ここに芦原さんが家を建てなすったのは、もう四十年以上前になるかねえ。オレが高校中退して叔父貴の植木屋で働き始めて、最初につれてこられたのがこの家だよ。家はまだ建築中で、壁がずいぶん高くて、日が遮られるって叔父貴が文句言ってたな。それでも壁沿いにマサキを植えて、芝生を張って、薔薇をたくさん入れて。もう、あの頃入れた植木はなくなっちまったみたいだなあ。紫陽花は一本もないし、薔薇も代替わりしてるし。最近の薔薇は品種改良されて扱いやすくなったけど、昔のだって愛情こめて扱ってやれば、長く花を咲かせてくれるんだ。こんなヘンテコな……なんだこれ、置き物？　オブジェってのか。前はここに紫陽花があったんだがな。こんなんよりいい植木を入れてやりたいよ」

懐かしそうな、寂しそうな顔になった。

「それからしばらくして、芦原吹雪が越してきたんだからビックリしたよ。オレ、ブロマイド持ってたんだよな」

「吹雪さんの？」

「休みの日にはよく、新宿に映画を観に行った。たまたま〈芦原吹雪特集〉で三本立てをやってたんだ。『白い薔薇の女』と『暗渠の薔薇』と、もう一本なんだったかな。サスペンスものは苦手だったけど、植木屋としちゃ観過ごせない。あんた、観てる？」

「残念ながら」

「あんたの年で知らないのも無理ないけど、当時、芦原吹雪はきれいだったんだよ。最近の若い奴らだったら『ヤバすぎる』って言うんだろうな。この家が芦原吹雪の家だってわかったときはドキドキしたよ。本人も近くで見た。本物はまあ、神々しいくらいでさ。それがオレらにも時々、お疲れさまです、なんつって声かけてくれたし」

「娘さんのことは覚えてます？」

「志緒利ちゃんね。お母さんには似てなくて、ありていに言っちまうと不細工だったけど、なんかかわいかったね。この辺の芝生をぱたぱた駆け回ってたもんだ。時には父親を四つん這いにさせて、馬みたいにして乗りこなしてた。オレら、見ないようにするのに必死だったよ。あんなおっかねえオヤジが、娘となるとあんなになるんだねえ」

は？

「父親って？」

「相馬大門だよ、政治家の。知らない？」

「ちょっと待ってください。芦原志緒利は相馬大門の娘だったんですか？」

〈谷川植木〉はきょとんとした顔になった。

「え、違うの？　だって、この家の外にしょっちゅう黒塗りのリムジンが停まってたよ。ま、来ているのが誰だか知ってるのは、出入りしてたオレたち植木屋くらいだったかもしれないけど。叔父貴から相馬先生の名前は口にするなってしつこいくらい念を押されてたしね。叔父貴の出身は長野で、相馬大門の地元だった。たぶん、この家の仕事もその関係でまわってきたんじゃないかな」

「志緒利が相馬大門をパパと呼んでたんですか」

「いや、確か『ダイダイ』って。パパじゃなにかとさしさわりがあったんだろ」

〈谷川植木〉はペットボトルを傾けつつ、遠くを見て顔をなでた。

「そういや、ここをやめさせられる直前だったかな。お手伝いさんから変な話を聞かされた」

「お手伝いさんって、ゆきちゃん？」

「そんな名前だった。うちのご主人のパトロンは、奥さんつれてくることもあるのよ、妾の家に正妻つれてくるなんて気持ち悪いって。あんまり性根のいい女じゃなかったな、あのお手伝いさんは」

家計簿によれば〈谷川植木〉の支払いは八九年の六月までだ。確認すると、彼はうなずいた。

「たぶん、そのへんまでだ。この家には結局二十年近く、三ヶ月に一度定期的に来てたんだが、ある日、叔父貴が帰ってきて、芦原の仕事は終わりだ、と言ったんだ。くわしいことはわからなかったけど、あとで叔父貴が叔母ちゃんと話してるのを聞いたよ。相馬先生に頭下げられたんじゃ、しかたがないって」

「つまり相馬大門が〈谷川植木〉を辞めさせたんですか。芦原吹雪じゃなくて」

「たぶんね」

〈谷川植木〉は首をすくめ、しきりに顔をこすった。

「志緒利さんがいなくなったのは九四年の七月の末のことなんですが、当時のことでなにか覚えてませんか」

「だから、そのときにはうちは芦原とは縁がなくなってたんだけど……この家は、相馬大門と内緒で打ち合わせしたいことがある連中が使ってたんじゃないかな。ここだけの話、庭やってるとき見たことがあるんだよ。与党の大物。何人か。オレでも顔と名前が一致するような連中が来てるとこ。たぶん、うちが仕事を切られたのも、いろいろな人間が出入りしてんの見ちまったからじゃないかな」

「そういうこと、あとで誰かに話を聞かれたりしました？」

「誰かって？」

「探偵とか、東京地検特捜部とか」

〈谷川植木〉は破顔して、顔をするっとなでた。

「そりゃすごい。いや、別に聞かれなかったし、聞かれても誰にも言わなかったよ。あの当時は怖かったもんな。脅されたから」

「おど……誰に。なんで」

「相馬大門の秘書。昔は芦原吹雪のマネージャーだったっていう小男で、いかにも切れ者って感じだったよ。ああいう優男ほど、怒らすと怖いよな」

「ひょっとして、山本博喜？」

「下の名前は知らないけど、うん、名字はヤマモト。芦原家の仕事がなくなって、しばらくしてから、オレが子どもをこの近くの公園で遊ばせてるときに声をかけてきてさ。『私はね、吹雪さんに尽くしてるんですよ。あのひとのためなら何でもします』とか言うわけだ。コイツ、いきなりオレになに言ってるんだろう、と思ったら、『芦原家に出入りしていたときに見聞きしたことは、とにかく全部忘れてください』って続けた。静かに優しくそう言いながら、うちの子を見て、にやっとして言うわけだ。『子どもたちの未来は明るくないとね』って」

〈谷川植木〉は大きくため息をついた。

「正確には、脅されたってのは違うかもしれないけど、オレはびびったな。だからこれまで、誰にもこの話をしたことはなかったよ」

「その脅迫があったのは、いつなんです？」

「さてと。うちの子が幼稚園の年長さんだったんだから、えーと……あ」

「はい？」

「九四年かも」

「季節はどうでしょう。覚えてませんか」

「冬じゃなかったな。まだ、暑かった気がする」

念のため〈岩郷レポート〉にあった「志緒利の不倫相手」の似顔絵を見せた。〈谷川植木〉は首を振った。山本博喜には全然似ていない。他で見たこともない。

志緒利が山本博喜とトラブルになっていたかどうかも知らない。母娘の仲？　悪くなかったと思う。志緒利ちゃんは相馬大門にかわいがられすぎたせいか多少わがままだったし、そうなると母娘で怒鳴り合いもあったが、一時間もするとけろっとして、ふたりで笑いながら腕くんで出かけていったな。母娘ってそういうもんだろ。

「志緒利ちゃんが見つかるといいな。そう願ってるよ」

長い間、腹にしまっていたことをしゃべったせいか、〈谷川植木〉はすっきりした顔で帰っていった。逆にこちらは頭を抱えたい気分だった。

家の内部の趣味がてんでんばらばらだった理由ははっきりした。一階応接室は政治家や利権関係者が出入りし、生臭い話が交わされた場所だった。玄関ホールは、吹雪が元女優として誰かをもてなすための場所。二つの目的による表舞台。二階は要するに楽屋裏だ。

しかしこの家がそういうたぐいの場所だったのだとしたら、志緒利の失踪に、当時、相馬大門がおかれていた政治事情が絡んでいる可能性が出てきたことになる。志緒利失踪の翌年、大門は地盤を息子に譲って引退している。その件で、志緒利がなにか重大な事実を知ってしまい、桜井の言う〈影の軍団〉か山本博喜が志緒利をどこかに隠したとか。九四年には、吹雪の金の出入りは激しかった。特に入ってきては、どこかへ（預かり）（金庫へ）消えていった金。

相馬大門に貢がれ、その後、誰かにばらまかれた金。……政界工作？

やれやれ。

空腹で目が回りそうになったので、買っておいたサンドウィッチを詰め込んで、抗生物質を飲んだ。朝飲んでから八時間以上たっている。日も傾いて、もう夕方だ。

残りは明日にすることにして、段ボール箱に家計簿を戻していると、スマホが鳴った。〈MURDER BEAR BOOKSHOP〉の店の番号からだった。富山の声がした。

「葉村さん、倉嶋舞美ってひと知ってますよね」

「はあ、このあいだ店で会いました」

「変わったひとで、葉村さんのことが気に入ったらしいんですね。で、連絡先を知りたいって電話がたったいま、ありまして」

「あれ、今日、火曜日なのに店開けてるんですか」

「たまたまですよ。土橋くんが大学のミステリクラブの連中集めて、六時から二階で会議をするそうなんです。とにかく教えましたから」

「はい？」

「葉村さんの連絡先ですよ。倉嶋舞美さんに教えました」

いくら店の客に聞かれたからって、まずはわたしに確認しないか。このご時世、個人情報の取り扱いにはもう少し気をつけてもらいたいものだ。

「……そうですか。わかりました」

「彼女ね、葉村さんが〈マルティンベック荘〉のことを楽しそうに話してた、って日曜日にアップしたブログに書いてました」

「〈スタインベック荘〉です」

「家の改築で半年ほどの仮住まいを探しているんだけど、シェアハウスもいいかも、葉村さんに頼んでみようかな、とも書いてましたよ。このご時世、そこまで書いちゃっていいんですかね。もう少し、気をつければいいのに」

「……そうですね」

電話を切ろうとして、ふと思いついた。

「富山さん、芦原吹雪の『白い薔薇の女』って映画、ご存知ですか」

「もちろん。あったりまえじゃないですか。土橋くんが日本ミステリ映画百本に入れてますよ。えっ、知らないんですか。傑作ですよ」

「どんな話なんです？」

「芦原吹雪が演じる女が、薔薇の咲き乱れる洋館に住んでましてね。女性が首を絞められて殺される夢を繰り返し見る。目覚めると、手に白い薔薇を握りしめているわけです。で、夢の通りに連続女性絞殺事件が起こる。刑事が吹雪の不審な様子に気づいて調べると、彼女の周囲には催眠術師とか、婚約者の医者とか、その医者を慕っている看護婦とか、怪しいのがぞろぞろ出てくる」

「夢遊病がらみのサイコ・サスペンスですか」

「そう思わせといて、最後、大どんでん返しなんですって。いきなり伏線大回収、ロジカルでびっくり」

「はあ」

「あれは観たほうがいいですよ。去年、薔薇シリーズの豪華コレクターズ・ブルーレイボックスが出たんですよ。写真集と台本の復刻版、あの土方龍監督の書き込みをそのまま再現したヤツですね、それに当時のスタッフのインタビューとかの特典付きです。脚本家の比良《ひら》カナルのインタビューが面白い。彼は『白い薔薇の女』の構想をシャーリイ・ジャクソンの短編から得た、と言ってるんですよ」

「はあ」

「それに、ガラス工芸家の麻生風深《あそうふうか》。彼女は土方監督からの依頼で、作品のメインテーマを表現するために、わざわざ古い技法を調べては作品をいくつも作っているんですが。その写真集も付いてます。作品にどんな光をあてて撮るかで、照明や撮影監督と、ほとんど殴り合い寸前の大喧嘩をしたと話してるんですよ。すごくないですか」

「……はあ」

「あのブルーレイボックスは買って損はないですね。まだAmazonになら残ってるんじゃないですか。一万八千円が一割引になるはずですよ」

富山は雇い主としてはともかく、ミステリを見る目は信頼できる。その富山がほめるのだから、本当に傑作なのだろう。といってもそんなに払う気にはなれない。

バスで仙川に戻り、駅前のTSUTAYAで『白い薔薇の女』と『薔薇キメラ』を見つけ、借りて帰った。

12

帰宅して、盗聴探知機で〈スタインベック荘〉をくまなく調べたが、なにも出なかった。ほっとして熟睡できたはずなのに、何度も目覚めた。いきなり無理をしているせいか、咳が出てあばらが痛んだのと、たぶん、寝しなに『白い薔薇の女』を観てしまったせいだ。

ウェディングドレスとみまごうネグリジェを着た芦原吹雪が、瞳孔全開の能面のような表情で歩きながらネグリジェの腰紐を外し、女の首に巻きつけて締め上げる。両腕に筋が出るほど力が入っているのに、顔の筋肉はやや弛緩したまま、瞳孔は開いたまま。グラスハープで演奏されるカッチーニのアベ・マリアも相まって、人間業とも思えない、強烈な演技だった。子どものときにこんな映画を観たら、絶対にトラウマになる。

芦原吹雪の庭のオブジェはすべて、この映画に登場していたものだとわかった。彫刻家の麻生風深が作ったガラス工芸だったのだ。オープニングのガラスの十字架に始まって、作品全体に透明でありながら歪んだ光を投げかけている。頑丈そうに見えて、砕けやすくもろいガラス。実際、クライマックスのシーンでは、十字架をかたどったガラスが砕ける。

気泡がたくさん入ったガラスを通して映し出される薔薇の映像に、歪んだ真犯人の顔が二重写しになっていたという真相解明のシーンでは、思わずうわっと言ってしまった。

寝が浅かったのに、七時には目が覚めた。睡眠が無理なら栄養を取ろうと、朝食を作りにキッチンに下りた。ちょうど大家の岡部巴が、畑から穫ったばかりという春キャベツを持ってきてくれたところだった。スーパーで買ってきたポテトサラダが残っていたのでキャベツを刻んでたっぷり混ぜ、ベーコンと一緒にスープも作り、豚バラと塩昆布とともにミルフィーユ状に重ねてラップしてチンした。これらを他の同居人たちに提供し、お返しにパンとコーヒーを恵んでもらった。

自室に戻ると、今度は眠くなってきた。薬を飲んで、眠気覚ましに倉嶋舞美のブログとやらを探してみた。

つい最近始めたばかりらしいブログには、なるほど、日曜日〈MURDER BEAR BOOKSHOP〉に行ってそこで本の趣味のあう店員さんと楽しくおしゃべりしたこと、彼女はシェアハウスに住んでいると言っていたこと、などが書いてある。家が古くなって建て替えるので半年、家を出なくてはならない。両親は伯父夫婦の離れを借りることになったが、自分は生まれて初めての一人暮らしだ、店員さんに頼んでシェアハウスに入れてもらいたいな……という事情らしい。

おいおい。

具体的な名前は〈MURDER BEAR BOOKSHOP〉以外出していないじゃないか。そりゃ調べようと思えば、あの本屋で「彼女」と呼べる店員は、葉村晶ただひとり、茶虎もオスだとわかるだろうが。てっきり、わたしの名も〈スタインベック荘〉の名も出しているのかと思った。

パソコンを閉じる前に、スマホの情報と監視カメラの映像をいれ、バックアップをとった。念のため桜井のところにもデータを送った。ここまで用心している自分がイヤだった。「政界工作」と盗聴器に、やっぱり少し臆しているのかもしれない。

お手伝いのゆきちゃんこと高田由起子と、ばあやこと安原静子の所在確認も頼み、写真も送った。桜井から、新しい連絡はなかった。山本博喜の所在を突き止めるのはそれほど大変なことなのだろうか。

出かける支度をして、バッグの中身を確認していると、スマホが鳴った。またしても見慣れない番号だったが、倉嶋舞美からだった。彼女は富山から番号を聞いたことを申し訳なさそうに話し、わたしは事情を知っていると告げた。

「ああ、だったら話が早いんだけど……どうかな。部屋、空いてたりする？　半年だけでも住まわせてもらえるかな」

以前、地方から出てきて、三ヶ月だけ暮らしたひとがいた。だから、短くても問題はないのだが、

「内覧は土日にって決まったばかりなんですよ。まあ、わたしの知り合いってことで、みんながいる夜だったら見に来てもらっても平気だと思うんだけど」

盗聴器のことは、桜井にしか話していなかった。しかけられていたのがわたしの部屋だけだったのだし、なぜ葉村の部屋に、いまどんな仕事をしているの、などと問いつめられても、まさか芦原吹雪やその周辺の事情について話すわけにはいかなかったからだ。なので倉嶋舞美にも盗聴器の件は告げず、不審な侵入者があったことだけを伝えた。

「うわ、怖い。誰かのストーカーってこと？」

舞美は興味を引かれたようだった。

「それがわからないんですけどね。どうします、やめときます？」

「まさか。むしろ安心した。葉村さんは優秀な探偵なんだって〈MURDER BEAR

BOOKSHOP〉の店長が言ってたけど、すぐに部屋を見に来た人間が怪しいって気づいたんでしょ。すごいよね。あたし四十すぎて初めての一人暮らしだし、親にもおまえはいい年してぼーっとして鍵なくしたり、財布落としたり、大丈夫かって心配されてるんだわ。他の人に迷惑をかけるつもりはないけど、一人で部屋借りるより、よっぽど心丈夫だもん。よかったら、今晩行ってもいいかな」

七時に、晩ご飯はすませてくること、と約束して電話を切った。切ってから、やっちまった、と思った。

確かに倉嶋舞美は話の合う相手だし、通りすがりの関係ならば問題はない。だが、知り合いとしてここに引き入れるとなると、わたしにも責任が生じる。それになにか勘違いして、友だち同士の合宿所みたいな気でいられると困る。女性の場合、相手が引いている線に気づかず、ずかずか踏み越えてくるタイプもいる。疲れている相手の部屋をしつこく訪ねていったり、勝手に他人の食べ物を食べたり、シャンプー使ったり。そういうことでもめて〈スタインベック荘〉全体の雰囲気が悪くなり、以前にも何度か、もう出て行こうかなと考えたことがあった。

なのに、この体調が万全でもなく、身辺慌ただしいときに、倉嶋舞美がどういう人間なのか知りもしないで簡単にOKを出すなんて、どうかしている。

そうしてしまった理由ははっきりしているんだよな。

成城学園前駅行きのバスのシートに座り、大家さんと同居人たちに本日七時の件を告知してからわたしは思った。てっきり三十代半ばだと思っていた倉嶋舞美が、ほぼタメだとわかってびっくりしたのが原因だ。猫だましにやられた、という感じだった。

芦原邸の二階で、今度はアルバムを取り出して見ていった。比較的九四年に近いものからチェックしていくと、九三年のアルバムに興味深い写真を見つけた。芦原志緒利、吹雪、相馬大門ともうひとり、年配の女性と四人の写真だ。場所はこの家の庭だろう、「ヘンテコな置き物」がバックに映っている。

女性は「ばあや」ではなかったし、相当に値の張りそうな着物姿だった。ひょっとしたら「妾の家にきた正妻」だろうか。

そんなふうには見えなかった。四人が寄り添っているところは、家族写真のようだ。

山本博喜の写真はなかなか見つからなかった。芦原吹雪は家計簿でもわかる通り、かなり几帳面な性格で、アルバムにも撮影年月日、状況、人物名が書き込まれているのが多いのだが、相馬大門との集合写真のように、説明書きがない写真もある。山本博喜もまた、なんらかの理由で、名前を書けない人間だったのかもしれない。

それでも〈谷川植木〉の言う「小柄な優男」という表現に当てはまるような人物を探してみたが、これといった写真はない。

しかたなく、写真はあきらめて、街へ出た。九四年前後の家計簿に出てくる出入り業者を片っ端からあたってみた。肉屋、酒屋、花屋、リフォーム業者や建築業者、〈谷川植木〉のあとに入った植木屋まで。

驚いたことに、酒屋も肉屋もなくなっていた。リフォーム業者も建築業者も検索に引っかからない。植木屋は代替わりして、二十年前のことがわかる人間などいなかった。

考えてみれば、九四年はバブルがはじけて数年後。九七年の山一証券倒産以降も、多くの企業が消滅していった。

やっぱり二十年前はきつい。どんどんへこんできたが、領収書の場所に花屋を見つけた。が、すでに当時、岩郷の聞き込みを受けており、

「特に思い出すことなんてありませんよ。あの探偵さんのあとも、雑誌の記者とかテレビの取材班とか、いろんなひとがやってきたんですよ。取材はお断りしたのに、その断っているところをテレビで流されて、そのせいか二度と芦原さんからのご注文はありませんでした」

しゃべっているうちに、二十年前の憤懣を思い出したらしく、花屋の女主はこちらをにらみつけてきた。

それでも、芦原吹雪がどんな花が好きだったのか、と話を振ると、

「薔薇がお好きでしたよ」

花屋らしく、目を輝かせた。

「ほら、薔薇シリーズって映画に出てらしたせいか、薔薇にはすごくお詳しくてね。特にベンデラっていうドイツの白い薔薇がお好きでした。お庭にも薔薇を植えてらしたけど、季節が終わると寂しいからとおっしゃって。そう回数は多くなかったですけど、お求めになるとなったら、五十本とか百本、一度にお買い上げでした」

「それじゃ、志緒利さんは？　彼女はどんな花がお好きでしたか」

「さあ。あ、でも、お嬢さんなら池田《いけだ》先生にお花を習ってたはずですわ。成城の駅ビル

にあるフラワーアレンジメント教室ですよ。以前はこの近くのご自宅でなさってたんですけどね。立派な板塀のすてきなお屋敷だったのに、お母様が亡くなられて、相続問題でもめて、最後は売り払って。いまじゃマッチ箱みたいな建て売りが四つ、ひしめきあってます」

二十年経って、このあたりもそういうお宅が増えました、と言って、女主はため息をついた。

〈岩郷レポート〉に池田先生への聴取はなかった。なぜか、知り合いリストから漏れていたらしい。

バスで成城学園前駅に出た。駅ビルの上に、カルチャー関連のスペースが並んでいた。「池田先生」は折よくそこで、一休みしているところだった。

「志緒利さん？　ええ、覚えておりますとも。あのマスコミの騒ぎは死ぬまで忘れられませんわねえ。幸い、うちは志緒利さんが辞めて二年はたっていたから、取材も来ませんでしたけど」

上品なかわいらしい口調で内容は刺々《とげとげ》しい。こういう話し方には年季がいる。

「そもそも、志緒利さんはお花に興味などありませんでしたのよ。お母様に言われて、いやいや通ってらしたんです。ご結婚準備でお花お茶、いろいろやってらしたようですけど、本人の身が入ってませんからねえ。そもそも、お母様の言うように結婚したいとは思ってなかったんじゃないかしら。お母様からは、よいお話があったらぜひ、と頼まれましたけど、ご本人の気がよそに向いていたんですから」

池田先生はすました顔で、上品にストローをくわえた。クリームだのスパイスだの、やたらいろんなものを添加したアイスコーヒーのようだ。

「その、よそというのは」

「よそはよそですわよ。わたしの立場でそんなこと、言えるわけないじゃありませんか。それに、あの頃は大久保《おおくぼ》さんのお宅もたいへんでらしたでしょうけど、いまは落ち着いてらっしゃるし、昔のことで波風立てるのもいかがなものかしら」

「大久保さん？」

「まあ、このあたりで大久保さんといったら、リストランテ・オオクボのシェフに決まってるじゃありませんか。大久保シェフの料理教室、女性にずいぶん人気がありましたからねえ。シェフも二十年前は男盛りでらっしゃったし、芦原の娘さんも意外なほど殿方にもてたし」

「それって、つまり……」

「あら、わたしはなにも知りませんよ。でもまあ、お母様が未婚の母でらしたんですから、娘さんが同じ道を歩まれても不思議じゃございません。愛や恋は素晴らしいものですからね。とはいえ、他の生徒さんがたへの示しもありますし、うちのお教室はやめていただきましたの」

「その話、当時、噂になったんでしょうか」

「さあ。どうかしら。シェフの奥さんはこのあたりに古くからお住まいで、出店の費用はご実家から出されたのでしょう。気位が高くて、下司な噂をたいそう嫌ってらっしゃったから、大勢が知っていたとは思えませんけどねえ」

あ、そろそろ休憩も終わりですわ、ごきげんよう、と池田先生に追い出され、キツネにつままれた気分で駅ビルを出た。

〈岩郷レポート〉で、志緒利の交友関係は二十年前につぶされていたから、今回は母親の交友関係をあたろう、と思ったのがうまいぐあいにはまっている。いつも聞き込み相手がこんなふうに、いろいろ教えてくれる人間ばかりだといいのだが。これも「葉村晶のツキ」なのか。それとも、波風を立てるのが大好きなキツネに、化かされたのだろうか。

〈リストランテ・オオクボ〉は、神戸屋の前のバス停から出発する渋谷行きで三つ目の停留所を降り、十数メートルのところに店を構えていた。とはいっても、三階建てのビルの階段の脇に、はがきサイズの看板が出ているだけだったから、ストリートビューを見ながらも気づけず、前を何度も往復してしまった。昔は銀座や青山といった、人が大勢集まる街のメインストリートに、わかりやすく看板掲げて店を開くのが一流の証だった。いまは、こういうめだたない場所にひっそりと店舗を構え、常連とその口コミだけで商売をやっているほうが一流にみえる。

ビルの二階がレストラン、三階が料理教室のようだった。調べてみると、ランチタイムは十一時半から。いまは十時半過ぎだから、まともなシェフなら店にいるはずだ。

とりあえず揺さぶりをかけてみよう。そう思って二階にあがった。オフィスのようなそっけないグレーのドアがあり、名刺大の紙に小さく〈リストランテ・オオクボ〉とあった。なるほどこれは常連しか出入りできないな、と思いつつノブを引くと、とたんに罵声が耳を打った。

「バカじゃねえのか。こんなクソ野菜にどんだけの値段つけてんだよ。有機有機って偉そうに言うけど、いまどき有機野菜があたりまえだってんだよ」

びっくりして覗き込むと、白いシェフ服を身につけ、頭はバンダナ巻きでひげ面といういかにもな格好をした人物が、野菜を手に怒鳴っているところだった。六十代半ばの腹の出た頑固職人風。

こう言ってはなんだが、わたしのような古風な人間にとって、シェフと医者はメタボなほうが安心できる。とはいえこれが「女性に人気だった」シェフの成れの果てか、と思うと悲しいものがある。

「そうやってまた値切るつもりですか。冗談じゃない。うちの野菜を欲しがってる店は、他にも大勢ある。先月の支払いもそうやっていちゃもんつけてごまかして、こっちはね、みんな知ってるんですよ」

言い返したのは日に焼けた四十男で、まだ四月なのに半袖のTシャツ姿だった。Tシャツの背中にはでかでかと〈I LOVE 世田谷野菜〉と印字されていた。

「なんだとコラ。しなびた野菜の言い訳になに言い出す気だ、コラ」

部下だろうか、厨房から出てきた若いシェフがとめるのを振り切って、シェフはわめいていた。声はでかいが、どことなく力がない。

「女房に財布のひも締められて、遊ぶ金がほしいってのはわかるよ、大久保さん。けど、そのツケをこっちにまわさないでくれって話だよ。最初の契約通りにきっちり金を払え。でなきゃ、こっちも明日から、いや今日から野菜をひっこめる。ついでに時々、うちの野菜を買ったふりしてそこらのスーパーの野菜使って、地場野菜だ有機野菜だって産地偽装してることも、公にさせてもらう」

「なんだ貴様、脅迫する気か」

「人聞きの悪いこと言うな。脅迫してんのはそっちだろ」

「黙れ、コラ」

ついにつかみ合いが始まり、わたしはドアを閉めて逃げ出した。

階段の下で待った。五分もたたないうちに〈I LOVE 世田谷野菜〉が飛び出してきて、近くに停めてあった軽トラで去っていった。同時に興奮しきった「大久保さん」が階段を駆け下りてきて、信号で停車した軽トラに向かってわめきちらしていた。面白い見物だった。車が徐行して眺めていた。

軽トラの姿が消え、ようやく興奮がおさまって、我に返ったシェフが息をつきながら店に戻ろうとするのに、声をかけた。

「失礼ですが、大久保シェフでいらっしゃいますか」

「なんだ、あんた」

手早く事情を説明して名刺を差し出した。芦原志緒利の名が出たとたんに、大久保の顔色が変わった。

「怒らせたいのか、オレを。何年前の話だと思ってるんだ、知らないってんだよ」

足早に階段に歩み寄っていく。わたしは声を張り上げた。

「誰かに黙っとけと脅されましたか」

「……なんだそれ」

「例えば、山本さんとか」

シェフの足が止まった。顔が真っ赤にふくれあがり、こぶしを握りしめている。アタリだ、と思った。同時に身の危険を感じた。いまのわたしの状態だと、軽く突き飛ばされただけで大怪我になりかねない。

「あのですね。情報を提供していただけたら、謝礼を差し上げられると思います」

シェフは目を瞬いた。

「シャレイ？」

「三万円でいかがでしょうか」

女房に財布のひもを握られている、という話は本当のようだ。シェフの目が泳ぎ、瞬きが激しくなった。

「ホントに三万円もらえるのか」

「もちろんです。二十年も昔の話をしていただくだけで、三万円です」

昔の、を強調すると、シェフの肩から力が抜けるのが目に見えた。

「これからランチの仕込みだ。二時頃でいいか」

異存はない。約束して別れた。

時間があるので、駅まで歩いて戻ることにした。歩きながら桜井に連絡をとった。

「データ預かったよ。こっちの調べ物が進まなくて悪いな。ひとつだけわかったんだが、石倉花ちゃんは死んでたよ」

「ひどい。殺されてたんだ」

「法律的にはそうはならないらしいんだけどね。意識不明のまま三年七ヶ月生きて、息を引き取った。事件としては殺人未遂ってことになる。もちろん、裁判になれば、被害者が死んでいることが判決に大きく影響するだろうけど、犯人はまだ捕まっていない」

「借金取りじゃなかったの？」

「もちろん警察が調べたけど、彼ら全員にアリバイがあった。石倉達也が金を借りていたのは友人知人が主で、業者はほとんどいなかった。一件だけ、金融業の看板あげてるところがあったけど、ヤバい人間使って取り立てをするようなところじゃない。それに、凶器の電気コードから、犯人のものらしい指紋の一部が出たそうだけど、一致する人間はいなかった」

「で、未解決」

「そういうこと。ただされ、担当した刑事の話じゃ、オヤジの石倉達也がね」

「なによ」

「やったのは芦原吹雪だと言い張ってたらしい」

「やったって、犯人が芦原吹雪だと？」

「そう」

聞き捨てならない、と思った。これが志緒利の失踪とどう関わってくるか不明だが、石倉達也に会って直接話を聞かなくては。

「こいつは担当刑事と話をしたオレの勘だがね。石倉達也がそう騒いだのは、吹雪から金を引き出すためだと思う。騒がれて結局、花ちゃんの入院費用は芦原吹雪が出したそうだ。石倉を通さず、直接病院に入金していたようだがね。それで、石倉は自分への慰謝料も出せ、と騒ぎ、芦原家に押しかけて、警察沙汰になったこともあるそうだ」

「警察は、花ちゃんの事件で芦原吹雪を調べたの？」

「うーん。担当者は調べたと言ってたよ。ちゃんと調べたかどうか、怪しいもんだけどな」

「それも桜井さんの勘？」

「そう。自分の手抜きに寛大で、他人の手抜きに敏感なんだ、オレ」

ふたりのお手伝いさんについては鋭意調査中、と桜井は言った。遊んでいるわけではないようだ。しかし、山本博喜の連絡先について聞くと、渋い声がかえってきた。

「それが全然。ただ、どういう男かはわかったよ。知り合いの元政治部記者ってのに聞いてみたら、相馬大門の秘書だった」

「ああ、それなら」

知ってる、と言いかけるのを遮って、桜井は続けた。

「しかもこの山本博喜、その筋の間では相馬大門の金庫番って言われてたそうだ」

13

「山本博喜。懐かしい名前ですね」

大野《おおの》元政治部記者は入れ歯をがたつかせながら言った。

その記者に会ってみたいと言うと、桜井はすぐに連絡先を教えてくれた。電話をかけると、いま渋谷にいる、昼飯なら一緒にできる、と言われた。時間的にも距離的にもナイスな提案だったが、指定された店にたどり着いて、おお、となった。名高い料亭の支店だ。店の前にランチメニューなんて庶民的なものは置かれていない。

さすが一流紙の元政治部記者だ。このインタビュー、どうなることやら。

取り越し苦労だった。白髪頭をオールバックに撫でつけ、ポロシャツ姿の大野は、七十を越えるとさすがにそんなには食べられない、と笑って、比較的値段の安いお弁当を頼んだ。

「現役時代は朝からビールにステーキでした。若かったからね。いまじゃ、食べたらすぐに眠くなる。手っ取り早く話を片づけましょう。山本博喜のことでしたね」

「大野さんは、相馬大門の専属だったんですか」

「専属は人聞き悪いな。担当と言ってください」

大野は笑った。

「でも、一時は専属みたいなものだったかな。相馬大門は、毀誉褒貶《きよほうへん》はなはだしい人間ですが、とてつもないエネルギーを秘めてました。オヤジを追いかけているときには、他にまで手ぇまわりませんからね。それに、彼はひとを取り込む能力に長けていた。かくいう自分もふと気づくと、相馬のオヤジに肩入れしておりました。ほめ方がうまいし、のせ方がうまい。ああ、オレおだてられてるな、とわかってても、ほめられれば人間、悪い気はしないからね」

大野は運ばれてきたお茶を飲んで、おしぼりで口元を拭いた。

「聞くところによると、相馬大門はフィクサーと呼ばれていたそうですね」

「確かに。オヤジは大手都市銀行の上層部と昔から親交があったし、副頭取が呼びつけられて、土下座させられているのを見たことがありますよ。デベロッパーやゼネコンの関係者も頻繁に相馬大門の元へやってきていました。ただ、巷間ささやかれているほどの権力があったかどうかは疑問ですね。相馬のオヤジは総理大臣になりたかったんですよ。何度もチャンスがあって、その都度、かなりの金額をばらまいたようですが、結局、なれなかった。一度、酔っぱらってしょんぼりと愚痴をこぼしてました。どいつもこいつも頼みたいことだけ頼み、金だけとってあとは知らんふりだとね」

「その金を管理していたのが、山本博喜ですか」

「そうです。あれはバブル経済が始まる直前ですね。当時、オヤジの金の管理をしていた人間が、外為法違反容疑で東京地検特捜部に逮捕されまして。特捜部の狙いはもちろんオヤジだったんでしょうが、そこに行き着くまでに捜査の牽引役だった支倉検事がひき逃げされて、捜査自体が空中分解したんです。相馬大門が悪の権化みたいに言われるようになったのは、それ以来ですがね。半年後に逮捕されたひき逃げ犯は、どっかの女子大生でしたよ。お酒飲んで軽自動車を運転して、ジョギング中の検事をはねてしまったが怖くなって逃げたという、裏もなにもない事故でした」

弁当が運ばれてきたが、大野は蓋を取らずに続けた。

「だけど逮捕までの半年間に、憶測が飛び交いましたからね。正義の検事が死んでフィクサーが追及を逃れた、とくれば誰だって一と一を足すものです」

「ホントに裏はなかったんでしょうか」

「事故当時、オヤジは何度目かの総理へのチャンスを握ったところでした。殺してただの事故に仕立てたのなら、もそっと早く自首させていますよ。あれでオヤジの悪いイメージが一般に定着してしまいました」

「それでその後、山本博喜が相馬大門の金庫番になった、と」

大野の話は面白かったが、いつまでも脇道にはいられない。弁当についてきた吸い物が冷めないうちに、話を進めることにした。

「そう。山本が芦原吹雪のマネージャーだったことはご存知ですね」

「ええ」

「相馬のオヤジは吹雪さんを娘みたいにかわいがってました。その流れで、山本のことも気に入っていたようです。頭の切れる男で、度胸もいい。なによりオヤジや吹雪さんに心酔してましたからね。七〇年に吹雪さんが引退してから、山本博喜は相馬大門の私設秘書になります。そのうち、オヤジの人脈や金の流れの一部が芦原邸を経由するようになった。私もあの成城八丁目のお宅へ行ったことがありますが、柿の木坂にあった相馬の家から車でならさほどかからないし、元女優の家にお呼ばれって、それこそ悪い気分じゃないですからね。隠れ別宅に呼んでもらえた、というのはオヤジの取り巻きにとってステイタスでした。年を重ねてもおきれいな元女優さんが着飾って、歓待してくださるわけですし」

「芦原吹雪の隠し子のことはご存知でしたか」

「いわゆる公然の秘密ですから。ただ、志緒利さんはたぶん、相馬大門の娘じゃありませんよ」

大野はさらっと言ってのけた。

「なんで、そう思われるんです？」

「あのですね、芦原吹雪はオヤジのタイプじゃないんです。元々男役だったから背が高くてスレンダーでしょ。オヤジの好みはいわゆるトランジスタ・グラマーですよ。こんな言葉、あなたみたいな若いひとは知らないかな」

「小柄で豊満な女性、ってことですよね」

「奥さんもそうだし、麻布に囲ってた二号、あとオヤジが口説いた銀座の女性を何人か知ってますが、全員がそういうタイプなんです」

なるほど、とは思ったが、そうは言っても男と女の関係だから、はずみということもある。

そう言うと、大野は首を傾げた。

「だとしても、相馬のオヤジのことだから、志緒利さんが自分の子なら認知したんじゃないかな。本気で隠すつもりなら、奥さんつれて吹雪さんちに遊びに行ったりしませんよ」

スマホの画面で、あのフォーショットを見せた。大野はうなずいた。

「ええ、この着物姿の女性が奥さん、信子《のぶこ》さんです。オヤジの引退後、息子の和明を叱咤激励してなんとか一人前の政治家にした立役者ですよ。和明さんの嫁は大手ゼネコンの会長の娘で、この縁組がオヤジの地位を押し上げたわけですが、お嬢様育ちでひとに頭を下げるのが嫌いでね。選挙中でも平気でパリなんぞに買い物に行ってしまうから、信子さんがいなければ、和明さんはとっくに表舞台から消えていましたよ」

「この信子さんも吹雪さんの後援者のひとりだったんですか」

「というよりむしろ、信子さんが歌劇団の大ファンだったんですよ。オヤジが吹雪さんの後援会長になったのも、信子さんがそうさせたって聞いてます。オヤジは発展家でしたが、実は恐妻家でもありましたからね。それにね、ほら、オヤジが引退する前の年に志緒利さんがいなくなって、隠し子騒動がマスコミをにぎわせたでしょう。あの騒動を仕掛けたのは、当時オヤジの第一秘書だった榑林《くればやし》って男なんだけどね」

あっさり言われて驚いた。やっぱり、岩郷克仁がリークしたというのは大嘘じゃないか。

「そうなんですか。なんでまた」

「だから、跡目争いですよ。元々、オヤジの地盤は榑林が引き継ぐことでほぼ決まってた。ところが土壇場で、息子の和明さんが後継者ってことに趨勢が動きましたからね。栲林としちゃ、おさまらない。そこで、いわゆる補給路を絶つ作戦に出たわけですよ」

「芦原吹雪にマスコミの目を集中させることで、芦原邸を経由する金の流れを止めようとした、ってことでしょうか」

「正解。栲林は自分がネタ元とばれないように、あえて志緒利さんの父親候補をオヤジの他にも何人かあげてマスコミに流したようですが、そのせいで思っていた以上に話題沸騰してしまった。やりすぎたわけですね。あんまり金の流れが明らかになりすぎると、銀行やらデベロッパー、ゼネコンまでが大変なことになり、そうなりゃ栲林の目は完全になくなってしまう。だから焦って、今度は火消しのために偽者の父親をでっちあげてワイドショーに出演させたりの小細工で、一気に事態を収束させたわけですよ」

ふーん。やっぱり隠し子騒動の裏にはそういう思惑があったのか。だが、

「失礼ですが、大野さんはそういった事情をどうしてご存知なんですか。吹雪さん自身、あの隠し子騒動を別のひとの仕業だと思っているご様子でしたが」

大野はにっと笑った。

「これでも、現役時代は凄腕の記者だったんですよ。情報収集は得意でした。それに、例のワイドショーのプロデューサー、この件で処分された後、関連会社にとばされたわけですが、Tテレビっていうのはうちの新聞社と同じグループだから、前から知り合いでしてね。聞いてみたら、偽者を手配してつれてきた男は栲林と同郷の子分でした。雑誌社のほうも、ネタ元をあたったら同じ男だった。ははあん、と思いましたよ」

「大野さん、それ、相馬大門に伝えたんですか」

大野は片頬にえくぼを作って首を傾げた。

伝えたんだ。

「隠し子騒動が持ち上がったとき、すでに志緒利さんは行方不明でした。そのことに、杼林秘書が関わっていたと思いますか」

「さあ、どうでしょう。ただねえ、吹雪さんもオヤジも、あんまり心配してる感じじゃなかったんだよね。吹雪さんは自分が未婚の母でイヤな思いをすることもあったせいか、志緒利さんには幸せな結婚を、という思いに凝り固まっているところがありました。志緒利さんはそれにうんざりしていたそうです。それで、母娘喧嘩が絶えなかった。志緒利さんはまとまった金を持っていたわけだし、どこかで自由にのんびりしているんだろうと、オヤジも匙を投げていましたよ」

なぜだろう。志緒利の失踪にふれると、どうも話をぼかされている気がする。

「そもそも、あの時期に相馬大門が引退を決めたのはなぜなんですか。志緒利さんの失踪も理由のひとつなんでしょうか」

「引退の理由ですか。これは志緒利さんがいなくなった後ですが、オヤジがどんどんやせていったんですよ。病気じゃないかって、誰もが思ってました。なので、オヤジが引退を発表したときも自然に受け入れましたね」

志緒利の失踪とは関係ないのか。だが、

「大野さんは、岩郷克仁というひとをご存知でしょうか。失踪一ヶ月後に、志緒利さんを捜すため吹雪さんに雇われた、探偵なんですが」

「吹雪さんが探偵を雇ったんですか。初耳です」

大野は本当に驚いているようだった。

引退した人間の自慢話は勘弁してほしいが、裏話はウェルカムだ。それに、志緒利についてできるだけ引き出しておきたかった。長くなりそうだし、やはり、食べながら話しませんか、と言うと大野はうなずいて箸を割った。

しばらく世間話をしながら、ゆっくり弁当を味わった。筍ご飯に生シラス、フキ、アサリ、ヨモギ団子など、春の味覚を詰め込んだ弁当はさすがにうまかったが、入れ歯のせいか大野は食べづらそうだった。これは、話を続けにくくなったな、と思ったが、半分ほどで彼は食べるのをやめてお水を頼んだ。

「腎臓をやりましてね。血圧も高いし、食事は腹六分を心がけてまして。少ししか食べない分、おいしいものをと思ってしまうんですが、残してすみませんね」

言いながら薬を取り出してテーブルに並べ、一つずつ飲んでいく。いまはアクの抜けたじいさんのようだが、かつては政治家に混ざって政治的に動き、そのことに喜びを見いだしていた権力志向の強い記者。ジャーナリストの風上にもおけないわけだが、一緒に薬を飲むうちに、なんだか親近感がわいてしまった。

「大野さんは、いつ頃まで記者を続けてらしたんですか」

「それこそ相馬のオヤジが引退するまでです。私は完全な相馬派だと目されていました。相馬派というより相馬漬けだとね。だからオヤジがいなくなったとたん煙たがられて、本社勤務を解かれましてね。北海道へ異動ですわ。こうなったら退職金だけはまるっともらうつもりで定年まで勤めましたが……ああ、そうだ」

大野は急に顔をこわばらせた。

「異動が決まったあと、一度、山本博喜と飲みましたよ。あれは九五年の秋だったかな。志緒利さんの行方はわかったのか、聞いてみたんですよ。そしたらあの山本くんがじろっとこっちを見ましてね。彼女のことは、忘れたほうが誰にとってもいいんだ、と言ったんです」

「忘れたほうがいい、ですか」

どういうことだろう。

「年頃だった志緒利さんにはいくつか縁談が来てました。ただ、相馬大門絡みの縁談は吹雪さんががんとして受け付けなかったと聞いてます」

「なぜでしょう」

「さあ。吹雪さんはオヤジを尊敬してたと思いますよ。だから、大門利権軍団の女帝、なんて陰口たたかれても相馬のオヤジのために尽くしていたわけです。ただ、その世界にいると、イヤでも政治家の浮き沈みを知る。財閥解体であっという間に没落し、気位の高さばかりが残った実家の親兄弟を思うと、オヤジの口利きで娘を嫁に出すのはためらわれたんじゃないでしょうか。親亀がこけて飛ばされるくらいならいいけど、離婚されたりいじめられたり、なんてことにはさせたくないでしょうからね」

「ひょっとして、その縁談のなかに志緒利さんが気に入ったものがあったのに、吹雪さんが反対して潰してしまった？」

「そういうことです」

「相手は誰ですか」

大野はじっとわたしを見た。

「それは吹雪さんに直接尋ねてください。たぶん、覚えているでしょうから」

入れ歯の口をふがふがさせてはいたが、話したくないという意思は伝わってきた。

一瞬、わたしは激しい徒労感に襲われた。大野が言うとおり、これまでわたしが調べてきたことは、その大部分が、芦原吹雪に直接聞けばすむことなのだった。岩郷の件は別だが。あれはもう、まぎれもなく、芦原吹雪の勘違いなのだ……そう思いかけて、しかしやっぱり断言はできないなと思った。あるいは、そうではないのかも。吹雪にはあの騒ぎを岩郷のせいにしたい理由があったのかもしれない。

調布東警察署の渋沢漣治のことを考えた。隠し子騒動の裏にあったものを知ったら、彼はどう思うだろう。そんな連中に人生を変えられたのかとよけいに腹を立て、傷つくだろうか。

「確認しますが」

わたしは気を取り直して、続けた。

「山本博喜は志緒利さんのことは忘れたほうがいい、そう大野さんに言ったんですよね。ということは、山本さんは志緒利さんの居場所に心当たりがあったということでしょうか」

「かもしれません」

気のせいか、大野はそわそわし始めていた。話しすぎたと思ったのかもしれない。吹雪が話してくれなかったときのために、志緒利が気に入った見合いの相手について、もう少し知っておきたかった。わたしは志緒利がロイヤル・ハリウッド・ホテルで会っていた男の似顔絵をスマホの画面に呼び出し、大野に差し出した。

「最後にお尋ねしますが、このひとに心当たりはありませんか」

大野は胸ポケットから老眼鏡を取り出して、画面を見た。彼の肩のあたりから、ふっと緊張が抜けていくのがわかった。

「ええ。だってこれ、和明さんでしょう」

「和明って……相馬大門の息子さん？」

「そうですよ」

彼は勝手にわたしのスマホをいじって、ネットから相馬和明のホームページを引き出し、こちらに見せた。そこには、ハチマキをして、選挙演説中とおぼしき男の写真が掲載されていた。

目が小さく、鼻の穴がこちらを向き、硬い髪が四方にのびている「フレッシュな」政治家の顔。

確かに似顔絵の男によく似ていた。

14

大野元記者と別れ、落ち着いて電話をかけられる場所を探した。自分は二十一世紀の都市生活にはむいていないのではないか、と時々、真剣に思う。雑踏のなかでも平気で電話をかけられ、歩きながらスマホを操作できるのがいまの時代、必須の技術だとすれば。周囲がやかましいと、電話をかけるのもわたしにはむつかしい。

渋谷の駅前に静かな場所なんてものは存在しなかった。しかたなく、大久保シェフが待ち合わせに指定した、東京農大前のファミリーレストランに移動した。ランチタイムはとっくにすぎていたが、店は混んでいた。まだ時間があったので馬事公苑まで行ってベンチに座り、桜井が調べてくれていた「処分されたTテレビのプロデューサー」の連絡先に電話をかけた。

問題のプロデューサーは芦原吹雪と聞いたとたん、態度を硬化させた。それでも大野元記者の名を出すと、いかにもいやそうではあったが、彼の話を裏づけた。そう、オレをはめたのは相馬大門の第一秘書だった柊林だよ。なんで知ってるか？　ヤツが大門軍団からおっ放り出されて尾羽うち枯らしたとき、近づいて飲ませて、全部聞き出したんだよ。あの野郎、オレの顔も名前も覚えていなかった。最近、上野のホームレスにまざってたって聞いたけどな。ざまあみろってんだ。

以上の証言には、随所に禁止用語が入った。万一放送することにでもなったら、「ぴー」「ぴー」と子育て中のツバメの巣のようにぎやかだろう。

ファミレスに戻ると、先ほどの喧噪が嘘のように店内は空いていた。待ち合わせをしているので一番めだつ席を、と店員と交渉していると、大久保シェフがやってきた。おかげで一転、もっともめだたない席を要求することになった。大久保シェフはバンダナをとって革のハンチングをかぶり、サングラスをかけ、アロハの上に革ジャンを着て、貧乏ゆすりをしながら周囲を睥睨《へいげい》していた。一見すると、めだとうとしているとしか思えないが、

「知り合いに会うとマズいんだ」

と聞き取れないような声でつぶやく。最終的に隅っこに落ち着くと、大久保は小声でハンバーグ定食を頼み、身体を縮こまらせてそわそわと両手をこすり合わせた。

わたしと会って話をしているところより、ファミレスのハンバーグ定食を食べているところを見られるほうが、仕事柄よっぽどマズいんじゃないかと思ったが、まあいい。

わたしは話を切り出した。

「芦原志緒利さんとおつきあいされていたそうですね」

「その話、誰に聞いたんだよ。どうせあれだろ、宅は古くから成城ですの、途中からってきた成金ではございませんの、とか平気で言うババアの誰かなんだろ。まあ、もう二十年も前の話だから話すけど、ここだけってことにしといてくれよ。女は執念深いからな。女房はあれを未だに根に持ってやがるんだ」

大久保は誰にも話すなとしつこく繰り返し、本題に入るまでにハンバーグ定食がやっ

てきてしまった。

「大久保シェフはたいへんもてたと聞いております」

わたしは角度を変えて責めることにした。シェフは小指を立てて握ったフォークのほうに口を持っていくスタイルでハンバーグを食べていたが、紙ナプキンで口元をぐいと拭って鼻を鳴らした。

「そうなんだよ。世間じゃオレを女たらしみたいに言うけど、女のほうがオレを放っておかないんだ。オレも気が優しいからさ。積極的に出られるとイヤとは言えなくなっちまうんだよな。それに、女ってのは最初は、たまに会えるだけでいい、とか言ってるくせに、すぐ、ずっと一緒にいたい、とか、奥さんとはいつ別れてくれるの、とか、ややこしくしてくれるんだよな」

「志緒利さんもそうだったんですか」

「あの娘はそうでもなかったな。そう、なんだろう、ニュートラルっていうか」

「と、おっしゃいますと」

「どっちでもいい、って感じだった。最初から最後まで。口説いてきたのは向こうなんだよ。教室が終わって、片づけているところへ忘れ物をしたとかって戻ってきてさ。潤んだ瞳でこっちを見ながらぺったりくっついてくるんだ。はっきり言って好みじゃなかったけど、若くて生きのいい女の子だろ。オレだって木石じゃないんだし、でも相手は仮にも教え子だから、マズいだろうって叱ると、そう、って普通に帰っていくんだ。そんなことが何度もあって、こっちもだんだん熱くなっちまって、ついに。あ、だけどさ。

神聖なキッチンであんな真似をしたのは、あれが最初で最後だから。ホントだから」

誰もそこまで聞いてない。

「志緒利さんとのおつきあいはどのくらいの期間、続いたんですか」

「おつきあいったって身体だけの関係だけど、二ヶ月くらいかな。やりすぎて、オレの首に傷が残っちまって、女房にばれて終わった。店も教室も家も、全部が女房の実家の金でできたものだから、女房は自信があったんだろう。多少の浮気ならどんとかまえてた。だけど、彼女の場合は、金も権力も女房の実家より桁外れに持ってるわけだろ。女房があんなにキレたの、後にも先にも彼女のときだけだよ」

「おつきあいしてたのは、九二年頃ですよね」

「そうかな？　覚えてないけど、たぶん」

「個人的な話をしたことはなかったんでしょうか」

「彼女が？　どうだったかな。話したというより、これはたんに感じたことなんだけど」

大久保はすっかり食べ終わると、紙ナプキンをたたんで皿の上に置いた。

「なんか、ちょっと前にひどい失恋でもしたんじゃないか、そう思った。で、やけくそであんな真似をしてるんじゃないかと。それほど経験豊富ってわけでもなさそうなのに、妙にふっきれてたもんな。途中からは正直、もてあますくらいだったから、女房にばれたときにはむしろほっとした。そう告げたら、あらそう、ってあっさり別れて教室もやめてくれたし」

「で、志緒利さんとはそれっきり」

「うん……」

大久保の目が泳いだ。奥さんも気の毒に。浮気するならするで、絶対にばれないようにしてほしいと思うだろうに、わかりやすすぎる。

「次に会ったのはいつなんです？」

「それはさ、あのさ」

大久保は脂汗を額に浮かべている。山本博喜の名前を聞いたときの反応を思い出した。

「その件は口外するなと山本博喜に脅されましたか」

大久保はハンカチで顔を拭った。

「脅されたわけじゃないよ。彼女のことは忘れたほうがいい、って電話で言われただけで」

「いつですか、その電話」

「いや、いつって言われても」

「別れたあとの再会の前ですか、後ですか」

「後だよ」

やっぱり、志緒利の失踪には山本博喜が手を貸していたのだ。

思わず険しい顔になったらしい。大久保は下からわたしの顔をのぞきこんだ。

「勘違いしないでほしいんだけどさ。別にオレもそんなつもりはなかったわけ。はずみっていうのかな、偶然ふたりきりになって、それで。それが最後で、ホントに終わりだから」

「いつなんです？」

「別れて二、三年後の夏」

「ってことは、九四年の七月とか八月？」

「たぶん」

「九四年に間違いありませんか」

思わず声に力が入った。大久保はびくっとして、手をこすり合わせた。

「うん、九三年じゃないよ。あの年の夏はイタリアに行ってた。九五年は大震災やオウム真理教事件で大騒ぎだった年だろ。だったらやっぱり九四年だな。暑い夏だった」

「どこで会ったんです」

言い方がキツくなり、自分でもしまったと思ったが、大久保は実に素直な口調で答えた。

「ツーバイフォーっての？　壁の薄い安いアパートで、エアコンはついてないし、だけど窓開けっ放しってわけにもいかないから、熱中症で死ぬかと思った。あ、ホントに偶然だよ。知り合いの家に行って、駅までの帰り道、彼女がやって来るのに出くわしたんだ。で、おたがいに、あれっ、てなって。気がついたら部屋に引きずり込まれてて」

アパート。

軽く膝頭が震えた。もしかしたら、ついに志緒利の行方につながる有力情報の端緒を得たのかもしれない。

興奮を抑えようと拳を握りしめ、ゆっくり息を吐いた。大久保はおどおどと水をすすって、こっちを上目遣いに見た。ようやく、ぴんときた。この男はワイルドに構えているし、実際〈世田谷野菜〉への態度など乱暴きわまりない。しかしこと女性に関しては、むしろ逆に厳しい態度で臨まれるのが好きなのだ。志緒利との情事で首に傷が残ったって、つまり、そういうことに違いない。

そうと知ってりゃ、ピンヒールでもはいてきてやったのに。わたしはせいぜい、冷たい口調になった。

「どこのアパートですって？」

「ですから、あの、高円寺の……」

「高円寺のどこ。はっきり言ってください」

大久保は泣きそうな顔になり、それまでの雑な言葉遣いを改め、丁寧語でアパートの場所を説明し始めた。

一時間後、わたしは高円寺にいた。その昔、学生時代に知り合いが住んでいて、たまに泊まりに来たことがあったな、と思い出した。長くにぎやかな商店街と金のなさそうな若者たち、アジア系の食事処に雑貨店。全体の雰囲気はその頃とあまり変わらない。

とはいえ、さすがに街の栄枯盛衰は激しかった。懐かしい店を見かけてタイムスリップした気分になる反面、友人と一緒によく入った飲み屋はドラッグストアに変わっていた。インドの強烈なお香のにおいが漂う一角は以前と変わらないが、わたしより一回りは年下だろうと思われる若い子たちが小さな店をかまえ、オリジナルらしい雑貨やスイーツやパンを売っている。

大久保シェフがなんとか思い出した道のりを、ゆっくりとたどった。二十年前だし、あんまり覚えていないし、と最初のうちは渋っていたのだが、冷たく問いつめると、彼の記憶はどんどん甦ってきた。

会ったのはあれ一度だけですが、実はそれ以降も、その知り合いの家に行くたびに、彼女のアパートの前を通ったりしてみたのです。あ、でも、再会から三ヶ月後に行ったときにはもう、彼女はいませんでした。別のひとが住んでたんです。それに、五年ほど前だったかな、たまたま前を通りかかったら、アパート自体が取り壊されてなくなってました。嘘じゃありません。

二階の真ん中の部屋です。シャワーを浴びたのは覚えてます。

部屋の様子ですか。がらんとしてました。あったのはふとんと、黄色いスーツケースだけです。鴨居に服がかかってて、やかんはあったかな。冷蔵庫はなかった……ありませんでした。

大久保はくねくねしながら自分のスマホを取り出してストリートビューをあたり、あ、この辺です、この一軒家の隣にあったアパートです、と見せてくれた。そういう意味では役に立ったのだが、大久保はよほどわたしの冷酷な態度が気に入ったらしい。しまいには、わたしの名刺を取り出して、晶さんってきれいな名前ですよね、次はいつ連絡くださいますか、などと言い出した。よかったらお店に来ませんか。晶さんのために、心を込めておいしいお料理を作りますから。気がむいたら連絡する、と名刺をひったくって三万入った封筒を渡し、伝票の上に飲食代をのせて、転がるようにファミレスを後にした。

冷たく問いつめるだけで、たいそう協力的になる聞き込み相手。ありがたいと思うべきだ。ひょっとして、靴をなめさせてやったら三万円浮いたかも。だが、これ以上、身体をこわばらせていたら、今度は肋骨が折れてしまう。

ストリートビューを確認しながら進んだ。幸い、目印となる隣の家はすぐにわかった。「犬」と書かれたシールが五枚も貼ってあり、家の中からきゃんきゃんと声が聞こえていた。

志緒利が住んでいたアパートの名前を、大久保は思い出せなかった。その場所には、四軒の建て売り住宅がひしめきあうように建っていた。

外観と大久保の話から察するに、築五年といったところだろう。二十三区内、中央線沿線、駅徒歩十五分。外から見てもきつきつな極小住宅だが、たぶん四千万以上する。ひとの買い物にケチをつける気はないが、わたしだったら絶対に買わない。年を取って誰も部屋を貸してくれなくなったときのために、いずれは不動産を買うつもりだが、これを買うほどの冒険心はわたしにはない。

その冒険家がひとり、子どもを連れ、買い物袋をぶらさげて帰って来た。うっかり冷たい口調に戻らないように気をつけて話しかけた。以前、この場所に建っていたアパートのことが知りたいんですが、なにかご存知ないでしょうか。

「ああ、ルイ・メゾン・グランデのこと」

冒険家の主婦は、即答だった。とはいえ、あまりのことにわたしはつんのめった。

「ルイ・メゾン……？」

「ルイ・メゾン・グランデ。ものすごい名前ですよね。うち、実家が近くでこのあたりには詳しいんだけど、ちゃっちい二階建てアパートにその名前はないだろうって、子どもの頃から思ってましたよ」

なんだか今日は神様が降りて来てるんじゃないかと思うほど、ツイてる。わたしは身を乗り出した。

「それじゃ、ひょっとして、大家さんか不動産屋さんとお知り合いでしょうか」

「大家さんはもう、亡くなったのよ」

飽きてダダをこね始めた子どもをなだめつつ、主婦は言った。

「それで遠くに住んでる娘さんがアパートも自宅も処分することにして、M銀行が仲介してこの住宅を建てて売ったんです。元々のアパートの不動産屋さんは、えーと、たぶん大貫《おおぬき》不動産じゃなかったかしら。駅前の、あ、丸ノ内線のほうの新高円寺の駅前ですけどね」

手厚く礼を述べて、新高円寺へと南下した。大貫不動産の看板は確かに駅前にあった。シャッターが下りていた。埃まみれのシャッターの真ん中には「閉店しました　大貫不動産」と書かれたそっけない貼り紙があった。茶色く変色し、字も薄くなっている。店舗のまわりを見て回ったが、他にこれといった情報はなかった。昔ながらの、一階が店舗で二階が住居、といった建物だが、店脇の郵便受けの受け口はガムテープでふさがれ、二階にひとの気配はない。そもそも建物がどことなく傾いて見える。

「葉村晶のツキ」もこれまでか。

すでに四時をすぎていた。冬に比べれば日が長くなったし、今日はまた今週の始めに比べれば南東からの風が暖かい。とはいえ、これからどんどん冷えてくるだろう。急に疲労を感じた。帰ってふとんに倒れ込みたい。

わたしは首を振った。病気と怪我で体力がなくなっているからといって、まだ四時じゃないか。せっかくここまでたどり着いたのだ、もう一踏ん張りしてみるべきだ。

新高円寺駅は青梅街道沿いにある。周囲にコンビニとファストフード店だけはやたらとあった。適当なコンビニに入り、歯磨きセットを買って一万円札を崩した。これでニンニク料理を食べても多少は安心だ。

千円札を三枚、四つ折りにして取り出しやすいようにバッグの外側のポケットに入れた。周辺を歩き回って、古くから続いていそうな店を探し、聞き込みをした。十軒以上回ったが、大貫不動産についてくわしいひとには出会えなかった。中には、えっ、店じまいしてたんだ、どうして、とかえってこちらに質問して来たひともいたくらいだ。

あきらめかけたとき、銭湯に行き当たった。番台には、絵に描いたようなおばあさんが座っていた。背が丸く、目をしょぼしょぼさせた、前世紀の初めからここに座っているようなおばあさんだ。猫を膝に乗せていたが、世界征服を企てているわけではないと思う。

最初、わたしを客だと思ったらしく、それなりに愛想がよかったのに、そうではないとわかると、おばあさんの耳はにわかに遠くなった。準備していた千円札を見えるところに出した。おばあさんの目がかっと見開かれ、聴覚が再来した。

「大貫不動産の社長？　なら、今年の二月に死んだよ。心臓って聞いてる。大雪の降った日に、出先で倒れてそれっきりだったそうだ。信楽焼のタヌキみたいな体型してたから、誰も驚かなかったがね。うちにも毎日来てたんだよ。あの家の風呂釜が壊れて、七年くらい放ってあったから」

「どなたか、大貫さんのお仕事について、詳しい方をご存じないですか」

おばあさんは咳払いをし、目はしわの中に引っ込んでしまった。わたしは千円札を滑らせた。再び目が見開かれ、お札は三毛猫の腹の下に消えた。

「それなら和田《わだ》さんだね。大貫不動産で五十年以上働いてたんだよ。亭主に蒸発されて、女手一つで三人の子どもを育て上げたんだ。大貫不動産は和田さんで持っていたようなもんだよ。タヌキは人がいいばっかりでね。借り手と貸し手のトラブルが起こっても、オロオロしているだけさ。全部、和田さんがおさめてたんだよ」

「その和田さんと連絡を取りたいのですが」

おばあさんの目は、再びしわの中に埋もれた。わたしは千円札をもう一枚出し、滑らせた。

「和田さんの住所は知らないけどね。近所の風呂なしアパートに住んでるから、ここには毎日来るよ。待ってればそろそろ現れるんじゃないかな。大貫不動産がつぶれて、タヌキの遺言でまとまった退職金をもらったのに、それを亭主そっくりな、ぐうたら息子が全部巻き上げちまったんだよ。おかげで和田さんはいまね」

ここでおばあさんは声を潜めた。

「夜の仕事をしているのさ」

「……和田さんっておいくつなんですか」

「下町で八歳まで育ったけど、空襲で焼け出された後、高円寺に流れて来たって言ってたかね。だから、ええと、七十七歳かな。あら、アタシと三つしか違わないよ」

高齢化社会も極まったな、と思った。七十七歳になっても、探偵の仕事があればいいのだが。夜の仕事はわたしには無理だ。

「和田さんが来るまで、待たせてもらってもいいですか」

「うちは風呂屋だよ」

そういうと、おばあさんの目は三たび消えた。しかたなく入浴料を払い、タオルとシャンプーにリンス、洗顔フォームがセットになったものを買った。三枚の千円札がなくなった。わたしの見込み違いだった。このおばあさんは世界征服を狙っていたのだ。

久しぶりの大きな湯船は気持ちがよかった。まだ日があるうちに入る風呂は格別だ。さっきまで身につけていた下着をもう一回着なくてはならなかったことをのぞけば、最高の気分だった。

明日からは、着替えセットを作ってバッグに入れておかなくては。当然の装備なのに、持たずに出歩いていたとは。しばらく探偵を休んでいる間に、ずいぶんマヌケになったものだ。

備えつけのドライヤーで髪を乾かしていると、番台のおばあさんが、

「おや、和田さん。いらっしゃい」

大きな声で言った。「和田さん」は色の浅黒い、きりっとした女性だった。とても七十七には見えない。しかし、水商売にも見えない。むしろ学校の先生のようだ。

彼女が風呂からあがってくるまで、マッサージ機に小銭を投じて待つことにした。お湯でほぐれた筋肉が、さらにもみほぐされるのは最高の気分だった。まだ時間が早いせいか、他に客はいなかった。つい、ぬおお、などと変な声が出てしまう。

早風呂の和田さんは十分ほどであがってきた。椅子に座り、扇風機の風を浴び始めたのをみはからって近づいた。名刺を出し、事情を説明した。

「その二十年前に家出した娘さんは、どうやら大貫不動産が管理していた物件に出入りしていたようなんです。ルイ・メゾン・グランデというアパートの、二階中央の部屋なんですが」

黙って聞いていた和田さんは、ここで大きくうなずいた。

「あのアパートのことなら覚えています。大家さんが定年退職した年に退職金で建てたんですよ。昭和五七年だったかしら。当時はまだ単身者向けで風呂付きという部屋は少なかったし、あってもお家賃が高かった。ルイ・メゾン・グランデはシャワー室付きの物件で風呂付きよりは安いし、女性に人気がありました。空き部屋が出てもすぐ埋まってましたね。一九九四年って、平成何年かしら」

「平成六年です」

「なら、店に記録が残っているかもしれません」

「記録があるんですか」

「そのままになっているんですよ。死んだ大貫社長には身寄りがありませんでしたから。といって、ただの事務員だった私が勝手に片づけるわけにもいきませんし」

「その記録、調べていただくわけにはいきませんか。お手数をとらせますが、謝礼を差し上げられます」

和田さんはちょっと顔をしかめた。

「個人情報をお金と引き換えに売ってくれってことかしら」

うわ。やっぱり教師タイプだった。わたしは慌てた。

「お気にさわったなら謝ります。ただ、依頼人からは、人生最後で唯一の望みである娘との再会にお力添えくださった方々には、きちんとお礼をするようにといくらか預かっております。快くお受けいただければ、依頼人も喜ぶと思います」

「あなた、口がうまいわねえ」

和田さんはあきれたように言った。

「ま、いいわ。余命幾ばくもない母親が、二十年間音信不通だった娘に一目会いたいと願っている。謝礼の件はともかく、一肌脱がないわけにもいかないじゃないの」

今日はこれから仕事だから、調べるのは明日になるわ、と和田さんは言った。連絡先を交換し合い、わたしは銭湯を後にした。

15

高円寺駅に戻って吉祥寺に出た。アトレに新しくできた雑貨店で謝礼用に使う、お札を入れられる長い封筒を買った。富士山の絵が刷られている封筒だ。ついでに無印良品で下着と靴下の替えと旅行用のタオル、それらを詰める圧縮袋を買った。この買い物は、ムダとは言わないまでも贅沢だ。押し入れのどこかに、似たようなものがあるはずだからだ。

それでも、正直に言えば、新しいものを手に入れるのがわたしは好きだ。よく、雑誌に載っている「いいものだけを買い、きちんと手入れして長く大切に使う」みたいな記事に飛びつくが、自分は絶対、こうは暮らせない。ふと新しいものが欲しくなり、値段を見て安ければ買ってしまう。だから高いものを買うお金はなくなるし、エコでもない。

謝礼用の封筒がたまってきたし、不用なものは同居人たちに見せて、いるかどうか聞いてみよう、と思いながらバスで仙川に戻った。約束の七時は目の前だった。晩ご飯は食べておく約束だったが、もう無理だ。

昼間はごちそうだったし夜は適当でいいや、と思い、京王ストアで冷凍食品のナポリタンと朝食用のパンを買った。ひとつしかない駅の改札口に駆けつけると、頭のてっぺんからつま先まで、きちんと着飾った倉嶋舞美が待っていた。バッグはブランドもので数十万、時計はもっとする。中堅どころの建設会社のＯＬってのはずいぶんと儲かるんだな、と思った。四十過ぎまで独身で働いているから経済的に余裕があるのか。または親が裕福なのか。東京で暮らしていて一番お金がかかるのは家賃だから、実家に住んでいるというだけでずいぶん得ではあるのだが。

いずれにしても、こんな金持ちのお嬢様があのくたびれたシェアハウスを気に入るとは思えない。完全に時間の無駄だ。

こちらのぎこちない気分に、彼女はまるで気づいていなかった。にっこり笑って、紙袋を持ち上げた。

「これ、みんなでと思って、麻布十番で買って来たチーズケーキなの。食べ終わった後でカロリーを聞いても、食べたことを後悔しないと思うよ」

昔、仙川の学校に通っていたけど、駅前がずいぶん変わってしまった、と彼女は言った。当時は駅ビルなんてなかったし、ロータリーもなかった。桜の木の周囲は駐輪場だった。確か、あのへんに本屋があったと思うんだけど。学校帰りにあの本屋で『御宿かわせみ』シリーズの文庫を買ったなあ。

シェアハウスに到着すると、外観を見て彼女はにこっとした。

「あ、理想的かも」

「……ホントに？」

暗がりで見ると、なお古めかしい木造家屋だ。警備会社のシールが場違いに明るく輝き、背後にそびえる岡部巴の母屋は、やっぱり傾いて見える。

「うん。取り壊すことになった実家もこんななんだ。木造の家っていいよね。中学の頃は貧乏臭くてイヤだったけど、いまじゃアンティークみたいな家に育って、すっごく気に入ってた。ただまあ、古くなりすぎて、ネズミが天井裏で大運動会をするようになっちゃって。おかげでエアコンのダクトを食い破られるし、ダニが増えて姪っこがアトピーになるし、猫はネズミに怯えて家出するし。しかたないから建て替えるわけで、そうなると元通りにはならない。せめてあと半年、こういう家に住めれば最高だよ。ネズミが出なければ」

「出たことはないけど」

「よかった」

知らせておいた同居人の四人と、大家の岡部巴が待ちかまえていた。みんなを引き合わせてナポリタンを冷凍庫に入れ、着替えに部屋に戻った。念のため、盗聴器探知機で部屋をチェックし、コンセントを目視確認する。本日入手した写真やその他のデータをスマホからパソコンに移し、桜井にも送った。

この作業に十五分ほどかかった。ずいぶん放っておいたことに気づいて、慌てて階下に行くと、倉嶋舞美は食堂の大テーブルで岡部巴や瑠宇さんと話し込んでいた。他の同居人たちはそれぞれ食事を作ったり、テレビを観たりと勝手にやっている。どうやら彼女は他の同居人たちに、少なくとも警戒されてはいないようだ。

「それにしても、あんた、高そうな格好してるねえ。親、金持ちなのかい?」

岡部巴が年の功でずけずけと質問をしていた。舞美はあっさりと、

「あ、これは副業で買いました。友だちがやってる店を手伝って、もらったバイト代を

貯めたんです。四十すぎて会社勤めだと、こういう武装が必要なんですよねえ」

「そうなのかい。面倒だねえ」

「ホントですよ。でも、違うもんなんですよ、わかりやすくお金のかかった格好って。少なくとも見下されなくなりますから。それに、飽きたら高く売れるんで、いいものを買うほうがかえって得なんです。そしたらまた新しいのを中古で買えるし」

「え、これ中古品かい」

「いい店があるんですよ。あたし、けっこうお得意様なんで、出物があると連絡くれるんですよね。よかったら今度、一緒に行きます？」

「本気かい。ぜひ連れて行っておくれ」

岡部巴はわたしに気づいてご機嫌で手を振った。

「明日、引っ越してくることになったよ、舞美ちゃん」

「ずいぶん展開が早いですね。部屋は見せたんですか」

「一階の南向きの部屋になったよ。半年だけなら、下手に家具とか家電とか買わないほうがいいだろ。あそこにはエアコンがついてるし、ベッドもあるし、造りつけのクローゼットがある。最小限の荷物で暮らせるからね」

倉嶋舞美はちょこっと頭を下げた。

「ありがとう、葉村さん。おかげで落ち着き先が決まったよ。実は、家の解体が明々後日には始まることになってて、間に合わなかったらどうしようかと思ってたの。助かりました」

みんなで彼女の持って来たチーズケーキを食べた。確かにおいしかった。食べながら瑠宇さんが、ここでのルールについて説明した。他人に必要以上に干渉しない、他人のものを勝手に使わない、もちろん食べない。共用スペースはそれぞれ好きに使っていいが、譲り合うのは言うまでもない。基本、節電節ガス節水で。警備システムについても、うっかり切ってしまった、なんてことは許されないからそのつもりで。

倉嶋舞美は真剣な顔で、いちいちうなずきながら聞いていた。

荷物はそれほど多くないから知り合いの車で運んでくる、明日は四時に退社させてもらうから、引っ越しは六時頃になると思う、と倉嶋舞美は言った。そういうことなら明日は歓迎会だ、みんなでここで鍋でもしよう、と岡部巴が言った。今季の鍋はたぶんこれが最後だろう。みんな、二百五十円ずつ出しておくれ。野菜はうちのということで。岡部巴の音頭で一本締めをして、散会となった。それを機に、各自がさっさと自分の生活に戻っていくのを、舞美はビックリして眺めていた。

彼女を送って駅まで行くことにした。気持ちのいい夜だった。暑くもなく寒くもなく。掘り返された土のにおい。のびていく植物のにおい。東京の空にもまだ星が見え、甲州街道を行き交う車の作動音が川のように絶え間なく流れ、帰宅を急ぐひとの靴の音が響く。

「なんか、ごめんね」

舞美がぽつりと言った。

「なにが」

「葉村さん、ほんとは面倒なことになったって思ってたでしょ。自分でも思うんだよね。いきなり強引すぎたなって。時間が切迫してたのは事実だし、部屋は気に入ったし、シェアハウスって経験してみたかったし、なんかみんな楽しそうだし。あたしもここにいたいなって、思っちゃったんだよね。だからって勝手にぐいぐい話を進めて、迷惑だったかな、と」

「掃除当番がひとり増えるのは、迷惑じゃないよ」

「うん。義務は果たす」

「よろしく。もし、あなたがさぼったり連絡不足だったりして問題を起こした場合、たぶん、わたしのところに苦情が来ると思うので」

「はい。こちらこそよろしくお願いします」

倉嶋舞美は殊勝に頭を下げたが、急に笑い出した。

「あのさ、赤の他人の女たちが一つ屋根の下で暮らしてる設定のミステリって、ろくな展開にならないよね」

「今邑彩の『ルームメイト』とか？」

「新津きよみの『スパイラル・エイジ』とか。女子寮ものも入れるなら、ヘレン・マクロイの『暗い鏡の中に』とか」

「戸川昌子の『大いなる幻影』は？」

「こわっ。あの話思い出してたら、シェアハウスに住みたいなんて思わなかったかも」

笑いながら駅に着いた。では明日、と改札を通っていく倉嶋舞美を見送った。駅の時計は九時少し前になっていた。

帰って食事をとり、薬を飲まなくては。そう思ってきびすをかえしかけたところで、ん？ となった。わたしの左側から大股で現れた、巨体の若い男。ワークブーツをはいて、ゴリラみたいだ。

どこかで見たような……と考えて、思い出した。〈MURDER BEAR BOOKSHOP〉で見かけたのだ。ヴィクトリアン・ロマンスの棚の前で、ヴィクトリア・ホルトを見ていた金髪。あのとき、とってつけたようだと思った髪は、本当にとってつけたものだったと見えて、いまは短く刈り込んだ黒髪だ。

だが、間違いない。あのときと同じ男だ。同じブーツだ。

新宿方面の階段を下りていく舞美のあとを、ゴリラはついていく。

どうしよう、と思った。偶然だろうか。

急いでスマホを出して、一枚だけ写真を撮って、さっと仕舞った。うまく撮れているかは不明だが、資料がないよりはマシだ。

ゆっくりその場を離れながら、考えた。彼女にこのことを知らせるべきか。しかし、たんなる偶然なら、いたずらに怖がらせることになる。とはいえ、警戒させないと、危険にさらされるのかも。

電車が入ってくる音がした。電話はマズい。メールしておこうか。それにしても、あんなに堂々と狭い店に入ってきていたのだから、倉嶋舞美の知り合いということはないだろう。同業者か？ にしては、尾行が下手すぎる。それに、行動確認だったらひとりではやらないだろう。

そこまで考えて、うっとなった。思い出したのだ。

あの「サトウケイコ」のショルダーバッグ。女の子らしいファストファッションなのに、ショルダーだけ黒い革でごつかったと瑠宇さんも言っていた。同じようなバッグを、ゴリラの翌日〈MURDER BEAR BOOKSHOP〉で見たのだ。舞美とわたしが話しているのを気にしていたスーツ姿の女。てっきり猫好きなのかと思っていた。

あの盗聴器ももしかして、倉嶋舞美が狙いだったのだろうか。

だが仮に、彼らが舞美を調べているとしても、さすがに出会ったばかりの知り合いの部屋にまで盗聴器は仕掛けないだろう。

だが、待てよ。「サトウケイコ」が〈スタインベック荘〉に現れたのが月曜日。舞美がブログにわたしのことやシェアハウスの話、できれば住みたいと書き込んだのが前日の日曜日。具体名が書かれていたわけではなかったとはいえ、調べようと思えば「〈MURDER BEAR BOOKSHOP〉の彼女」が葉村晶で、シェアハウスが〈スタインベック荘〉であることはわかるだろう、とあのとき自分でも思った。つまり、いずれ舞美が〈スタインベック荘〉に出入りするようになることは、予測できたわけだ。

だけどこれ、なんなんだ……。

歩き出して、背後が気になった。思いついて、駅舎の裏に回った。ロータリー側に比べて光が少なく、人通りもあまりない。でも、人目はちゃんとある通路のような道路。真ん中まで行って、振り返った。白いセダンがゆっくりついてきていた。脇に寄ると、わたしのところに来て、停車した。

「葉村晶さんですね」

後部座席の男が窓を開けて言った。

「そういうあなたは警視庁のどこの部署のなに様なんです？」

わたしは尋ねた。男がドアを開けて外に出て来て、黙ってバッジを開いてみせた。当《とう》麻茂《ましげる》、警部とあった。所属までは見えなかったが、当麻はさっさとバッジを仕舞いこんだ。

「さすが探偵さんだけあって、察しがいいですね。話があるんですが乗りませんか。別にとって食ったりしませんから。少しドライヴして〈スタインベック荘〉までお送りします」

後部座席に並んで座ると、運転席の若い男がゆっくりと車を発進させた。

当麻茂は中肉中背でちょっとだけ腹が出ていた。三十八、九だろうか。調布東警察署の渋沢よりいくらかマシなスーツを着て、いくらかマシな靴を履き、左手の薬指に指輪をしていた。水玉のネクタイをしているのかと思ってよく見たら、国民的アイドルである猫型ロボットの柄だった。顔立ちは平凡だが、カリフラワーみたいな耳をしている。腹は立っていたが、喧嘩を売るのはやめようと思った。

「調布東警察署の渋沢くんに聞きましたよ」

車が甲州街道に出て西へ向かって走り始めると、まっすぐに運転手の後頭部を見たまま、当麻が口を開いた。

「白骨死体事件の解決に、お知恵を貸してくださったそうですね」

「あんな安っぽい盗聴器でも、よく話が聞こえたんですね。渋沢さんの名前を盗聴器の前で出したかどうか、覚えていませんが」

盗聴器を強調していったのに、当麻はたいした反応を示さず、あくびまじりに言った。

「どこの組織にも暴走する人間はいます。出世欲が強くて頭の悪い部下を持つと、チームリーダーは苦労するものです」

自分より年上でも渋沢は階級が下だから「くん」付けで、なのに言葉だけ民間並みに「チームリーダー」。エリートならエリートらしく、出身校のキャンパス・タイでもしめときゃいいのに、こんな柄。

いけ好かない。

「ホントにできの悪い部下ですね。だからといって、不法行為の責任は上司にもあると思いますが」

「不法行為、ですか」

「まさか、裁判所がうちの盗聴を許可したわけじゃないでしょう。もしそうなら倉嶋舞美はテロリストで、首都の人口を半分以下にするような大規模テロを企ててるんだわ」

「おや、盗聴？　できの悪い部下がそんなことしましたか」

「いまさらとぼけるの、やめません？　証拠だってあるんですよ。こっちにはちゃんと盗聴器が」

「これのことですか」

当麻はビニール袋を持ち上げてみせた。中にはあの電源タップが入っていた。

わたしは出かけた叫びを押し殺した。

桜井は盗聴器を「元鑑識のおっさん」に見せると言った。元警察官が、古巣に義理立てして証拠品を横流ししたのか。

盗聴器の存在を知るのは桜井だけだ。同居人や大家にも告げてないし、見せてもいない。要するにこれで、わたしが盗聴されたという事実は消えてなくなった、と考えるしかない。

くそっ。

「できの悪い部下がなにをしたかはもう、どうでもいいですよね。話を進めましょうか。議題は二つの不法行為について、です」

歯がみするわたしを尻目に、当麻はさっさとタップをしまい込んだ。

「一つはですね、探偵業法違反ですね。ご存知でしょうが、二〇〇七年六月一日に施行された法律です」

「知ってます」

「この法律では、届け出なく探偵業を行なって行政処分を受けた場合は、六ヶ月以下の懲役または三十万円以下の罰金、となります」

「はい、知ってます」

「名義貸しをした場合も同じです」

「名義貸し？」

「例えば、そうですね。まだ〈東都総合リサーチ〉の社員ではなく、探偵業法の届出もしていない人間が無届けで探偵業を行なった。しかも東都が社員のふりをさせている。これって名義貸しじゃないですかね。少なくとも、名義貸しととらえられれば、処分の対象になります。あ、処分されるのはあなたじゃないですよ。〈東都総合リサーチ〉です」

「……ちょっと、あんた」

「行政処分を決めるのは公安委員会です。まだ新しい法律ですし、運用にはいろいろな考え方が生まれます。もちろん、そもそも探偵業法は依頼人や調査対象者を守るための法律ですし、そういう意味では、いまのところ被害者は出ていませんが、どうでしょうねえ。ストーカー事件などで探偵に対する世間の目は厳しい。名義貸しの事実を知ったら、今後のこともあるから厳正に対処したい、と公安委員会も考えるかもしれません」

当麻は腹の上で手を組んだ。

久しぶりにものすごく凶暴な気分になっていた。ここまで本気で頭に来たのは何年ぶりだろう。

わたしは芦原吹雪からの依頼をフェアに引き受けたかった。だから泉沙耶を説得して〈東都総合リサーチ〉を通した形にしたのだ。無許可でこっそり調査して三百万まるまるもらうこともできたのに、東都という業界でも大手で、きちんとした会社に正規料金を渡した。そうすれば大手の情報ネットワークを使えるし、わたしになにかあっても調査を続行してもらえる。依頼人を守るためにそうしたのだ。

なのにそれが違法だと？　しかもそのツケをわたしではなく、東都に回すつもりだと？

ふざっけんな。

車が大きく弾んだ。我に返った。車は踏切を走っていた。国領の駅前を抜けて、狛江通を南下するつもりらしい。

それで我に返った。ここで暴れても、いいことはひとつもない。悔しいことこの上ないが、いまのところ当麻のほうが何十ポイントもリードしている。

「で、わたしになにをさせたいわけ？」

深呼吸してから、わたしは聞いた。当麻がこちらに見せている横顔だけに笑みを浮かべた。

「話が早くて助かります。では、もう一つの不法行為について、ご説明いたします」

16

木曜日の朝、病院に行った。寝不足で食欲もなく、無理矢理にパンと牛乳だけつめこんで出かけたせいか、なんだか頭が痛かった。鳴海医師はわたしの顔を見るなり首を傾げた。肺の音を聞き、呼吸量を測定し、レントゲンを撮って、さらに首を傾げた。

「おっかしいな。ちゃんとよくなってきているんですよね」

医者が簡単に首を傾げるな、とわめきそうになった。どれだけ不吉な仕草かわかってんのか。

「なのにずいぶん顔色悪いですね。寝不足で疲れているみたいだし。退院してまだ一週間しかたっていないんですよ。無理はしないように。酒や煙草、暴飲暴食も控えてくださいね」

ホントは警察を控えたい。それが一番、健康にいい気がする。

薬が変わることになった。効き目の緩やかなものをもう一週間、飲めという。絶対に薬を途中でやめるな、来週また来るようにと、前回と同じような念を押された。それほどわたしは気ままに見えるのだろうか。お医者さんの言いつけにはよく従う、小心者なのに。

礼を言って去る前、ふと尋ねてみた。

「鳴海先生、先生って芦原吹雪さんの担当なんですか」

「なぜです？」

何事かカルテに書き込んでいた医者は、くるっとこちらに向き直った。

「ちょっと、芦原さんに頼まれごとをしまして。末期がんと聞いていますが、彼女の具合、そんなに悪いんでしょうか」

「ああ、葉村さんは芦原さんと同室でしたね。ずっと大きな家にひとりぼっちで寝ていたから、最後くらいひとの気配を感じながら暮らしたい、という本人の希望で大部屋だったんです。だけど、有名な方で、他の入院患者さんの中には気づいて騒ぐひともいたし、加減もよくないので一昨日、個室に戻しましたよ。本人は嫌がっていましたけど」

「それじゃ、ひょっとして、そろそろ……？」

「残念ですが、そうでも、おかしくはないですね」

「頭のほうははっきりしているんでしょうか」

「判断能力に問題がないか、ということですか」

「はい」

「うーん。すでに全身に転移していますから。二週間ちょっとくらい前頃から夜中、幻覚を見たと何度か騒いだとナースが言っていました。それでも、このところ落ち着いていたんですが……。婭御さんに、ご親族にはそろそろ連絡したほうがいい、とゆうべお伝えしました」

さらに気がめいる話を聞かされて、ここ数年なかったほど落ち込んだ。ボロボロの身体にむち打ってがんばっているつもりだが、志緒利を見つけ出すことはできないかもしれない。できても間に合わないかもしれない。というより、志緒利はまだ生きているんだろうか。岩郷克仁は。それに倉嶋舞美問題もある。〈東都総合リサーチ〉への行政処分は。そんなことになったら、わたしはこの業界じゃ生きていけなくなる。だからといって……。

課題山積。病状が悪化していたほうがマシだったかもしれない。疑惑に追いつめられて入院する政治家の気持ちが、初めてよくわかった。

無理にでも気分を切り替えようと、売店に行ってビタミンドリンクを一気飲みした。化粧室で顔を洗い、一からメイクした。顔色は医者の判断材料のひとつになるから、医者にかかるときはスッピンで行け、と死んだ祖母に言われていた。その教えに従ったわけだが、いまだに、それも四十をすぎて、化粧もせずに医者にかかるような女はもう絶滅しているのかも。だとしたら医者が首を傾げたのは、わたしのせいということになる。

ふだんは入れないチークを入れ、ついでに気合いも入れて、エレベーターで十二階にあがった。ナースステーションで吹雪の個室を尋ねた。わたしが入院していた七階とはずいぶん雰囲気が違う。ホテルのフロントみたいなナースステーションで、看護師も美人風である。

貧乏人が何か用？　という目つきで応対してきた看護師は、名乗った瞬間、ほっとした顔になった。

「ああ、葉村さん。芦原さんが、あなたが来るのを心待ちにしてます。朝から何回も、まだ来ないのかって聞かれて困ってたんですよ」

返事をしようとしたとき、廊下の奥で突然、誰かが泣き始めた。号泣、といった感じの泣き方で、思わず看護師に目顔で問いかけたが、彼女はなにやら書類に記入しながら肩をすくめた。

「気にしないでください。誰にだって泣きたいときはありますから」

ほっといていいのだろうかと思ったが、確かにそうだ。わたしだって、咳が止まらず息ができなかったときには、心細くて泣きたかった。あの状態で泣けたらの話だが。芦原吹雪がナースコールしてくれなければ、きっと泣けないまま別世界に旅立っていた。

その命の恩人は上半分が斜めに持ち上がったベッドにもたれた状態で、窓の外を見ていた。この階から見えるのは空だけだ。薄い青空に目をやる吹雪の横顔は、とても険しく見えた。

物音に気づいて、吹雪はびくっとした。わたしは黙ってパイプ椅子に腰を下ろした。

「幻覚を見るのよ」

彼女はひとりごとのように言った。

「みんながそう言うの。しょうがないから、たぶん、お迎えが近いせいね、そう言うとみんな、ほっとした顔をするの。死にかけているのは事実でも、それを口に出せるのは死にかけた当人だけ。偽善だと思わない？」

「マナーやエチケットが偽善に思えることもありますよ」

「それもそうね」

芦原吹雪はほっとため息をついた。

「で？　葉村さんが調べた事実を教えてもらおうかしら」

「はい、報告しますけど……マナーやエチケットがいりますか」

「どういう意味？」

「あなたが調べられたくないと思っていることまで、調べてしまったかもしれないので。つまり」

「志緒利の父親について」

吹雪はそっけなく言った。

「まあ、しかたないわよね。仮にわたしがあなたでも、そこは気になるでしょうから。

前に雇った探偵のときは、そんなことまで調べられて腹が立ったけど、いまはあの探偵も当然のことをしただけだった、と思う。だからって、マスコミに流さなくてもねえ。あ、この話は」

「知っています。ただ、あの隠し子騒動を仕掛けたのは岩郷探偵ではありませんでした」

わたしは順を追って説明した。岩郷探偵に会いにいったところ、彼が隠し子騒動の前から行方不明になっていたこと。調べるうちにイヤでも相馬大門について知ったこと。騒動は柠林という第一秘書が仕組んだことだと判明したことなど。

「そう。あの新聞記者の大野さんがそう言ったのなら、間違いないわね」

吹雪は薄い笑みを浮かべた。

「あのひとは並の政治家より政治が大好きだった。この間の世論調査で数字が変わったのは、自分の書いたコラムの影響だ、なんてよく自慢してた。自分は裏で世界を動かしている、男のひとたちはそう思うのが好きね。だけどその分、大野さんの集めてくる情報の精度は高いって、相馬先生も評価していたわ。だとしたら、岩郷さんでしたっけ。あの探偵さんにはすまないことをしたわね。てっきりそうだと思い込んで、警察署に抗議に行ってしまったりして」

そのせいでひどい目にあったのは岩郷さんではないんです、と言いかけてやめた。本筋とは関係がない。

「で、あなたはどうなの？　志緒利が相馬大門の隠し子だと思ってるのかしら」

「いいえ」

吹雪は鋭くわたしを見た。

「あら、どうして？　そうなのかもしれないわよ」

「志緒利さんは、相馬大門のお孫さんなんじゃありませんか」

半分はあてずっぽうだった。だが、そう考えればいろいろなことが腑に落ちる。

大門とその妻が足しげく芦原邸に通っていたこと。そして志緒利をたいそうかわいがっていたこと。大久保シェフの件を池田先生に知られるなど、脇の甘かった志緒利が、ロイヤル・ハリウッド・ホテルで相馬和明と会っていたことは顔色を変えて隠そうとしたこと。和明とその妻の縁組が大門の地位を押し上げたこと。和明の妻は和明の選挙に協力どころか、水を差すような真似をしていること。

吹雪の愛人であり、志緒利の父親は相馬和明だった。だが、彼は「政治的な妻」を迎えねばならなかったため、吹雪は未婚の母となった。そんな吹雪や孫がかわいそうで、かわいくて、相馬大門夫婦は様々な形でおおいにバックアップしていた。和明の妻としちゃ、そりゃ面白くないだろう。

吹雪はわたしを睨みつけたまま、かたまっていた。このまま発作でも起こされたらどうしようかと心配になった。

「驚いたわね」

やがて、吹雪はゆっくりと口を開いた。

「よく気づいたと思うわ。たいていの人間は、志緒利を相馬先生の子どもだと思ってた。

沙耶をはじめとする親戚も、みんなそう。わたくしたちもあえて周囲の人間には、そう思わせていた。特に、あの騒ぎが起きた九四年には。翌年には和明さんが相馬先生の地盤を受け継いで出馬することになっていたから、なおさら知られるわけにはいかなかったわけ。それに、もちろん」

「いまもそうですよね。彼はまだ現役の政治家です。それも、失礼ながら経歴からいって、たいした政治家とはいえません。こんなことが世に知れたら、たちまち政治生命は終わってしまう」

「世に知れたら、ね」

吹雪はじっとわたしを見た。わたしは肩をすくめてみせた。

「仮に、わたしがこの話をもらしたとして、証拠はありませんよ。相馬和明がきっぱり否定したらどうなります？　わたしは嘘つきか、守秘義務違反をした悪徳探偵になって終わりです」

「安心しろと言いたいわけ？」

「自分が不利になるような真似はしない、と言っているんです」

吹雪がかすかに微笑んだ。

「葉村さん、あなた、口がうまいと言われたことはない？」

「昨日言われたばかりです」

報告の続きをした。大久保シェフとの不倫、志緒利の失踪後、シェフが彼女と高円寺で再会したこと、アパートのこと。

生臭い部分はできるだけ省いて話したつもりだったが、吹雪はにわかに震え出した。指が上掛けをきつく握りしめている。思わず腰が浮いた。

「大丈夫ですか。看護師さん、呼びましょうか」

ナースコールに手を伸ばすと、吹雪がきつくわたしの手首を握りしめて妨害した。驚くほど強い力だった。興奮して口はきけないようだが、はっきりとした拒絶を感じて、わたしは冷たい吹雪の手に握られたまま、パイプ椅子に座って彼女が落ち着くのを待った。

やがて吹雪の指から少しずつ力が抜けていった。そっと手を膝の上に戻すと、大きく息をついて彼女は言った。

「それじゃあの子、生きてたのね。生きてたんだわ」

「はい。少なくとも、失踪直後には生きていたということになります。大久保シェフが嘘をつくとは思えませんから。ただ、志緒利さんが自分の名前でアパートを借りられたはずはない。人気のあった物件のようですし、契約には戸籍謄本や住民票、保証人が必要だったはずです。誰かが、彼女に手を貸していた。おそらく」

「山本博喜」

吹雪はつぶやいた。

「彼しか考えられないわ」

「山本さんとはいまでも連絡をとっているんでしょうか」

「最後に会ったのは二〇一〇年の暮れ。相馬の金庫番を、彼はずいぶん長いこと続けていたの。たぶん、経済的にわたくしが困らないように。建物の塗り替えや耐震工事を頼んだり、新しいドレスを届けさせたり、彼の考える芦原吹雪にふさわしい身じまいをするように手配してくれていたの」

あの自宅の質素さを考えると、吹雪にとってはありがた迷惑だったのかもしれない。ことに、大門が引退し、関係者を接待する必要がなくなってからは。

「二〇一〇年以降は、すると、お会いになっていない」

「メールか電話でやり取りしていたし、年に二度ほどまとまったお金を送ってくれたわ。ただ、最後に連絡があったのは去年の十一月のことなの。わたくしの病気がわかって、何度も連絡をとろうとしたのだけれど、ケータイが解約されたらしくてつかまらないのよ」

「彼はどういうひとなんです？　アルバムにそれらしい写真はありませんでしたし、岩郷探偵の報告書にも出てきませんでした。岩郷さんは山本さんの存在を知らなかったんでしょうか」

「あら」

吹雪は指で額をこすって、思い出そうとする仕草を見せた。

「いえ、会っているわね。ただし、わたくしのいるところで。岩郷さんが山本に志緒利のことをあれこれ訊いて、山本が知っていることを答えた。わたしの前での話は報告書に書いたりしないでしょう」

そういうことなら、つじつまはあっている。

「アルバムのほうは、どうでしょうか」

「言われてみれば、彼の写真を持っていたかどうかわからないわ。山本はわたくしにとって、大切すぎて目に入らない、空気のような存在だったの。彼は山形県のどこか寒村の出身でね。子だくさんの家に生まれて、悲惨な子ども時代を送ったようだった。出会ったのは映画界に入った最初の日よ。監督や助監督にこづかれて、はいつくばるようにして働いている山本を見たの。十六歳は越えていたはずだけど、子どもに見えた。なんだか、かわいそうになっちゃって。付き人にって強引に貰い受けたの」

「それで、彼はそのことを恩に着て、それから一生……?」

「そう。いまにして思えば、あんなことしないほうが良かったと思うわ。抜群に頭が良くて、度胸もあるひとだったから、放っておいても自力でてっぺん獲れた。そのほうが、きっと彼には幸せだった。結婚もできて、家庭を築けたでしょうし」

「ずっと独身だったんですか」

「わたくしの知るかぎりはね」

「彼の本籍地や家族、いまいそうな場所、なんでもいいんですが、心当たりはありませんか」

芦原吹雪は首を振って、目を閉じた。

病室に入って来たときよりもさらに、縮んで細くなってしまったようだった。彼女の手をそっと上掛けの中に入れて、少し待った。

「そういえば」

やがて、吹雪が目を開いてつぶやいた。

「山本はリゾートマンションを買ったはずよ。同じところに落ち着けないといって、ホテルやウィークリーマンションを転々としていた山本が、あるとき突然、不動産を買ったってきいて驚いたのを覚えているわ」

「いつのことですか」

「二十年ほど前」

二十年前？

「志緒利さんがいなくなった頃でしょうか」

「あら。そうなるわね」

「どこですか、そのリゾートマンション」

「小田原。なんだかおかしかったわ。温泉が嫌いで、魚が苦手のあなたがなんで小田原なのって聞いたもの。彼はなにも言わなかったけど」

声がどんどん小さくなっていく。限界かな、と思った。ただ、どうしても一つだけ、確認しておきたいことがあった。

「九五年の阪神淡路大震災の後、志緒利さんからはがきが来ましたよね。あれは、山本さんとあなたの細工ということで、間違いないんですね」

「あれはすごかったわね。志緒利の字にそっくり。どうやったんだろうって、ずっと思ってた。意外に簡単だったわけね……」

声がとぎれた。一瞬、ひやっとしたが、じきに静かな寝息が聞こえてきて、胸を撫で下ろした。起こさないように、そっと扉を開けて、廊下に出た。

次の瞬間、わたしはふたりの人間にはさまれていることに気づいた。ひとりは泉沙耶、もうひとりはガラの悪そうな老人。ふたりがおそろしい形相でにらみあっている、そのまっただ中に滑り出てしまったのだった。

腰を屈めてふたりの間をすり抜けた。老人はわたしには目もくれず、大声になった。

「とにかく、芦原吹雪に会わせろ。オレにも遺産を残すように、遺言を書かせるんだ」

「ですから、伯母さまはあなたに会いたくないと言っているんです、石倉の叔父さま」

泉沙耶が嚙みつきそうな形相で言い返した。なるほど、こいつが石倉達也か。わたしは逃げ出そうとした足を止めた。

よく見ると、老人というほどの年齢でもなかった。五分刈りの髪が真っ白で、顔は老人性のしみだらけ。着ているものも手入れが悪く、加齢臭がきついからそう思ってしまったが、足腰の感じが老人にしてはかなり若々しい。まだ六十代半ばだろう。

石倉達也はひどい口臭を噴き出しつつ、わめいていた。

「沙耶、おまえいつから吹雪の番犬になったんだ」

「お忘れですか。吹雪伯母はもう十年も前に、石倉とは縁を切ったんですよ。そもそも、遠縁といったって赤の他人も同然だし、あなたに伯母さまの財産を受け取る権利なんて、かけらもない。わたしが叔父と呼んでいるのもたんなる礼儀です。そちらがそんな態度に出るなら、もう叔父だなんて言いません」

「なんだと、女のくせに目上の人間に偉そうな口きいて。まともな教育を受けていたら、そんな真似はしないはずだ」

「そっちこそ赤の他人のくせに、病室に押し入るなんて真似したら警察に被害届を出しますよ。枕元で大騒ぎして、伯母さまが亡くなるなんてことになれば殺人ですからね」

こと遺産の話になると、泉沙耶の気の強さも半端ではなくなる。石倉達也は完全に圧倒されて、ぼそぼそと言った。

「オレには、あの女の金をもらう権利がある。あの女に大事な娘を殺されたんだからな」

「そうやって根も葉もないデタラメな思いつきで大騒ぎして、伯母さま、警察に調べられたんですよ。ホントに迷惑だわ」

「犯人だから調べられたんだ」

「無関係だったたから、すぐに解放されたんですっ」

「あの女の背後にいた政治家が、警察を黙らせたに違いない。あの女が犯人でなければ、なんで花の入院費を払ったりしたんだ」

「花ちゃんがかわいそうだったからに決まっておりますでしょ。父親のくせに医療費も工面できなくて、植物状態の花ちゃんが病院から追い出される寸前だったっていうじゃありませんか」

「あのときだって、入院費を直接病院に払い込みやがって。オレを通せとあれだけ言ったのに、無視しやがる。オレに渡してくれたらな、金は五倍にも十倍にもできて、花にはもっといい治療が受けさせられたんだ。そうすりゃ今頃は元気でいて、孫の顔を見せてくれていたかもしれないんだ」

石倉達也に対して、泉沙耶が一歩も引かない理由がわかった。声はでかいし口は悪いし、場所柄をわきまえないのもいい加減にしろという感じだが、石倉は愚痴をこぼしているだけなのだ。本人は、自分をとても高く評価しており、あったかもしれない薔薇色の未来を、本気で信じている。

さすがに騒ぎが大きくなりすぎ、看護師が数人とんできた。泉沙耶が看護師に居丈高に言った。こちらがお渡ししたリストにない人間は、通さないようにお願いしておいたはずですが。わたしが来なければこの男、勝手に病室に押し入って、病気の伯母に無体なことをしていたかもしれないんですよ。セキュリティーが甘いんじゃありません、この病院。

警備員が駆けつけ、石倉達也がつまみ出されていく、そのあとを追った。病院外に押し出されると、彼は仲間はずれにされた子どもみたいな顔で玄関前をうろうろしていた。それでも再度押しかけるほどの根性はなかったとみえて、やがて肩を落としてきびすを返した。

小銭を手のひらに並べ、ため息をついている石倉に、調布駅前で追いついて声をかけた。芦原吹雪さんのことでお話をうかがいたい、というと、石倉はわたしを見もせずに吐き捨てた。

「あの女は人殺しだ。オレの娘はあの女に絞め殺されたんだ。知ってるだろ、あの女の映画。映画に出てくる絞殺魔は、あの女そのものなんだ。演技力があるだなんて笑わせちゃいけない。素でやったんだよ」

「なにか根拠でもあるんですか」

「根拠だと？　あれは殺人鬼だ。映画を観ればわかるだろ」

「あの、映画は映画ですけど」

「いいか、ねえちゃん」

石倉ははじめてわたしを真っ向から見た。

「あんたさっき、あの女の病室から出て来たよな。会ってみてどうだった。死にかけても魅力的だったんじゃないか。他人をたぶらかすのが得意な女だ。それだけで世の中渡って来たから、手練手管はハンパじゃない。けどな、気をつけろよ。あの女のまわりからは、どんどん人間が消えてる。娘が消えたのは知ってるよな。あの家で働いていて行方不明になった女もいる。ばあやだって、どこに行ったんだか」

石倉は目やにをこすりとり、指の先で丸めて吹き飛ばした。

「だいたいな、花はいくつになってもおめでたい、子どもみたいな娘だったんだ。オレが戻るまで誰も家にあげるな、知らない人間が訪ねて来ても無視しろと言ったら、そのとおりにする娘だったんだよ。家に押し入った形跡はないとケーサツも言ってた。だから犯人は知り合いだって言うんだよ。だから、花は家に入れたんだ」

なるほど、そこまでのところ、一応の筋は通っている。だが、

「その知り合いが吹雪さんとはかぎりませんよね」

「あ？　バカか、おまえ。絞殺魔の映画で主役をやる女の知り合いなんか、他にいるわけがないだろう」

わたしがあきれた顔をしたのだろう、石倉はじだんだを踏んだ。

「薔薇が落ちてたんだよ」

石倉はわめいた。

「意識を失った花のそばに、あの女の大好きな白い薔薇が落ちてたんだよっ」

17

石倉と別れて、処方箋を持って薬局に戻った。薬剤師は薬の説明をしてくれたが、ふと、頓狂な声をあげた。

「あら、どうしたんです、その腕」

暑かったのでスプリングコートを脱ぎ、話を聞きながらシャツの袖をまくりあげていたのだが、言われて見ると、芦原吹雪に握られた右腕に紫色の痕が残っていた。指のかたちがはっきりとわかる。なんか痛い、と思っていたが、まさかこんなになっているとは。芦原吹雪は相当な力持ちだ。

試供品の貼り薬をもらい、薬を受け取って表に出て、医療機関にいる間、切っていたスマホの電源を入れた。桜井からの着信がどっさり表示された。ひざしを避けてビルの裏側に回った。

「おいおいおい」

桜井は力なく言った。

「どういうことよ、これはよ」

「メールした通りです」

「名義貸しって、こういうケースでそこまでスクエアにとらえられたことなんか、これまでにあったかよ」

「知りませんけど、例の盗聴器はなくなってたでしょ」

「元鑑識のおっさんな、オレを避けてやがった。なんとか捕まえて、警察に協力するなとは言わないが、まずは一言、相談なり報告なりしてからだろっ、と怒鳴ってやったよ」

ゆうべ解放されてから、一部始終をざっと文章にまとめて桜井に知らせておいた。ただしもちろん、当麻茂から持ち出された交換条件の中身については知らせていない……。

「葉村さんは〈パディントンズ・カフェ〉を知ってますか」

当麻の問いかけに返事をする気にもなれず、わたしは黙ってうなずいた。フィッシュ・アンド・チップスやローストビーフ、ステーキとマッシュルームのパイ。いわゆるイギリスのパブ飯をメニューの主体にした飲食店チェーンだ。一度、倒産しかけたが、どこかの企業が買い取ってロゴやメニューを見直し、店舗数を減らしたり、店の広さをこぶりにして復活した。パブ的要素を前面に押し出し、ダーツがありギネスを入れるバーカウンターがあり。店舗によっては早朝五時まで営業しているから、カフェという名と裏腹に、入りやすくて食事のうまい洋風居酒屋、というイメージがある。

三年ほど前から、このチェーンのどこかの店が、たまに夜十一時頃「本日貸し切り」として店を閉めるようになった。表向きの理由は「ダーツ大会」だの「サッカー観戦」、「集団合コン」などとして。よくあることだし、誰も疑わないが、その実、開かれているのは裏カジノ。多いときには一晩に三千万円以上の金が動く、という。

この情報をつかんだ警視庁は、賭場がいつ、どこで開かれるのか、それらをどうやって参加者に知らせているのか、一年あまり内偵捜査を進めてきた。その結果、カジノを取り仕切る中心人物や金の流れ、〈パディントンズ・カフェ〉側の協力者など、裏カジノの全容が明らかになってきた。

そこで今年の二月、満を持して裏カジノが開かれているはずの〈パディントンズ・カフェ〉笹塚店に踏み込んだ。するとやっていたのはなぜか、不要品交換を目的とした女子会だった。楽しくお洋服を見定めたりしているところへ警官隊がなだれこんできて、参加していた四十人あまりの女子たちは大騒ぎ。ショックのあまり泣き出す女子、警官に食ってかかる女子、参加費返せと幹事につめよる女子、一部始終をこっそり撮影して動画サイトに流す女子。当麻をはじめ、捜査チームは大恥をかくはめになった。

その女子会の幹事が、

「倉嶋舞美でした」

当麻は無表情に言った。

そんな場合ではなかったが、あやうく噴き出しかけた。この憎たらしい警部が、ヒステリーを起こした女子に取り囲まれて脂汗を流していたとは。わー、ざまみろ。

「んっと、それにしても夜十一時から不要品交換の女子会ですか。珍しいですね」

「もともとは〈眠れない夜のまくら〉という、不眠症の女性が集まるサイトから始まったそうです。休前日の金曜日に、今回のような交換会や読書会、映画鑑賞会といった小体なイベントを開いていた。倉嶋舞美はサイトの管理者ではありませんが、ときどき音頭をとって、〈パディントンズ・カフェ〉の店舗でその手のイベントをやっているそうです。ただ、このときの交換会の開催がサイトに告知されたのは、当日の午後四時半。我々の強制捜査の日時が実動部隊に通知されたのは、その三十分前のことでした」

「つまり、捜査チームの誰かがその情報を裏カジノ側に流し、倉嶋舞美がカジノ側からの指示を受けて、本来、カジノが行なわれるはずだった店舗の予約の穴埋めをした、と？」

「〈パディントンズ・カフェ〉では、貸し切りの予約はすべて本社に報告することが義務づけられています。この店に倉嶋舞美の名前で予約が入ったのが一週間前。当初は女子会という冠がなくて、ただの不要品交換会でした。もちろん、普通なら、予約のキャンセルという形で終わったと思いますが、そうはせずに別の集いをやってみせた。これで警察の上層部にさえ、捜査の方向が間違っていたのではないか、本当に裏カジノなど存在しているのか、という疑念が生まれました」

「間違ってたんじゃないですか」

当麻茂は答えずに、話を進めた。

「我々もすぐに、強制捜査の時間について知っているすべての捜査員を調べ上げました。私を含めてね。しかし、関係者のケータイその他のツールに、カジノ関係者はもちろん、不審な通信はいっさいなかった。四時から四時三十分の間に、署を出た人間もいませんでした」

アリバイ成立ってことか。正確には成立していないと思うけど。前線本部にしている署の誰かに耳打ちし、そいつが外部に漏らせばすむ話だ。それにだいたい、

「そういうことなら、倉嶋舞美を取り調べればいいじゃありませんか。彼女がどういういきさつでその店舗にその日時、イベントを開くことになったか、聞いてみればすむ話ですよね」

「彼女は自分で思いついたと供述しています。もっと早くサイトに告知を出すつもりが忘れてしまい、あんなギリになってしまったのだと。よくドタキャンすることはあるけど、今回はドタ告知になってしまったそうですよ。〈パディントンズ・カフェ〉は自分もバイトすることがあって、貸し切り料金が安く、料理が美味しいのを知っていたのでよくイベントの会場に選んでいる。告知が遅れていったんはキャンセルしようかとも思ったが、あの時間じゃ百パーセントのキャンセル料をとられるし、だったらダメ元でひとを集めてみようと思った、四十人も来てくれて助かった、と」

「当麻さんはその話を信じていないわけですか」

当麻は冷たい一瞥をこちらに投げてよこした。

「〈パディントンズ・カフェ〉本社には、倉嶋舞美の知人が勤めていました。我々がチェーン側の協力者とみている人物です。倉嶋舞美はその知人に頼まれて、たびたび店でバイトをしています。バイトをする店舗はそれぞれ違いますが、どこもこれまでに裏カジノが開かれたことのある店舗です」

「偶然かも」

「彼女は会社帰りにほんの数時間、ウェイトレスをしているだけです。バイト時間は月にせいぜい十五、六時間といったところでしょう。しかし彼女のブログによれば、バイト代を貯めたお金でしょっちゅう高価なブランド品を購入しています。中古とはいえ、十万はくだらないバッグや時計などですね」

「バイト代だと言っているのは、表向きなんじゃないですか。ホントは給料をまるまるつぎ込んでいるとか」

「倉嶋舞美の給料のほとんどが、実家の生活費にあてられています。家の建て替え費用は、同居することになった姉夫婦がローンを組んで出すそうです。元自営業の両親はパートで細々と稼いでいますが、きちんとおさめていなかったせいで年金はほとんどもらえません。実家の建て替えは、その半分をアパートにして家賃収入で老後の生活費を出そうと考えた結果なんですよ。葉村さんは、倉嶋舞美が〈スタインベック荘〉のような安くてボロいシェアハウスに越してくるのを、なぜだと思ってたんですか」

当麻は見下した口調になった。こいつ、チャンスがあったらいっぺん殴ったる。いや、足下にバナナの皮を投げてやる。滑って転んで尾てい骨をうってしまえ。

「早い話が、倉嶋舞美はあり得ない額のバイト代を受け取っているわけですか」

「そうです。そこに情報漏洩の鍵があると我々は考えています」

ここまで話を聞けば、当麻がわたしになにを求めているのかはっきりした。それでも自分で切り出す気はなかった。そっけなく聞いた。

「さすが、警察ですね。そこまで倉嶋舞美について調べたのなら、もう一度本人を呼んで、取り調べたらどうですか」

「あの女はしたたかです」

当麻はしぶしぶ、認めた。

「素人のお嬢さんだと見くびって、上から出たのが失敗でした。疑惑はいっさい否定し、詳しい供述は拒否しました。しかもですね、問題は彼女ではない。残念ながら、我々の身内の側にあります。すでに彼女の知人は〈パディントンズ・カフェ〉を辞めました。裏カジノのしきりをしていた人間は、監視の目をかいくぐって姿をくらましています。この先、〈パディントンズ・カフェ〉を舞台に裏カジノが開かれることはないでしょう。事案は終わった。一年の捜査がムダになった。我々の大黒星ということです」

気がつくと、車は品川通を通ってつつじヶ丘駅へと北上し、甲州街道を経て神代《じんだい》植物公園通を走っていた。

「それで？」

「情報源を突き止めて、穴を塞がないとまた、同じことが起こります。倉嶋舞美はその情報源へと我々を誘ってくれる唯一の手がかりです」

「身辺調査をして、それでも警察関係者とのつながりは見つからなかったんでしょ」

「ばれないように、なんらかの形で接触を持っているはずなんです、絶対に。あの不要品交換会が偶然だったとは思えない」

「〈パディントンズ・カフェ〉の知人から連絡があったんじゃないですか、警察関係者から直にではなく」

「もちろん、その知人にも監視はつけてあります。しかし、実を言うとすでに終わった事案なので、動かせる人数にもかぎりがある。そこで、葉村さんには倉嶋舞美の監視をお願いしたい」

言うと思った。

「裏カジノはクローズドしたんでしょうが」

「ぬれ手に粟《あわ》で大もうけできる。警察の捜査をうまくかわした。このふたつの成功体験があれば、やつらはじきにカジノを復活させます。別の形でね。それまでに情報源を見つけ出してつぶす。そしてやつらを検挙する。警察ってのはね、局地戦での負けはあっても、大局での敗北はありえないんですよ」

なにをカッコつけてるんだか知らないが、要するに、

「わたしに、警察のSになれってことですか」

倉嶋舞美とは出会ったばかりだ。友人というほどでもない、ただの知り合いだ。それでもスパイなどしたくない。

おまけに、だ。仮に彼女が裏カジノに関わり、警察内部から捜査情報を聞き出しては

警察を小バカにする役割を担っていたとして、それがどうした。犯罪には違いないが、人の世の生き血をすすっているというほどでも、不埒な悪行三昧というほどでもない。警察が捜査するのは当然だとしても、退治てくれよう、なんて気分にはなれない。

わたしがそう考えているのを、当麻はすかさず見抜いたらしい。

「もうひとつ、表に出ていない情報なので、調べても裏はとれないでしょうが……裏カジノの中心人物のひとりが、先月、ひき逃げされて死亡しました。バクチは自分たちのシノギだ、素人に荒らされてたまるか、と考えている連中によるものだと我々は考えています。なにが言いたいのかおわかりですね。この手の裏商売に関わると、ろくな末路を迎えない、ということです。倉嶋舞美も例外ではない。どんな形にせよ、足を洗わせてやるのが彼女のためなんじゃないでしょうかね」

もったいぶって、猫型ロボット柄のネクタイの位置を軽く直している。不法行為で脅し、別の形でまた脅す。これで説得しているつもりなのだろうか。

ホントにムカつく。

「なにも永遠に見張れとは言いません。倉嶋舞美と一緒に暮らしている間で十分です。葉村さんにもお仕事がおありですしね。法に抵触しそうなお仕事ですが、抵触するかしないかは、葉村さん次第という気がします」

「ちょっと、あんた」

「すでに葉村さんは倉嶋舞美とは打ち解け合っている。実は女性捜査員を彼女に接触させたんですが、親しくなれなくてね」

「終わった事案だから、ろくな人材がいないわけですか」

「葉村さんに彼女の監視をお願いしたことは、私と、そこの彼しか知らないこととします」

精一杯のイヤミを、当麻茂はあっさり聞き流した。

「彼は郡司《ぐんじ》といいます。今回の件では、信用できるのは彼だけです。なにしろ、強制捜査の情報を提示してから実行するまで、わたしから片時も離れませんでしたから。完全なアリバイがあるということになります。連絡先を教えておきますので、なにか起きたらすぐ彼に知らせてください。ま、しばらくは倉嶋舞美もおとなしくしているでしょうが。あとは郡司が不定期にそちらに連絡を入れます。そのときには報告をお願いします」

すでに車は中原三丁目交差点をぐるっとまわって南下し、甲州街道を走り始めていた。返事をする前に、葡萄畑の前の道に入っていく。

車を停め、ギアを引いてライトを消すと、郡司は振り返って名刺を差し出した。郡司翔一《しょういち》。裏にはボールペンでケータイ番号が書いてあった。受け取って、スマホで撮影して、そのまま返した。街灯の光でみるかぎり、まだ三十そこそこだが、疲れきっているようだった。無理もない。こんな上司じゃな。

「念のために言っておきますが、私は探偵が嫌いです」

当麻茂は冷たく言った。

「なので、私を怒らせないようにしていただけると助かります。ふだんは温厚で通っていますが、正義の遂行が邪魔されると、ぶち切れることもありますので」

「念のために聞いておきますが」

わたしは口調を真似て言い返した。

「『サトウケイコ』という名刺を持って現れた、盗聴マニアのおたくの部下。彼女もわたしと倉嶋舞美が親しくなりつつあることを知っていますよね。だとしたら、当麻警部がわたしに倉嶋舞美の監視を頼む可能性が高いことはわかるはず。彼女が情報源ってことはないんでしょうね。わたしもクールで通っていますが、裏をかかれるとぶち切れることもあるんで」

当麻の目がきらりと光ったが、彼は返事をしなかった。わたしは力任せに車のドアを閉めた。

18

「で、どうすんだよ、葉村。警察の交換条件に乗ったのか」

桜井肇が耳元でわめいていた。わたしは首を振って、夕べの不愉快な記憶を払い落とした。

「桜井さんに迷惑をかけるわけにはいきませんからね」

「悪いな。こんなことなら、葉村を先週付けで正式にうちの社員にしとけばよかったよ」

そう言いながらも、桜井はどこかほっとしたようだった。わたしが大暴れして、警察を怒らせたりしたらどうしよう、と怯えていたのかもしれない。

実際のところ、〈東都総合リサーチ〉は警察官の再就職先としてわりに大口だ。次の社長に内定している白峰常務も警察庁の出身と聞いている。当麻警部が公安委員会を動かしたとしても、そう簡単に表立って名義貸しだ、行政処分だ、という話になるとは思えない。

ただし、それでも、桜井の立場が悪くなるのは間違いない。だから、当面は当麻の言うことを聞いておくよりほかに道はない。〈東都総合リサーチ〉のような大手の会社と正式な契約を結んでおけば、すべてが問題なくいくだろう。わたしがそんなふうに甘く考えていたことが、当麻に付け入る隙を与えてしまった。そのケツは自分で拭くしかないのだ。

違法探偵・葉村晶、か。やっていることは、以前とまったく変わりがないのに。

「そっちの話はおくとして」

桜井がよみがえったように、元気よく言った。

「いくつか知らせておくことがあるんだ。まず、芦原邸で働いていたふたりの家政婦だけど。ふたりとも行方不明なんだな」

石倉達也の話を思い出し、ぞっとしたが、あえて混ぜ返した。

「ホントに行方不明？　桜井さん、腕落ちたんじゃない」

「まず、高田由起子だが、彼女については平成元年八月十日付けで捜索願が出されてる。

西暦にすると、ええと、一九八九年だな。出したのは、彼女が所属していた家政婦派遣所〈もみのき〉のオーナーだ。高田由起子はオーナーと同じ長野県茅野の出身で、亭主の暴力から逃れるために家出して、以前からの知り合いだったオーナーの元に転がり込んだ、これが昭和六二年八月のことだそうだから、えーと、八七年か。それからあちこちの家庭に派遣されて、八九年の三月から七月の末まで、芦原邸で住み込みをやっていた」

「それは知ってる」

「七月末に契約が切れて、高田由起子の荷物が〈もみのき〉の事務局に送られて来た。数日前には本人からも、八月一日に事務所に顔を出す、という電話があったそうだ。しかし、それきり姿を見せず、連絡もない。で、心配になったオーナーが届けを出した、と」

桜井は家政婦派遣所の連絡先をいい、わたしはそれをメモした。

「もうひとりの、ばあやこと安原静子なんだがね。彼女はそもそも、相馬大門の地元である長野の中信地方の出身で、亭主と子どもに相次いで先立たれたあと上京して、相馬邸で働いていた。芦原邸ができてそちらに移った。ということは、おそらく大門に、吹雪やその娘の面倒をみるように言われたんじゃないかと思うわけだ。それでばあやとして母娘の生活を支え、家族同然の存在だったんだろうが、さて、こっから話がきなくさくなる」

桜井は咳払いをした。

「安原静子は一九九八年二月三日に死亡届が出されている。死因は急性心不全。死亡診断書を書いたのは笠松《かさまつ》って医者で、柿の木坂にでっかい病院を構えている開業医」

「柿の木坂」

「そう。相馬大門とはご近所さんのゴルフ仲間」

わたしは思い返してみた。九八年の家計簿に、安原静子の葬式の記載などはない。というより、九四年の五月にばあやへの支払いがなくなっているわけだから、その時点で辞めたと思っていた。辞めて、相馬邸に戻ったのだろうか。

「かもしれない。ただ、九九年まで働いていた相馬家の元運転手によると、安原静子が相馬家に戻って来た記憶はないそうだ。この運転手、年のせいか少しぼけてるから、絶対とは言えないがね。昔のことはけっこうきめ細かく話すところをみると、まんざら間違いとも思えない」

　桜井は言った。

「ばあやに家族はいなかったの」

「かろうじて身寄りと呼べるのは亭主の甥だけ。だが、静子が東京に出てからは一度も会ったことがないそうだ。どうも、亭主や息子の死が静子のせいにされ、親戚がよってたかって亭主の遺産をむしりとったらしい。そんなわけで、静子のほうも親戚も、お互い会いたくなかったんだろう。義理の甥いわく、名前も忘れていたし、死んだことも知らなかったと言っている」

「つまり、安原静子は死んでいるけど、いつ死んだのかもどこで死んだのかもわからない、と」

「書類上は九八年に相馬邸で亡くなっている。だが、なんとなくうさんくさい。だろ？　そこで笠松院長について、掘り下げてみた。この医者、バブルの頃に調子に乗って不動産投資をしたトンチキのひとりでな。九八年当時、銀行は融資を打ち切り、自宅とクルーザーと高級外車二台を差し押さえられていた。病院の経営権も譲渡寸前だったらしい。ところが、なぜかこの年の二月に、銀行が融資を復活した。これで持ちこたえて、病院は院長ごと存続している」

「もしかして、その銀行って」

大野元記者が言っていた、副頭取が土下座させられたとかいう、あの銀行。

「そういうこと」

この事実だけ並べると、笠松が相馬に頼まれて、銀行への口利きと交換に、安原静子の死亡診断書をでっちあげたように思われる。確証はないが。

「あと、山本博喜のほうは、もう少し待ってくれよ。待たせてばかりで悪いんだけど、入ってくる情報がはっきりしなくてさ。オレたちじゃ戸籍がのぞけなくなったのが、ひと探しじゃ痛いよな」

「そうだよねえ」

「だから、兄弟のひとりを説得して、見てもらったんだがな。本籍地の山形から戸籍はまったく動かされてないんだよ。住民票は芦原吹雪邸の住所になったままだし。兄弟とはもともとあまり付き合いはなかったようだけど、両親が死んだ頃にいろいろあって、それが原因で二十年以上音信不通だとさ」

よくある話だ。

「ただ、山本の兄弟によれば、二十歳年下の妹がずいぶん前に東京に出て、山本博喜と一緒にいたはずだと。他の兄弟とは仲が悪かったが、その祐子《ゆうこ》って妹だけは面倒をみていたそうだ。赤ん坊の頃に、博喜が脚にやけどを負わせたことが、負い目になってたらしいな。ただし妹はすぐに病気になって、博喜の世話でどっかの療養所に入った、どんな病気かはその兄弟も知らないそうだ。知ってて知らないふりしている気がするけど。博喜が妹の面倒をみられないなら、療養費が自分たちに請求されるかも、とか考えたみたいだ。病気さえわかれば、どこの療養所か目星がつくんだが」

「芦原吹雪から、山本博喜が九四年頃、小田原にリゾートマンションを買ったって話を聞いたよ。温泉も魚も苦手なのに、って驚いたそうだから、その妹がらみなのかもね」

「小田原か。よし、わかった」

通話が切れた。時間を見た。病院の順番待ちと見舞いその他、すでに一時をまわっている。

調布駅に近い〈男爵亭〉でコロッケ定食を食べて、もらったばかりの薬を飲んだ。家政婦派遣所〈もみのき〉の場所を調べてみると、品川駅と大崎駅の間のエリアになる。事務所はマンションの三階らしい。

京王線から井の頭線を経由して、山手線で品川に出た。マンモスターミナル駅で東西南北を見失い、ようやく〈もみのき〉のある方面に出たときには、三時をすぎていた。

おまけに、そうまでしてやってきたのに、〈もみのき〉のオーナーの話はいまひとつピントが外れていた。勤務先のダンナさんとできてしまって、とか、男と逃げたに違いない、などと言うので、高田由起子がですか、と確認すると別人の話だった。大勢の女性たちが出入りしていたので、混同してしまっているらしい。時間のムダだった。高田由起子が消えても、誰にもさほど心配してもらえない人間だということがわかっただけだった。

わたしみたいに。

春とはいえ暑いくらいの陽ざしのなか、品川駅に向かって歩いた。つい数日前まで震え、凍えていたのに、いまは汗を拭っている。今年の気候は変だと言うのも飽きたが、そう言い続けて年を取り、気候の変動が命と直結するようになった気がする。

季節感のまるでない臨海地帯にいると、頭の隅に追いやっていたことをイヤでも思い出した。岩郷克仁の息子と連絡をとらなくては。彼の住んでいる湾岸のタワーマンションは、この近くのはずだ。

岩郷克哉のマンションは歩き回っている間、常に視界に入っていた巨大なタワーマンションだということが、調べてわかった。近くに見えても歩けば十分以上かかるだろう。ネットで検索したところ、一九九四年十一月に竣工し、以後、このエリアのランドマークのひとつになっているらしい。

近頃、知り合いのマンションが築二十五年を迎え、上下水道の補修工事を行なった。上下水管を洗浄し、傷んだ内部をコーティングする。三階建て全戸二十の小さめなマンションだが、それだけで何ヶ月も大変な騒ぎだったそうだ。岩郷克哉の巨大マンションがそういう作業を行なうとしたら、いったいどうなってしまうのか。老朽化して壊すときには、どうするつもりなのか。建て替えに反対する住人が出たら、倒壊するまでほっておくんだろうか。

そこらへんも含めて、あのマンションに興味はわいたが、岩郷克哉は平日のこの時間、忙しく働いているはずだ。スマホをバッグに戻しながら、なんとなくほっとした。芦原志緒利探しはいまでさえ、ずいぶんとややこしくなっているのに、このうえ消えた探偵の息子をなだめたりすかしたり、なんてやっていられない。

ただ、品川と岩郷克仁でもうひとつ、思い出した。志緒利の友人だった矢中ユカ。桜井が教えてくれた連絡先によれば、彼女は現在、お台場のマンションに住んでいる。電話をかけてみた。事情を説明すると、しばらく沈黙していたが、やがて、今日は家族の帰りが遅いので、家にきてもらえるなら話をしてもいいと言い出した。折よく現れたタクシーで、お台場に向かった。

この人工的な街に来るたびに思うのだが、関東ローム層の上で育った多摩の土着民からすると、湾岸地帯なんかで暮らす人間の気が知れない。ところが住民たちは、なんだかやたら幸せそうに住んでいる。矢中ユカも例外ではなく、わたしはリビングの、窓の外がよく見えるソファへ座らされた。見晴らしをほめないわけにはいかなかった。矢中ユカ、現在の名前は江上《えがみ》ユカも、花火や夕景について自慢した。

家の中を眺めながら、いまの彼女の状態を探った。ユカは現在の自分に至極満足しているようで、配慮などいらなかった。夫は大手食品メーカーの課長、娘は高校生、息子は中学生。自分は専業主婦。でもって、みんなでこんなにステキなお部屋で暮らしてる。うらやましいでしょ？

窓の外を見ていると、お尻の穴がむずむずしてきたので、芦原志緒利について切り出した。ユカはカップを置いて顔色を改め、膝小僧を両手で包むようにした。

「実は、ずっと気になっていたんです。二十年前、志緒利のお母様に雇われたっていう探偵さんに、わたし、知っていることをちゃんと話さなかったから」

「と、おっしゃいますと」

「あのぅ、このことを知っているのは、志緒利をのぞけば、わたしだけじゃないかと思います。志緒利から相談されて、だけどわたしたちそのとき、まだ十八歳で……わたしにも重すぎる話で」

「なにがあったんでしょうか」

ユカはふうっ、と息を吐き、早口に言った。

「志緒利、レイプされたんですよ。十八歳の夏休みに。しかもその相手っていうのが、志緒利が憧れていたひとだったんです。お母さんが昔、共演した大スターだとかで」

共演の一言で思い出した。週刊誌の記事で、志緒利の父親候補と目された大物俳優A・K。

「まさか、安斎喬太郎ですか」

ユカはうなずいた。

「ひどいですよ。わたしに打ち明けながら、志緒利泣いてました。安斎喬太郎はときおり家に遊びに来ることがあって、志緒利とは小さな頃から知り合いでした。彼女、安斎が父親だったらいいのにって、ずっと思ってたそうです。で、十八歳の夏休みに自宅に招待された。お母様は許さなかったそうなんですけど、志緒利、内緒で出かけちゃったんです。あんな大スターが自宅で変なことするなんて思いませんよね。ところが家には安斎しかおらず、志緒利が内緒で来たことを知ると……そういうことに。経験もない女の子に力づくでそんなことしておいて、そのあとであのクズは志緒利のこと、こっぴどく脅したみたいです。絶対に誰にも言うなって。何度もおなかを殴られたり、息ができないほど胸を押されたりして、気絶したって言ってました」

ユカはぶるっと身をふるわせた。

「こんな話きかされて、わたしだってどうしていいかわかりませんでした。いまだったら、お母さんに打ち明けろって説得したでしょうし、医者に連れて行ったと思います。場合によっては警察に行ったかもしれない。だけど」

まだ十八歳だった。

志緒利の打ち明け話以来、ユカは自分自身にこのフレーズを繰り返し、言い聞かせてきたのだろう。まだ十八歳だった、だからなにもできなかった、と。

「志緒利さんはそのことを、ユカさん以外には誰にも？」

「たぶん。夏休み明けに、屋上でさぼってたら、思い詰めた様子の志緒利が現れて、いきなり柵をまたごうとしたんです。こんなところで飛び降りなんかされたら、せっかくのさぼり場が閉鎖されるじゃないかって思って止めたんですよ。で、なにがあったか知らないけど、アタシなんか、クラブで知り合った男とカラオケボックスに行ったはいいけど、そっから先の意識がないんだよ、って話をしたんです。だから、彼女もつい打ち明けちゃったんでしょう。それまでは特に親しくもなかったんだもの」

ユカはほっとため息をついた。

「だけど、わたしと違って、志緒利はレイプだけじゃなくて拷問されたんだって、そのとき思いました」

「拷問って……」

「もう、こうなったら全部ぶちまけますけどね。志緒利はあのクズにいろいろ言われたそうです。おまえの母親は、首を絞めるのが好きだったが、おまえは絞められるほうが好きだろう、って首絞められたそうです。おまえみたいなブスに誘惑されたなんてオレも落ちぶれたもんだ、母親も父なし子を生んだんだ、血筋は争えないな、とも。煙草の火を背中に押しつけられたり、売女《ばいた》は死ねってまた首を絞められたり。で、息ができなくなった志緒利は必死にもがいて、苦しさのあまり、お漏らししてしまった。それを醜い顔だ、うわ、みっともない、きたねーって、ずっとケラケラ笑ってたそうですよ」

言葉が出なかった。安斎喬太郎がそんな性的サディストだったとは。

「あんまりひどすぎて、最初は信じられませんでした。でも、志緒利の背中には煙草のやけどの痕が残ってた。自分じゃ手が届かなくて薬も塗れなかったって、だから化膿してただれてました。痕が残ったと思います。それ以来、あのクズの顔みると吐き気がするんです」

ユカが言った。

「テレビに映った瞬間、チャンネル変えてって叫ぶから、主人も子どもたちもあきれてますけどね。前に一度、ドラマにお父さん役かなんかで出ていて、幼稚園児だった息子がどうしても観たいってわがままを言ったんです。だったらお母さんが出て行くって、財布握って家出しました。以来、あのクズの姿は家には入れないことで、家族の同意も得ています」

ユカは冷めたカップに手を伸ばし、とりあげて、飲まずに元の位置に戻した。そうしながら、ひとりごとみたいに言った。

「一応、言ってみたんですよ。おとなに相談したほうがいいんじゃないかって。あんまりひどいし、そんなヤツ、のさばらせておけないし。だけど、特にお母さんに知られたら生きていられないって志緒利に言われたら、どうしようもなかった。わたしも相当遊んでたし、主人と結婚するとき、恥を忍んであれこれ告白しましたけど……志緒利のこの話は、自分のでもないのに、これまでどうしても口にできなかったな。あの探偵さんが来たときも、まだ生々しすぎて。新宿のホテルで志緒利が会っていた男の人のことは言いましたけど」

岩郷克仁がユカに目をつけたのは、間違っていなかったわけだ。彼女は隠し事をしていた。経験豊富な捜査員だった岩郷克仁の勘に、ユカはひっかかったのだろう。本当の隠し事までは詰め切れなかったわけだが。

それに、大久保シェフの話。志緒利が失恋でもしたんじゃないか、経験豊富というほどでもないのに、ふっきれていた、という話。父親ならと慕っていた人物に極悪非道な真似をされたのは、もちろん「失恋」ではないが、ブロークン・ハート＝心を打ち砕かれたのには違いない。

「あらためてうかがいますけど、志緒利さんの家出やその行き先に、ユカさんはなにか思い当たることはありませんか」

「志緒利、めちゃくちゃでしたからね。一時、隠れて風俗でSMの女王様やってたことだってあるんですよ。男を殴ったり蹴ったりして、侮辱して、なんとか心のバランス保ってたんじゃないかしら。けど、一方で、ホントにもろくて、なにかあると、わたしは醜い最低の売女なんだって、泣いて泣いて。だけどやっぱり母親には知られたくないから、家や親がらみの人間たちの間では、地味で控えめな女の子っていう演技をしてるんだって言ってました」

「演技、ですか」

「女優の娘だから、うまいんだって言ってました。お母さんはまるで気づいてない、それで、縁談をたくさん持ってくる。いなくなる直前、言ってました。今度は河口湖でお見合いなんだ、つらいからお見合いなんてしたくない、お母さんにもそう言ったのに、怒るばっかりで話を聞いてくれないんだって。見合い相手がなにを思っているのか、わたしにはわかる、女優の私生児で不細工な売女、だけどお金があるから我慢しよう、そう考えているんだって。そんなことないよ、って言ったんですけどね。口先だけそう言ったって、通じるわけないやとも思うから、なんか、むなしかったな」

「もしかして、ユカさん、彼女を家から連れ出してあげたんですか」

ユカは肩をすくめた。

「頼まれたらそうしていたかもしれません。志緒利に家を出るべきじゃないか、そう言ったことがあります。お母様に悪気がないのはわかります。事情を知らなかったんですから。だけど、あのときの志緒利に見合いを強要するなんて、サイアクですよ。結局、耐えられなくなって家出したんだろうって、わたしは思ってました」

そう言ってから、ユカは窓の外に目をやった。美しい夕暮れが空を彩りつつあった。

彼女は唇をきゅっと結んで、首を振った。

「いえ、嘘ですね。ホントはどこかで自殺したんだろうって思ってた。そのほうがいいかも、とさえ思った。それくらいかわいそうだったんですよ、志緒利」

19

強い風に吹かれながら歩いて、お台場《だいば》海浜《かいひん》公園駅にたどり着いた。歩けば少しはすっきりするかと思ったが、重いため息しか出なかった。

誰かにやつあたりしたくなって、岩郷克哉を思いついた。彼は出なかった。留守電を残すことにした。お母さんからぜひにと頼まれたから連絡しただけで、岩郷克仁さんの行方などどうでもいいとお考えなら、こちらとしてはそれでかまいません。

電話を切ってから、後悔した。岩郷克哉だって、そう簡単にあきらめたわけではなかったのだろう。父親がいなくなってからも、たびたび家にきては資料を持ち出していたと、美枝子は言っていた。二十年。おぞましい事実を、ようやく口に出すことができるほどの時間。会いたい人間に、そう簡単に会えるわけではないと悟れるほどの時間。

もう一度、留守録を入れて、言い方がぶしつけだったと謝った。万一、岩郷克仁さんの行方について洗い直したい気持ちがおありなら、そちらから連絡してほしい。迷惑だろうから、こちらからはもうコンタクトはしません。

ゆりかもめに乗って汐留《しおどめ》で降りた。大江戸線へ乗り換えようと歩いていると、着信があった。一瞬、岩郷克哉からかと覚悟したが、大貫不動産の和田さんからだった。

「見つけましたよ、書類」

和田さんの声が弾んでいた。

「平成六年のルイ・メゾン・グランデの二〇二号室ですね。どうしましょう、いま言いますか」

「書類をじかに拝見したいので、おうかがいしてもかまいませんか」

和田さんは六時には店を開けなくてはならないのだという。現在、五時少しすぎ。乗り換えもあるし高円寺までの時間が読めない。

店に訪ねていくことになった。新高円寺駅から店までの道筋を聞いて、地下鉄に乗った。窓の外の暗闇を見つめていると、ゆうべの当麻茂とのやりとりで湧いてきた怒りとは、また違った種類のどす黒い感情がこみ上げてきた。なんの罪もない十八歳の女の子の人格を貶め、否定して喜ぶやつなど、地獄に堕ちて永遠に苦しめ。

ふいに、咳の発作に襲われた。自分で自分の殺意にむせたみたいだった。

和田さんが働いている店は〈スナックなつこ〉といった。和田さんの名前なのかと思ったら、店のママさんの名で、和田さんは入院中のママさんの代理なのだという。

それほどお酒が好きというわけでもないので、めったにスナックに足を踏み入れることはない。カウンター、胡蝶蘭《こちょうらん》、ボックス席、カラオケ、濃いピンクのフロアマット、丸い椅子に腰掛けて水割りを作るおねえさん、という刑事ドラマのセットのような店をイメージしながらたどり着き、紫色のプラスティック製のドアを開けて、びっくりした。民芸調の木のカウンターに六席。それだけ。和田さんはカウンターの中にいて、おでんの入った土鍋をのぞきこんでいた。

幸い、まだ誰もいなかった。挨拶して、腰を下ろした。

「こういう店もスナックっていうんですね」

和田さんはニヤッとした。

「みんなそう言う。別に間違ってないと思いますけどね。カウンターの内側に接客する女がいる飲食店、っていうのがスナックなんだから。たぶん」

味見してもらおうかな、と湯気のたつおでんを渡された。とろけるような昆布がうまかった。和田さんの人徳なのか、座って五分でわたしはすっかりくつろいでいた。死んだ祖母の台所みたいなにおいに包まれているのだ。しょうゆと酒と焦げた餅、酸化した油、クレンザーの香りが入り混ざっている。

このまま、この店でゆっくりしたかった。酔いつぶれるのもいいな、と思った。シェアハウスに帰って能天気な連中に調子をあわせるのは遠慮したい。倉嶋舞美の顔も見たくない。

焼酎の水割り、と言いかけて、我に返った。

「すみません、ウーロン茶ください。それと、おでんをもう少し。あったら卵と、ちくわぶ、あと大根ください」

「無理に注文しなくていいんですよ」

「いいえ、ぜひ」

「そうお？」

だったらこれ見て待っててね、と和田さんは問題の書類を差し出した。平成六年八月五日に交わされた契約書。ルイ・メゾン・グランデ二〇二号室。

契約者、山本博喜。

ため息が出た。

これではっきりした。やはり、山本博喜が志緒利失踪のお膳立てをしたのだ。

ただ、なんとなくまだ、もやもやしている。

ユカのおかげで、志緒利が家出した動機についてはよくわかった。そりゃ逃げ出したくもなるだろう。母親からも、いまの自分からも。自分が芦原志緒利だと知るひとのいないどこか遠くへ行きたくなるだろう。当然だ。

だが、山本博喜はなんでまた、こんな形で彼女を支援したのだろうか。志緒利から被害を打ち明けられ、どこかに行きたいと言われ、アパートを借りてやったとしても、その一件を芦原吹雪に内緒でおこなう必要があったのだろうか。当初はともかく、吹雪が探偵を雇うなどと言い出したら、事情を説明し、志緒利のことはそっとしておくように説得するはずではないか。山本に吹雪を説得するのが無理ならば、孫をかわいがっている相馬大門夫婦に話を通す、という手もあったのだ。

それに、これまでに調べてきたかぎりでは、事実を知った山本が、安斎喬太郎をそのままにしておくとも思えないのだが。

「なあに、予想はずれだったの？　難しい顔をしているわよ」

和田さんがウーロン茶のグラスを前に置いてくれながら、言った。

「あのう、ここ。契約者とは別に、居住者ってありますね。この山本祐子ってひとのこと、覚えてますか」

和田さんは老眼鏡を取り出して、契約書を見た。

「契約したひとの妹さんよね。覚えてないなあ。トラブルがなければ、契約時と退去時に顔を合わせるだけだから……あ、ちょっと待って。二年の契約だったのに、三ヶ月たたないうちに退去してるわね。解約日、平成六年十月二十五日。敷金礼金放棄してまで、なんでこんなに早く」

和田さんはこめかみに指をあて、反対側の壁に並んでいるお品書きをにらみつけた。

「そうだ。事件があったんだわ」

「事件？　ルイ・メゾン・グランデでですか」

「じゃないんだけど、近くの空き地で。どこかの娘さんが死体で見つかったの。この界隈は学生さんが多くて、若いからコントロールがきかないのか、痴漢だ変質者だ、なんて騒ぎは昔からあったんだけど、人目もありますからね。凶悪事件は珍しいのよ。それで、お兄さんが来て、一人暮らしの妹が心配だから転居させますって。解約に見えたのもお兄さんだけね。妹さんにはだから、最初のときにしか会っていないんだと思うわ」

「その事件ですけど、解決したんですか」

「してません」

和田さんは、今度はきっぱりと言った。

「このとき親が迎えにきて、アパート解約して田舎に帰った娘さん、他にも何人かいたもの。空き室が出て、怒った大家さんが早く犯人捕まえろって警察署に怒鳴り込んだりしたのよね。当然、うちの社長も事件のことはものすごく気にしてた。一度、社長に言われて捜査本部に栄養ドリンクを差し入れたのよ。なのに犯人が捕まらないどころか、娘さんの身元すらわからないまま解散しちゃったんだから」

和田さんは大きく息をついて、おでんを盛って渡してくれた。受け取る手が震えた。

また事件。また若い女が、ある意味で、消えた事件。

落ち着こうと思った。息を整えて、卵を箸で持ち上げた。うまくいったとかぶりつきかけた瞬間、再度書類を見ていた彼女が、あらっ、と大声を出した。卵がつるっと滑り、皿に落ち、つゆがあたりに飛び散らかった。が、和田さんのセリフを聞いて、そんなことどうでもよくなった。

「見て。このご兄妹探して、探偵が来てる」

「探偵ですか」

「ええ、ここ。ほら」

和田さんが指差した書類の下の隅に、〈H6・10・16, D〉という鉛筆の走り書きがあった。

「Dっていうのは探偵のことなの。社長、時々、英語をひけらかすのよね、探偵はデテクテブゥというんだぁ、なんて。これは社長が書いたんだわ」

「九四年の十月十六日に、山本兄妹のことを聞きに探偵がやってきた、ということですね」

「そう、だけど」

わたしの声も大きくなったのだろう。和田さんが身を引いた。

「和田さんも会ってますか」

「直接話してはいないわね。わたしは別のお客さんの応対をしていて、話は社長がしたもんだから」

「でも、顔は見てますよね」

スマホを取り出した。岩郷美枝子が食器棚の上にのせていた「うちのお父ちゃん」とのツーショット写真を呼び出し、和田さんに見せた。

「見覚えがあるような気もするけど」

和田さんは首をひねった。

「うーん、ごめんなさいね。二十年も前だし、さすがに顔までは」

無理もない。わたしはスマホを引っ込めた。

「大貫不動産には、よくそのDが来てたんですか」

「ええ、いろんな探偵さんがひとを捜して、一年に二、三度は来てたかしら。最近じゃ個人情報がうるさくなったし、簡単には教えられなくなったけど、昔はその点、ゆるかったから。直接、親兄弟が家出人を捜しに来ることもあったわね。地方から駆け落ちした息子や娘を捜しにきた父親が、なまりのある言葉で、もすす見かけたらよろすくお願いします、なんて言うでしょ。社長すっかり同情しちゃって、一緒になって泣いたりして」

懐かしそうな表情になった。それから、あ、そうだ、と続けた。

「その探偵さん、茨城のひとだったと思う。社長は群馬なんだけど、お母さんは笠間からお嫁に来たそうで、事務所に笠間焼を飾ってたの。そしたら探偵さんも奥さんも笠間の出だって、それで話が盛り上がってた」

岩郷美枝子はわたしに、笠間焼の湯のみを出してくれたのだった。確認するべきだろうが、きっと間違いない。その探偵は、岩郷克仁だ。

「だったら山本兄妹のことも、社長は探偵に教えたでしょうか」

「たぶんね。だって、探してたのは実のお母さんでしょう？　断る理由がないと思うし」

芦原吹雪が岩郷克仁との契約を解除したのが十月六日前後。しかし、執念深い元刑事は、その後もコツコツ調べを進めた。あるいは、契約打ち切りの際に、山本博喜に疑惑を感じて彼を調べたのかも。そして、ついにたどり着いたのだ。芦原志緒利のもとへ。

……あれ。

それで、どうなったのだろう。岩郷は吹雪に、志緒利の居場所を知らせた？　吹雪はそんなそぶりはみせなかった。だとすると、岩郷は知らせなかった？　または、知らせることができなかった？　あるいは吹雪が、知っていたのに知らないふりをしてみせた？　なぜ？

岩郷克仁は十月十六日に不動産屋にたどり着いている。

岩郷克仁は十月二十日に家を出たきり行方不明だ。

山本博喜は十月二十五日にアパートを解約した。

ひょっとしたら……。

「いらっしゃい」

和田さんの声に我に返った。男性客がふたり、親しげに和田さんに挨拶しながら店に入ってきた。わたしは大急ぎでおでんを食べ、ウーロン茶で流し込んだ。勘定を払い、和田さんに謝礼を手渡した。

「いろいろありがとうございました。本当に助かりました」

「いいえ。お役に立ったかしら」

お母さんの存命中に、娘と会わせられそう？

答えられなかった。わたしは無言のまま頭を下げて、〈スナックなつこ〉からそそくさと逃げ出した。

八時まで開いている、ヨドバシカメラ裏の吉祥寺図書館に移動した。一九九四年の縮刷版を引っ張り出した。高円寺の住宅街の空き地に女性の他殺体、というニュースは、十月二十二日付け夕刊の社会面の片隅に載っていた。三紙を見比べたが、どれも内容はほぼ同じだった。

死体発見は二十一日の夜十一時半過ぎ。女性はピンクのトレーナーにデニムのスカート、布製のズック。バッグその他、身元を示すものはなし。頸部にひも状のものによると思われる圧迫痕あり。顔面を激しく殴打されている。死体発見より少し前に、女性の叫び声を聞いたものがいる。青梅街道から早稲田通の、高円寺を含む杉並・中野エリアでは、以前から女性が見知らぬ若い男に顔面を殴打されたり、抱きつかれるなどの事件がたびたび起きており、捜査本部ではエスカレートした通り魔事件の可能性が高い、と見ている。

縮刷版を閉じる音が大きかったらしく、図書館職員から厳しい視線を浴びせられた。にらみかえした。それどころじゃないっての。

死因は絞殺。

石倉花と同じ。

消えた芦原志緒利。消えた探偵。消えたゆきちゃん。消えたばあや。

石倉達也は言っていた。

あの女のまわりからは、どんどん人間が消えてる。

図書館を出て、スマホの電源を戻したとたんにわんさと連絡が入っているのに気がついた。〈スタインベック荘〉関連だ。倉嶋舞美の引っ越し完了。まもなく歓迎の鍋パーティーを始めます。

遅れるからお先にどうぞ、と通知してしまいかけたら着信があった。画面を見てうんざりした。調布東警察署の渋沢漣治だった。警官にさよならを言う方法は、二十一世紀になった現在も、いまだに発見されていない。

「今度はガンさんの息子から電話があったんだが」

渋沢のほうも、負けず劣らずうんざりしているようだった。

「あんたから電話があったと言ってたぞ。ずいぶん興奮してたが、なにを言ったんだ、あんた」

あら、まあ。

「岩郷さんの奥さんから、一昨日電話があったんですよ。わたしから、息子さんを説得してほしいって」

「なんでまた」

美枝子からの電話について説明した。それにしてもどういう親子なんだろう。ちゃんと会って話し合えばいいのに、他人をふたりも、それも電話で経由して、それぞれが自分の意思を通そうとしている。

渋沢漣治は鼻を鳴らした。

「息子からこっちに苦情が来たってことは、説得になってなかったってことだよな。ったくよお。そういうことなら、息子にはオレからよく言っとくが、これからは気をつけろよ。あんまり変な真似して、仕事を増やさないでもらいたいわ」

「それは、岩郷さんの息子からのクレーム処理の話？　それともトンマ警部、じゃなかった当麻警部から、なにか面倒ごとでも押しつけられましたか」

「どっちもだよっ。あんた、なんだってあの警部に目をつけられたんだ」

「聞かないほうがいいと思うよ」

「そうかよ。なら結構」

電話を切られそうになったので、慌てて聞いてみた。

「ところで、岩郷さんって茨城の笠間の出身ですか」

「え？　ああ。出会った頃、レンジおまえ、今度、笠間焼を持ってきてやるぞって言われてさ。今川焼みたいなのが食えるのかと思ったら、湯のみが出てきて驚いたもんな。父親の従兄が焼き物をやってるって言ってた。夏は畑を耕し、冬は土をこねる。退職したら、自分もそういう生活をしたいって言ってたなあ。その親戚はガンさんの退職前に死んだんだけど、跡継ぎがいなくて、家は空き家になりそうなんだと。ホントはそこに夫婦で住みたいんだけど、昔ながらの家だから、水回りとか相当に手を入れないと住めない。お金がかかるって嘆いてたな」

この刑事、意外に話が長い。友だちがいないのかもしれない。

「ごめん、もうひとつ教えてほしいんだけど。二十年前、隠し子騒動のときに成城警察署に抗議に来たのは、芦原吹雪本人だったわけ?」

「本人だったよ。だからよけいに大騒ぎになったんだ。思い出しても胸くそ悪りいや。って、それがどうかしたか」

渋沢はけげんそうに訊いてきた。

なんと言えばいいだろう。わたしは深呼吸をした。

「ことによると、岩郷さんになにが起きたかわかるかもしれない」

「なんだって?」

「でもって、未解決事件がいくつか、解決するかもしれない」

渋沢漣治は電話の向こうで失笑した。

「あのなあ、女探偵。大風呂敷もたいがいにしとけ。なんだよ、それは」

「信じてもらえないのはわかるけど、賭けてみる気、ない? はずれても、渋沢さんにとってデメリットはなにもない。あ、違ってたか、で終わり。ただ、万が一あたってれば、ここにきて、積年の恨みを晴らせるかもよ」

電話の向こうに沈黙が降りた。ややあって、渋沢は言った。

「あのな、警察官がなんでも探偵に教えると思ったら大間違いなんだよ。そこは勘違いするなよ」

拒否はしていないと受け取って、話を進めた。

「九四年十月二十一日に発生した、高円寺の女性絞殺事件って、覚えてます?」

「女性絞殺……ああ、被害者の身元がわからずにお宮入りした。あれがどうかしたか」

「あの死体が芦原志緒利のものではなかったかどうか、調べてもらえませんか」

渋沢はわざとらしいため息をついた。

「それはないに決まってんだろ。芦原志緒利の捜索願はその年の八月に出たんだ。十月二十一日の事件のガイシャとその捜索願、当時の捜査本部が照らし合わせてるさ」

「ええ、でも捜索願の記載が正しいかどうかまでは調べてませんよね」

「は？　実の母親が、娘の捜索願に嘘を書くはず……。それに、写真だって」

「高円寺の事件の死体、顔面が殴打されてました。写真は役に立たなかったと思います」

「そうなのか。いや、でも、だからって」

「芦原吹雪が志緒利の捜索願を出したのは、失踪後、一ヶ月もたってからだった。親しい人間の話では、吹雪は志緒利を見合いさせようとし、娘と相当もめていた。志緒利は母親の元マネージャーの手引きで家を出た。その元マネージャーは、志緒利にではなく、吹雪に身を捧げていた人物だった」

「なにが言いたいんだ」

芦原吹雪につかまれた手首が、鈍く痛んだ。

わたしは思い切って口にした。

「芦原吹雪が志緒利の首を絞めて殺した」

瞳孔《どうこう》全開で、娘の首を締め上げる吹雪……。

「たぶん、志緒利がいなくなった一九九四年七月二十五日に。だけど志緒利は運良く死なずにすんだ。それで家を出て母の元から逃げ出し、元マネージャーもそれを手助けした。志緒利のためじゃありません。大切な芦原吹雪を、殺人犯にしないためです」

吹雪は自分が志緒利を殺した、遺体の処理は山本博喜がしたと思い込んでいた。一方で、志緒利を溺愛している祖父母がいた。彼らの手前、遅まきながらでも捜索願を出さないわけにはいかない。しかし、万一、遺体が見つかってしまったときのことを考えると、捜索願には嘘を書いておく必要があった。さもないと、身元が特定されてしまい、下手をすれば殺人も、娘の父親についても、なにもかも明るみに出てしまうかもしれないからだ。

渋沢の歯ぎしりが聞こえてきて、わたしはスマホを耳から離した。

「するとなにか。芦原吹雪が成城署に抗議してきたのも、自分の犯罪をごまかすためだったってことか」

「いや、まだ決まったわけじゃ」

「わかった」

渋沢はわめいた。

「あんたの賭けに乗ってやるよ、女探偵。言われてみれば、捜索願の記載が正しいかどうかなんて、誰も考えもしない。だけどこの間の白骨事件だって、仮に古浜啓造が女房の捜索願を出すことになったら、嘘八百ならべたてただろうからな」

「念のためにもう一度言っておきますけど、そういう可能性もあるって段階で、芦原吹雪が殺人犯だと決まったわけじゃないんですよ」

「それはわかってる。ていうか、大きな疑問が残ってる。娘が高円寺に隠れていたとして、芦原吹雪はどうやって娘の居場所を知ったんだ」

わたしは岩郷克仁が、契約打ち切りのあとも志緒利を探し続けて、不動産屋にたどり着いたらしいと説明した。

「岩郷さんが吹雪に報告した。そしてその直後、行方不明になった。さらにその直後、アパート近くの空き地に女の絞殺死体。数日後、山本博喜がアパートを解約。流れとしては、こんな感じだと思います」

「そりゃぜがひでも、女の身元を調べないわけにはいかないな」

渋沢の鼻息が荒くなった。

「よし、まかせとけ。なんとかして昔の資料をチェックしてやる」

「いまのところはバレないようにしてくださいよ。これでまた、渋沢さんが上ににらまれて、今度は八丈島にでも流されたりしたら、こっちの寝覚めが悪いですから」

「あんたさあ。あおるならあおる、水をさすなら水をさす、どっちかにしろよ。で？ 芦原志緒利にはっきりした身体的特徴はあるのか」

背中に煙草を押し当てられた痕が残っているはずだと説明して、通話を終えた。

20

〈スタインベック荘〉に帰り着いたときには、九時近かった。テーブルの上の鍋と、二十本以上の缶ビールと、焼酎の瓶一本が空になっていた。リビングではできあがった女たちが床やソファの上でさらに飲んでおり、ふたりの下戸《げこ》がキッチンテーブルでイチゴに練乳をかけているところだった。倉嶋舞美は岡部巴にぴったりくっついて、ふたりは仲良くしゃべりあっていた。

酒臭い「おかえり」と「遅いよ」を浴びせかけられてから、自室に戻って楽な格好に着替えた。二階の洗面所で化粧を落とし、また自分に気合いを入れて降りていった。家に帰るたびに気合いを入れる日々が半年も続くかと思うと、げんなりした。

テーブルの食器が片づけられ、小さめの土鍋から湯気が吹き出ていた。下戸の瑠宇さんがやってくれたらしい。かたじけなく鍋を食べ始めると、台所の通用口から戻ってきた酔っぱらいが一人、這うようにやってきて向かいの椅子に座った。一瞬、誰だかわからなかった。

「眼鏡なんだ」

「うん。ド近眼だから。ふだんはコンタクトだけどね」

「眉、全然ないね」

「うん」

倉嶋舞美はスッピンの顔をこすりあげて、けたけた笑い始めた。

「若い頃、細くするんで抜きまくったんだよ。したら、こんなことに。その話でおっさんと意気投合したことがあるよ。おっさんは若い頃、髪が細くなってきたから思い切って剃ってみたんだって。剃ると、毛が太くなるって言うじゃん。だけど、そのせいでいまじゃ、取り返しのつかないバーコードつってた。あ、これ、歌詞になるかも。どお？ 取り返しのつかぁないバーコードぉ」

なるほど。倉嶋舞美は若く見えても間違いなく四十越えてるわ。

ひとしきりひとりで笑ったあとで、倉嶋舞美は両腕をテーブルの上に組んで、顎をのせた。

「けど、おかげでそのおっさんと仲良くなって、いいバイトにありつけたんだけどなあ。ダメになっちゃったよ、バイト」

思わず箸を止めた。探偵の血が騒いだ。今だ、聞き出せ。

「あの、さ」

……いや、やめておこう。トンマ警部のためにそこまでしてどうする。自分の身を守るためだ、知ってしまった情報はあげてやるが、積極的に調べたりはしない。それがせめてもの、違法探偵のちっぽけなプライドだ。

「そのおっさんって、〈パディントンズ・カフェ〉の人事のひとでさあ」

倉嶋舞美は勝手にしゃべり始めた。そういやコイツは最初もそうだった、と思い出した。消えた婚約者。なんて名前だっけ。蔵本周作だったか。猫好きの詐欺師。あれからまだ一週間もたっていないのだ。

「ねえ、葉村は〈パディントンズ・カフェ〉知ってる？ 行ったことある？ フィッシュ・アンド・チップスが美味しいんだよ」

「へ、へえ」

「いいバイトだったなあ。あのね、ウェイトレスもやったけど、それだけじゃないんだよ、もっと美味しいバイト。知りたい？　葉村、知りたいでしょ」

「えーと、……別に」

「嘘。知りたいくせに」

わたしは知りたくありません。

「あのね、内緒なんだよ。電話がさ、かかってさ、きたりこなかったり？」

ぬふふふ、と倉嶋舞美はくねくねしながら言って、次の瞬間、テーブルに突っ伏して、寝息をたて始めた。わたしはあきれて食事を続行した。瑠宇さんが言った。

「よく飲むね、彼女。なんかあったの」

瑠宇さんの眉間に薄いしわが寄っていた。よくない兆候だ。いないあいだに倉嶋舞美がなにかしでかしたのだろうか。

「あー、その、ちょっと前に失恋したらしい」

「たいして飲んでないくせに、からみ方がうざいと思ったらそれでか。酔いがさめたら言っといて。下戸に酒を強要するなって」

「ごめん」

なぜにわたしが、と思いながら謝った。人間関係と書いて〈りふじん〉と読む。犯罪に加担しているかもしれない知り合いのために、頭を下げることもあり。殺人犯かもしれない人間に、命を救われることもあり。

食べ終えて片づけがすんでも、倉嶋舞美は目を覚まさなかった。よだれ溜まりがテーブルの上にできていた。しかたがないので、叩き起こし、自室に連れ戻した。肋骨がまだ完全に治ったわけではないので抱えるわけにもいかず、かなり手荒だったが、彼女の部屋の引き戸を開けて、わたしはかたまった。

ベッドメイクもしてないし、窓にカーテンもない。段ボール箱が五箱ほど部屋の中央に積んであった。それはいいとして、バッグやポーチといった、貴重品類が入っているかもしれないものまで、床の上に散らばっている。このまま寝るのかい、と思ったが、本人は気にした様子もなく、足下の荷物を蹴り寄せたりしながらベッドにたどりつき、眼鏡をかけたまま転がって、いびきをかき始めた。

これはひどい。

そっと部屋から抜け出そうとしたのに、引き戸を閉めかけた途端、ううっ、と声がした。倉嶋舞美がベッドに座り込んで、ぽかんとした顔で周囲を見回していた。

「わー、忘れてた。これ、片づけるんだった」

「とりあえず、明日の着替えと寝る道具だけ出したら？　おやすみなさい」

「ちょっと葉村。まさか、手伝わない気？」

「まさか手伝わせる気？　もう十一時すぎてるんですけど」

「もっと早く帰ってくればいいじゃない。あたしが引っ越してくるの知ってるんだからさ」

「あのね。なんでわたしがあんたの片づけ手伝わなきゃなんないの。そんな約束してないし、いまは仕事で忙しいんだよっ」

「だって普通、こういうとき、手伝うもんじゃん」

倉嶋舞美が膨れっ面で言った。四十を過ぎてなにが、もんじゃん、だ。

「オトナなんだから、自分の荷物は自分で管理しなさい。退院して間もない知り合い頼ってんじゃないわよ」

「じゃあ、布団類だけ出してよ」

しかたがないので布団袋を引きずり出して、中身を出して、ベッドの上に放り出した。真綿で皮もシルク、ものすごい花柄の立派な布団だった。

「なによ、四十過ぎの独身女が花嫁布団で寝たらおかしい？」

倉嶋舞美が食ってかかるように言った。

「はー、これ、花嫁布団なんだ」

「そうだよ。嫁入り道具になるはずだったんだよ。あたしはね、ホントは今頃、彼と一緒に、東小金井のマンションで幸せに暮らしてるはずだったんだ。猫を二匹飼ってさ。この子たちの名前はどうしようかな。君の好きな名前でいいよ。じゃあ、モースとルイスは？　キャッスルとベケット？　いっそのこと和風に、点と線？」

「それはないだろ」

「そうやって、いちゃいちゃしてるはずだった。だから実家を追い出されても大丈夫なはずだった。こんなね、女の吹きだまりみたいなシェアハウスなんかで、邪険にされてるはずじゃなかったんだよっ」

倉嶋舞美はおいおい泣き出し、五秒後には、再びベッドに転がっていびきをかいていた。

ごたいそうな布団をかけてやった。五箱の段ボール箱のうちのひとつを枕元に押していき、床に落ちていた無地のスカーフをかけてベッドサイドテーブル風にし、はずした眼鏡や床に散らばっていたコンタクトのケースやポーチなどをまとめて置いた。シーツを広げてカーテンレールにひっかけて、カーテン代わりにした。

出口に向かいかけて、いい加減に寄せた段ボール箱に小指をぶつけた。ひどく重い箱だった。蓋のところに「大工道具」と書いてあった。こういう危険物は真っ先に押し入れにでも押し込んどけ、と小指をおさえてうずくまりながら、内心でののしった。その合間も、倉嶋舞美ののんきないびきが部屋中に響いていた。

なんだかな、と思った。

あっちで詐欺師にだまされかけた、能天気で思い込みの激しい、がさつでいい加減な女が、こっちでは警察を手玉にとっていただなんて、そんなことありうるんだろうか。

小指の痛みがおさまってきて、わたしは段ボールに手をかけて立ち上がろうとした。箱は短いガムテープで止められているだけだ。じわっと、好奇心がわいた。いったい彼女はどんな品物を、半年間しか生活しない部屋に持ってきたのか。

……いや、やめておこう。それじゃホントにスパイになってしまう。

部屋を出て、二階に上がりかけたとたんに着信があった。相手の名前を見て、一気に心拍数があがった。岩郷克哉だった。

「調布東警察署の渋沢刑事にあんたのことを聞いたんだが」

岩郷克哉は甲高い声で言った。場所を移動するから待ってくれ、と頼んだのに、聞こえないふりをするつもりらしい。一方的にまくしたてている。

「言いたいことは自分で電話して自分で言えと言われたよ。警察官の知り合いだから適当に言っといてくれと頼んだのに、役に立たないよな。とにかく、うちの母親がなにを言ったか知らないが、赤の他人のくせに、オヤジの件に首を突っ込むのはやめてもらいたい。こっちは、もう、忘れたいと思ってるんだ。オヤジがいなくなって二十年だ。いまさら探してどうするんだ」

「岩郷さんを捜すつもりはありません」

大急ぎで突っかけを履いて表に飛び出し、道を渡って葡萄畑の真ん中あたりまで来て、ようやく返事ができた。

「わたしの目的は岩郷さんではなく、失踪直前に、岩郷さんが探していた女性のほうなんですから。ただ、お母様からは、その女性を探すついでに、岩郷さんのことも気にかけてほしいと頼まれただけで」

「それは聞いたが、そんな頼まれごとは無視してもらいたいと言っている。おふくろは田舎者のバカな女だ。二十年も前に消えたオヤジが帰ってくると、いまでも信じてる。オヤジの退職金だの貯金だのは全部、おふくろに任せてやってるんだから、いい加減、あんな古くて汚い長屋から出て、介護付きマンションにでも移ってほしいのだがね。あの家から自分がいなくなったら、お父ちゃんが帰ってきたときに困るから、って話を聞きもしない。これでおふくろが孤独死して、ミイラ化して見つかりでもしたら、非難されるのは息子の私なんだ」

いくらなんでも実の母親に向かってひどくないか、と喉まで出かけたのを飲み込んだ。他人の親子関係に批判めいたことを言ったって、誰の得にもならない。関係者全員がイヤな思いをするだけだ。

「お察しいたします。なんでも克哉さんは一流商社にお勤めだそうで、いろいろとお仕事上のご苦労がおありでしょうに、ご両親のことまでご心配なさらなくてはならないなんて」

わたしはせいぜい同情してみせた。まさかそう来るとは思っていなかったらしく、克哉は戸惑ったように答えた。

「それは、まあ」

「わたしみたいな人間は、エリートの世界には縁がないんですが、克哉さんはタワーマンションにお住まいなんですって。やっぱり、身分のあるかたは違いますね」

「そんな、たいしたものじゃありませんよ。もう二十年住んでいるのだし」

「でもやっぱり、すごいですよ。それに、商社なんてきっとたいへんなんでしょうね」

「どんな仕事もたいへんですよ。まあ、私は副部長に昇進したばかりだから、気苦労が絶えませんがね」

「まあ、副部長でらっしゃるんですか。すごいですね。お母様もさぞや喜ばれたでしょう」

「母に昇進の話なんかしてないですよ。したって、口先で祝うだけなんだから。孫が大学に進学したって報告したときだって、息子にって一万円包んだだけ。あんな暮らしだから金なんか使わないし、いまは祖父母が孫に学資出すのは免税なんだから、入学金や寄付金くらい持ったってバチはあたらないんですがねえ」

エリートと持ち上げたとたんに、雑な口調が丁寧になった。世間体ってステキだ。

「やっぱり、お母様は岩郷さんが戻ってくると信じてらっしゃるんでしょうねえ」

「二十年もたったんだから、なかったことにするべきなんですよ」

岩郷克哉は自身に言い聞かせるように、言った。

「もっと早くに失踪宣告をすべきでした。法律上、死んだことにすれば、母だってあきらめがついた。お父ちゃんは帰ってくる、と頑迷に言い張りつづけるので、そのままにしておいたのが失敗だったんです」

「克哉さんがそんな思いをなさっているとも知らずに、大昔の岩郷さんのことなど持ち出して、お騒がせいたしました。ただ、お母様の話では、岩郷さんの昔の資料など、克哉さんがお持ちということでしたので、ひょっとしたらこちらの探している女性の行方につながるものがあるかと思い、ご連絡したんです」

返事はなかった。電波が切れたのかと思ったが、岩郷克哉の電話の背後にも、車の往来する音が聞こえていた。彼も電話のかけづらい家に住んでいるのかと思ったら、少しだけ、シンパシーが生まれた。タワーマンションの十八階から外に出るのは、〈スタインベック荘〉からよりもたいへんだろうに。

「ああ、オヤジの資料ねえ。申し訳ないが、全部捨ててしまったんですよ」

ややあって、克哉は心のこもらない詫びを言った。

「全部ですか」

「そうです。母と違って私は前をむく必要がありました。子どもを育てなくちゃならなかったのでね。オヤジのことは、忘れようと思ったんです。だから捨てました」

「ですが、中身はお読みになりましたよね」

わたしは食い下がった。

「お父様の行き先のヒントを見つけるために。そのなかに、高円寺について書いてあったかどうか、おぼえていらっしゃいませんでしょうか」

「高円寺？」

克哉はおうむ返しにした。

「さあ。オヤジの手帳はもちろん読みましたよ。芦原吹雪の娘の件では、ずいぶんいろんなひとに会っていたみたいです。高円寺の話が出てきても不思議ではないですが、覚えていませんね」

もう、いいですよね、の一言で電話は切れた。

気がつくと、周囲は暗かった。葡萄畑脇の道の街灯が切れたらしい。つっかけを引きずりながら、〈スタインベック荘〉に戻った。岩郷克哉に、高円寺のアパートの話をしなくてよかったのだろうか。岩郷さんになにが起こったのか、わかるかもしれません。渋沢にそう言ったのだから、息子にも知らせてあげるべきだったのかも。

まだ、はっきりしたわけではない、と考え直した。岩郷母子の間の溝は、どこの家庭にも見られるありがちな不和のようだ。子どもは親の金は子どもの金だと思い、当然、子どもと孫のために使うべきだと思う。親の金などあてにせず、自力で子育てを終えた親は子どものそんな考えに驚き傷つく。よくある話だ。

だが、この場合、岩郷克仁の失踪が溝をより複雑に、ややこしくしている。そこへ、二十年前の真相がわかるかも、などという爆弾を投げたりしたら、なにが起こるか。溝が埋まればいいが、逆に広げてしまうかもしれない。

今日はよくため息をつく日だ、そう思いながら屋内に入って玄関の鍵をかけた。二階の階段へ向かおうとした瞬間、倉嶋舞美の部屋の引き戸がそっと閉まるのを目撃した。

今日一日の調査結果をまとめ、スマホの新しいデータをパソコンに移してから、ふとんにもぐりこんだ。うさぎの常夜灯をコンセントにさしていて、ふと気がついた。冷や汗とともに、よかった、と思った。いびきだけで寝ていると判断して、箱を勝手に開けて、中身を見たりしなくて。

〈眠れない夜のまくら〉。倉嶋舞美は不眠症なのだった。

21

翌朝、シャワーを浴びて、自室へ戻った。濡れた膏薬をはがしてみると、手の形のあざが紫色に浮き出ていた。子どもの頃に読んだホラー漫画を思い出した。移植された手が主人公の首を勝手に絞めるという話や、人面瘡の話など。湿布で覆ってサポーターをはめた。痛いとか、動かすのに支障があるといったことはないが、目に入るだけでぞっとする。

スマホを充電器から外すと同時に〈MURDER BEAR BOOKSHOP〉の富山からの着信があった。

「葉村さん、明日、土曜日ですが」

げっ、と思った。すっかり忘れていたが、土日は店番をすると約束してしまったのだった。この忙しいのに。物事が煮詰まり出しているときに。

「はい、あの、ええと……土曜日ですね」

「真島くんがまた呼んでくれましてね。場所は国分寺なんですが、これが偶然にも麻生風深のお屋敷でして。半年前に亡くなった風深先生のお父様の遺品整理なんですよ。ミステリがけっこうあるらしいし、楽しみでしょう。明日の午後三時に約束なので、その十五分前に西国分寺駅南側ロータリー集合です。真島くんとこのトラックに便乗させてもらいますので」

「お忘れかもしれませんがわたし、肋骨にひびいらせたんですよ。まだ重いものは持てないんです」

ホントのことを言うと、肋骨はあまり痛まなくなってきていた。ただし、それを富山に知らせるつもりはない。富山店長に関するかぎり、わたしの肋骨は永遠にひびが入ったままだ。

「風深先生に会えますよ。なので私も行くし、土橋くんも来るそうです。話、きいてみたらどうですか」

「と、おっしゃいますと」

「だから、芦原吹雪ですよ。薔薇シリーズ観たでしょ？　まさかまだ、観てないんですか」

『白い薔薇の女』は観ましたが」

「風深先生のガラス工芸、ものすごくなかったですか」

朝っぱらで脳が目覚めていないらしい。話が半分もわからない。だが、芦原吹雪と親交のある人物を紹介してくれているらしいことは、ぼんやりとわかってきた。自分の都合ばかり言い立てそうになっていたわたしは赤面した。

「芦原吹雪がらみなので、わたしも呼んでいただけるというわけですね」

「葉村さんに薔薇シリーズのすごさとか、ガラス工芸家としての麻生風深の芸術性がわかるとは思えませんが、お誘いだけはしておこうと思いまして。枯れ木も山のにぎわいと言いますし」

「……お気遣いいただきまして。だけど、三人とも出払ってしまって、店はどうするんですか」

「ちゃんとうちのサイトで告知したでしょう。見てないんですか」

「すみません、忙しくて」

「土橋くんの知り合いの息子が土曜日は入ってくれることになりました。日曜日はお願いしますね」

えーと、日曜日もひょっとすると難しいかも。などとごにょごにょ言う間に、通話は切れてしまった。

髪を乾かすあいまに、パソコンを立ち上げてチェックした。富山のブログには、なるほど新しいバイトの話が出ていた。ついでに芦原吹雪の話もあった。わたしが尋ねたことで急にあれこれ思い出したらしい。薔薇シリーズのブルーレイボックスを店に置けないものか、販売元に問い合わせたとあった。在庫僅少であっさり断られたそうだが。

あらためて芦原吹雪について、ネット検索してみた。熱烈なファンの作るサイトに行き当たった。読んでいくと、麻生風深についての頁もあった。雨に降られた歌劇団時代の吹雪が、雨宿りのため風深の個展に入り、そこで作品に感銘を受けて親交が始まった。風深の彫刻を土方龍監督に紹介し、そこから監督が『白い薔薇の女』のインスピレーションを得た、ともあった。

『白い薔薇の女』のパンフレットから引き写した写真が掲載されていた。やっぱり、と思った。芦原吹雪邸の庭の「ヘンテコな置き物」。〈谷川植木〉の紫陽花を引っこ抜いて設置した、あのガラスのオブジェと同じものだ。

映画にも登場しているガラスのオブジェを三つも庭に置いていたとは。麻生風深が芦原吹雪と親交があった、というのは掛け値のないことのように思われた。アーティストとはいえ、霞を食って生きていられないと思うが、芦原吹雪が嫌いなら、作品を三つも譲ったりはしないだろう。

別の美術ページに飛んでみると、麻生風深のガラスのオブジェの値段が出ているものがあった。二十センチ四方のガラス板の中央に、金や赤、グリーンと色が微妙にまざりあった十字架が閉じ込められている。『墓標』というこの作品のモチーフは、芦原吹雪邸の庭にあったものと似ているが、このサイズでお値段二百三十万。しかもSOLD OUT。でかければ高いというものでもないだろうが、庭のオブジェはいったいいくらなんだか。

おなかがすいてきたので、パソコンを閉じたとたんに、桜井からの着信があった。勝ち誇ったような声で、彼は言った。

「見つけたぞ」

「山本博喜ですか」

「小田原のリゾートマンションな。住所がわかった」

メモを取り、桜井を誉め称えてから、大急ぎで着替えをした。ベージュのトレンチに薄いグレーのニットベスト、紺色のパンツ。全身が映る鏡でチェックした。よし。いまの時期、一車両に三人くらいは同じような格好の女性がいる。

玄関で靴をはいていると、ドタバタと足音がして、キッチンの方角から倉嶋舞美が飛び出してきた。朝刊を握りしめ、顔色が変わっていた。

「あ、葉村。ちょっと相談があるんだけど。ホントはゆうべ言いたかったんだけど、あんたが信用できるかどうか、不安でさ。実はあたし、警察にあることで疑われててね。言いがかりもいいとこなんだけど、バイト代が良すぎるなと思ってて」

げっ、と思った。いま、ここで、その話を始める気かい。

「悪いけど、急ぎの仕事で出かけるんだ。帰ってきてからにしてもらえない？」

「どこ行くの」

「小田原」

「そう」

倉嶋舞美は白くなった唇を嚙み締めた。

「ああ、ならいいや。帰ってからで。あ、そうだ。小田原にすっごく昭和なパン屋さんがあるの。あんぱんが美味しいんだ。買ってきてよ」

「仕事で行くんだってば」

「駅前なんだよ。守谷のパンっていうんだけど」

「ああ、じゃあ、時間があったらね」

〈スタインベック荘〉を飛び出した。駅までの道を急ぎ足で進みながら、倉嶋舞美と知り合ったことを本気で後悔しかけていた。少なくとも、シェアハウスに引っ越してくるのだけは断るべきだった。そうすればトンマ警部の件はなかった。舞美をうっとうしいと思わずにもすんだのだ。

新宿駅を九時二十七分に出発する箱根湯本行きのロマンスカーに乗った。金曜日の朝、本格的な行楽シーズン到来で、列車はほぼ満席だった。わたしの席は通路側だったが、隣と前二つの席がおばさん三人組で、いいですよね、という強引な確認とともに前の席がこちらを向き、けたたましいおしゃべりに巻き込まれることになった。それは我慢できたが、彼女たちが吹き出している防虫剤の臭いにはほとほと参った。わたしは前世、虫だったのかもしれない。防虫剤と、虫に衣類を食べられるのと、どっちかを選ばなければならないなら、虫をとる。

車内で朝食をとるつもりだったが、臭いに負けた。気分転換のつもりで、倉嶋舞美の件を思い返してみた。考えてみれば、彼女が警察沙汰の件をわたしに相談する気になったのは、そう悪いことではない。堂々と本人に事実を問いただせる。そのうえで、知っていることを警察に話すように説得して、そのまま当麻警部に引き渡せばいい。こっそり見張るなんて真似を、これ以上しないですむ。

一つ、ひっかかっていることがあった。蔵本周作の件だ。この詐欺師はなぜ、倉嶋舞美というカモを途中で投げ出したのだろう。確か、マンション購入の件を親に相談する、と舞美が言い出して喧嘩になったわけだが、彼女はすぐに後悔して謝りの電話を入れたと言っていた。わたしが詐欺師なら、ここで一気に契約に持ち込む。ところが実際にはそれ以来、連絡がない。おかげで、倉嶋舞美はマンションのローンを抱えずにすんだわけだが。

蔵本周作は、彼女が警察の監視下にあることに気づいたのか。それで手を引いたのか。だとすれば、どうやって気づけたのか。

ひょっとすると、こっちの件にも警察内部の情報漏れがあるのかもしれない。

小田原には定刻通り、十時四十五分に到着した。降りてすぐ、駅ビル脇の喫茶店に駆け込んだ。ピザトーストをがつがつ食べてアイスコーヒーで流し込み、薬を飲んだ。

人心地がついたので、バッグの中から資料を取り出して検討しようと思ったとき、マズいものを見つけ出してしまった。昨日の午前中、病院で芦原吹雪に返すはずだった、芦原邸の鍵。すっかり忘れていた。

急いで泉沙耶に連絡を取った。怒られるだろうと思ったのに、泉沙耶は意外にも上機嫌だった。鍵のことも気にしなくていい、という。

「途中で伯母さまが眠ってしまったのだし、石倉の叔父が大騒ぎしたのだし、葉村さんが忘れたのも無理ありません。来られるときに病院に持ってきていただければ、それでかまいませんよ」

「吹雪さんのご容態はいかがですか」

「昨日、葉村さんが報告に来てくださったでしょう。あれからずっと落ち着いております。頭もはっきりしたみたいで、遺言状を作ると言い出して、今日の午後、公証人を呼びますの」

「それではやはり、身の回りのお世話をなさってらっしゃる沙耶さんに、残されたいと」

「おまえには感謝している、と伯母に言われましたの」

沙耶は喜びを抑えきれない様子だった。

「あんなこと言われたの、初めてです。このところ、伯母はあきらかに妙でした。幻覚を見たと騒いだり、大部屋に移りたいとだだをこねたり、古い志緒利の服を着てこいと言ったり、志緒利のことで探偵を雇おうと言い出したり。あ、すみません。葉村さんのことを悪く言うつもりはないんですよ。退院直前にあんな無茶なお願いをしたのに引き受けてくださって。おかげで伯母が落ち着いて、後のことを考えるようになってくれたのだし」

「ご苦労が実って、よかったですね」

皮肉に聞こえないようにイヤミを言ったが、泉沙耶は気づかなかった。

「本当に。もちろん、伯母の残したものの整理は並大抵では終わらないでしょうから、これからのほうが大変かもしれませんが。いい遺品整理人を雇わないとダメかもしれませんね。どこかに信頼できる業者、いないでしょうか。ご存知ありません?」

真島進士の会社〈ハートフル・リユース社〉を推薦する絶好のチャンスだったが、言葉が出なかった。芦原吹雪はまだ死んでいない。わたしの想像通りなら、いま死んでもらっては困る。それに、マナーやエチケットで言うのではないが、まだ生きている人間の遺品整理の心配をしていいのは、本人だけだ。

はしゃぎまわる泉沙耶を苦々しいとは思わなかった。むしろ心配になった。芦原吹雪は姪をバカにしていた。全財産を沙耶に残して終わり、と丸く収まればいいのだが。捕らぬ狸の皮算用をして大はずれに終わったりしたら、これまで「葉村さんのおかげ」だったのが「あんたのせいで」になるかもしれない。そのうえ、絞殺魔・芦原吹雪が証明されでもしたら……。殺人鬼の姪としてマスコミの脚光を浴びて、泉沙耶が大喜びするはずもない。その結果、彼女がわたしをどう思うか。個人営業の違法探偵としては、当麻警部以上の大危機に見舞われること間違いない。

ま、いまはそこまで悩んでもしかたがない。まずは山本博喜に会わなくては。

彼のリゾートマンションの場所は、小田原といっても風祭の山側になる。ロマンスカーの中で駆除されそうになりながらも、駅前のレンタカー会社すべてをチェックしておいたのだが、さすがに行楽シーズンのことで空きは一台もなかった。

バス路線をチェックしようかと思ったが、土地勘もないのに無謀だろう。時間とムダをはぶくため、タクシーにすることにした。駅の二階から小田原城を一瞥しただけで一階に下り、駅前のタクシー乗り場で黒い一台に乗り込んで、山本のマンション〈グリーンヒルリゾート小田原〉へと告げた。古稀と米寿の間くらいと思われる運転手は、運転席からくるりとこちらをむいて、わたしをしげしげと観察してから車を発進させた。

「お客さん、失礼だけど、〈グリーンヒルリゾート〉に知り合いでも住んでるの？」

車が東海道を進み、かまぼこのテーマパークの間を通り抜ける頃、それまで黙っていた運転手が言い出した。

「え、なんでです？」

「あそこ、いま、トラブってるんで有名だからさ。八階建てなんだけど、半年前にエレベーターが故障しちゃったんだよ。それでエレベーターが必要な上の階は全戸で金出して直そうって言うし、必要ない下の階の住人は自分たちには関係ないから金は出さないって言うしでさ。もめたあげくにらちがあかなくて、暮らせなくなった上の階の住人がどんどん出て行ってるんですよ」

「はあ、それはたいへんですね」

桜井から聞いた情報のメモを見た。山本博喜の住まいは八〇二号室。どう考えても最上階だ。

「私の親戚が引っ越し屋で働いてるんだけど、そりゃもう、きついってこぼしてましたよ。八階から冷蔵庫とか階段で担いで下ろすんだからね。やっぱりあれだね。こうなってみると、下の階の人間が悪いよね。このままエレベーターを直さずにいたら、マンションごとゴーストタウンみたいになっちまうでしょうが。そしたら自分たちの住む部屋の資産価値もなくなるのにさ。欲をかいてケチをするとろくなことになんないよ」

「管理会社とかいないんですか」

「いたって住民の合意がないのに管理会社が勝手にエレベーター直せないんだから。やっぱりダメだね、バブルの頃に計画されたリゾートマンションってのは。住む人間に大切に住まおうなんて気がまるでない。管理会社に任せておけば、自分たちは懐手をしていられると思ってる。最近、またバブルの時代みたいに不動産投資だ資産運用だなんだって、踊らせてやろう、踊ってやろうと思ってる人間が多いみたいだけどさ。あげくのはてをちゃんと見ろっていうんだよ。楽して儲かるとか、面倒なことはただで誰かがなんとかしてくれると思うなんて、バカだよなあ」

言っている間に車は山のほうへと登っていき、やがて場違いなマンションが見えてきた。想像通りというか、かつては白かった壁。ベランダの手すりはゴテゴテと装飾的に曲がりくねって、たぶん元は緑色だったのだろう。屋上部分やその他が一部、青い瓦の屋根風になっている。地中海リゾートとお城っぽさを土建屋的センスでまとめてみました、といったたたずまいだ。

料金を払い、タクシーカードをもらって降りた。あらためて見上げると、ゴーストマンションは言い過ぎだが、活気に乏しい印象を受けた。リゾートマンションだから、日常の住居にしている世帯が少ないのだろうが、カーテンのない窓や、エアコンの室外機が見当たらないベランダがいくつも目についた。

買ったときは数千万したのだろうが、いま売ろうと思ったらたぶん二、三百万。エレベーターが壊れたままなら、百万でも買い手が見つからないかもしれない。ちらっと心が動いた。てことは、わたしでも買える。

いやいや、買ってどうする。

エントランスは無意味に広く、その部分だけレンガのようなタイルばりだった。しなびた鉢植えが置かれ、オートロックの上に〈故障〉と書かれた紙が貼られていた。そのため、ガラスの自動扉は開けっ放しだ。住民たちが払おうとしないのはエレベーターの修理代金だけではないようだ。

弱った獲物を見つけたハイエナたちが押し寄せてきた証拠に、郵便受けの周辺に大量のちらしが散らばっていた。どこの郵便受けもちらしであふれかえっている。杖をついてリュックを背負ったおばあさんが、床に落ちたちらしを踏んづけながら郵便受けに近寄り、右上から順番に、とても丁寧にのんびりと、手にしたちらしを入れ始めた。

八〇二号室の郵便受けを見た。名前は表示されていなかった。山本博喜が自分の名前を表札に出すとは思っていなかったが、こうなればどうでも八階まで歩いて登らなければならない。

歩くのが仕事とはいえ、八階まではきつかった。途中で、煙草の臭いを感じて六階の廊下をのぞいてみた。無人の廊下にウンコ座りをして、宅配便の制服を着た若いのが煙草を吸っていた。たぶん、この階にはいま、誰もいないことを知っているのだろう。なるほど、このマンションはスラム化しつつある。

八階にたどり着いて、八〇二号室のチャイムを鳴らした。というより、ボタンを押したがなんの音もしなかった。ノックしてみた。

ドアの隙間を見て、鍵がかかっていないのに気がついた。そっと引いてみた。チェーンもかかっておらず、ドアは大きく開いた。

「ごめんください」

こういうときは、思いきりよくいっちゃったほうがいい、と教えられたことがある。おせっかいですぐ他人のことに首を突っ込みたがる、うざくて厚かましいおばさんになったつもりで声をかけろ、と。教えに従って、ずうずうしく大声で言った。

「山本さーん。いらっしゃいませんかー。山本さ」

ドアを大きく開けて、部屋の奥をのぞきこんでいたわたしは、思わず息をのんだ。廊下のつきあたり、少し開いた扉の向こうの床の上に、人間の足が投げ出されていた。

22

「吹雪先生のお使いの方でしたか」

山本博喜のろれつは回っていなかった。それでも正座をして、背筋を伸ばしている。ついさっきまで台所の床に倒れ臥して、よだれを垂れ流していた酔っぱらいには見えない。

もっともここにいたるまでがたいへんだった。なだめたりすかしたりして水を飲ませ、シャワーを浴びるように言い聞かせた。冷蔵庫にはひからびたちくわが一本だけ、他にはなにもないので、八階を駆け下りて近所のコンビニでコーヒーと二日酔い用のドリンク剤を買い、また八階に戻って山本に与えた。彼は言われるままにシャワーを浴びて、コーヒーを飲んだ。小一時間かけてようやく人間に戻ってきた、という感じだった。

そうなったら次には、いったいおまえは誰だ、と当然の疑問を口にし始めた。そこでようやく、芦原吹雪の名を出した。とたんに山本のスイッチが入り、いきなり床に正座。こんなによく効くとわかっていたら、最初から吹雪の名を連呼するんだった。

「昨年の十一月から連絡がとれないと、たいそう心配しておいででした」

わたしは心配を強調した。なにしろ、いくら鍵が開いていたとはいえ、そして足だけが床に見えたとはいえ、勝手に他人の家にあがりこんだのだから。ここは一つ、芦原吹雪に責任を転嫁するのが最上策と思われた。

「そうですか。吹雪先生が。それはご迷惑をおかけいたしました」

「ご迷惑というほどでもありませんが、居所を見つけるのに苦労しました」

「はあ。よくここがわかりましたね」

山本博喜はわたしの名刺に目を落とした。

「山本さんが小田原にマンションをお買いになったと、芦原さんが思い出してくださったので」

あちらが床に正座なのに、わたしが椅子に腰かけるわけにもいかず、同じように床に座っているから足の甲が痛い。話しながら、わたしはそっと室内を見回した。

ごく普通の広さのリビングルームだった。ただし窓が広い。入って右側に小さなキッチンセットと冷蔵庫。廊下の北側にもうひとつ半開きのドアがあった。そちらがたぶん、ベッドルーム。つまり、1LDKといったところか。

部屋の一番広い壁に、若き日の芦原吹雪の巨大な写真パネルがあった。白黒で、たぶん白薔薇を顔の前に持ってきて、妖しげな笑みを浮かべている。

パネルの前にはくたびれたソファがひとつ。吸い殻が大量に積み上がった灰皿、灰皿が乗った低いテーブル。周囲には酒瓶がごろごろ転がっている。合間に脱ぎ捨てた衣服。女性ものもある。テーブルの上には、バラと束、両方のお札が無造作に散らばっていた。インテリアと呼べるのはどうやらそれだけだ。わたしはあきれた。あとは拳銃さえあれば、映画に出てくる殺し屋の部屋そのものだ。

「立ち入ったことをお聞きしますが、これまでどこにいらっしゃったんですか」

「まあ、いろいろと。やるべきことが多くてね」

「メールにお返事くらい、なさればよかったのに」

「先生が私にメールを。あのアドレスは使えなくなったとお伝えしたんですが」

「そうだったんですか。それではひょっとして、山本さんはもう芦原吹雪さんにお会いになるつもりはなかったんでしょうか」

「お金のことなら、これからも送金されるようにちゃんと手配を」

「お金のことじゃありません。連絡を絶つおつもりだったんですか」

「それは、まあ」

山本博喜は言葉を濁して、上目遣いにこちらを見た。六十歳半ばなのだし、酒浸りの生活を送っていたならもっとしょぼくれていても不思議はないのに、肌は白くきれいで、聞いていた通り、小柄で優男といった印象を受ける。が、目つきは確かにおそろしい。この目つきで子どもの話なんぞされた日には、脅されたようにしか聞こえないだろう。どうやって、どこから切り出そう。芦原吹雪は絞殺魔ですか、なんてもちろん間違っても聞けない。高円寺で死体になっていたのは志緒利さんですか、とも聞くわけにはいかない。

迷っている間も、酒臭い息を吐きながら、きちんと正座している山本博喜を見て、腹が決まった。反応を見ながら、できるかぎりの情報を引き出すのだ。

「それでは山本さんは、吹雪さんが病気なのはご存知ですか」

山本博喜は心底驚いたようだった。

「ご病気？　先生がですか」

「詳しいことは存じませんが、末期がんだそうです」

「末期がんって……そんなに悪いんですか」

「お医者さんの話では、それほど時間の余裕はない、ということでした」

山本博喜は目を大きく見開いたまま、かたまってしまった。

相当の衝撃を与えてしまったことに気づいて、しまったと思ったが遅かった。しかし他にどんな言い方があっただろう。どう言おうと事実は変わらないし、持って回った言い方が優しいとも思えない。

それでも、なんとかフォローを、と思った瞬間、着信音が鳴り響いた。調布東警察署の渋沢漣治からだった。山本に詫びを言って立ち上がりながら出た。短い正座でもう血の流れが滞っていたらしく、足がしびれて動きが鈍くなっていた。

「おいこら、女探偵」

渋沢はいきなり不機嫌に言った。

「高円寺の死体な、背中にやけどの痕なんかなかったってよ」

「えっ？」

わたしは急いで廊下に出た。ちらと見ると、山本はまだ台所に正座したまま、右手で手近な酒瓶を引き寄せ、口に運んでいる。わたしは手で送話口を覆った。

「それじゃ、あの死体は芦原志緒利じゃなかったんですか」

「そうなんだろうよ。背中に煙草を押しつけられたって話が嘘でなきゃな」

「間違いないんですね」

「知り合いの監察医に頼んで、解剖所見や死体検案書を見せてもらったんだ。最近じゃ、コンピューター管理で古い書類をスキャナー処理して一発で見られるようになってるんで、二十年前の資料も全部すぐにモニター上に出てくるんだ。オレがこの目で見たんだ、間違いない。死体の脚に赤ん坊の頃にできたらしい古い火傷の痕は残っていたが、背中に煙草の痕なんかなかった。とんだお笑いぐさだ。賭けははずれだな」

「ちょっと待ってください」

わたしは息をのんだ。

「脚に古い火傷の痕……？」

「そうだよ。それがどうかしたか」

わたしはリビングにいる山本博喜に目をやった。彼は三白眼《さんぱくがん》をひたとわたしに向けていた。

桜井の言葉を思い出した。山本博喜の兄弟からの情報。二十歳年下の博喜の妹が、博喜を頼って東京に出ていた。他の兄弟とは縁を切ったような暮らしぶりだったのに、妹のことだけは面倒をみていた。赤ん坊の頃に、博喜が脚に火傷を負わせたことが、負い目になっていたらしい。

高円寺の死体が山本祐子だった？

ということは、療養所に入っている山本博喜の妹というのは……。

山本博喜がゆらりと立ち上がった。渋沢にその音が聞こえたはずもないのに、彼は焦ったような声を出した。

「おい、女探偵。どうした」

「すみません。あとでまた連絡します」

通話を切って、山本に向き直った。かいくぐってきた修羅場の数がハンパないことが、あらためて伝わってくる。こうなりゃ、先制攻撃をしかけるしかない。山本博喜が口を開いた途端、大声で言った。

「芦原吹雪さんが、亡くなる前に娘さんに会いたいと願っています」

山本の脚が止まった。

「え……？」

「吹雪さんに頼まれて、志緒利さんの行方を探しました。九四年の失踪直後から十月の後半まで、志緒利さんは高円寺のアパートに住んでいた。そのアパートの契約者はあなたでした。あなたは、志緒利さんを妹さんと偽って、住まわせていた」

山本は黙り込んだ。

「芦原吹雪さんにはそのことは報告してあります」

わたしは追い討ちをかけた。

「あの子、生きていたのね。生きていたんだわ。吹雪さんはそう言って、喜んでました」

「喜んでいた？」

山本博喜はつかつかとやってきて、わたしの手首をつかんだ。芦原吹雪に握られたのと同じ、右手首。

「本当か。先生は、本当に喜んでいたのか」

「本当です」

手を振り払った。正確には、ショックを受けていたわけで、喜んでいたかどうかは不明だが。

「山本さん、志緒利さんはいまどこですか。亡くなる前に一度だけでも娘さんに会いたいと願っている吹雪さんに、志緒利さんを会わせてあげてもらえませんか」

山本はかすかに震え出した。

「いや、だけど、そんなことしたら……」

「志緒利さんは吹雪さんに会いたがらないでしょうか」

「それは」

山本は小さな声で、無理だ、と言った。ふと、ひらめいた。

もしかしたら、わたしの考えは被害者を除いては正しかったのかもしれない。

「二十年前、志緒利さんは吹雪さんに殺されかけたんですよね。それで、あなたは志緒利さんを死んだことにして逃がした。そういうことなんじゃないですか」

「先生がそう言ったのか」

山本博喜は食いつくように言った。それで、正解だとわかった。思った通りだった。

高円寺の女性の件は間違っていたが。あの被害者が山本博喜の妹だったとして、当初警察がにらんだ通り、犯人はあのエリアに出没していた通り魔だったに違いない。おそらく、山本祐子は兄に言われて時折、志緒利の様子を見にあの高円寺のアパートに通っていたのだろう。それで、たまたま犯罪に巻き込まれて殺されてしまった。

だが、山本博喜は妹と連絡がつかなくなっても警察に届け出なかった。妹が事件に巻き込まれ、殺されたと気づいたのに、だ。

理由はふたつ。妹の身辺を調べられて、芋づる式に志緒利のことまで表沙汰になっては困るから。もうひとつは、このまま死体の身元が特定されなければ、宙に浮いた妹の身分を志緒利が使えるから、だ。祐子と志緒利はほとんど同い年だ。実の兄が志緒利を祐子だと言えば、疑う人間はいないだろう。

「山本さん、芦原吹雪さんはわたしの依頼人です。依頼人の不利になるような真似は絶対にしません。なにを知ってもわたしの口からは漏らしません」

犯罪行為以外は。おなかの中でそう付け加えた。口からは漏らさなくてもメールで誰かに知らせるかも。

とにかくいまは、山本博喜を説得するのが最優先だった。

「二十年前、なにがあったにせよ、芦原吹雪さんの命はもう、長くはもちません。志緒利さんに会いたいという吹雪さんの気持ちを、せめて志緒利さん本人に伝えていただけないでしょうか。そのうえで、ご本人がどうしても会いたくないというのであれば、そのむね吹雪さんに伝えますから」

語りかけているうちに、重要なことを思い出した。「山本祐子」は療養所にいるのだった。

「志緒利さんはいま、療養所に入院してらっしゃるんですね」

「ああ。俺の妹として」

「ご病気は、どんな……」

「あの子のことは、忘れたほうがいいと思っていた」

山本は髪をかきむしりながら言った。

「そのほうが、誰のためにもいいんだと。なんてこった。俺も忘れればよかったよ」

「あの、まさか、志緒利さんの病状はそんなにお悪いのでしょうか」

「この数年、ひんぱんに一時退院できるくらいには回復してきたんだ」

山本博喜はうろうろと部屋の中を歩き回りながら、上の空で答えた。

「遊びに行きたいというから、ディズニーランドや御殿場に買い物につれて行ったりした。すっかりよくなっているように見えたんだ。この分なら、今度こそ正式に退院できるかもしれないと医者も言ってくれていた。去年の十一月ぐらいまでは」

去年の十一月。山本が芦原吹雪と連絡を絶った頃。

部屋に散らばった服の中の、女性もの。

「いまはまた、病状が悪化したんですか」

「わからない」

山本はうつむいた。

「最近、病院へは行っていないし、あちらからの連絡もない。なにかあったら知らせてくれるように頼んであるんだが。俺はずっと、ここで酔いつぶれていた。飲んだくれていて……」

そういうことか。

わたしはちらかった衣類の女物を見た。

山本博喜は退院してきた芦原志緒利と一線を越えてしまったのだ。たとえ、合意の上だったとしても、芦原吹雪を先生といまもあがめている山本にとっては、けっして越えてはいけない一線だった。だから、吹雪の顔を見られず、連絡をとることもできなくなったのだ。

「志緒利さんは心を病んでらっしゃるんですね」

「忘れればよかった。あの子のことは、忘れればよかったんだ」

山本はソファにへたりこんだ。わたしはそのそばにしゃがみこみ、彼の腕に手を置いた。

「聞いてください。もし、山本さんが志緒利さんに会いたくないというのなら、彼女が入院している先を教えていただけませんか。それで、病院側に連絡して、葉村晶というものが志緒利さんに……山本祐子さんに会いにいくと伝えてください。兄として、わたしとの面会を許可すると。わたしが吹雪さんのことを伝えます。志緒利さんが会ってもいいということなら、吹雪さんのところへ連れて行きます。もちろん、担当医の方にも事情を説明しますので」

山本は鋭く息を吸って、顔を上げた。彼の目には、吹雪の写真が映っているはずだ。わたしもあらためて写真を見た。額縁のアクリル製の透明部分には、無数の傷がついていた。このパネルを、山本はずっと持ち歩いてきたのだろうかと思った。

「聖マリア精神医学・依存症治療病院小田原療養所」

山本は視線をパネルの吹雪に据えたまま、ぽつりと言った。

「ここから車で五分ほどの場所にある。海が見えて、温泉にも入れるんだ」

わたしは部屋を飛び出した。

23

聖マリア病院は、山本が言った通り、山の上の見晴らしのいい場所にあった。塀は低く、手入れされた芝生がなめらかに広がり、門の扉もいまは開け放たれている。建物へのアプローチの途中に、幼子イエスを抱いた聖母マリアの像があった。門の脇に管理所があり、警備員が談笑していた。表札に病院と記されていなければ、女子大かなにかと勘違いしそうな外観だった。

管理所で来意と名前を告げると、カードに記載を促された。書き込んでいると、電話をかけていた警備員が急に難しい顔になって受話器を置いた。

「葉村晶さんですね。担当医の東雲《しののめ》先生がすぐにお会いになるそうです。お急ぎください」

「東雲先生ってそんなにお忙しいんですか」

「そういうことではなさそうです」

警備員は口をへの字に曲げた。

逆らってもいいことはなさそうだったので、小走りに門内に駆け込んだ。中央にある建物のエントランスに入っていくと、ちょうど受付に向かって白衣姿の男性医師が駆けてくるところだった。彼はわたしに気づいて眼鏡のつるを持ち上げた。

「葉村晶さんですか」

「はい。東雲先生ですか」

「いったいどういうことなんです」

開口一番、医者は叱りつけるように言った。

「たった今、山本博喜さんからお電話をいただきました。山本祐子さんがお兄さんのところにいらっしゃらないそうですね。なにが起きたんですか」

どういうことだ。

「しお……山本祐子さんは、こちらに入院されているはずではなかったんですか」

医者は目をぱちくりさせた。

「三週間前に一時退院させましたよ。田舎のご兄弟の加減がお悪いので、見舞いにいくということでした。それから連絡がないので心配はしていたんですが、お兄さんのケータイに電話をかけてもつながらなくて」

酔いつぶれていて気づかなかったのだろうか。

そういえば、あの部屋ではケータイを見なかった。ベッドルームのほうにあったのかもしれないが。山本博喜の連絡先をきちんと聞いていなかったことに気づき、思わず舌打ちが出た。

「退院時の状況を教えてください」

「状況？」

「誰かが迎えにきたんですか。それともひとりで？」

「ひとりでした。祐子さんはもう、退院にも慣れていましたので。二十年前から入院して、よくなるとたびたび退院していましたからね。タクシーを呼んで、荷物はほとんど持たずにひとりで出て行きました。お兄さんのマンションはここから目と鼻の先ですし」

医師のことばには、どことなく弁解するようなニュアンスが感じられた。わたしはこの種の病院や病気、病人について詳しくはない。ひとによって、治療法も対処法も様々なのだろう。それにしても全快しての退院ではなく一時退院なのに、病人がひとりでというのは珍しいように思われた。

「退院時に入院費などを払うわけですよね。それはどうしたんですか」

「いいえ、祐子さんの場合は長期ですから。年四回、まとめて振込がありました。それに一時退院なので、荷物も病室に残ってますし」

「いま現在は健康なんですね」

「三週間前には退院を許可できるほど落ち着いていました。私の専門分野のほうは、ということですが。内臓疾患のほうもそちらの担当ドクターによれば、きちんと薬を飲んでいれば問題はないということでした。ですが、最後に診てから三週間たっています。現在の状態に責任は持てません。まったく、困りますよ、こんなことをされては」

「それはこちらのセリフではないでしょうか」

わたしは努めて冷静に言った。

「いまのお話では、保護者である山本博喜の同意を確認することなく、彼女の申し分をうのみにし、ひとりで退院させたように聞こえます。となると彼女の安全は、この病院の責任になるのではありませんか」

「いや、それはしかし……」

「彼女の兄である山本は、妹の命を守るために、決して安くはない費用を負担しているわけですし」

わたしは東雲医師と、受付に飛び出してきた事務職員らしい連中を一瞥した。彼らの脳裏に「裁判」の一言がよぎるくらいの長さだ。

「ま、このあと山本がどう考えるかはともかく、いまは彼女の行方を探しましょう。無事に見つけ出せればそれで、すべてが丸く収まるわけですから。とりあえず、彼女の病室を見せてください。荷物は残っているんですよね。それと、彼女を良く知るひとと話をさせてください。担当のナースとか、親しくしていた他の患者さんとか。お願いできますか」

「すぐ、手配します」

職員が舞台裏に引っ込み、東雲医師は歩き出した。病室へ案内してくれるつもりだろうと、ついていった。

最初に考えていたよりも、ずいぶん大きな病院だった。エントランスを入って右側が医療行為を行なう場所らしく、そちらからは消毒薬のにおいが流れてきていた。いま、わたしたちが歩いている中央の建物とその奥は、表示を見るかぎりでは入院施設らしい。建物自体は古めかしいが、清掃がいき届き、あちこちに山吹やマーガレットといった明るい花が生けられ、南向きの窓が大きく、芝生を越えて木立の間に春の海が見える。ボランティアなのか作業療法の一種なのか、雑草とりや庭掃除をしているひとの姿が散見できた。

歩きながら医師に尋ねた。

「そもそも、彼女の病気はどういったものですか」

「最初は妄想、幻覚、錯乱を起こして暴れたといって、お兄さんがつれてきました。薬物とアルコールを乱用したらしいというのですが、規制薬物ではなかったようで、薬物検査にはひっかかりませんでした。ただ、アルコール依存症になっていて、入院直後に俗にいう禁断症状が現れましてね。摂食障害もあり、吐き戻しで消化器もやられていた。まだ若かったのに当時から肝臓の数値も悪く、あれやこれやでいったん病状が安定するまでに、七年かかってしまいました」

「現在も肝臓が悪いんですか」

「ええ。糖尿もあります」

「先生はカウンセリングも担当されたんでしょうか。彼女がなにに苦しんでいたのか、聞きましたか」

「母親との確執がひどかったみたいですね」

東雲医師は落ち着かなげに答えながら、突き当たりのドアをカードキーで開けた。その先はこれまでとは違い、かなり新しい建物だ。足下にはカーペットが貼られ、個室らしいドアがずらっと並んでいる。まるでホテルだ。

「いまの時間、患者たちは自助グループに参加していて、このフロアには誰もいないはずです」

「自由に出入りできるんですか」

「担当医と寮母の許可がいります。建物内での移動はある程度は自由です。もちろん、男性患者は女性患者の個室には行けません。逆も厳しく制限されています。治療の一環で、患者は温泉に入りますが、それも男女は厳しく分けられているんですよ」

「監獄ではないが、やりたい放題でもない」

イヤミを言ったつもりはなかったが、東雲医師はもったいぶって眼鏡のつるを押し上げた。よく見ると、つるはセロテープで応急処置がほどこされていた。

「ひとは誘惑に弱い生き物ですからね。それにもちろん、もっと病状の重い患者は二十四時間監視されることになります。ご本人のためにね」

まるでわたしが患者様を預けにきた顧客であるかのような言い方だった。施設の説明や案内が身に付いているらしい。

「失礼ですが、先生はいつから彼女の担当医を?」

「二年前からです」

「それ以前は、別の先生が診てらした」

「女性医師が診ていました。が、彼女は辞めました」

「なぜですか」

「まあ、いろいろありまして」

医者の顔色がいっそう悪くなったように見えるのは、気のせいだろうか。

「それにしても二十年の入院というのは、いささか長過ぎるように思うのですが」

「祐子さんの場合、良くなったり悪化したりの繰り返しでした」

医者はさらに奥の階段を二階分、あがった。四階のドアは暗証番号とカードキーで開けられるようになっていた。そこは女性専用の病室になっているようだった。階があがったことで、廊下の窓の外には海がはっきりと見え、あたりはより明るくなった。見下ろすと、雑草とりに励む人々が汗をかきながら精を出していた。花壇には三色すみれやアネモネ、シャクヤクがすでに花開いている。外の道路との境目は、薔薇が生い茂っていた。小田原は東京よりも暖かいのだろう、四月の半ばなのにもう咲いている薔薇が見えた。

「ここが、山本祐子さんの部屋になります」

医者は四〇〇二号室のドアを開けた。

こぢんまりとした部屋だった。ベッドとテレビ、パソコンののったデスク。ひとり用のソファに小さな冷蔵庫、扉のないクローゼット。ビジネスホテルの一部屋といったところだが、長い間住んでいるだけあって、ベッドは花柄のカバーで覆われ、クローゼットからは服がはみださんばかりになっており、部屋の床の上に漫画本や女性誌が積み上げられていた。雑誌はどれも十代後半の女の子向きのファッション誌で、クローゼットの内容とも符合する。あの芦原邸の部屋と同じく、志緒利はいまでも可愛い少女風のものが好きらしい。

「こういったものはどこで買うんですか」

「付き添いをつけて、市内に買い物に行くこともあります。一時退院のときに買い込んだものもあるでしょう。ですが、大半はネットショッピングですね」

「それは許されているんですか」

「入院患者の中には買い物依存症もいて、もちろんそういうひとには許可しません。大胆にも酒を購入した患者が出たことがあって、以来、荷物は職員の目の前で開けさせ、中身を確認した上で引き渡すようにしています」

わたしはパソコンを開けてみた。セーフティーコードは設定されていなかった。お気に入りリストの大半は、なるほどお買い物サイトだったが、ひとつ気になるサイトがあった。開いてびっくりした。いきなり『白い薔薇の女』の芦原吹雪が大アップになったのだ。吹雪の熱烈なファンサイトだ。

わたしの検索が甘かったのか。こんなサイト初めて見たな、と思いながらスクロールしていったが、ずいぶんと濃い内容だった。出演した全映画の紹介や感想はもちろんのこと、ほとんど知られていない脇役やちょい役についても調べているし、スタッフの裏話もあった。麻生風深との交流秘話や、安斎喬太郎が芦原吹雪に言いよってこっぴどく振られた、などというエピソードも面白おかしく紹介されていた。マネージャーである山本博喜についても写真や経歴などが載っているし、いつ撮影されたのか、子ども時代の志緒利の写真まである。

サイトの最後には最新情報として、芦原吹雪が調布駅近くの病院に入院したらしい、ということまで記されていた。この情報がアップされたのは四週間ほど前のことだ。

「あ、山本博喜さんって、お兄さんですよね」

東雲医師が肩越しに画面をのぞき込んで、言った。

「そうか。お兄さんが芦原吹雪のマネージャーだったのか。それは知らなかったな。それでかな」

「なにがです？」

「山本祐子さんは、自分が芦原吹雪の娘だという妄想を抱いていました。これを否定すると暴れ出すこともありました。おかしなことに、祐子さんは芦原吹雪のファンというわけではないんです。むしろ、自分は芦原吹雪の娘ということで、ひどい目にあってきたと訴えるわけです。なので、芦原吹雪の娘として扱っても、場合によっては暴力的になったりもしたんですが……」

それ、妄想じゃないし。わたしは内心で思い、同時に東雲医師に申し訳なく思った。さっきから、志緒利の病状の説明がなんだか奥歯にもののはさまったようで、はっきりしない。大丈夫なのか、この医者、などと思っていたのだが、そもそも志緒利が身分を偽っていたのだ。一番かんじんの情報が伝わっていないのだから、医学的判断に狂いが生じるのはやむをえまい。

「他になにか、芦原吹雪について、彼女はなにか言っていませんでしたか」

「絞殺魔だって言ってましたね。あの女は他人の首を絞めるんだ、と」

わたしは医師に気づかれないように、そっと生唾を飲み込んだ。

「それについて先生はどう思われましたか」

「最初は本気で怯えているように見えましたし、まさか、と思いました。私、映画観ないもので。あとでここに来る佐久間《さくま》という寮母から、芦原吹雪の映画の話を聞かされて、そこから連想した妄想だとわかりましたが、一時は信じかけましたよ。芦原吹雪というのは、彼女自身とその母親の象徴なのではないかと考えたりもしました」

「象徴、ですか」

「その絞殺魔の映画、『白い薔薇の女』というそうですね。実は毎年、初夏の薔薇の花の咲く頃になると、祐子さんの具合が悪くなる、と前の前の担当医が気づいたんです」

「薔薇、ここにはたくさん植わってますね」

「純潔を意味する白薔薇は聖母マリアの象徴です。だから聖マリア病院には白薔薇が多い。けれど祐子さんにとっての白薔薇は芦原吹雪の象徴であり、確執のある母親の象徴なんでしょう。たいていの患者さんは寒い時期のほうが、鬱状態になったりして具合が悪いことが多いんですが、祐子さんは冬の間ずっとおとなしかったのに、初夏になって薔薇が咲くと、妄想が出たり、錯乱状態になったりするわけです」

「錯乱状態、ですか」

「座り込んで白薔薇をむしりつづけていたことがあるそうですよ」

なにかがひっかかった。それがなんだかわからないまま、質問を続けた。

「芦原吹雪が母親の象徴だというのはわかりますが……自分自身の象徴っていうのは、どういうことです？」

「つまりですね、祐子さんの中には被害者と加害者が同時に存在しているんですよ。母親に虐待され苦しめられる被害者としての山本祐子と、誰かに暴力を振るって苦しめる加害者……というか、支配者としての山本祐子、双方がいるわけです。被害者である自分を忘れたいあまり、支配者としてふるまうこともあれば、被害者である自分を思い出し、自傷行為を働くこともありました。支配者側に立ったとき、彼女は自分を芦原吹雪だと言い張ってましたよ」

医師はなぜか頰を赤らめた。

次の質問を探して言葉をとぎらせたとき、廊下が騒がしくなった。誰かのわめき声が聞こえ、それをなだめる職員たちの声が聞こえた。わたしと医師は急いで廊下に出た。

山本博喜が誰彼かまわず食ってかかっていた。医者の姿を見ると、山本は近寄ってきて彼の胸ぐらをつかんだ。

「おい。どこだ。あの子はどこにいるんだ」

この手の暴力的な患者も珍しくはないのかもしれない。誰もそれほど驚いている様子はない。医者の眼鏡のつるがセロテープ補修なのも、そういうことなのだろう。だが、このまま山本博喜が酒臭い息を吐きながら暴れ、鎮痛剤など打たれるようなことになってはまずい。

「山本さん、落ち着いてください。ここは病院ですよ」

言いながらわたしは山本に近づき、早口でささやいた。あなたが騒ぎ立てたら、吹雪先生の名前にも傷がつくかもしれません。

とたんに山本はおとなしくなった。芦原吹雪の威力はたいしたものだ。

「これから彼女が親しくしていた方たちに話を聞きますから。みんなで力をあわせて彼女を探し出しましょう。それまで、どこかで病院側の説明を聞いていてください。担当医の先生からも病状についてご説明があるはずです。ですよね、東雲先生」

医者は白衣を直して、なにごともなかったかのようにうなずいた。

「まずは情報のすりあわせをしましょう。祐子さんの無事を確認できるようにね。葉村さんの言われる通り、話し合うのがかんじんですね」

みんながぞろぞろと出て行き、あとにわたしと初老の女性が残った。彼女は寮母の佐久間と名乗った。グレーのハイネックのブラウスを着て、黒の長いスカートをはいている。首からは大きめの木の十字架。被り物がないだけで、シスターそのものに見えた。通った幼稚園がカソリック系だったためか、わたしはシスターにすこぶる弱い。まして佐久間は園長先生に瓜二つだった。膝にすがりついて泣かないように気をつけなくては。

その心配はなかった。彼女は二十年前から「山本祐子」を知っているが、個人的な情報はなにひとつ口にしなかった。

芦原吹雪の映画は知っている。怖いもの見たさで、深夜の再放送で観た。だから東雲先生に話した。山本さんは芦原吹雪に執着しているとき以外は、ファッションとドラマにしか興味のない女性だった。ファッションの話は好んでしたが、なにを言っているのかよくわからなかった。ドラマは好き嫌いが激しく、みんなが集まるリビングで、こんなの観たくないと言っていきなりテレビのコンセントを引っこ抜いたことがある。

いや、ただのわがままだ。実年齢は四十過ぎでも、本人は十八歳のつもりだった。ふだんはすなおに言いつけをきき、扱いやすかった。育ちは悪くないのだろうと思う。

「もう、いいでしょうか。他にも仕事がありますので」

情報らしい情報はなにもなし。口頭で「葉村晶さんですか」と確認しただけの相手に患者の病状をぺらぺらしゃべり、病室にまで入り込ませたのだから、ちょろい病院かと思いきや、寮母ともなるとさすがに慎重だ。

「あなたは彼女の心配はしていないようですね」

佐久間は扉の前でくるりとこちらを振り返った。

「わたしなら、山本さんの心配はしません」

「彼女の前の担当医が辞めた理由を教えていただけますか」

佐久間は右手を首にあてた。

「お答えできる立場にはありません」

「山本さんと関係があるから答えられないんでしょうか」

「お答えできません」

「否定はしないわけですね」

佐久間の唇にかすかに笑みが浮かんだ。彼女はそれきりなにも言わず、部屋を出て行った。

ひとりになったので、徹底的に部屋を調べてみた。クローゼットの洋服を一枚一枚見た。白いネグリジェ風のドレスが何着もあって、心が痛くなった。どれもかなり大きなサイズだ。だぶだぶの服を着て鏡の前に立ち、自分は大人のふりをする無垢な少女のまだ、と自分自身に言い聞かせていたのだろうか。

デスクの引き出しをひっくり返した。マットレスの下、雑誌のなか、テレビの下までのぞいてみた。

これが最後のつもりで、デスクの裏側をのぞいてみた。なにもない、と思ったのだが、よく見ると周囲と色の違う部分があった。強引に動かしてみた。引き出しの裏側に段ボールの紙がぴっちりとはめてあった。一見するとデスクそのものにしか見えないように、きれいにはまっている。

それをはずすと、本体と段ボール紙の隙間から保存用のビニール袋が出てきた。大量の薬が詰まっていた。

デスクを元に戻し、ベッドに腰を下ろして、考えてみた。なにかが引っかかっている……それがなんだかわからない。

芦原志緒利は母親に殺されかけた。それ以前にも激しい性的暴行と拷問を受けて、壊れかけていた志緒利を山本博喜が保護して、いったんは高円寺のアパートに。それからここへ入院させた。妄想、幻覚、錯乱……やっと良くなったのが入院して七年後。しかしその後も薔薇の時期に症状が悪化し、座り込んで白薔薇をむしり続けていたことがあった……。

え？

入院して七年、つまり失踪して七年後。石倉達也が「ナマコ」を雇い、志緒利の死亡を吹雪に認めさせようとしていた頃。そして、石倉花が襲われ、かたわらに白い薔薇が落ちていた……。

まさか。

「あのう」

はっとして顔を上げると、若いナースが扉の隙間から顔をのぞかせていた。

「葉村さん、ですよね。あなたと話をするように言われてきたんですけど。あの、山本さんのことで」

ナースの視線がわたしの持っているビニール袋に釘付けになった。

「やだ、それ、山本さんの薬です。どこにありました？」

「なんの薬ですか、これ」

「向精神薬です。毎日飲まないといけないのに。ずっと飲んでなかったんでしょうか」

泣きそうな顔になった。薬を飲みたがらない患者がこうして薬を隠すことはよくある。ただ、山本祐子に対してはそこまで警戒していなかったのだろう。病院側は彼女に完全にだまされていた、ということか。

「ここの患者さんって、病状が安定すれば一時退院させてもらえるのよね」

わたしは単刀直入に尋ねた。ナースはとことこと部屋に入ってきて、うなずいた。胸に〈鳥井《とりい》〉という名札をつけている。

「そうです。山本さんのお兄さんはここの病院の前の院長とお親しかったみたいですよ。なんか、有名な政治家の秘書だったんでしょ、お兄さん。その政治家から紹介されたって、妹さんをここにつれてきたんですって」

若いナースは佐久間の穴を埋める勢いでしゃべった。

「そうなんだ」

ひょっとすると、相馬大門も志緒利の状態やいきさつを山本から知らされていたのかもしれない。相馬大門が、病気かと思われるほど、急激に痩せたという大野元記者の話が思い出された。

「落ち着いてるときはいいひとなんですよね、祐子さんって。自分の洋服を惜しげもなくひとにあげちゃったり、雑誌もまわしてくれたし。男性問題はあったけど。寮母さん、彼女に冷たかったでしょ。これまでにも彼女が原因で男性患者同士が大げんかしたり、監視の目をかいくぐって彼女の部屋に男性患者がやってきたり、ってことがあったんですよ。こういうの、風紀びん乱って言うんですってね。だから寮母さん、山本さんを早く追い出したがってました。あんなことさえなければ、たぶん、もっと早く退院できたんじゃないかな」

「彼女、退院したがってたの？」

鳥井看護師はいぶかしげな顔つきになった。

「うーん。そう言われると、どうだろう。どちらかといえば、したくなかったのかも。たまに一時退院できればそれでいいや、みたいな。ここにいるほうが安全なんだ、気が向いたときだけ外に出られれば十分だって、言ってたことがありますね。あたしはまだ経験が浅いからかもしれないけど、病気なのかただのわがままなのか、わからなくなるときもありました」

「ドラマが気に入らなくて、テレビのコンセント抜いちゃったんだって？」

「ああ」

鳥井看護師はくすっと笑った。

「彼女、あいつのこと嫌いなんですよ。ほら、大物俳優とか言って、偉そうにしてるやついるじゃないですか。感じの悪いジジイ。コイツが出てくると、バラエティーだろうがドラマだろうが、絶対に消すんです。一度なんか、モニターに飛び蹴りしかけたんですよ。時々、ホントに危険でした彼女」

「だから、前の医者にも、あんなことを？」

さりげなく聞いてみると、若いナースはすぐにひっかかった。

「そうなんですよ。首を聴診器で絞めて殺しそうになるなんて、ねえ。なにが引き金だったのかは誰もわからないんですけどね。伊坂《いさか》先生って美人だけど、けっこう口のきかたがキツいときがあって。なんか山本さんの逆鱗にふれちゃったんじゃないですか。おまえは醜い最低の売女だ、ってわめいて飛びかかって、その場にいた看護師さんも止めるヒマがなかったとか。ようやく取り押さえて助け出したときには、伊坂先生、窒息で目が大出血して失明寸前までいって、治るまでに三ヶ月くらいかかったって……わっ」

わたしがベッドから飛び上がったので、鳥井看護師は驚いたように後ずさった。

妄想、幻覚、錯乱……。そうか。そういうことだったのか。

わたしはとんでもない勘違いをしていた。佐久間寮母が言った言葉の意味が、ようやくわかった。

わたしなら、山本さんの心配はしません。

心配なのは彼女ではなく……。

24

鳥井をせっついて、会議室へ案内させた。部屋で見つけました、と医者の目の前に色とりどりの薬がぎっしり入った袋を放り出し、山本博喜に言った。

「行きましょう。芦原吹雪さんのところへ。たぶん、彼女もそこにいるはずです」

山本博喜は吹雪の名前を聞いて反射的に直立不動になったが、同時にけげんそうに言った。

「なんでそう思うんだ？　あの子が吹雪先生のところへ行くはずがない。あの子は恐れていたんだ。先生のことを」

殺されかけたから。

「確かに、これまではそうだったかもしれません」

だが、すでに二十年だ。恐れは怒りに変わることもある。そして、怒りのほうが徐々に勢力を増すことだってある。

芦原吹雪は末期がんによる幻覚を見るのだと、医者も本人も言っていた。

どんな幻覚なのか聞かなかったが、もしそれが、殺したはずの娘の幻覚だったとしたら、どうだろう。

吹雪は最初、娘の出現を、医師の言う通り病気による幻覚だと思った。おそろしくてとてもひとりではいられず、理屈を付けて大部屋へ移った。だが、そのうち、どうしても幻覚だとは思えなくなったのだろう。

初めて会ったとき、泉沙耶は古い志緒利の服を着ていた。けさの沙耶の電話によれば、彼女は吹雪に命じられてそうしたのだ。あれは一種のテストだったのではないか。泉沙耶が娘に化けて自分に有利な遺言状を書かせようとしているのかもしれない、と吹雪は考えて、試してみたのだ。沙耶が娘に見えるかどうか。

泉沙耶の仕業ではないとわかって、吹雪は探偵を雇って娘の生死について調べてみようと思い立った。個人営業で、しかも休業中の手頃な探偵が同じ病室にいた。事情が事情だけに、大手のちゃんとした調査会社に依頼はできなかった。個人なら、ことが知れても口を塞ぐことは不可能ではない。もちろん、二十年前の岩郷探偵の件もあるし、今回は山本博喜もいない。それでも、病み上がりの女探偵なら、うまく利用できると思ったのだろう。それでわたしを雇った。死の間際に娘に会いたい、失踪した娘を捜してくれ、と泣きついた。

そしてその探偵は、失踪後も娘が生きていたことを調べ出してきた。それで吹雪は、幻覚だと思われていたものが幻覚ではないことを悟った。だから今日になって突然、弁護士を呼んだのだ。

つまり、志緒利は芦原吹雪の近くにいる。あのファンサイトで吹雪の入院を知り、口実を設けてうまいこと病院を抜け出した。それから三週間。どうやって暮らしているのかはわからないが、男を手玉に取るのが得意だというナースの話が本当ならば、身一つであっても娑婆《しゃば》で生きていくのはそれほど難しいことではないだろう。

「詳しいことは列車の中で話します。急がないと、吹雪さんが危険かもしれません」

時計を見た。二時を回っている。東雲医師が薬の詰まったビニール袋を持ったままぽかんとしているのを、無視して走り出した。山本博喜はついてきた。折よく、門前にタクシーが停まり、客を降ろしているところだった。山本は前の乗客を引き摺り下ろすようにして飛び乗った。一万円札をズボンのポケットからつかみ出し、早く出せ、と運転手に向かって怒鳴っている。あやうくわたしのほうが置いていかれそうになった。

結局、倉嶋舞美が言っていたパン屋に寄るひまはなかったな、と頭の隅で考えながら小田原駅で降りた。タクシーで調布まで行くことも考えていたが、車内で東名高速事故渋滞二十キロを伝えるニュースを聞いてとりやめた。金曜日の真昼だし、下の道もどこで渋滞しているかわかったものではない。ロマンスカーを本厚木か新百合ヶ丘で降り、乗り換えて東へ進み、登戸か狛江あたりでタクシーを拾ったほうが早く着く。

二時三十五分発のロマンスカーに間に合った。金曜日の二時、新宿行きは朝に比べて空いていた。茶色いタイプの車両は、飛び乗ったのとほぼ同時に発車した。

ロマンスカーの名前の由来は、カップルで仲良く並んで座れる座席を用意したからだ、と聞いたことがある。だから二人席の間にしきりがない。山本博喜と並んで座っていると、このうえなく落ち着かなかった。彼に詫びを言って席を立ち、連結部で泉沙耶に連絡を取った。朝とは打って変わって、低い声の沙耶が出た。

「あの、芦原吹雪さんのお加減はいかがですか」

イヤな予感を覚えながら尋ねてみた。

「別に。さっき弁護士が帰ったわよ。本人は疲れて寝てるからって、わたしまで病室から追い出されたわ」

「遺言状を作成したんですね」

「遺言状は前からあったんですって。今日はそこに補足をつけただけ。伯母曰く、沙耶ちゃんにもちゃんと面倒かけた分だけは残しましたから、ですって」

「それはよかったですね」

「は？　なに言ってるの。面倒をかけた分だけってなによ。伯母の身内はわたしひとりなのよ。志緒利はもういないし、わたし以上に身近な人間もいない、全部わたしひとりに残すべきじゃない。他の誰かに残させるくらいなら、遺言状なんか書かせるんじゃなかった。そしたら、唯一の遺産相続人はわたしってことになったかもしれないのに」

娘である志緒利の生死が不明であるかぎり、そうはならないんじゃないかと思ったが、興奮している泉沙耶の耳には入らないだろう。わたしは同情してみることにした。

「ひどいですね。沙耶さんは吹雪さんのお世話を誠心誠意なさってたのに」

「でしょう？　計画してきたことが全部台無しよ。遺産が入れば、我慢してつまらない結婚生活続ける必要もないし、離婚しても子どもたちに十分な学資が出せる。あの成城八丁目の家を売れば、都内にすてきなマンションが買える。なのに、あの家はあのままの形で志緒利に残すってどういうことよ。信じられないわよ」

「家を志緒利さんに……」

「志緒利なんかとっくにどっかでのたれ死んでるに決まってる。なのに、家は志緒利のものだなんて。そうすれば、あの麻生風深とかいう芸術家のオブジェも、先生が返してくれと言われるまではそのままにしておけるから、ですって。あんなヘンテコな置き物のどこがいいのよ。アーティスト気取りの連中のすることなんて、わけわかんないわ。とにかくね、わたしはもう伯母とはかかわり合いになりたくない。葬式も出さない。遺骨はあの家の庭にばらまいてやる。明日にでもあの家の鍵、うちに届けてちょうだい」

「ちょっと待ってください。お怒りはごもっともですが、わたしいま、〈武州総合ホスピタル〉に向かっているところなんです。せめてわたしが到着するまで、吹雪さんに付き添っていただけませんか」

「絶対、イヤよ」

「緊急事態なんです。詳しくはお話しできませんが……泉さん？」

電話は切れていた。わたしは舌打ちをした。

病院の代表番号に電話をしてみたが、長いこと待たされたあげく、芦原吹雪さんのことで、と言った瞬間、ろくに話も聞かずに電話が切れた。入院患者の中には吹雪のことを知っていて騒ぐひともいる、と鳴海医師が言っていた。ファンサイトからの情報もあるし、昨日の朝の石倉達也の大騒ぎもある。病院側がガードを固めているのかもしれない。そうならいいのだが。

安心できなかったので、もう一度、今度は鳴海先生にかけてみた。葉村晶と名乗ったとたん、

「ああ、あの……ちょっとお待ちください」

すんなり鳴海医師に代わってもらえた。白骨に頭突きをした患者は珍しく、病院関係者の記憶に残ったのだと思われた。

担当医に、芦原吹雪に危害を加えそうな人物がいるので、警備を強化してほしい、と告げた。医者は詳しい事情を知りたがったが、ロマンスカーの車内なので詳しいことは後ほど、と言うと、とりあえず同意してくれた。これだけ騒げば、芦原吹雪の身は当面のところ安心だろう。

席に戻った。山本博喜は落ち着かなげに車窓に目をやり、丹沢山の稜線をぼんやりと眺めていた。

「誰に連絡したんだ」

「吹雪さんの姪の泉沙耶さん。それと吹雪さんの病院の担当医に、吹雪さんに気をつけておいてくれるように頼んでおきました」

「先生はどこに入院してるんだ」

「調布の駅前の……」

「〈武州総合ホスピタル〉か」

「知ってるんですか」

「あの病院の建て替えの用地買収のときに、ちょっとな」

陰謀史観論者をバカにしたのは軽率だったかもしれない。黒幕というか、権力ゴロみたいな人間は本当に存在していて、あっちにもこっちにも顔を出して良からぬことに手を貸し、金を稼いでいるのかも。

「それで？　詳しいことは列車の中で聞かせてくれるはずだ」

わたしは話した。山本博喜は黙って聞いていたが、残っていた酔いもさめてきたのだろう、内容を理解するにつれ、顔色が悪くなってきた。

「それじゃ、あの子が吹雪先生の近くに潜んでいて、先生の様子をうかがっていると？　そして先生に危害を加えると？」

「あくまでわたしの想像ですが、まったくの見当はずれとも思えません」

「だが、まさかあの子が」

「聖マリア病院のナースから聞きました。志緒利さんは二年前、担当していた女性医師の首を絞めて危うく殺しかけたそうですね」

　山本博喜は答えなかった。わたしは続けた。

「失踪から七年後、志緒利さんは病状が安定して一時退院した。同じ頃、石倉花ちゃんが何者かに首を絞められて、意識不明のまま三年七ヶ月後に死亡しました。お手伝いのゆきちゃん、ばあやこと安原静子さん、ふたりが行方不明になっている。それに、あなたの妹さん。高円寺の、志緒利さんが暮らしていたアパートの近所で、絞殺死体で発見された」

山本博喜の身体がびくっと震えた。

「わたし、ずっとこれすべてが芦原吹雪の仕業じゃないかと疑っていたんです。石倉達也がそう主張していたし、志緒利さんがなぜ二十年間も逃げ続けていたのか、その理由が吹雪さんに殺されかけたからだと考えれば、腑に落ちる。それに、あの『白い薔薇の女』。あのときの吹雪さんの演技はホントにすごかった。演技とは思えないほど」

山本博喜の口角が軽く上を向いた。笑ったのだ、と気がついた。

「だけど考えてみたら、犯人としてふさわしいのは志緒利さんのほうでした。彼女と関係のあった男性から話を聞いたんですが、彼女は男性の首も絞めていた。それに……」

安斎喬太郎の話を持ち出そうか、迷った。やめにした。山本が知っていれば言わなくてもわかるだろうし、知らなければそれでいい。二十年間、カウンセリングでも隠し通した志緒利の秘密を、口にのぼせる必要はないだろう。

「おそらく、きっかけはばあやの死だったんでしょうね。芦原吹雪さんは娘がばあやを絞め殺したことを知った。ばあやは吹雪さん親子にとって、きっと大切な存在だったんでしょうね。入院の面倒やなにか、いろいろみていたのが家計簿からもうかがえました。その家族同然のばあやを殺されて、吹雪さんは逆上してしまったんじゃないですか。そして、おそらくは家政婦のゆきちゃんを殺したのも志緒利さんだと知った」

「先生は知らなかった」

山本博喜が小声で言った。

「あの臨時雇いの家政婦が派遣所に戻っていないと聞いても、気にしていなかった。だが、ばあやは別だ。先生はばあやのことを実の母親みたいに慕っていた。パリに旅行して帰ってきて、ばあやがいなくなっているのに気づいた。ごまかそうとしたが、ごまかしきれなかった。結局、あの子は黙っていられなかったんだ」

やはり、家政婦の高田由起子も、そしてばあやも殺されていたのだ。

「それで吹雪さんは自分の娘が怪物だと気づいたんですね。そして、怒りにまかせてあの失踪当日、自宅で娘の首を絞めた。てっきり殺したと思った。あなたが後片付けをすることになった。志緒利さんはお見合いのために河口湖に行く予定だった。なので、志緒利さんが外出する前に、吹雪さんは一足先に家を出たということにした。実際、あなたが志緒利さんの『遺体を始末する』間、家を出たんでしょう。志緒利さんが河口湖に現れないのを、見合いをすっぽかしたのだと怒ってみせた」

「先生は優しい。いくら腹が立ったからって、実の娘を絞め殺すなんて無理だった。あの子には、そこのところがどうしてもわからなかったんだ」

わたしたちのかたわらを、車内販売が通り過ぎていった。コーヒーの香りが鼻先をかすめた瞬間、喉が鳴った。山本も同じだったのか、コーヒーをふたつ注文した。砂糖とミルクをたっぷり入れて、ふたりで飲んだ。

「それで、あなたは志緒利さんを連れ出したんですね、あの家から」

「運び出したんだ。山奥にね。誰にも知られない場所に捨てて、みんなであの子のことを忘れる。そうすればよかった」

そうしていれば、山本祐子は殺されずにすんだ。だが、息を吹き返した志緒利を、山本博喜は殺せなかったのだろう。吹雪先生の娘だから。

「なぜ、高円寺のアパートに？　志緒利さんが危険だとは思わなかったんですか。もうその段階でふたりも殺してたのに」

「身近にいた人間だけだ。あいつらがあの子を怒らせたから、あんなことになったんだ。祐子だってそうだ」

「妹さん？」

「金を届けにいかせただけだ。渡して玄関先ですぐに引き返せと言ったのに、妹はあの子によけいなことを言ったんだ。兄とはどういう関係だ、兄をたぶらかしてるんじゃないか、そんなバカなひどいことさえ言わなければ……」

それで実の妹の死体を、近所の空き地に捨てたのか。ご近所の通り魔の仕業ですむんじゃないかと思って。

「探偵を殺したのはどっちですか。志緒利さんですか、それともあなた？」

「探偵？」

山本は不思議そうな顔つきをした。

「覚えてますよね、岩郷克仁という探偵です。岩郷探偵は、あなたを疑って尾行した。そして高円寺のアパートにたどり着いたことがわかってます。彼はその直後に失踪した」

「ああ、あの探偵。あの男には口止め料を払った」

山本はこともなげに言った。

「お金を？」

「元警察官だっていうから、一時は乱暴な方法も考えたがね。あいつは意外にものわかりがよかったよ。あの子を病院に入れる手続きをしているところだ、アルコールや薬物の問題を抱えていることは吹雪先生に知られたくない、と話した。最初は信じていなかったが、病院側と入院の話をしている電話をきかせたら、ようやく納得してくれた。それで手元にあった六百万を渡した」

「岩郷さんはそれを受け取ったんですか」

「もう警官じゃないんだから賄賂じゃないし、どこにも法的な問題はない、と説明した。殺人の件に気づいていたら、さすがに金なんか受け取らなかっただろうが、あの探偵はそこまでは知らなかった。気にしていたのはクスリのほうだったが、あの子も覚せい剤や麻薬に手を出すほどバカじゃなかった。やってたのは眠剤やなんかで、医者から処方されたものじゃなかったが、目くじらを立てるほどでもない。なにしろこれから入院するって言ったんだから」

山本は薄気味悪い三白眼をわたしに据えた。

「あんたも同じだけで満足するんだろうな。言っておくが、吹雪先生の名に傷を付けるような真似は絶対に許さない。ここまで話したのは、あんたが依頼人の不利になるような真似はしない、なにを知っても外部には漏らさないと誓ったからだ。いいか。人殺しの証拠はなにひとつない。もし、あの子が誰かに、吹雪先生に首を絞められたなどと言ったりしたら、俺がこの手で縊《くび》り殺してやる。あんたもだ」

いえ、誓ってはいません。なんと返事をしたものか。依頼人の利益を守ると言ったって、とは言えるはずもない。いま、山本博喜が認めただけで、少なくとも三件の殺人だ。ものには限度がある。

「あの子は山本祐子だ」

山本博喜が言った。

「ここまであんたに知られたんだ。いまさら人殺しをなかったことにはできないってことは、俺にもわかっている。だが、吹雪先生の娘が殺人なんて、そんなことはありえない。高円寺で殺されたのが吹雪先生の娘で、次々に人を殺していたのは俺の妹だ。それで押し通す」

「いくらなんでも、ムリですよ。本人が自分は芦原志緒利だと言うでしょう」

「妄想だ」

山本博喜は自信たっぷりに言った。

「山本祐子は、俺の妹は、しばらく芦原邸に住み込みで働いていたことにする。それで、自分こそが芦原吹雪の娘だという妄想にとりつかれ、それを否定されて家政婦とばあやを殺し、高円寺のアパートを尋ねてきた志緒利お嬢さんを殺した。これでいく。聖マリア病院にも協力させる。あんたも協力しろ」

いや、不可能だってば。石倉達也はどうする。花ちゃんが誰に殺されたのか、今回の件が公になればイヤでも気づく。最後の最後に遺産を志緒利にかっさらわれたと思っている泉沙耶も、従妹の生存に気づくだろう。志緒利が殺人犯になってくれたほうが、相続で多少は有利になると考えるかもしれない。警察が芦原邸を調べ、あの家計簿をみれば、山本祐子が住み込みだったことなどないと、簡単にばれてしまう。

あきらめろ、とどうやって説得したらいいのか。悩んでいると着信があった。郡司翔一。当麻警部にぺったりくっついていたという、お疲れ部下からだ。

なにもこんなときに、とは思ったが、コイツらからの連絡を無視したりすればどんなことになるかわからない。出ないわけにもいかなかった。

山本に断って、返事も聞かないまま急いで化粧スペースに行った。郡司はつまらなそうに言った。

「警部に言われたんで、連絡ですけどぉ。なんか聞いとくことあります？」

当麻たちと会ったのは一昨日の夜更けだ。あれからまだ一日半しかたっていないのかと思ったら、涙が出そうになった。こんなに立て続けに脅されるなんて、わたしがなにをしたっていうんだ。

「特には。倉嶋舞美は昨夜うちのシェアハウスに引っ越してきました。けさ出がけに、警察とトラブっているんだけど、と打ち明けてきましたよ」

「それで？」

「忙しいので帰ったら聞く、と言っときました。ではこれで」

「待て」

スピーカーにしてあったのか、当麻警部の声に切り替わった。よほど部下を信用していないらしい。まあ、わたしの知るかぎり、部下に恵まれないこと毎週部下を成敗する暴れん坊将軍並みだが。

「約束が違いますね。倉嶋舞美のほうが話をする気になったのに、なぜ聞かないんです。せっかく、魚を網に追い立てたんです。それをムダにしないでもらいたい。やる気ないんですか」

あるわけない。

「仕事の合間に半年間の監視、とおっしゃったのはそちらです。仕事を優先させていただくのはご内諾済みと考えております。ていうか、思ったんですけど、彼女、かなりずぼらでいい加減な人間ですよ」

「だからなんですか」

「彼女が疑われている最大の理由は、〈眠れない夜のまくら〉主催の交換会開催がサイトに告知されたのが、強制捜査実行日時を内部の人間に知らせた三十分後だったからですよね。それで、内部のディープスロートが彼女に連絡して、大急ぎでイベントを告知させ、開かせたと考えられた。でも、逆の考え方もあると思うんです」

「たとえば、どんな」

「先に彼女に会場を借りさせ、サイトに告知を出させるんです。で、イベントを実行させるわけですが、そのうちの何回かは、彼女にイベントをキャンセルさせてカジノを開く」

「同じことでしょう」

「違いますよ。この方法には、捜査情報を知ったあと、誰にも連絡しなくていいという利点がありますなんの連絡もなければ、倉嶋舞美はそのまま普通にイベントを開けばいい。舞美のキャンセルの告知が出なければ、カジノはなし。キャンセルの告知が出ればそれがカジノ会場の知らせにもなる。つまりですね、おたくの水漏れは、参加した警察官に強制捜査の日時を教えた後に起こるんじゃないんです。ほら、彼女も言ったんでしょ。ドタキャンならぬドタ告知だって」

「つまり？」

「それが答えですよ。今日は強制捜査がなさそうだから、カジノを開くか、となる。そこで倉嶋舞美に、会場こっちにまわしてね、と土壇場になってお願いする。ムリにキャンセルさせたお詫びに、と舞美には多額の報酬を払う」

当麻警部の返事は聞こえてこなかった。おそれいったか。わたしは調子に乗って、付け加えた。

「だから、あのアリバイになんの意味もないわけです。強制捜査の情報を提示してから実行するまで、当麻警部にべったりくっついていたって情報漏れを起こすことは可能なんですよ」

……ん？

と、いうことは。

電話の向こうは静まり返っていた。が、次の瞬間、怒声と悲鳴がいっぺんに巻き起こり、と思ったら通話が切れた。しばらく待ってみたが、それきりなんの音沙汰もない。

ま、いいか。警察内部でなにが起ころうと、わたしの知ったこっちゃない。

通話を切って、座席に戻ろうと振り向いた。あぶなく山本博喜とぶつかりそうになった。彼はわたしに向かって奇妙に表情のない声で言った。

「強制捜査とか、警部とか、電話の相手は警察か」

「ええ、あの」

別件で、と言う間もなかった。山本博喜の腕がわたしの首に巻きついてきた。

25

遠くで誰かが大声で叫んでいる。それがうるさくて、不愉快で、目を開けた。

目に飛び込んできたのは、なにか白いものだった。同時に、ひどい臭いにむせ返ってわたしは頭を持ち上げ、大声のほうに振りむいた。相手は激しく息をのみ、悲鳴とも文句ともつかない声をあげた。

全身が痛かった。脚やお尻が冷たかった。周囲を見回した。激しく咳き込んだ。

わたしは濡れたステンレスの床に座り込み、宙に浮いたように設置された便器に抱きついていた。狭い空間にねじこまれた格好で、頭ががんがん痛んだ。立ち上がろうと便器に手をかけると、白いプラスティックの便座にポタポタと血が垂れた。

悲鳴の主が、ひっ、と喉を鳴らした。

「生きてんの？　あなた、生きてる？」

さすがに声が出なかった。必死の思いで立ち上がり、ドアと女性にぶつかりそうになりながら外へ出た。正面の手洗い所のカーテンにしがみついて、なんとか体勢を立て直したが、鏡に映る自分の姿には驚いた。顔面蒼白で、顔半分下が血まみれ。昔の『バットマン』に出ていたジャック・ニコルソンを思わせる風貌に様変わりしていた。

そっと鼻に手をやった。ものすごく痛くて腫れていたが、折れてはいない。ほっとした。頭部を打って鼻血を出したわけではなく、たんに鼻を打っただけのようだ。山本博喜になにをされたのか思い出せなかったが、たぶん、迷走神経を圧迫されたのだろう。ひどい話ではあるが、脳天をぶち割ろうなどと考えてくれなくて、よかった。

「だ、大丈夫なの。車掌さん、呼びましょうか」

女性が背後から、おそるおそるという感じで尋ねてきた。その手は細かく震えていた。それはそうだろう。列車のトイレのドアをあけたら血まみれの女が倒れていた、なんてめったに経験できることではない。

喉の奥を血が滑り落ちていく不快な感触を咳払いで紛らわし、わたしはうなずいて声を出した。

「大丈夫です。すみません、ただの鼻血です。滑って転んでぶつけたみたいです」

「本当に？　誰かにやられたんじゃないでしょうね」

わたしは故意に笑って首を振った。

「西村京太郎サスペンスじゃあるまいし、大丈夫ですよ。すみません、おっちょこちょいで、ご迷惑おかけしました」

「そう。ならいいけど」

これ、あなたのよね、と女性はトイレの床に落ちていたバッグをとってくれ、トイレのドアを閉めた。わたしは顔を洗い、ティッシュで拭いた。子どもの頃はなにかというと鼻血を出していたが、おとなになってからは久しぶりだった。水で鼻を冷やすのは、実に気持ちがよかった。繰り返し血を洗い流し、ティッシュがなくなると、バッグからハンカチを取り出した。その頃には、鼻血も止まりかけていた。

ぷしゅーっ、がたっ、と音がして、列車が揺れた。ああ、出発するんだな、と思った。はっとした。洗面所を使っている間、気づかなかったが列車は少しも揺れていなかった。つまり、どこかの駅に停車していた……。

うそっ。

わたしはドアに駆け寄った。列車はゆっくりと発車するところだった。本厚木の駅名看板がゆっくりと後ろに流れていく。その下を、山本博喜が足早に行きすぎていった。思わずドアをこぶしでたたいたときには、山本どころかホームもはるか彼方に過ぎ去っていた。

ああ、もう。

わたしは急いでバッグのところへ戻った。ちょうど、さっきの女性がトイレから出てきて、わたしを見ると、床に向かって指を指した。

「ひょっとして、あれ、あなたのじゃありません？」

言われて入れ違いに床を見下ろすと、うつ伏せで、ケースが外されたスマホが落ちていた。拾い上げてみると、画面が粉みじんといった感じで割れている。しつこく踏みつけられたか、あるいはそこらに何度も叩き付けられたか。少なくとも、現時点でこれは使い物にならない。

くそっ。畜生、あの野郎。

山本博喜がどうやって志緒利と吹雪を助けるつもりなのか、それはわからない。はっきりしているのは、その行為にわたしや警察を介入させるつもりは毛頭ない、ということだ。

ひょっとしたら、今度こそ、志緒利を連れ出して殺すつもりなのかも。志緒利の死体さえ出てこないように始末してしまえば、あれは自分の妹の山本祐子でした、と言い張ることができる。高円寺の死体？　なんのことですか。女探偵があれは芦原志緒利だと言っている？　あの探偵、列車のトイレで鼻血なんか出してたそうじゃないですか。政治家の秘書だった私より、あんなみっともない女の言うことを信用するんですか。

まずい。ひじょうにまずい。

女性が車両に戻っていくと、わたしは鏡で自分を見直した。ショート丈のコートの裾部分はトイレの床で汚れ、胸には血が飛び散っている。しかし、コートさえ脱げば、パンツは紺だし汚れは目立たない。こすってにおいを嗅いでみたら、多少アンモニア臭かったが、この程度ならなんとかなる。

コートを脱いで、ゴミ箱に押し込んだ。去年の春に買った安物だが、この時期、重宝していたので惜しかった。だがどうせ、二度と着る気にはなれまい。

以前、どろどろに臭くなる体験をしてから、消臭スプレーは必ず持ち歩くようになった。パンツやバッグ、靴に吹きかけて、黒とグレーの縞のショールを出して首回りに巻き、化粧をし直すと、鼻の周囲がぽってりと腫れているが、どうにか人前に顔を出せそうな格好に戻った。

バッグの中身を点検すると、財布も、iPadを含むその他の探偵道具もすべて無事で、そのうえ一万円札がバラで五枚、つっこんであった。スマホの弁償のつもりなのだろうか。案外、山本博喜は律儀な人間なのかもしれない。あるいは、わたしが吹雪先生の代理人だから、粗末にはできなかったか。

それにしても、スマホが使えなくなったのは痛かった。いまこそ、渋沢漣治に連絡をとりたかったのだが。彼の連絡先をiPadにも入れておけばよかった。買って持ってはいるものの、いまやこいつの出番はヒマな張り込みの時間つぶしのときくらいだ。

そういえば以前、〈東都総合リサーチ〉の桜井のパソコンに、一度こいつからメールを送ったことがあった……。

座席に戻り、現在の状況を大急ぎで文章に起こした。桜井から調布東警察署の渋沢に連絡を取って、〈武州総合ホスピタル〉に行ってほしいと伝えてくれ、と付け加えた。この切迫度合いが文章で伝わるといい。ついでに桜井が外出せず、パソコンの前にいてくれればいいのだが。

問題は、山本博喜がどこまで本気なのかということだ。結局、彼はわたしすら殺せなかった。殺さないまでも、二、三週間入院させるくらいの大怪我をさせておいたほうが、有利になるはずなのに、それもできなかった。案外彼は、他人を暴力的に痛めつけるのが苦手なのかもしれない。

そう考えると、少し落ち着いた。それでも楽観的にはなれなかった。ロマンスカーのスピードがものすごく遅く感じられ、イライラしながら脚を組み替えたとき、車内アナウンスがあった。列車は定刻通り走行中、十五時二十分に町田に到着いたします。

あれっ。

山本博喜は本厚木で降りてしまったので、この列車も次は終点の新宿まで停まらないかと勘違いしていた。これはラッキーだった。うまくすれば、山本博喜より早く〈武州総合ホスピタル〉に到着できる。

町田で後からやってきた急行と鈍行を乗りついだ。狛江に到着するなり駅構内を走り抜けてタクシーを拾った。幸い調布まで、渋滞らしい渋滞もなかった。それでも到着までの時間が果てしなく長く感じられた。

タクシーが病院のタクシー乗り場に滑り込んだとき、運転手が、

「なんだあれ、危ないな」

とつぶやいた。入口の真ん前にバイクが倒れていた。横転したバイクは自動ドアに半分乗り入れた格好で、ドアが開いたり閉まったりしていた。警備員の姿は見えず、出入りできなくなったひとたちが茫然と立ちすくんでいた。

やがて、看護師らしい若い男の子がやってきて、手際よくバイクをどけた。足止めを喰らっていた、脚が悪かったり年配だったりするひとたちが、ゆっくりとドアから出てくるのをじりじりしながら待ち、エレベーターホールへ駆けていき、飛び乗った。

十二階に到着してドアが開いた。飛び出そうとして、わたしは危うく脚を止めた。そこには目を疑うような光景が広がっていた。

ナースステーションの真正面のスペースの中央に山本博喜がいて、消火器を振り回している。あたり一面吹き付けられた消火剤でピンク色の泡まみれになり、警備員たちが脚を滑らせたり転んだりしながら、山本博喜を押さえつけようとやっきになっていた。

ナースステーションの片隅には看護師がこわそうに寄り添ってかたまり、鳴海医師が廊下の壁にへばりつき、病室から出てきた患者らしい老人がこぶしをつきあげて檄《げき》を飛ばしていた。わたしはあっけにとられて立ちすくみ、そういえば昔、泥んこプロレスってのがあったなあ、と場違いなことを考えていた。

やがて、山本博喜が一歩、包囲網から抜け出した。そのまま奥へと進んでいく。こけつまろびつしながら警備員たちがその後を追い、わたしも意をけっして続いた。鳴海医師や看護師が何人か加わった。

消火剤のせいで確かに滑りやすかった。おまけに廊下のあちこちに、消火剤まみれになった一万円札がぺたり、ぺたりと張りついていた。おそらく山本博喜は、金にものをいわせて手近な誰かからバイクを買ったか奪ったかし、本厚木からここまで最大スピードで飛ばして飛び込んだ。そしてやりすぎた。落ち着いて事情を説明すれば、吹雪の病室に入れただろうに、焦って警備員に万札を突きつけ、よけいな脅しの一つもたたいて、結果、こんなことになってしまったに違いない。

志緒利を寄せつけないための防衛ラインが、山本博喜に対して機能してしまうなんて。

ゴキブリホイホイにネズミがひっかかったという話を聞いたことがあるが、これはまるでその逆だ。

石倉達也と泉沙耶が喧嘩をしていた芦原吹雪の特別個室の前で、山本博喜が転んだ。警備員が山本の上にのしかかり、制圧に成功したか、と思った次の瞬間、警備員がはねとばされた。わたしと医者と看護師はつるつる滑りながら、団子になってそれをかろうじてよけた。看護師が足をとられて床に座り込み、わたしと医者が慌てて引っ張り上げようとして、逆にふたりとも床に倒されてしまった。

「先生、先生先生先生、吹雪先生っ」

山本博喜はいまや、大声で叫んでいた。そして、芦原吹雪の病室の扉の取っ手をつかみ、横に引いた。

芦原吹雪はベッドに横たわっていた。ふわふわのふとんのなかで、小さくひからびたように見えた。これだけの大騒ぎにもかかわらず反応はなく、枯れ枝のような腕が力なくベッドの脇に垂れている。

山本博喜が近づこうとするのを、警備員が三人掛かりで引き止めた。わたしは彼らの脇を通り抜けて、芦原吹雪に駆け寄った。素人目にも、異常事態だとわかった。

「誰か来てください」

呼ぶより早く、医者が駆けつけた。わたしは後ずさりして場所を空けた。医師と看護師はてきぱきと処置を始めた。機材が運び込まれてきて、あっという間にひとと機械が芦原吹雪の姿を覆い隠した。

その間、山本博喜は頑固に病室の扉の取っ手にしがみついていた。息を切らし、どろどろで、目を赤くした警備員が数人がかりで引きはがそうとしているのに、彼はびくともしない。こちらに手を貸すべきだろうかと思った瞬間、山本博喜が叫んだ。

「先生っ。死なないでください、先生。置いていかないでくださいっ」

その瞬間の山本の顔を、たぶんわたしは一生忘れないだろうと思った。不気味な三白眼の優男の老人はそのとき、親に見捨てられた子どもみたいに見えた。

警備員がさらに数人、駆けつけてきて、今度は山本博喜の姿が警備員の山に埋もれてしまった。そうなって彼も、さすがにあきらめたのかもしれない。静かな口調で、放してくれ、というのが聞こえ、やがて警備員の群れがゆっくりと移動を始めた。なかから姿を見せた山本は、医療スタッフに囲まれて姿の見えない芦原吹雪に向かってだろう、深々と一礼すると、腕をとられたまま病室を出て行った。

山本と警備員の姿が見えなくなると、十二階の廊下には安堵と興奮が入り乱れた。大喜びで見物していた老人は、付添らしい女性に叱られて病室に連れ戻された。ドアの隙間からのぞいていた見舞客がたがいに撮った動画を見せ合っている。冷静に対処しているプロ集団の中で、わたしはすることもなく、どうしていいかもわからずにうろつき、消火剤の海を横切ろうとして、顔見知りの看護師に怒られた。

「いま、清掃員が来ますから、それまでお待ちください。でないと、あちこちに汚れが広がってしまいますからね」

「もう遅いですよ」

みんながすでにこのなかを、盛大に歩いたのだ。いまさらどうにもならないだろう。現に、廊下も病室もナースステーションの中にさえ、ピンク色の足跡がぬらぬらと光って見えた。山本博喜が乗り込もうとしているエレベーターの扉が開くと、その中の床にもあった。ここにいる全員がナメクジのように、痕跡を残している。

「誰か出て行ったんですか」

「はあ？」

看護師は妙な顔つきになった。

「いえ、エレベーターの中に足跡が」

言っているそばから、警備員と山本の一行がどやどやとエレベーターに乗り込んでしまい、足跡も消えた。

「出て行ってくれるなら文句はないわ。今日は千客万来なんだから」

看護師は大きなため息をついてみせた。

「弁護士だの姪だの、ファンだのあの乱暴なひとだの。申し上げておきますけど葉村さん、ここに入院しているのは芦原さんだけじゃないんですよ。あんまり傍若無人なことをなさると、他の患者さんのご迷惑になります……どうしたんですか、その顔」

わたしは慌てて手を鼻にやった。

「えーと、めだちます？」

看護師はけたたましい声を上げ、とにかく冷やしましょう、とアイスパックをくれた。

そうしているあいだにも清掃員が来て、飛び散った消火剤を除去し始めていた。

ややあって、疲れた表情の鳴海医師が看護師に指示を与えながらナースステーションに現れて、わたしに向かってうなずいた。

「なんとか甦りましたよ、芦原さん」

「助かったんですか」

「とりあえず、戻ってきたというところです」

「そうですか。なんであんなことに?」

鳴海医師はきょとんとした。

「なんでって言われても。前にも言ったように、いつなんどきでもおかしくないんですよ。それにしても、葉村さんから連絡もらって助かりました。おかげで警戒を強めておいてよかった。あんな乱暴な男を病室に通したりしたら、またあの姪御さんに叱られるとこでした。マスコミからの問い合わせも何件かあったし、ファンだって患者が何人もうろつくし……あのひと、そんなに有名な女優さんなんですか」

「ええ、まあ。あの先生、それじゃ芦原さんのあれは、誰かが与えたショックとかではなくて、自然に起きてしまったことなんですね」

「心配し過ぎですよ、葉村さん」

鳴海医師は一笑に付した。

「芦原さんより、自分の心配したらどうですか。ものすごい顔になってますよ。ちょっと見せてください」

「ちょっと、転んでぶつけて」

わたしはへどもど答えた。医者は鼻をためつすがめつし、

「ま、折れてはいないようでなによりだけど。頭の怪我だし、つい最近もぶつけたばかりだし、一応、CT撮っときますか」

「いえ、あの、だいじょうぶかと……」

「頭の怪我は怖いんですよ」

鳴海医師が脅すように前に出て、わたしが一歩下がって後ろを向いた、その瞬間だった。ナースステーションに勢いよく戻ってきた若い看護師が消火剤に足を滑らせたのだろう、ひやっ、と言いながらこちらにふっとんできた。よけるまもなかった。わたしは看護師の頭突きを胸で受ける格好になり、もつれあって尻餅をついた。鼓動がめちゃくちゃになるのと、死神の力であちらの世界にぐいっと引っ張られるような感覚が同時に起きた。

意識がなくなった。

26

自分の息づかいで目が覚めた。天井がまぶしかった。身体が猛スピードでどこかに運ばれていくような感じがした。寝ていたかった。ゆっくり休みたかった。戻ってきたくなかった。わたしは再び意識の外へと落ち込んでいった。

誰かに礼を言われたような、同時にののしられたような、そんな声を聞くと同時に、

頰を軽くはたかれた。

「もう大丈夫ですからね。葉村さん、起きてください」

いいから寝かせておきましょう、と誰かが言った。ムリをさせたのだから、休ませてあげなくては。その声が芦原吹雪のもののように聞こえ、プールの底から水面へ浮上するように、一気に覚醒した。

「あ、戻った」

鳴海医師が言った。マスクをつけていたが、おでこにたんこぶができているのが見えた。わたしは目を瞬いて、周囲を見回した。処置室のようだ。かすれ声で尋ねた。

「先生、なにが起きたんですか」

「すみませんでしたね、葉村さん。看護師が足を滑らせて、あなたの胸にぶつかっちゃったんですよ。それで心臓震盪《しんとう》を起こしたんです。気絶していたのは数分ですし、もう問題はありません。ですが、しばらく安静にする必要がありますし、やっぱり頭が心配ですから、一泊していってください。前回の入院のときの連絡先、葉村さんの大家さんでしたっけ。知らせておきましたから」

鼻の上にアイスパックが置かれていた。胸がひりひりし、全身が重だるかった。パンチがいっさい決まらないまま八ラウンド戦って、一撃で負けたボクサーみたいな気分だった。

ふとみると、視界の隅で目を赤くした看護師がひとり、しょんぼりしている。わたしに頭突きをしたおっちょこちょいなのだろう。あれだけあたりが滑っていたのだし、こちらも気をつけていなかったのだ。彼女を責めるつもりはない。

というよりもこれは、葉村晶の不幸の新たなバリエーションではないか。だとしたら責任は、わたしの守護神にある。そんなのがいればの話だが。

「警察のひとが、さっきのあの男の件で事情を聞きたいと言ってます。あとで病室に行くと言っていますが、かまいませんか」

「よろしくお願いします」

入院用の病院服に着替えさせられてから、検査にまわされた。ストレッチャーを断って、病室に歩いていった。前と同じ四人部屋だったが、今回は他の三つのベッドも埋まっていた。アイスパックのせいで、顔面が麻痺したようになっていた。同時に思考も麻痺していた。

ベッドを少し起こしてもらい、出された夕食をがつがつ食べた。食後に処方された薬を飲み、効いてくるのを待っていると、渋沢漣治がやってきた。前にもつれてきた調布東警察署の若い刑事、真汐文吾と一緒だった。

渋沢漣治は仏頂面で、ひでえ顔だな、と言った。

「まったく、なにがどうなってるんだか、きっちり説明しろよ、このバカ探偵。あとで連絡するって言っておきながら、会ったこともない探偵社の人間に伝言させるなんて、どういう了見だ」

真汐がびっくりしたように渋沢の顔を眺めていた。そっちこそ遅いっての、と内心でののしると、わたしはバッグからぐちゃぐちゃになったスマホを取り出して見せた。渋沢の不機嫌が一気に弾け飛び、彼は爆笑した。

「なんだ、またかよ」

「これ、ひどいですっ。どうやったらこんなになるんですかっ」

若いほうの刑事は心の底から同情してくれているようだった。首を振るとあちこち痛むので、わたしは指を立てて振ってみせ、山本博喜にロマンスカーのトイレに押し込められた顚末を話して聞かせた。渋沢の頰が、二度ほどぴくついた。

聞かれるままに、改めて事情を説明した。真汐刑事はなにも知らないわけだから、おおざっぱに順を追った。

芦原吹雪に娘の志緒利を捜してくれと頼まれたこと。何人ものひとに話を聞いた結果、志緒利が失踪後、さっき暴れた山本博喜に保護されて高円寺のアパートに住んでいたのがわかったこと。山本博喜を探し出して聞いたところ、山本の妹の名前で小田原の療養所に入院しているのがわかったこと。ところが最近、山本も知らない間に一時退院し、行方がわからなくなっていたこと。諸般の事情から、志緒利が母親の身近に潜んでいる可能性を思いついたこと。

真汐は目を丸くしてメモを取り、ときどき質問をはさんできた。いくつかの事実を注意深くよけて、答えた。例えば、芦原志緒利の実の父親が相馬大門の息子だということや、志緒利の心が壊れた原因、そして岩郷探偵の件。

岩郷について話すとなると、二十年前の渋沢についても説明する必要が出てくるが、本人を前にして、それはためらわれた。おまけにそうなると、岩郷に口止め料として六百万円支払ったと山本博喜が言っていたことも、話さなくてはならなくなる。なにも隠すつもりはなかったが、山本の話が本当かどうかわかったものではないし、なにより本筋とは関係がない。あとで渋沢にだけ知らせようと考えた。

わたしの心優しい配慮を察知したのか、岩郷の件をとばしても、渋沢はなにも言わなかった。山本博喜は妹が赤ん坊の頃、足にひどい火傷を負わせたことがあった、と言うと、片方の眉を思いきりあげてみせたが。

「ま、今日のところは二度もダウンしたってことで、大目にみてやる」

一通りの供述がすむと、渋沢は言った。

「退院したら署に来て、もう一度話してくれ。調書にするから」

「山本博喜はどうしてます？」

「この病院でのひと暴れは器物損壊だろう。本厚木でバイク強奪の被害届が出てるから、こちらは窃盗ってことになるんだろうけど、いっさいなにもしゃべらずに黙ってる。あんたはどうする？　いまさらだが被害届出すか」

そのつもりなら、ロマンスカーのなかで大騒ぎしていた。

「芦原吹雪さんが息を吹き返したことは、彼に話したんですか」

「いや」

じゃあ、まだ知らないんだ。

これから山本博喜がどう動くのか、わたしにも見当がつかなかった。人脈もコネも金もある男だ。病院改築時の用地買収の話が本当なら、病院で大暴れの件はなかったことになるだろうし、バイクの被害者も大金もらって黙るに違いない。要するに、山本博喜はすぐに自由の身になるのだ。

ことによると、わたしを恨んでいる可能性もある。警察の人間と電話していただけで、トイレに放り込んだくらいだ。とっくに裏切り者の烙印を押しているはずだ。

「まあ、娘の件はひとまずおくとして。今日のごたごたをマスコミが嗅ぎつけて、病院前で中継が始まってるぞ。往年の美人女優の入院先にファンが押しかけてひと暴れってな」

「ファンじゃなくて、元マネージャーなんですけど」

「その話、あんた病院側にしたのか。元マネージャーなら身内も同然だろう。病院も黙って通したかもしれないんだぞ」

確かに。わたしはあのとき、山本博喜がどういう人物なのか、誰にも説明しなかった。説明していたら、あの騒ぎはもっと早くに静まった可能性もないわけではない。まあ、あの大立ち回りを目の当たりにした人間なら、どこのどなたさまであっても、深刻な病人に面会させようだなんて思わないだろうが。

とは言っても、病院が山本博喜の側についたら、今回の件はわたしのせいにされるのかも。わたしが身内同然の人間を阻止するように依頼したから、病院が過剰反応してこの騒ぎになった、と。看護師のドジを責める気はわたしにはなかったが、自分たちに落ち度がある場合ほど、居丈高に相手のミスを言い立てる人間も組織も、珍しくはない。

やれやれ。きちんと調査し、まんべんなく気を配っているつもりなのに、すべてがうまくいかない。

大きく息を吐いた。病院がわたしを責め始めたとしても、そのときはそのときだ。いまからそんなこと心配しても始まらない。

「それで？　肝心の芦原志緒利は消えたままか」

渋沢漣治が言った。わたしは肩をすくめた。

「わたしの勘があたっていれば、母親の近くにいるはずです。渋沢さんのほうでも調べてみてもらえますか」

「失踪事件にそんなに時間は割けないぞ」

「なら、山本博喜に訊いてみてください。彼はわたしに、芦原志緒利が三人の女性の死に関わっていると告白したんですから」

「証拠がないだろう。悪いが、あんたの証言だけじゃどうにもならない」

「スマホがやられましたからね」

関係者との会話をこっそり録音する習慣は、ずいぶん前に身に付いた。これに山本が気づいていたとは思えないが、結果的に証拠はなくなった。山本博喜が警察の尋問でこのことを再度、告白してくれれば、警察の捜査で芦原志緒利が燻り出されるかもしれないのだが。

本来なら、探偵が依頼内容を、たとえ警察に対してであれ漏らすのはほめられたことではない。まだ、調査は終わっていないのだし、依頼人は生きている。だが、芦原吹雪の心肺停止に気づいたときの恐怖が忘れられなかった。娘に殺されたのじゃないか、そう思ったからだ。

　とにかく、芦原志緒利を見つけたかった。そのうえで彼女を説得して、ひとめ芦原吹雪に会わせよう。そのためなら、警察だって利用してやる。別にかまわないだろう。警察のほうだってわたしを利用しているのだから。

　こちらの考えに気づいているのかいないのか、渋沢は仏頂面で鼻を鳴らした。うらやましかった。わたしのいまのこの状態で、鼻を鳴らすのは不可能だ。

「所轄の一刑事に期待はしないでくれ。で、志緒利が入院していた病院はどこで、担当医は誰だって？」

　わたしが教えていると、カーテンの向こうに誰かが駆け込んできた。息を切らせている。渋沢が個室を仕切っていたカーテンを開けた。倉嶋舞美がわたしを見つけて、ふう、と言った。

「なんだよ、生きてるじゃない」

　これはまた、ご挨拶だ。わたしばかりか刑事ふたり組にまで冷たい目で見られ、倉嶋舞美は慌てたように手を振った。

「いやだって大家さんが、病院から電話があって、葉村さんの心臓が止まりましたと言われたってべそかいてるんだもん。もう、びっくりしたよ」

　倉嶋舞美は刑事を押しのけて、パイプ椅子に座りこんだ。ふたりの刑事はしかたなさそうに、ではまた明日、とかなんとか言って出て行った。わたしは彼女を見た。舞美は興味津々に身を乗り出した。

「いまの刑事？　なんか事件があったんだって？　葉村も巻き込まれたの？」

「小田原のパン屋なら、寄るヒマなかったよ」

「そんなの気にしなくていいよ。なにがあったかしらないけど、ものすごい顔になってるよ。鼻の上がふくれて『スター・トレック』に出てくるクリンゴン人みたい。懐かしいな、クリンゴン。で、なに。殺人事件？」

「そういや、あんたも警察に疑われてるとか言ってたよね」

言い返すと、倉嶋舞美は珍しく神妙な面持ちで姿勢を正した。

「うん。もともとは、飲み屋で知り合ったおじさんと意気投合したってことから始まるんだけど」

例のバーコードはやはり〈パディントンズ・カフェ〉の本社勤務の人間だった。倉嶋舞美が不眠症で、そのサイトでイベントを主催することもあるんだというと、まず、深夜のバイトを持ちかけられた。寝られないならその時間稼げばいい、という考えは悪くないと思った。

何度かウェイトレスのバイトをしたあと、イベントをするときに、ぜひ〈パディントンズ・カフェ〉を使ってくれ、と頼まれた。そこで、一度使ってみると参加者の評判もまずまずだったので、その後も何度か利用した。

すると今度は、土壇場になって、今日はキャンセルしてもらえないか、とお願いされた。実はその時間、ダブルブッキングしてしまった。突然だが、キャンセルしてもらえれば、詫び料を払う。または会場を、例えば明大前店から笹塚店に振り替えてもらえないだろうか。

いろいろと世話になっていることだし、よほど困っているのだろう、どうせイベントといったってたいした準備が必要なものはない。眠れない時間つぶしをみんなでしよう、程度の集まりなんだし、と快く引き受けたら、

「あとで渡された詫び料がね。三十万だった」

「さ……振り込み？」

「現金で、ぽんと。びっくりしたよ。でも、バーコード曰く、会社の規定だって。規定じゃ受け取らないわけにもいかないし、それに、正直ラッキーって思った」

倉嶋舞美は低い声で言った。

「あたしの勤めてる会社、事務職は給料安いんだよね。おまけにうちの親、国民年金とかきちんと納めてなかったんだよ。だから、ほとんどあたしの給料だけで親子三人生活することになっちゃって。それはいいんだけど、母親は金の使い方も家事も下手で、安売りの野菜とか冷蔵庫にぎっしり買い込んでは腐らせるし、父親は煙草とお酒はやめられない、喫茶店に行くのも生き甲斐だなんつって、一ヶ月に五、六万平気で使うし」

彼女はふうっと、ため息をついた。

「おかげで毎日、親とは喧嘩ばっかりだった。だもんで、親は結婚して出てった姉に愚痴ばっかりこぼすし。姉からは優しくしろとか言われるし。完全にあたしひとりが悪者だもん。実家の建て替えに姉のダンナが金出すことになって、親は姉夫婦様々でさ。もう、マジ腹立つっ」

当麻警部とトンマな部下たちも、情報収集に関しては外してはいない。話の通りの状況になっていたわけだ。

「とにかくそのせいで、あたしには自由に使えるお金が全然なかったの。イベントを主催してたのも、自分がやることにすれば、お金は払わなくてすむし、親と顔をあわせなくてもすむからだったわけ。そんなとき、三十万だよ。ホントにありがたかった」

「そのバーコード氏は、あんたがお金に困ってるの知ってたの？」

「うん。話したもん。聞き上手だったんだよね、彼」

「その詫び料が発生したのは、一回だけじゃなかったんでしょ」

「全部で五回、いや七回かな。バーコードさんからはバイト代だと思えばいいって言われたんだ」

「変だとは思わなかったわけ？」

倉嶋舞美は悔しそうな顔をした。

「あんた、あたしのことやっぱりバカだと思ってるんでしょ。そりゃ思ったよ。そんなにしょっちゅう、ダブルブッキングなんておかしいもん。でもさ、別にいいじゃん。あたしは三十万もらえるんだし、誰にも迷惑かからないし。サイトの利用者から変更の苦情はあったけど、もらった詫び料の一部を次回の会費にプラスして、みんなが安く集まれるようにしたら、だれも文句言わなくなった」

だが、大金すぎるのは事実だし、多少の心配はしていた。だがまさか、突然に警察がやってきて、裏カジノに関わっていると疑われるなんて夢にも思っていなかった、と舞美は言った。

「もう、びっくりしたなんてもんじゃないよ。は？　裏カジノ？　なんだよそれって感じ。しかもケーサツときたら、さっさと白状しろ、誰から情報を入手したんだって、偉そうにガミガミわめくしさ。なんのことだかわからないって言ってるのに、しらばっくれるな、全部わかってるんだ、ってこうだもん。もう、アッタマきて、なんだろうが、いっさい話してやるもんかって思ったわけよ」

「なるほど。詫び料の話もしなかったんだ」

わたしはぼんやりと答えた。薬が効いてきたうえに、倉嶋舞美の話はくどい。そこらへんは知ってるから飛ばしていいよ、と言いそうになった。

「してないよ。うっかり話したら、キャンセルしただけで大金をもらえるわけないだろう、なんて決めつけられそうだったし。なんにも悪いことしてないのに、犯罪者にされたり金を返させられたりなんて、どう考えたっておかしいでしょうよ」

そういう問題じゃない、と思ったが、うまく説明できそうもなかった。わたしは眠り込みそうになりながら、ふん、と相づちを打った。

「それでいったんはケーサツも引き下がったんだけど、疑いは解けたわけじゃないから、落ち着かないわけ。でも、バーコードのケータイの番号は変えられてるし、〈パディントンズ・カフェ〉の本社にかけたら辞めたって言われるし。やっぱり、ケーサツには知ってること全部話したほうがいいのかなあ、って。葉村は探偵だし、ケーサツには知り合いもいるみたいだから相談しようと思ってたんだけど。そしたら、けさの朝刊にさあ」

倉嶋舞美は新聞記事の切り抜きをくれた。目が開かず、読むのが辛かった。だが、見出しの意味するところははっきりしていた。〈パディントンズ・カフェ〉の経営母体である株式会社フード&リクリエーションズが、背任容疑で前人事部長を告発した、という記事だった。

「この前の人事部長ってのが、バーコード？」

「うん」

わたしは回らぬ頭で、当麻警部が電話で言っていたことを思い出していた。せっかく、魚を網に追い立てたんです。それをムダにしないでもらいたい。

こういうことか。裏カジノでは逮捕できそうもないので、会社の上層部を説得して、前人事部長を告発させた。これならバーコードを逮捕できるし、使途不明金についてじわじわ話を聞き出し、最終的には裏カジノへ話を持っていける。さすが天下の警視庁。性格が悪いだけのトンマを警部にまで出世させたわけではないということか。

「やばい、よね、あたし」

倉嶋舞美がおどおどとわたしの顔色をうかがった。慰める元気は残っていなかった。

「うん。マズいと思う」

「どうしたらいい？　お金、返さなきゃダメかな」

「そんな心配より、こいつらの一味だなんて思われるほうがずっとマズい。さっさと警察に行ったほうがいいよ。なんなら、知り合いの弁護士紹介するから、相談に乗ってもらえば？」

「だって、弁護士ってただじゃないんでしょ。あたし、給料日までお金ないよ」

「二百万もらって、貯金してないの？」

「半分はしたけど、なんでやってもいないことで責められて、こっちが金を出さなきゃなんないのよ」

倉嶋舞美は頑固に言い張った。だんだん、腹が立ってきた。この状況で、入院するほどの怪我をしている人間に、なんだってこんなややこしい相談を持ちかけるんだ、この女は。その上、アドバイスを聞く気がないなら、とっとと帰れ。

といったらよけいに長くなる。わたしは残りの体力を振り絞った。

「だったら、弁護士会がやってる無料の法律相談とかに行けば？　ここでなにもしなかったら、本気で疑われるよ。そのバーコードがだよ、倉嶋舞美はなにも知らずに利用されただけですって言ってくれりゃいいけど、彼女も裏カジノの一員でした、なんて供述したらどうするの」

「ひどい。なんでそんな嘘つくわけ？」

「警察はあんたが裏カジノの一味だと思ってるんでしょ。尋問されていると、つい、相手の望む答えを言いたくなるらしいからね」

「そんなのおかしいじゃない」

倉嶋舞美はいきりたった。ああ、おかしいよ。だから？　四十過ぎまで生きてきて、この世がおかしいってことに、いままで気づかなかったわけ？

「あたしは悪いことしてないよ。頼まれごとをして、引き換えに報酬を受け取っただけ。その報酬が間違ったものだったかどうかなんて、あたしには関係ない。もらったお金だって、そりゃあたしには大金だけど、あのでかい企業からすればたいした額じゃない。贅沢しまくったわけでもないよ。親に内緒で貯金して、中古のブランド品買って、新刊買ってさ。ささやかなもんだけど、ホントに嬉しかったよ」

倉嶋舞美はうっとりと言った。そりゃ幸せだったろう。イベントやってる最中に、警官隊がなだれ込んでくるまでは。

「なんで知ってるの？」

わたしははっとした。いつのまにか眠りかけていた。目を開けると、倉嶋舞美がまじまじとこちらを見ていた。さあっと血の気が引いた。うわっ。やっちまった。考えていたことを、口に出してしまっていた。

「なにが？」

「イベント中に警官隊がなだれ込んできたこと。なんで知ってるの？　あたし言ってないよ」

「聞いたから」

「誰に」

酔っぱらったあんたに、と言おうと思ったが、やめにした。嘘をつくのは大好きだが、ここでつくのだけはダメだ。絶対に。

「警察に。あんたのことで聞き込みされた」

倉嶋舞美は青ざめ、こわばった顔でわたしを見つめていた。

「なのに、そのことあたしには黙ってたわけ？」

「そうだよ」

「……信じられない」

舞美はパイプ椅子を蹴って立ち上がった。

「あんた、ケーサツの手先だったの。そいで、あたしのこと監視してたんだ」

「あのね」

「あー、でもそうだよね。葉村は探偵だもんね。やっぱり本物の探偵はミステリの探偵と違って、ストーカーのために働いたり、脅迫のネタ集めしてたり、金のためなら平気で汚いことするんだ。自分のシェアハウスに招き入れて、監視して、ケーサツが罪もない人間に濡れ衣かぶせる手伝いだってするんだ」

さすがに我慢の限界を超えた。わたしはベッドに身を起こしてわめいた。

「いい加減にしろ。そもそも、うちにはあんたのほうから押しかけてきたんでしょ。もし、警察の話が本当だと思ったら、あんたは犯罪者かもしれないって〈スタインベック荘〉のみんなに話して追い出してたよ。監視してただと？　わたしがそれほどヒマだったかどうか、考えてみなさいよ」

戸口で大きな咳払いがした。看護師が立っていて、お静かにお願いしますね、と言った。倉嶋舞美は唇を嚙み締めていたが、看護師を押しのけるようにして出て行った。

わたしは苦労してベッドを降り、同室の患者たちに騒がせた詫びを言い、カーテンを閉めてベッドを元の形に倒した。横たわって、右腕を目の上にのせて、眠り込むまでの間、少しだけ泣いた。

27

その晩、わたしは高熱を出した。翌日も、その翌日も熱は引かなかった。月曜日になってようやく下がったが、おかげで一晩のはずが数日間入院するはめになってしまった。疲れがたまっていたのだと思う。たびたび悪夢を見た。土日には同室者に見舞客がやってきたが、わたしのところには誰も来なかった。また怒鳴り込みにくるかと思っていた倉嶋舞美も、土曜日に麻生風深のところへ行くと約束したことも、日曜日の店番をもすっぽかしたというのに、富山からの連絡もなかった。連絡のしようがなかったのだろうが。スマホが壊れて入院した。十分すぎる言い訳になる。わたしは心ゆくまで熱にうなされた。

月曜日になって、瑠宇さんがやってきた。着替えやその他もろもろ、入り用のものを持ってきてくれたのに、開口一番、彼女は謝って来た。

「来るの遅れてごめんね。ちょっと、大家さんが怒っててさ」

「怒ってるって、もしかして」

「彼女だよ」

瑠宇さんは顔をしかめた。

「なにがあったか知らないけど、彼女、大家さんにあんたの悪口言いふらしてる。おまけに、会社も休んでずっと家にいて、大家さんにとりいってさ。大家さんもいまや完全に彼女びいきだし。気をつけたほうがいいよ」

「どういうこと？」

瑠宇さんはあたりを見回して、小声で言った。

「彼女がブランドの中古品を売っている店に大家さんを連れて行くって、前に約束してたじゃない。こないだそれにふたりで出かけていったのはいいんだけど、帰ってきた大家さんに買ってきたバッグを見せられたのね。それがとんだ偽ブランドで」

「うそぉ……あ、ごめん。嘘じゃないよね」

「あたし、これでもバッグに関しては目が利くんだよ。専門家だから」

瑠宇さんはわたしの失言を気にする様子もなく、言った。

「大家さんが内緒だよって教えてくれたんだけどね。その店、エントランスにフロントがあるような六本木の高層マンションの中にあって、予約して、暗証番号言って、顔をチェックしないと入れてもらえなかったんだって。入ったら身分証を提示させられて、書類にサインまでして、それで、ようやくカタログを見せられて、品物を選ぶと、店のひとがどこかに電話する。しばらくするとピンポンが鳴って品物が届くんだって。うさんくさいよね」

「うん。ものすごく」

「あれで大家さんも意外にミーハーだからね。場所は六本木だし、高そうなマンションだし、選ばれた人間だけしか得られないすごい待遇を受けられたんだって、大喜びしてたけど。さすがにわたしも、それ偽物だよ、とは言えなくてさあ。だけど、ねえ」

「倉嶋舞美の持っているバッグは？　あれも偽物だった？」

「手に取って調べたわけじゃないから。本物に見えたけど、最近のは造りが精巧で、税関のプロの目でも欺くほどだって聞くし」

これまでの倉嶋舞美の所業からして、その中古ブランド品販売にしても、客をつれてきたらいくらかバックする、なんていうシステムだったとしても不思議ではない。それでまた問題になったら、偽ブランドだなんてわかるわけないもん、とかなんとか言って、被害者ぶるのだろう。

めまいがしてきた。瑠宇さんが気の毒そうに言った。

「もう気づいてると思うけど、彼女、あんたを追い出そうとしてるよ。わたしにもそう言ってきたし」

「そう言ってきたって、わたしを追い出すのに力を貸してくれ、とか？」

「そんなとこ。探偵だから陰でこそこそみんなのことも見張ってる、とか。自分の部屋の荷物を調べようとしてた、とか。よっぽど葉村が目障りなんだね。もちろん、わたしは聞かなかったよ。不眠症だからって、夜、警備システムを解除したまま出歩こうとする人間のほうが、よっぽど危ないって言ってやったよ」

瑠宇さんが帰ると、落ち込む間もなく、もっとも会いたくない人間がやってきた。当麻茂は平然とパイプ椅子に腰を下ろし、わたしを見下ろした。今日のネクタイの柄も黒い水玉かと思いきや、国際的人気アニメに登場する、空き家に潜んでいるススの化け物みたいなやつだった。

「あなたいったい、なにやってたんです？　スマホが壊されたそうじゃありませんか。連絡がつかなくて困ります」

困っているのはこっちのほうだ。

「そちらこそ、郡司っていいましたっけ。身近にいた部下の不正に気づかなかったんですか」

一瞬、間があって、当麻が言った。

「倉嶋舞美が出頭してきましたよ」

「はい？」

「清水《しみず》との関わりとか、自分の知っていることとか、全部話すって弁護士同伴で、土曜日にね。弁護士の件は葉村さんの入れ知恵だそうですが、なぜそんなことになったんです？　倉嶋舞美のことは、こっそり監視する約束だったように思うのですが」

「清水って〈パディントンズ・カフェ〉の前人事部長ですか」

「そうですよ。倉嶋舞美は清水に頼まれたというキャンセルの件を説明してくれました。ずいぶん稼いだみたいですね。しかも、それを少しも恥じていない。お金は返すつもりはない、とはっきり主張してますよ」

「で？　当麻さんは彼女の言い分を信じてくれたんですか」

「最初からきちんと説明してくれていたら、そう、納得したかもしれませんね。ただし、そうではなかったのだし、まだ監視を解除できません」

「あの、状況わかってます？　倉嶋舞美に、わたしのことはばれちゃってるんですよ。じきに〈スタインベック荘〉も出て行くでしょう」

「さあ、それはどうですか」

部下に暴走され、裏切られ、本人が出頭してきてなお、あきらめないとは。さすがエリート然とかまえているヤツの神経は太い。

わたしは歯がみして、同時にあるひっかかりを思い出した。

「そういえば、倉嶋舞美があなたがたの監視下にあったとき、ちょうどデート商法にひっかかりそうになってましたよね。あの男、蔵本周作と言いましたっけ。どうして詐欺の途中で倉嶋舞美の前から姿を消したんですか。あなたがたの差し金なんでしょうか」

当麻警部は黙り込んだ。

「デート商法ですか。その報告は受けていませんね」

「えっ？　当麻警部は知らなかったんですか」

「聞いておりません」

「ディープスロートがその情報を握りつぶしたんじゃないですか。というより蔵本周作にも、倉嶋舞美に警察の監視がついていることを知らせたんじゃないでしょうか」

当麻警部は咳払いをした。

「さあ、どうでしょう。そうかもしれませんが、大勢に影響はないでしょう。葉村さんは探偵として、退院したら倉嶋舞美の監視を続けてください。あなたは優秀な探偵さんのようですから」

嫌がらせにしか聞こえないって。

「優秀？　お宅の部下が警察内部の情報漏れポイントだと見抜いたからですか。きっと今頃、監察官にぎゅうぎゅうに締め上げられているんでしょうね」

「なんのことでしょう」

当麻警部はとぼけた声を出した。わたしはむっとした。

「まさかとは思いますが、不祥事をもみ消すつもりじゃないですよね」

「そんなつもりはありませんよ。残念ながら、まともでまじめな警察官が不祥事を起こすのは珍しくありませんからね。警察のような組織では特に、飲む打つ買うは男の甲斐性だ、という昭和なマッチョ思想が氷河期のゴキブリのごとく生きながらえています」

こいつ、絶対下戸だ。

「でも、時代は変わりました。なにかあっても下手に隠し立てすれば、よけいに傷を深くするでしょう。ま、そこらへんのことは、あなたが心配することではないんですがね」

当麻警部は立ち上がって、わたしの顔をまっすぐに見た。

「あなたが彼女をちゃんと見張らないと、〈スタインベック荘〉を出て行くのは、倉嶋舞美ではなくあなたの方になるかもしれませんね」

火曜日の朝、退院のお許しが出たときは、わたしよりもむしろ、医者のほうがほっとした顔をしていた。

「葉村さんが悪いわけじゃありませんが」

医者は小声で言った。

「あの例の大暴れした男。芦原吹雪さんとは懇意の間柄だったそうですね。うちの先代の院長の知り合いだそうで、うちからの被害届は取り下げることになりました。懇意だろうがなんだろうが、詳しい説明もせずに消火器を使って警備員を追い払おうとするなんて、どう考えたってあの男が悪いんですが、いまの院長は婿養子で、先代には頭があがらないんですよ。その、芦原さんに注意してくれと言ってきた人物は、なぜ芦原さんと彼が懇意だと伝えなかったのか、と葉村さんに責任転嫁しようとしてるんです」

要するに、長居するとろくなことにはならないぞ、と忠告してくれているらしい。丁寧に礼を言った後、芦原吹雪の容態を聞いた。一昨日、意識を取り戻したが、なにも話さないのだと言う。

「しばらくは面会謝絶ですね。姪御さんに連絡しましたが、以後はすべて芦原さんの弁護士に相談してくれというし、弁護士は死んだら知らせてくれとそっけないし。なんだか、ねえ。そんなわけで病院関係者以外は、葉村さんでも会えませんよ。マスコミでもファンでもね」

それが本当なら、しばらくは安心だろう。念のため、芦原志緒利の写真を医者や看護師に見てもらおうと思った。二十年前の写真だが、面影は残っているだろう。この女性に要注意、と念を押しておいたほうがいい。会わせるにしても、誰かに付き添わせるべきだ、と。

あ、ダメだ。スマホがいかれてるんだった。

がっくりした。写真をプリントアウトしておくか、iPadに移しておくんだった。便利で多機能だと、なんでもかんでもそこに貯めてしまうから、こういうときにかえって役にたたない。

しばらく考えた。いまのこの状況では、芦原志緒利を見つけ出すには、吹雪を見張るのがいちばんだ。他にはなんの手がかりもないのだから。しかし、長居はするな、面会謝絶ではどうしようもない。

とりあえず、退院して出直そう。

退院の支度をした。倉嶋舞美と顔を合わせる勇気もないまま、タクシーで〈スタインベック荘〉に帰った。家には瑠宇さんが待っていて、退院を喜んでくれた。倉嶋舞美はすでに出かけたという。ほっとした。

シャワーを浴び、着替えをした。部屋に戻って窓を開けた。引っ越してきてから二年以上、部屋にも窓からの眺めにも身体と心がなじんでいる。ほっとしながら母屋の庭を見下ろした。出かけたはずの倉嶋舞美が傾いた母屋の縁側に座り、岡部巴と楽しげに話し合っていた。

ふたりに気づかれないように身体を引いた。

いいことじゃないか。わたしは投げやりに考えた。大家と店子が仲良くするのは。店子が店子を監視するよりよっぽど健康的だ。

化粧をする気になれず、ひどい素顔のままで携帯電話会社のショップに行った。番号札を引いて、呼ばれた席に着くと、対応してくれたのは「平松」という名札の女の子だった。わたしを覚えていたのかどうか、壊されたスマホを見せると目を丸くした。

「葉村様、たいへん申し訳ございませんが、葉村様は前回、お入りになっていらっしゃった保険を使用されていらっしゃるので、今回は機体の割引はございません。修理ということになるかと思いますが、この状態ですと、一ヶ月以上かかるかと……そうですね、修理できるかどうかがわかるまでにもお時間をいただくことになるかと……」

申し訳なさ全開の声色で、「平松」は言った。できれば、新しい機体をお求めになられたほうがよろしいかと。現在お使いいただいている機種よりもさらに新しいものが昨日、発売になりまして。こちらはお勧めできるのですが。

いま現在、わたしがお勧めしてほしいのは、使い勝手でも新しい機能でもなく、汚泥水の中に落ちて一時間たとうが、怒り狂った暴力男にボコボコにされようが、けろっとして壊れない機種なんですが。

そう言うと、彼女はさらに申し訳なさそうな声色になった。お気持ちはお察しいたしますが、いっさい壊れない機種というのは……お客様にもご使用時にご注意いただけましたら……。

こういう声色を、世の「平松」はどうやって習得するのだろう。へりくだりながら一歩も譲らず相手をたたきのめす、パーフェクトなマニュアル対応に完敗し、新しいスマホを買って帰った。

パソコンに保存しておいたデータを新しいスマホに移すのがなぜだかうまくいかず、悪戦苦闘した。この種のことをさくさくできる能力を、わたしは心の底から尊敬する。

ようやく終えて、小田原以来の出来事を報告書にまとめた。ひどい数日間だった。読みかえしてどっと疲れていると、着信があった。調布東警察署の渋沢からだった。

「今日、退院したんだって？　こっちにきて調書に協力しろよ」

「少し休ませてもらえないかな」

「馬鹿野郎、四泊五日も入院したんだ。それだけ休めてうらやましいくらいだ」

時計を見た。夕方の六時半を回っている。

「晩ご飯をごちそうしてくれる？」

渋沢は鼻先で笑った。

「いいともさ。ポケットマネーでラーメンとってやる」

着替えをした。発熱の後遺症で全身がだるい。寒くなるかもしれないと、フリースを持っていくことにした。大きめのバッグにして、ゆっくり階段を下りていくと、倉嶋舞美と岡部巴が仲良く並んでソファに腰掛け、リビングでテレビを観ていた。わたしに気づくと倉嶋舞美が顔をしかめ、なにやら岡部巴にささやきかけた。

「いろいろご迷惑をおかけしました」

わたしは岡部巴に言った。彼女はこわばった顔で、それでも少しだけうなずいた。倉嶋舞美が外出支度のわたしを見て、鼻先でせせら笑うように言った。

「へえ。あたしのこと見張るのやめて、でかけるんだ」

「ちょっとでかけてきます」

わたしは倉嶋舞美を無視して岡部巴に言った。

「出かける？　どこ行くのよ。そういうこと、大家さんにはきちんと報告すべきじゃない。しょっちゅう入院して、さんざん迷惑かけてるくせにさ。葉村って自分だけはちゃんとしてるみたいな顔であたしをバカにしてるのに、自分だってずいぶんいい加減じゃないの」

倉嶋舞美が嚙みついている間、岡部巴はあいまいな笑みを浮かべてなにも言わなかった。瑠宇さんの言うように、すっかり倉嶋舞美がお気に入りのようだ。なんだか絶望的な気持ちになった。既得権益を守りたいと思うのは、官僚や政治家だけではない。わたしだって、自分の居場所を守りたかった。

「どこに行くかって？　警察ですけど、なにか」

倉嶋舞美は青くなった。

「あのさ。あたし、警察に出頭したんだよね。でもって、ちゃんとこっちの言い分も話したし、ケーサツのほうもわかってくれたんだよね。もうあんたに監視されるいわれはないよ」

「あらそう。だったらなんでそんなに青くなってるわけ。他になんにも犯罪に加担してないなら、気にすることないじゃない」

「あんたみたいなヤクザな探偵にはわかんないかもしれないけど、警察沙汰なんて、それだけでまともな勤め人にはマイナスなの。まったく、あんたのせいで失業するかもしれないってのに、ホントにムカつくわ」

「なんでわたしのせい？　自分のせいでしょ。よく知りもしない男だの、変なもうけ話だのに目がくらんだりするから、こんなことになったんじゃない」

「ああ、もう。あんたと同じ屋根の下だなんて、サイアク。もう、帰ってくるな」

「そっちが出てけば」

岡部巴がわたしを見て冷たく言った。

「葉村さん、舞美ちゃんは悪い子じゃないよ。少しは舞美ちゃんの気持ちも考えてあげないと。大事な友だちに裏切られてたんだからねえ。警察なんかより、身近な人間のほうが大事なんだよ。それがわからないなら、葉村さんが出て行くべきだ」

倉嶋舞美は勝ち誇ったような顔をしていた。それを見た瞬間、すべてがどうでもよくなった。自分でも驚くほど冷静に、岡部巴に言った。

「わかりました。規約通り、一ヶ月以内に出て行きます。ただし、これだけは言っておきます。わたしは彼女を紹介したわけだけど、今後いっさい、彼女のすることに責任は持ちません。ここにこの女を引き止めたのはあなたであって、わたしじゃない。それと」

わたしは倉嶋舞美をにらみつけた。

「ここにいる間は、あんたから目を離さない。わたしがいなくなっても、警察にさよならは言えないんだから。今晩、わたしが留守の間によく考えるのね」

出て行くときの倉嶋舞美の不安そうな面持ちを思い出すと、少しだけ胸がすっとした。

ただしもちろん、それも続かなかった。倉嶋舞美の被害者面に腹は立ったが、彼女が「大事な友だち」に裏切られたのは事実だ。たとえ脅されたにせよ、警察に協力して彼女を監視したのだから。さらに、おそろしいことに、わたしは警察を笠に着て倉嶋舞美を脅してしまった。

それに、岡部巴。彼女は常にわたしに親切だった。いくら出て行けと言われたからって、あんな言い方をすべきではなかった。

後悔先に立たず。

その晩、わたしは二度もこの言葉を嚙み締めることになった。

28

甲州街道に面した調布東警察署の建物は、要所要所に緑色をさしてあって、いかめしいというよりは親しみやすい。ゴキブリや小蠅《こばえ》とりの罠が、見た目かわいらしい造形なのを思い出しつつ、中へ入った。

渋沢は部屋を取って待っていて、わたしの供述を手際よく文章に起こしていった。渋沢漣治もまた、ひどく疲れているようだった。全身から、汗とアドレナリンと疲労物質、加齢臭の入り交じった臭いがわきあがっていた。

「ガンさんのこと、文吾の前では黙っててくれて助かったよ」

作業が一段落すると、渋沢は言った。

「これで昔の話が中途半端に蒸し返されても、いいことはないからな。山本博喜からガンさんの行方について、なにか聞き出せるといいんだが」

「それなんですけどね」

わたしは山本博喜から、当時、岩郷克仁に六百万円を渡したと聞かされたことを告げた。渋沢は不愉快そうに顔をしかめた。

「なんだそれ。嘘ばっかりつきやがって。ガンさんがそんなもの、受け取るはずないだろう」

「受け取っちゃいけない理由はないでしょう。賄賂じゃないし、重大犯罪に対する口止め料ってわけでもない。もちろん、志緒利が人殺しだと気づいていたら、岩郷さんもそんなお金もらう前に通報しただろうけど。ちゃんと志緒利を見つけ出したんです。成功報酬みたいなものだと思ったんじゃないかな」

「あのな。ガンさんの依頼人は芦原吹雪だったんだぞ」

「だけど、依頼時や報告にも山本博喜は立ち会ってたと、芦原吹雪は言ってました。それに、それまでの探偵料だって吹雪が自ら手渡したとは思えません。山本博喜が払ったはずです」

「だから？」

「つまり、岩郷さんにしてみれば、山本も依頼人みたいなものでしょう。娘がクスリをやっていることや心を病んでいることを知らせたら、親を傷つける。入院して治療させるから、よくなるまで黙っていてくれないか、と説得されたら、どうでしょうか。それでも頑強に受け取りを拒むと思います？　渋沢さんだったらどうですか」

「俺なら喜んでもらうさ。警官をやめたあとならね。でもガンさんはそんなこと……それに、百歩譲って受け取ったとして、その金はどうしたんだよ。まさか、六百万持って逃げたとかいうんじゃないだろうな。金の話は、山本博喜が自分の罪を軽くするために言い出したに決まってる」

「警察相手ならともかく、わたしにそんなごまかし言うくらいなら、はなから芦原志緒利の犯罪についても認めないでしょうよ。証拠はなに一つないんだし、この話が出た時点では、山本はわたしが自分と一緒に芦原吹雪を守るものだと決めてかかってたんですから」

言い負かされた渋沢は、むっとして黙り込んだ。岩郷の件は、渋沢の一番痛い過去を刺してくるのだからムリもないのだが。

「それにしても、山本博喜ってのはどういう男なんだ？　芦原吹雪の元マネージャーってだけで、ただの探偵に六百万も金を払えるのか」

「ここだけの話ですけど、山本博喜は相馬大門の私設秘書で、信頼されて金庫番を勤めていたようです」

山本や吹雪が裏で相馬の政治活動を支えていたこと、大門の金脈がこのふたりを経由していたことを話した。志緒利の父親が相馬大門の息子・和明だ、ということも付け加えた。渋沢は舌打ちした。

「あんた、また面倒な話を持ち込んでくれるよな。相馬大門の息子も政治家なんだろ。

一悶着起こすんじゃないか。あんたの話が本当だとすると、相馬和明の娘は連続殺人鬼ってことになる。いくら子どもが成人したら親に責任はないとはいえ、クスリやってましたとかいうレベルの話じゃないんだぜ」

「わたしが起こした面倒じゃありませんよ。突然、政治家が降ってわくより、前もって事情が把握できていたほうがいいんじゃないですか。それに、これまで相馬和明は自分が芦原吹雪とつきあってきたこと、彼女の娘の父親であることをひた隠しにしてきました。いまさら名乗り出るなんて、ありえませんね。バレたら政治生命を失いかねないんだし」

「ぜひ、失ってほしいもんだ」

渋沢はボールペンをくるくる回しながら言った。

「大物政治家のどら息子が、避妊もせずに女優と火遊びしたのがすべての元凶だろ。このうえまだ地位にしがみつくなんて、ありえないだろうがよ」

一理ある。おかげで多くの人びとが傷ついた。とはいえ、こんな結果になることがはじめからわかる人間はいない。和明だって、知りようもなかった。

「けど、なんだか哀れだよな」

渋沢は取り落としたボールペンを拾い上げて、言った。

「オレはあの女が嫌いだが、孕まされて女優をやめさせられて、結局のところ娘を殺そうとするはめになって。芦原吹雪は哀れだよ。それに比べて、政治家のバカボンはその陰に隠れてなんの責任もとらされない。腹立つよな」

「渋沢さん、マスコミにリークして和明をつぶそうとか思ってないですよね。やるのは勝手ですけど、わたしの名前は出さないでくださいよ」

「リークなんかするか。俺は上のアホどものことなどまったく信用してないが、マスコミよりまだマシだ。けさのワイドショー、見たか？　トンチキなコメンテーターが『お亡くなりになった芦原吹雪さんは』と口を滑らせやがった。ま、和明のことはどうでもいいが……あ、こっちこっち」

岡持を下げた出前持ちを呼び止めると、渋沢はラップで蓋をしたラーメンをふたつ受け取って、戻ってきた。本当にラーメンを注文していたのか。

熱々ですっかりのびた、どうってことないラーメンがやたらとうまかった。食べながら、渋沢が言った。

「山本博喜な、たぶんすぐに出てくぞ」

「出てくって？」

「昨日、地検に身柄を送ったんだが、バイクの持ち主と示談が成立しそうなんだ。こっちは芦原志緒利の殺人の話を聞き出したくてかなり粘ったんだが、そのへんは一切しゃべらない。ガンさんのためにも、ここはひとつ、芦原志緒利を見つけ出して、話を聞きたいんだがな」

「志緒利を見つけたいのはわたしも同じですけど、はっきり言って手詰まりです。母親の入院している〈武州総合ホスピタル〉の周辺を張り込むくらいしか、彼女にたどり着く方法は思いつきませんね」

「芦原吹雪はまだ集中治療室か」

「いえ、本人の個室です。病院側も彼女の扱いには困り始めているみたいですね。これまで家族の代表として病院とのやりとりをしていた姪が、急に手を引いちゃったもんだから」

「警備は大丈夫なんだろうな」

「たぶん」

「心もとないな」

「病院にも嫌われちゃったんですよ、わたし。ほんとは個室で張り込みしたいくらいなんですけど」

ラーメンを食べ終えて帰るつもりだったが、署を出たところで気が変わった。まだ十時で、電車がある。混雑する京王線に乗り込み、調布駅で降りた。

この時間、病院の正面玄関はすでに閉ざされ、灯りも落とされていた。裏に回った。夜間通用口の脇に、警備員が座っているのが明るいライトに照らされてよく見えた。

ほぼ同い年くらいに見える警備員は、わたしの話を聞こうともしなかった。芦原吹雪さんに関しては、とにかく、なんであれ、いっさいなにも話すな聞くなというのがうちの方針です。

見事なくらい徹底しているが、危険を知らせる情報さえシャットアウトするのはダチョウが砂に頭を突っ込んでいるのと同じことだ。わたしは身分証として運転免許証を出し、東都の名刺を出し、しまいには〈武州総合ホスピタル〉の診療カードまで見せたのだが、頑迷な警備員は目をそらしたままだった。芦原志緒利の二十年前の写真をスマホから呼び出してみせたのに、一瞥もくれなかった。あげく、さっさと立ち去らないと警察を呼ぶ、と言い出した。

呼んでもらおうじゃないの。

と思ったが、結局、その場は去ることにした。わたしの話を聞かなかったばっかりに、なにかが起きてしまったとしても、あの警備員はなにも感じないんだろうな、と思った。彼は彼の職務を指示通り果たしているだけだ。

少し離れた場所に、ちょうどいいベンチがあった。夜間通用口を見張れるうえ、植え込みや樹に囲まれていて道からは気づかれにくい。座り込み、フリースを着て、しばらく張り込んだ。

東京の郊外の夜は比較的明るく、ひとも多い。時々、医者や事務員らしいひとたちが通用口から出てきて、煙草を吸いながらケータイやスマホをいじっては引っ込んだ。タクシーが停まり、子どもをおんぶして病院に駆け込んでいくひともいた。救急車も来た。てきぱきと患者を運び込んだ救急車が、一時間たたずにまた別の患者を運んでくるのをみた。夜なのに、休みなくきびきびと働いているひとたち。

わたしはここでいったい、なにをやってるんだか。

そう思った瞬間、着信があった。当麻警部からだった。わたしが他出していることを知って、例によってイヤミを言った。

「なぜ倉嶋舞美を見張っていないんです？　やる気ないんですか。名義貸しの件は、まだ解決していないのをお忘れなく」

「明日からしっかり見張りますよ。目を離さずにね。約束します」

「じゃあ、今晩彼女はノーマークですか」

「それがどうかしました？　このすきに彼女が裏カジノの関係者と連絡をとるとでも？　そんなわけないでしょう。たとえとったところで、内容を聞くのは無理ですしね。それともあの盗聴器、返してくれます？」

「わかっていないようですね」

当麻警部は冷たく言った。

「いまのあなたの役目は、倉嶋舞美にプレッシャーを与えることですよ。もう、あなたの監視に気づいたわけですから、この際、とことん見張ってほしかったですよ」

「プレッシャーなら感じてるんじゃないですか」

わたしは岡部巴に出て行けと言われたことや、その後の喧嘩について説明した。当麻警部はしばらく沈黙していた。

「そういうことなら葉村さん、今日はそのまま外出しててください。一晩くらい、泊めてくれる友人がいますよね。監視の目がなくなったときの倉嶋舞美の反応をみたいので」

「どういうことですか」

「そういうことです」

通話は切れた。

一晩くらい泊めてくれる友人。あいにくとわたしには、そんなものはいない。こんな時間でも泊めてくれるビジネスホテルのリストなら持っているが。そのほうが面倒がなくていい。

時間を見た。気がつくと一時近かった。あまり寒くないのをいいことに、退院早々、またムリをしている。

考えてみれば、ここで見張っていても芦原志緒利が現れる可能性は低い。わたしが彼女なら、むしろ昼間を狙う。いくら警備は厳重だと言っても、どこにでも隙はあるだろう。山本博喜のように、誰が見ても怪しい人物ならともかく、きちんとした服装で花束でも抱えた女性なら、防衛ラインを突破できる。ナースステーションだって、忙しさのあまり見舞客にかまっていられないときはあるはずだ。

明日だ、と思った。今日は眠ろう。そして明日、芦原志緒利の写真をプリントして持参し、医師や看護師に見せ、警備にも気をつけるように伝えてもらおう。

そうと方針が決まると、急に眠気が襲ってきた。駅前でタクシーを拾った。ビジネスホテルの名前を告げようとした瞬間、気が変わった。当麻警部からは一晩留守にしろと命じられた。だが、考えてみれば、命令されるいわれはない。名義貸しの件が解決していないというが、そもそもあれは解決されるべき問題なのだろうか。当麻がわたしを利用するためにでっちあげた問題にすぎない。

すっこんでろトンマ警部。葉村晶に命令するな。わたしは帰って自分のふとんで眠ってやる。

半分とろとろしていたため、運転手に、そろそろキユーピー前の交差点ですよ、と起こされたとき、慌てて車を停めてしまい、〈スタインベック荘〉までかなり歩くことになった。

甲州街道から入る、岡部巴の母屋や〈スタインベック荘〉、葡萄畑に通じる道の街灯は、まだ切れたままだった。というより、前回は一つだけだったのに、今日は二つも切れている。おかげであたりは真っ暗だ。仮にいつぞやの露出狂が出ても、なにも見てもらえずにがっかりすることだろう。

鼻歌を歌いながら、道を進んだ。やがて暗闇に目が慣れてきて、あちこちに違法駐車の車が浮かんで見えた。人通りも車通りも少ないから、夜中でも停めておくようになったのかもしれない。駐車場代が払えないなら、車なんか所有するなよ、と思いつつ小走りになったとき、ふと、人影に気がついた。はっきりとは見えないが、人影は〈スタインベック荘〉の勝手口から走り出て、母屋の庭への通路を通っていく。次に、門がわずかに細く開いた。すると、その門の前にいた別の人影が、その隙間から岡部巴の庭へと吸い込まれていく。

こんな深夜に、なに？

足音を忍ばせて近寄った。いつもなら警備が入っている証拠に赤く点灯しているライトが、解除した証のグリーンに変わっている。庭へのシステムも〈スタインベック荘〉へのシステムも、同じように切られている。

バッグを生け垣の隅に置き、大きめの懐中電灯を取り出した。その昔、雑誌の通販で買った、いざというときには警棒代わりにもなるという代物だ。それを握りしめて、人影のあとを追った。

甲州街道沿いの背の高い街灯の明かりが、岡部巴の庭を照らし出していた。母屋の右側のあたりに、ふたつの人影が見えた。なにかを、こすっているような、ごすっ、ごすっという物音が聞こえてきた。次に、ガチャガチャと金属のふれあう重い音がして、やがて、きゅこっきゅこっきゅこっ、となにか聞き覚えのある物音が響いてきた。

なんだっけ、この音。なんだか、聞いたことがあるんだが……。

わたしは身を低くして近寄った。人影のひとつが懐中電灯でもうひとりの手元を照らし出していた。その手元にあるものを見て、なんの音だか思い出した。あれはジャッキを使っている音だったのだ。わたしは目を凝らした。ジャッキは母屋の下のほうに差し込まれていた。人影が力一杯ジャッキを押すたびに、きゅこっ、きゅこっ、きゅこっ、と少しずつ、母屋が傾いていく。

みしみしっ、と家屋全体が鳴り響いた。母屋が倒れる……！

自分の喉から、とんでもない悲鳴が噴き出すのを感じながら、わたしは懐中電灯をつかんで庭を走った。急に悲鳴が聞こえて驚いたのか、ふたつの人影のほうはそのままかたまっていて、動かない。そのまま進もうとしたとき、足がなにかを踏んづけた。がくっと足がひねられて、わたしは大きく両手を広げてバランスをとろうとしながら転んだ。

右手の懐中電灯が、なにか鈍い衝撃を伝えてきた。同時に誰かがぎゃっと叫び、どすんと重いものが倒れる音がした。誰かが甲高い悲鳴をあげた。わたしは素っ転んで四つん這いになりながら、なにを踏んだのだろうと足下を見た。そこには大工道具がちらばっていた。

倒れたはずみに、懐中電灯の灯りがついた。光の輪の中に、木の削りかすと、ノコギリと、木を切り倒すときに打ち込むクサビのようなものとが見えた。母屋の下のほうにジャッキが食い込んでいて、家が少し持ち上げられているのもはっきりと確認できた。

わたしは身を翻し、腰を地面にすりつけながら家から離れた。わたしの懐中電灯を頭にもろに受けたのか、白目をむいた男がひとり地面に倒れていた。そのそばに倉嶋舞美がひざまずき、きゃあきゃあわめきながら男をゆさぶっていた。

「ちょっと周作、周作しっかりして、死なないで」

周作？　どこかで聞いたような。確か、倉嶋舞美をだましてマンションを買わせようとしていた相手の名前が……？　え、どういうこと。

あぜんとしていると、倉嶋舞美がきっと顔を上げ、手近にあったノコギリを手に取った。彼女はなにやらわけのわからない叫び声をあげながら、わたしに向かってノコギリを振りかぶった。

わたしは必死に立ち上がり、痛む右足を引きずって、母屋の雨戸に向かって飛んだ。雨戸にぶつかるすさまじい音がして、母屋がぐらりと揺れた。めきっ、とどこかで不吉な音がした。

わたしは雨戸を背にして立った。倉嶋舞美の顔が、懐中電灯の輪の中に浮かび上がった。倉嶋舞美の振り下ろしてくるノコギリを、わたしは右に振り払った。ノコギリが吹っ飛んで、不思議な音色を奏でながら遠くに落ちた。

倉嶋舞美はわめきながら、今度は殴りかかってきた。危うくよけた。舞美は全身で雨戸に体当たりした。雨戸がはずれ、足下に落ちてきた。かろうじてよけたが、足を取られ、転んだ。舞美が蹴ってきたので、頭を抱えて這った。

次の瞬間、ふたたび、今度はめきめきっ、とさらに不吉な音が聞こえてきた。母屋が揺れた。やばい、と思った。この家、マジで崩れる……。

わたしは舞美に肩を蹴り飛ばされながらも、思い切って庭の中央へと身体を低くしてダッシュした。かなりの距離を飛んだつもりだったが、体勢が悪かったのか、さして離れていない場所に転がっただけだった。ふとみると、今度は雨戸を背にしているのは倉嶋舞美のほうだった。彼女は地面に落ちていた大工道具のうちなにかを拾い上げ、転がったわたしに向かってやってくる……。

やばい。もう、ダメかも。

次の瞬間、轟音とともに土煙が立った。母屋が傾き、屋根瓦がどっと雪崩《なだれ》落ちてきた。倉嶋舞美の姿がかき消え、割れた屋根瓦がこちらに跳ね返り、顔や足に襲いかかってくる。わたしは声も出せぬまま最後の力を振り絞り、母屋から這って逃げた。

29

数時間後、わたしは〈武州総合ホスピタル〉の救命センターにいた。今度は白骨に頭突きはしなかったし、崩れた家の下敷きにもならずにすんだ。だが、大量の土ぼこりを吸い込み、目は傷だらけで視界がぼやけている。大工道具を踏んで転んだ勢いで右足首をひどくねん挫し、屋根瓦から頭を守ったとき、左手の小指と薬指が折れた。耳が切れて、ひどい出血もあった。

神様みたいな医療スタッフに手当をしてもらったあと、わたしは待ち合い用のベンチに座り、茫然としていた。倉嶋舞美、それに彼女が「周作」と呼んでいた男は瓦を直接喰らって、ふたりとも集中治療室にいる。

帰ってもいいのだが、タクシーに乗ると考えただけで吐き気がしそうだった。わたしはただ、ベンチに座っていた。待っていたのかもしれない。誰か、この騒ぎにきれいに説明をつけてくれる人間を。

わたしのすぐ脇のベンチに、見覚えのあるワークブーツをはいた若い短髪の男が座っていた。やがて、彼はなにかに気づいて立ち上がった。当麻警部が足早にやってきてなにごとか指示を出し、ワークブーツはそのまま立ち去った。

「だから、今晩はどこかに泊めてもらえと言ったじゃないですか」

当麻はどことなく得意げに言ったが、すでに文句をつける気もなくなっていた。わたしはひたすら答えを求めていた。当麻は咳払いをした。

「倉嶋舞美は裏カジノに関わっていただけじゃありません。他にもいくつかの犯罪に加担していました。偽ブランド品の販売やデート商法、高齢者を狙う悪質な詐欺などです」

偽ブランドはわかるが、デート商法？　彼女はその被害者のほうではなかったか。

「蔵本周作という男は、彼女をだました相手ではなく、倉嶋舞美の相棒のひとりですよ。おおかた、葉村さんをだまして取り入るために、自分がデート商法に引っかかった被害者のふりをしてみせたんでしょう。倉嶋舞美は作り話が得意ですし、探偵に取り入るには犯罪の話を持ち出すのがいいと思ったんじゃないですか」

そういえば、彼女が語っていた蔵本周作と連絡がつかなくなったという話は、妙にわかりやすく明快だった。だが、

「なぜわたしに取り入ろうなんて思ったんです？」

「もちろん〈スタインベック荘〉に入り込むためですよ」

「いや、だけど、なんでうちに？」

「狙いは岡部巴さんの土地です。あそこは一等地ですよ。幹線道路沿いだから建築基準は厳しいが、〈スタインベック荘〉や葡萄畑などの土地をあわせれば、かなりの広さになります。仙川は目下、人気の街だし、売ってほしいと思っている開発業者や建設業者は多い。だが、そういった業者が以前、無茶をしたために岡部巴さんは土地は売らないとかたくなになった。よそ者が出入りできないように、警備会社と契約までしてしまった。つまりですね、岡部さんに疑われないように彼女に近づき、自由にあの場所に出入りできるようになるためには、〈スタインベック荘〉に住んで岡部さんの店子になるのが一番です。でも、誰でもが住めるわけではない」

そうだ、岡部巴は基本、知り合いかその知り合いしか店子にはしない。それに、勝手

に庭の測量をされたのが、警備会社と契約したきっかけだった。

「だから、わたしに近づいた」

「たぶん、他の店子のことも調べたんでしょうが、選ばれたのは葉村さんだった。というのも、倉嶋舞美はミステリファンで、なんて言いましたっけ、あなたが勤めている吉祥寺のミステリ本屋」

「〈MURDER BEAR BOOKSHOP〉ですか」

「そう。彼女を監視していたとき、あの店にも二度ほど足を運んでいました。そこにターゲット候補がいるんですから、そりゃ選びますよね」

「で、わたしはまんまと引っかかって、彼女を〈スタインベック荘〉に呼び入れてしまった」

倉嶋舞美のブログは新しく始めたばかりだった。他人をだますためにサイトを立ち上げるなんてよくある手口だ、と自分が言ったことを思い出し、顔が赤くなった。知っていながらひっかかってれば世話はない。

「うちのプロファイラーがね、言ってましたよ。倉嶋舞美は典型的なサイコパスだと。嘘をつくのが得意で、良心がなく、他人に対する思いやりもない自己中心的人物。こういう人間は、他人は自分が利用するために存在していると思っているし、利用するためなら魅力的にふるまうこともできる。その結果、相手を操ることもできるわけですよ」

怪我をして入院中、意識がもうろうとしているわたしに、自分の相談ばかり延々としていた倉嶋舞美を思い出した。あのとき彼女のほうでもわたしを疑っていたのかもしれない。〈パディントンズ・カフェ〉の前人事部長が告発され、自分の身が安全かどうか不安になった。仮に、警察の監視があるとすれば、探偵であり、自分と近しい葉村晶経由ではないか、そう目星をつけて、弱っているわたしに探りを入れていたのかもしれない。

「ひょっとして不眠症っていうのも嘘ですか」

「たんなる夜型でしょう。彼女はまるっきりの嘘はつきません。最近まで建築会社の経理で働いてもいました。〈眠れない夜のまくら〉というサイトを立ち上げて、運営しているのは本当ですが、そこで集めた連中にインチキな睡眠グッズや睡眠導入剤を格安で売りつけたりして、問題を起こしています」

「それで、彼女はさっき、なにをしようとしていたんです？」

「家を壊そうとしていたんですよ。岡部巴の家は昔ながらの農家です。築七十年とはいえ、がっちりと作られている。ですが、さすがに歳月には勝てず、傾いてきていた。このうえ少し手を加えれば、住むには不安な状態に持っていけるのではないですか」

柱を切り、根太の間にジャッキを差し込んで間を広げ、家全体を傾ければ。

「家に住めなくなった後、親しくしている倉嶋舞美に、自分の勤めている建築会社を紹介する、などと言われたら、岡部さんはどうするでしょうか。直接の知り合いを信用するのが岡部さんの長所でもあり短所でもある。気がついたら倉嶋舞美に手玉に取られ、マンション建築の契約書にサインしてた、なんてことになっても不思議ではないでしょう」

そのときになって、ようやく気がついた。

「そ、それで岡部のおばあちゃんは無事ですか」

「〈スタインベック荘〉で酔いつぶれてました。あなたがいないので、倉嶋舞美は宴会を始めたんです。そうしてみんなを盛りつぶし、監視役がいないすきに相棒を呼び込んで、破壊工作を始めたってわけですよ」

出かけるときわたしは、一泊するつもりはなかった。だが、フリースの入る大きなバッグを持っていたし、「今晩よく考えろ」などと言ったものだから、倉嶋舞美はてっきりわたしが帰ってこないと思い込んだに違いない。しかも、わたしが警察の威を借りて彼女を嚇しつけたから、チャンスは今日だけ、と思ったのかも。

なるほどね、と納得しかけて、わたしははっとした。

「ちょっと待ってください。当麻さんたちが倉嶋舞美を監視していたのは、裏カジノの情報漏洩の件もあったにせよ、あれはメインではなく、狙いは高齢者詐欺の件で、つまりは最初からうちの大家がターゲットだと知ってたんですか」

「彼女は前にもやってますからね。大家の店子になって、取り入って自分に全財産を残すという遺言状を書かせた。大家はすぐに一酸化炭素中毒で亡くなっています。その死亡案件そのものが倉嶋舞美やその仲間の仕業かどうかは不明ですがね」

そういえば、光浦功が最初に病院に見舞いにきたとき、そんな話をしていたのだった。葉村ちゃんもがんばって岡部のばあさんに取り入れ、そしたら左うちわだ、とか。

だが、なぜわたしにはそのことを教えなかったんだ、と尋ねようとしたとき、当麻は遠くを見て、誰かに合図した。走り寄ってきた男に気づき、びっくりした。郡司翔一。当麻のお疲れ部下兼運転手だ。なぜ、この男がうろついているのだ。

当麻はわたしの顔つきを見て、にやっとした。

「あ、そうだ。警察の捜査情報を漏らしていたのは郡司じゃありませんよ。勘違いしていたようなので、あらためて言っておきます」

「えっ、いや、だって……」

「あなたの言った通り、倉嶋舞美へのキャンセルの指示が警察内部から情報を漏らす手段でした。ですが、その方法を使えるのはなにも郡司だけではない。私にくっついていた人間でも犯人になりうる、とはいえ、それは犯人の絶対条件ではありません」

そう言われれば、その通りだが。その後の会話で当麻は……あれ。郡司がディープスロートだったなんて、一言も言ってない。なんだか、それらしい話をしてみせただけだ。やっぱりコイツ、気に食わない。他人を利用しようとするという点では、倉嶋舞美と似たようなものではないか。

「とにかくお疲れさまでした」

当麻は立ち上がって、わたしを見下ろした。

「葉村さんにはいろいろ感謝してますよ。なかなかクールに対処していただけないのには困りましたが。感情的になって、倉嶋舞美に監視の話をばらし、岡部巴に追い出されかける。うまく倉嶋舞美を逮捕できたのはラッキーだったからにすぎません。失敗していたら、逮捕は岡部巴が全財産奪われた後、ということになっていたでしょう。あなたは私の部下たちを見下していたようですが、はっきり言って、あなたの探偵としての資質のほうが疑わしいですね」

それじゃ聞くけど、彼らが家を破壊している間、あんたたちはなにをしていたんだ。動かぬ現場を押さえたのは誰だと思っているんだ。

そう言いたいのはやまやまだったが、疲れきって、もう声が出てこない。

黙ってしまったわたしに向かい、当麻は言った。

「それでも、民間人には民間人にしかできないこともありますよね。いずれまた、よろしくお願いします」

では、と去っていく後ろ姿をにらみつけていると、くたびれ果てたといった顔の渋沢がやってきて、わたしに気づき、隣にへたり込んだ。

「年はとりたくないねえ、おたがいに。ひどい顔してるよ」

渋沢が言った。

「今度はあれか、スマホは無事だったのか」

「たぶん」

わたしはバッグを探った。生け垣の隅に置いたバッグを運ばれるときに救急隊員に頼んで持ってきてもらったのだ。見ると、さすがに今回どうやらスマホは無事だ。そのかわり、長年愛用してきた懐中電灯をやられた。スマホが壊れたときは腹が立ったが、懐中電灯が瓦の直撃を喰らって砕けたのを見たときは、心底かなしかった。

「渋沢さん、寝てないんだ」

「寝ようと思ったら、この騒ぎだったんだよ。おまえこそ、帰らないのか」

帰りたかったが、動けなかった。背骨がぐにゃぐにゃで力が入らない。こうして、明け方の病院の薄暗い待合室のベンチに座っていると、鯨に食べられるのを待っている深海生物になった気がした。

救命センターにはこんな時間でもやってくるひとがいる。酔っぱらったのか危険ドラッグでもやったのか、奇声をあげて飛んだりはねたりしている若者。行くところもないので来てみました、という風にしかみえないか細いお年寄り。頭に布を押し当てているライダースーツの男。一時間くらい前には、ものすごく太った女がゆっくりゆっくり、病院内を徘徊しているのを見た。けたたましく泣き続ける赤ん坊と、疲れきった顔の母親も見た。検査室に運ばれていく大勢のひとたちを見た。

深い海の底で、出会う相手は餌か敵。ここで寝るのは危険だ。それはわかっていても、どうにも動けない……。

次の瞬間、けたたましい警報音が鳴り響き、わたしは度肝を抜かれて覚醒した。驚いたのはわたしだけではなかったようで、渋沢漣治がベンチから滑り落ちた。彼もまた、半分眠り込んでいたようだ。

松葉杖をついて、立ち上がった。医療スタッフも驚いて何人か処置室から飛び出してきた。マスクを下ろし、ゴム手袋をはずしながら受話器をはずして、どこかに電話をしている看護師がいて、

「火事？　火事、何階？」

電話口で叫んでいるのが聞こえてきた。

「すみません、状況がはっきりするまで、動けるひとは駐車場に出てください」

誰かが言って、半ば強引にわたしを非常口に追いやった。見ると渋沢の姿はない。ケータイを持って、とっくに通用口に駆けていっていた。

しかたがない。出よう。

アドレナリンの最後の一滴が全身にまわったのか、急に動けるようになった。要救護者を増やすわけにはいかないので、右手で松葉杖を操りながら、ねん挫した足で表に出た。駐車場は遠かった。折れた左手の指が痛み始めていた。そこで日和《ひよ》った。さっきの外のベンチでいいや。

ベンチにたどり着いて、座り込んだ。時計を見ると四時半を回っていた。こんな時間に叩き起こされるなんて、病人は気の毒だ。よけいな仕事が増えた医療スタッフはもっと気の毒だ。なんでまた、こんな時間に火事？　古い建物で漏電があったとでもいうならわかるが、まだ十分に新しく、当然、基準も満たしているはずの建物で。

その建物からは、続々とひとがあふれ出ていた。さっきの警備員はどうしていいかよくわかっていないらしく、駐車場のほうへむやみと誘導灯を振っていた。

さすがに明け方のこの時間は寒かった。凍えそうになりながら、フリースのポケットに手を突っ込んだ。いつのものだかわからない黒飴が出てきた。ショック症状を和らげるために甘いものが欲しかった。これを食べるか、自販機まで歩いていって缶コーヒーを買うか。

飴をなめながら身を縮めていると、急にひとの流れが止まった。なにか大きな声で指示が出ているが、ここでは聞こえない。黙って見ていると、そのうち、ひとの流れが逆になり、病院へと吸い込まれ始めた。腕を振り上げながら大声で文句を言っている老人がいて、どこかで見たことあるなと思ったら、十二階で見かけたお年寄りだった。警備員と山本博喜の消火剤レスリングを、楽しそうに見物していたのだ。

「なんのために高い金を払って、個室に入院してるかわからんじゃないか。看護師はどっか行っちまうし、自己責任で避難したんだ。ぼけてないでよかった。おまえらのおかげじゃないぞ」

老人が一言しゃべるごとに、周囲から笑いが漏れていた。なんとなく突拍子もなくて、緊張の糸が緩むのだ。わたしもそれをぼんやり眺めていたが、はっとした。

看護師はどっか行っちまうし。

火災報知器が鳴ったせいで、ナースステーションはがら空きだ。となると、芦原吹雪の個室にも誰でも入れてしまう。

まさか。この騒ぎは。

わたしは松葉杖をついて、大急ぎで病院内に戻る列に割り込んだ。まだ、慣れておらず、うまく杖が操れないので、周囲の人間も気にしてスペースを空けてくれる。必死で前へ前へと進みながら、渋沢を探した。彼の姿は見えなかった。スマホを取り出そうとしたが、操作する前に病人の群れに巻き込まれ、取り込まれてエレベーターに乗り込んでしまった。

大丈夫。わたしは必死に自分に言い聞かせた。警備員もいるし、看護師もいる。芦原吹雪を誰かが避難させようとしたはず。大丈夫。

エレベーターは各階に停まった。その都度、ひとがごそごそと移動し、再び乗り込んで、動いてはまた停まる。病人で老人が多い上に早朝で、きびきび動けるヤツなどいない。やっとのことで十二階に到着したときには、苛立ちのあまり飴の分の糖質くらい、すべて消化したような気分だった。

十二階は静まり返っていた。ナースステーションに人影はない。数日前、消火剤プロレスのリングと化したロビーは静まり返っている。

いや。

なにか聞こえた。

わたしは松葉杖をついて、芦原吹雪の病室をめざした。病室からは灯りが漏れていた。ドアが少し開いている。

芦原吹雪の病室のドアに駆け寄り、思いきり引き開けた。そして、思わずその場にかたまった。

ベッドライトがほのかに病室を照らし出していた。ベッドの上に、芦原吹雪は仰向けに寝ていた。細い、枝のような腕がぐったりと力なく垂れ下がり、顔がどす黒く舌が飛び出していた。吹雪の上には、一時間ほど前にも見かけた、ものすごく太った女がのしかかり、両手で吹雪の首をつかみ、全体重をかけて締めつけていた。病室全体に、汗と恐怖と排泄物の臭いが充満していて、まるで蠅の集団のようにわたしに襲いかかってきた。

太った女は分厚い肉をふるわせ、よだれをたらし、しきりとつぶやいていた。それは不吉で不潔な呪文のように繰り返された。

「売女、おまえは醜い最低の売女だ……」

大声で助けを呼びながら、壁を探って灯りをつけた。天井灯がまたたきながら点いて、床に倒れている看護師を照らし出した。太った女が口の端からよだれをたらしながら、わたしのほうをじろりとにらんだ。その間も、彼女の指は芦原吹雪の首に食い込んでいた。

大きくて肉のたっぷりついたその顔の奥深くに、写真でしか見たことのない志緒利の面影が浮きあがって見えた。

「志緒利さん」

わたしは叫んだ。女の身体がぴくっと震えた。

「やめなさい志緒利さん。やめなさいって」

「売女……」

太った女はつぶやき、わたしに興味を失ったように、芦原吹雪の顔をのぞきこんだ。

「おまえは醜い売女だ……」

廊下を見た。助けは来ない。しかたがない。わたしは松葉杖で太った女を殴りつけ、そのすきに枕元にある非常ボタンを押した。めったやたらと殴った。だが、女がうるさそうに右腕を軽く振ると、わたしは松葉杖ごと軽く吹っ飛ばされ、看護師のうえに落ちた。看護師はびくともしなかった。

ああ、もう、畜生。

わたしは床に倒れた看護師をまたいでベッドにあがり、女の背中に抱きついた。

「やめろーっ。こら、いい加減によしなさいっ」

女はものすごいうなり声をたてた。雄叫びは振動となってわたしの身体にダイレクトに轟いた。後頭部がひんやりするほど怖かった。右足ねん挫、左手指二本骨折、ぼろぼろの身体でツキノワグマに素手で立ち向かうなんて、わたしはバカなんじゃないだろうか。力を緩めたら間違いなく殺される。肋骨と肺のことは思い出さないようにして、全身全霊で背後から志緒利の腕をつかみ、吹雪から引きはがそうとした。

志緒利と密着している部分が熱く、湿っていて実に不快だった。何度かやめろ、やめなさいと繰り返したが、声を出すたびにはじき飛ばされそうになるので、しまいにはわたしは無言のまま、志緒利の丸太のような腕を引いた。

「うわあ」

気づいたら、誰かが病室の入口で叫んでいた。大勢のひとの気配がして、どやどやと援軍がなだれこんできた。それで、気が緩んだ。鼻と肋骨と肺と足と指を思い出した。

次の瞬間、わたしはもんどりうってベッドの下に転げ落ちていた。気が遠くなり、背中を強打して息ができず、それでも床で背泳ぎをするようにして、ベッドの周囲で繰り広げられている修羅場から離れようとした。ちらと見ると廊下であの老人が、そこだ、いけーっ、と叫んでいた。

病室の壁に張りついて、わたしは見ていた。注射を打たれた芦原志緒利が連れ出され、機材と医療スタッフが残って芦原吹雪の状態を確認しているのを。医師が小声で言った。

「ダメだ。首の骨が完全に砕けてる」

30

倉嶋舞美と相棒の蔵本周作は一命をとりとめた。舞美は相変わらず「自分は悪くない」と言い張っているらしい。

「だって、あんなボロ家、どうせ地震が来たら壊れるでしょ。その前に、住んでいるばあさんが安全な場所にいるうちに壊してあげたほうが親切だもん」

と、まるで岡部巴の命を助けるためにああしたかのように言いつのっていたそうだ。

いいものを買ったらどうかと勧めてなにが悪いんだ。それは買うひとが自分の目で確かめるべきことでしょ。品物がいいか悪いかなんて、あたしにわかるわけないもん。それに、家を壊そうとした件についても、頼まれてやったことで大金もらったからって、なにが問題なの？　犯罪かどうかは知らなかったんだし。大家さんがあたしに財産残したからって、そんなの大家さんの勝手じゃない。他人がとやかく言うことじゃないでしょ。

ふてぶてしいともとれる倉嶋舞美に対し、相棒はあっけなかった。これまでにも高齢者に取り入って、高価な品物の売買契約書にサインさせたとか、遺言状を作らせたとか、倉嶋舞美とともにその種の行為を繰り返していたことをあらいざらい告白した。余罪は数十件。ただし、あの一酸化炭素中毒死については、自分たちの仕業ではないと言っているらしい。

蔵本周作の部屋の家宅捜索では、バーティーとジーヴスという名前の飢え死にしかかった猫二匹が保護された、とあとになって聞いた。

あの騒ぎでも目覚めなかった岡部巴は翌朝、二日酔いで起きてきて、築七十年の自宅が半壊しているのを目の当たりにして腰を抜かした。勝手にノコギリ入れたのは冗談じゃないし、あの子は反省するまで刑務所に放り込んでおいてくれって感じだけどさ。そんなことより、どうするの、これ。

岡部巴は〈スタインベック荘〉の一室に移り住み、今後のことをじっくり考えると言っている。ひょっとしたら住めなくなった母屋を壊し、マンションを建てることになるかもしれない。その場合、シェアハウスが消滅する可能性もあるわけだが、まだしばらくは大丈夫だろう。あのあと、岡部巴は「掃除当番が減ると困る」とわたしに言い、わたしは「わかりました」と答えた。以後、わたしたちの間で退去や倉嶋舞美の話題が出たことはない。

満身創痍のわたしは、家にいるときは〈スタインベック荘〉のリビングのソファを占拠して、ずっとワイドショーを見ていた。カルト的人気を誇る往年の美人女優が、末期がんで入院中に熱烈なファンに首を絞められて殺された。当然のことながら、世間はこの事件に熱狂し、報道は日を追うごとに過激さを増していた。事件の三日後には犯人は熱烈なファンではなく、二十年前から行方不明だった吹雪の実の娘であることが公表され、その間、彼女が入院していたことや、入院時に身分を偽っていたことが立て続けに報道された。

世間と同じとは思いたくなかったが、わたしもこのニュースに釘付けだった。テレビを通してこの事件を観ると、生々しい感情や衝撃が薄められ、清められていくようで、不思議に穏やかな気分になった。叫び出したいほどの恐怖や、意味のつけられない苛立ちや不安、それらがふるいにかけられ、収まるべきところへ収まっていく。ニュースショウという媒体が、お茶の間に届けられる範囲に事件を矮小化してくれたおかげで、わたしは気が狂わずにすんだのかもしれない。

翌週の月曜日には芦原吹雪の遠縁にあたる石倉花の事件で、凶器となったコードから出た指紋が芦原志緒利のものと一致した、という情報が流れた。石倉達也が画面に現れ、芦原志緒利は絞殺魔の母親の血を受け継いで犯行に及んだのだ、オレは前から娘は芦原志緒利に殺されたと言っていたのに警察に無視されたんだ、と得意満面で語っていた。言っている内容が変わっていることに、たぶん本人も気づいていないのだろう。

さらにその翌日、芦原志緒利が二つの病院に入院する際にはどちらも、前回、病院で騒ぎを起こした元マネージャーの妹という身分を使っていたことが知られた。志緒利に自分のかかりつけである〈武州総合ホスピタル〉を紹介した男性、というのが名前も声も変えて出演した。病院の帰りに向こうから声をかけてきた。山本祐子と名乗った。親しくなったら糖尿や肝臓病があるというので、病院を紹介した。内科に何週間か入院していたはずだ。退院したら、結婚したいと思っていた。

それを見ていてふと、思い出した。白骨に頭突きして入院したとき、病院中を見学して歩いた。そのとき、わたしは高齢の男性といちゃついている、やたら太った女を見かけていた。

あれが芦原志緒利だったのか。

ニュースショウを見ている時間以外、わたしは虚脱感に包まれていた。

倉嶋舞美の逮捕と芦原志緒利の殺人、一晩のうちに大事件が立て続けに起きて、どこかの回路が切れてしまったらしい。

機械的に朝起きて、岡部巴の家の片づけを手伝い、富山に事情を話して前の日曜日に連絡がとれなかったことを謝り、次の日曜日には〈MURDER BEAR BOOKSHOP〉の店番に出かけて、杖の先輩である富山から松葉杖の使い方と選び方についてのレクチャーを受けた。前の土曜日におこなわれるはずだった麻生風深宅の遺品整理は、本人の希望で延期されたそうだ。

なんでも麻生風深は、芦原吹雪が病院で死にかけたニュースを聞いて、不意に、やはり遺品の整理は故人に申し訳がない、と思うようになったのだという。話を聞いて、わたしは自分が行けなかったのだから、延期されて「よかった」と言ったのだが、それを聞いた富山にこっぴどく怒られた。彼は麻生風深宅の蔵書を楽しみにしていたらしい。延期されて喜ぶとはなにごとか、と。

月曜日には〈東都総合リサーチ〉に行き、桜井と経費の精算をした。東都に渡した金のうち、実際に依頼を受けて動いた一週間分の調査費用と経費を引いて、残りを現金で受け取った。わたしの報酬と調査費用も計算して引くと、預かった三百万の半分ほど残った。

計算しながら、桜井は文句たらたらだった。依頼人は死んじまったんだし、主な相続人は相続からはずれることになるだろうし。相手は大金持ちだったんだし、葉村は身体張ったんだし。

「残りは全部もらっとけよ。芦原吹雪は、足りなければもっと出すって言ったんだろ。残りの金を返したところで、ありがたがる人間なんてどこにもいないのに」

「正直にやっとかないと、結局、面倒なことになるから」

「あの警官、また脅しをかけてきてるのか」

「そういうわけじゃないけど」

あれから当麻からの連絡はない。機会があればいつでも利用するつもりでいる旨を宣言されたわけで、完全に手を引かれたわけでもなさそうだが。

再来月の一日からわたしが東都に正式に入社する、という話について、精算がすんで帰るまで、桜井はまったく言及しなかった。その代わりにこう言った。

「あのさ、葉村。うちの社名入りの名刺なんだけど、残りは一応、返しておいてくれるかな」

「……え？」

「いや、葉村があの名刺を悪用するとは思わないけど、さっきあんたも言ったように、正直にやっとかないと、結局、面倒なことになる。だろ？」

当麻警部の言う「名義貸し」ショックは、わたしが考えている以上に桜井にとって大きかったようだ。わたしは言いたいことをすべて飲み込んで、こちらと目を合わせようとしない桜井の後頭部に言った。

「できるだけ早く郵送するよ」

ガラス張りの東都のビルを出て振り仰ぐと、新宿の光景が切り取られて映り込んでいた。都会ならではの複雑な眺め。とても整然として美しく、ひとを惑わす。

わたしは直接、自分の目で見ることができる単純な景色が好きだ。


芦原吹雪の遺言状を作成した弁護士は斎藤《さいとう》といい、お茶の水の裏通りにある雑居ビルの五階に事務所を構えていた。石造りで、昭和初期風の建物は趣があり、こんなビルに探偵事務所を構えることができたら、と斎藤弁護士がうらやましくなった。ビルにエレベーターがない、と知るまでの話だが。どんな仕事をしようと、不幸が襲いかかってきがちな人間には、エレベーターが必須だ。三階あたりで全身がだるくなり、息が切れて、帰りたくなった。

斎藤弁護士の事務所は古い建物特有の臭いがして、きちんと閉まっていない窓から埃っぽい風が舞い込んでいた。ビルと同じくらい年代物のソファに座ると、やはりビルと同じくらいの年代らしい事務員が、ものすごくそろそろとお茶を運んできた。その姿がはるか廊下の先の給湯室からずっと見えていて、無事に到着するのかどうか、気が気ではなかった。

事情を説明して芦原邸の鍵と残金、報告書など書類のたぐいを差し出すと、斎藤弁護士はこめかみをぼりぼり掻いた。

「わかりました。芦原邸は娘の志緒利さんに残されたわけですから、現在の状況では泉沙耶さんに渡すより、私が預かるのがいちばんいいってことですね」

「先生は志緒利さんの代理人になるんでしょうか」

「将来そうなる可能性はありますが、いまのところは違います。わたしはあくまでも死んだ芦原吹雪さんの代理人です」

弁護士は部屋の隅にあった金庫を無造作に開け、渡したものを中に放り込んだ。がちゃん、と音がして金庫が閉まった。

その瞬間、わたしの仕事は完全に終わった。

地下鉄で新宿御苑に出て、ハンバーガーを買い、御苑のベンチで食べた。うつろな気持ちだった。

わたしはなにを間違えたのだろう。探偵として久しぶりの仕事、非正規の依頼だったが、依頼人に誠実に働いた。きちんと調べ物をし、多くのひとに会い、道筋をたどり、正しく経費を申告し、正規の料金のみを受け取った。ちゃんと依頼通り、娘の安否を確認できた。どこも間違えたところはないはずだ。

本当にそうなのか……？

芦原吹雪の病室で見た光景が忘れられなかった。ぼてぼてと太った芦原志緒利が吹雪の首を絞めている姿。吹雪は最後に娘の顔を見たのだ。自分を憎み、恨んでいる殺意に満ちた娘の顔を。

そして死んでいった。

わたしの右腕には、芦原吹雪に握りしめられた痕がまだ、うっすらと残っていた。自分の命綱でもあるかのように、すがりついてきた感触も。

鳴海医師や看護師たちに、芦原吹雪を狙っているのはその娘だ、となぜはっきり伝えなかったのだろう。スマホが壊れて写真が見せられなかったとしても、娘が「山本祐子」という保険証を使っているといえば、その段階で志緒利が病院内にいることがはっきりしたかもしれないのだ。

それを伝えなかったのは、わたしの判断ミスだ。志緒利という女性の不幸ないきさつを知っていたから、彼女が芦原吹雪の娘であることとか、精神疾患があったとか、そういう事実をできるだけ隠そうとした。彼女がおそろしいことをしてきたと認識していたのに、かばおうとした。

わたしは二十年近く〈長谷川探偵調査所〉と契約し、フリーの調査員として働いてきた。経験も積んだ。金も稼いだ。そこで慢心した。

五ヶ月も探偵稼業を休業したのは、その慢心のせいだ。自分ほどの調査員なら、どれだけ休んでもすぐに復帰できる、探偵としていけると思い込んでいた。たとえ二十年前の事件であっても調査できる、と。芦原吹雪が三百万渡してきたときも、自分はその価値のある調査員だと疑いもせずうぬぼれていた。そして、いつのまにか調査対象である志緒利に同情し、取り返しのつかない結果を招いた。

冷静でいなくてはならなかったのに。調査対象とは距離をおかなくてはならなかったのに。

当麻警部の言葉を思い出した。クールに対処していただけないのには困りましたが。感情的になって、倉嶋舞美に監視の話をばらし、岡部巴に追い出されかける。うまく倉嶋舞美を逮捕できたのはラッキーだったからにすぎません。はっきり言って、あなたの探偵としての資質のほうが疑わしいですね。

芦原吹雪の最後の姿。どす黒くなった顔、枯れ木のように力なく垂れた腕、飛び出した舌……。

あれはわたしが招いた。

だから、〈東都総合リサーチ〉から縁を切られても当然だ。そうなった以上、もう調査の仕事はできないだろうが、それもまた、受けるべき罰だ。

半分食べかけのハンバーガーとポテトを袋に押し込んだ。店に戻ってゴミ箱に捨てようと思った。食べ物を粗末にするのはイヤだが、これのどこが食べ物なんだ？ 工場で作られる工業製品を、店舗で解凍して焼いたり揚げたりしているだけだ、こんなもの。

ベンチから立ち上がろうとしたとき、着信音が鳴り響いた。画面を見て、うわっ、と思った。

「葉村さん、芦原吹雪の娘、生きてたんだねーえ」

岩郷美枝子は開口一番、そう言った。

「いま、ワイドショーでやってるねーえ。芦原吹雪を殺したのは、二十年前に行方不明になっていた娘だと、本人がそう供述しているって。警察は慎重に調べを進めているって言うから、渋沢さんに電話してみたんだけど、なんか忙しいらしくてねーえ。まだ落ち着いて話せないって言うんだよ」

「ええ、芦原吹雪の娘さんはどうやら生きていたみたいです。少なくとも、家出したと思われていたあと、高円寺のアパートで生活していたことを岩郷さんは突き止めていました。それが今回の調査で判明しました」

岩郷美枝子は嬉しそうな声をあげた。

「へえ、お父ちゃんが。やっぱりお父ちゃん、ちゃんと調べてたんだねーえ。それで？」

「……はい？」

「だから、お父ちゃんだよ。葉村さん、お父ちゃんの行方も調べてくれてたんだよねーえ？　お父ちゃんはどこに行っちゃったの？」

美枝子の無邪気な問いかけを受けて、胃液がどばっと出るのを感じた。あんたはわたしの依頼人じゃないし、わたしはあんたの探偵じゃない。

わたしはもう、誰の探偵でもない。

「息子さんの克哉さんと電話でお話ししました。克哉さんからは、岩郷さんのことはあきらめるつもりだから、いっさい関わらないようにと言われました。岩郷さんがお持ちだった資料も、克哉さんが全部処分してしまったそうです。申し訳ありませんが、これ以上、わたしにできることはありません」

「だけど、お父ちゃんはまだ見つかっていないんだよ」

岩郷美枝子は傷ついたように、だだをこねた。

「はい、知ってます」

怒鳴るな、自分。言い聞かせた。

「ですが、芦原吹雪さんから依頼された、娘さん探しの事案は終了しました。あなたから、娘さん探しのついでに岩郷さんの行方を気にしてくれ、と言われましたが、娘さん探しが終わった以上、岩郷さんだけを探すわけにもいきません。いろいろ、お話をお聞かせいただいたのに、お役に立てなくて申し訳ありません」

「芦原吹雪の娘は探せても、お父ちゃんのことは探せないの。いなくなったのはお父ちゃんも同じなのに。あたしだって、芦原吹雪と同じように、死ぬ前にお父ちゃんに会いたいのに」

「お気持はお察ししますが」

「探しとくれよ、葉村さん。あんた、探偵なんだよねーえ。お願いだよ、お父ちゃんのこと、探しとくれよ」

「わたしは」

もう、探偵じゃない、と怒鳴りそうになった。近くの芝生にいた母親たちが、ちらりとこちらを見た。必死で息を整え、声を小さくした。

「お知らせするべきかどうかわかりませんが、岩郷さんは芦原吹雪の娘の居所を突き止めながら、それを依頼人である芦原吹雪には内密にしていた可能性が高いんです。薬物やアルコールなどの問題を抱えていた娘さんは入院が決まっていた。岩郷さんはそのことを芦原吹雪には黙っているようにと元マネージャーに頼まれ、代償として六百万円受け取った……本当かどうかはわかりませんが、元マネージャーはそう言っています」

「六百万？　お父ちゃんが」

岩郷美枝子の激しい息づかいが耳を打った。この会話を早く終わらせたかった。

「そういうことがあっても、それでも岩郷さんを探したいなら、正規の探偵社に依頼されることをお勧めします。その探偵社からご連絡いただければ、こちらの手元の資料はそちらにまわしますので。失礼します」

通話を切った。胃に五個くらい穴があいたようで、痛くて気持ち悪く、はきたい気分だった。しばらくベンチに座り、頭を下にして安静を保った。何度かえずきそうになった。呼吸が落ち着いてくるまでに、三十分近くかかった。

日ざしがきつくて、暑かった。ここにこうしていたって、自分自身からは逃げ出せない。

ようやく落ち着いたので、立ち上がった。ふと、握りしめていた紙袋に気がついた。捨てようと思っていた工業製品。でもこれも、誰かの手を経て生まれてきた食べ物だ。ひとの手のぬくもりは感じられなくても、わたしよりましな誰かが作った食べ物だ。

もう一度ベンチに座り、ゴミとして丸めたハンバーガーを最後まで食べた。

31

その週の金曜日に、警察が芦原吹雪邸に家宅捜索に入った、というニュースが流れた。芦原志緒利が家政婦とばあや、ふたりの人間を殺したことや、山本博喜とともにその死体を庭に埋めたことを自白したという。

ヘリコプターからのライブ映像があちこちのニュースショウで流され、同時にうちの上空もヘリの音でやかましくなった。警察は庭を掘り返しているらしく、庭にブルーシートがかけられている映像が流されていた。

この頃になってくると、さすがのわたしも報道にうんざりし始めていた。ただのブルーシートを眺めていたって、面白くも何ともない。

だが、スイッチを消そうとした途端、骨が出た、とレポーターが興奮してマイクに叫んだ。思わず座り込んで続報を待ったが、しばらくすると、数種類の動物の骨だった、と訂正が入った。いったんテレビを消して部屋に戻った。窓を開けて外を見ると、傾いた母屋の片づけに入っている業者さんたちが、岡部巴と笑いながらなにか話し合っていた。

ふとんに寝転がって天井を見上げた。そろそろ、人生すべてを見直さなくてはいけない時期にきているのかもしれなかった。新しい仕事を探し、新しい部屋を探し、新しい人間関係を見つけ出す。

そうしてすべてを新しくすることが、幸せだった時期もあった。いろんなものと縁を切ってはせいせいしていた時代があった。若かったし、体力にも気力にも自信があった。新しいものごとに順応する力もあった。

いまは考えるだけで、ため息しか出てこない。探偵以外にわたしになにができるだろう。ここを出て行ったら、次に大怪我したとき誰が病院に来てくれ、誰が保証人になってくれるだろう。

ふう。

見上げた天井の片隅に、蜘蛛《くも》が糸を張っていた。びっくりして、起き上がった。そういえばこのところ、まともに掃除をしていない。右足のねん挫はすでにかなりよくなっていたし、左手のギプスも二日前にとれたのに、だ。部屋はそこはかとなく散らかり、隅には埃もたまっていた。こんなところで寝起きしていて、すっきりと頭を働かせられるはずもない。

急いで片づけを始めた。本棚の本を見直し、古本屋に売り払う本をわけた。なにかこの本を詰めておくものはないかと見回して、文机の下に紙袋を見つけた。中を見た。舌打ちが出た。すっかり忘れていた。岩郷美枝子に強引にもたされた、岩郷克仁の私物が入った文箱だった。

開けて中を見た。古い写真やはがき、年賀状、名刺や覚え書きなど。一九九四年よりもずっと古い、岩郷克仁の現役時代のものらしい、と目星をつけたのは間違いなかったようだ。

だから断ったのに。

岩郷美枝子にはもう会いたくはなかった。だが、返さないわけにもいかない。克哉が岩郷の資料を全部捨ててしまったという話が本当なら、これは数少ない「お父ちゃん」の形見になるのだ。

しかたがない。宅配便で送ろう。

一応、調べましたという体裁を作るために、中身を全部出して整理した。はがき、名刺やメモ、年賀状と種類別にわけた。はがきの多くは岩郷へのお礼と近況報告だ。読むともなしに見ていると、岩郷が逮捕した犯人の家族の面倒をみたり、再就職の世話をしたり、子どもの学校の保証人になったりしている様子が浮かび上がってきた。その文面の脇に、岩郷の字らしい文字で、その後の消息らしきものが書き込んであったりする。再犯して刑務所に戻ったものや、真面目に働いて所帯を持った、など。

気がつくと、すっかり読みふけっていた。すごいひとだったんだな、岩郷克仁は、と思った。美枝子がいまでも「お父ちゃん」と大切にするのもムリはない。一方で、安月給の刑事なんか、と捨て台詞を吐いた克哉の気持ちも理解できた。これだけいろんな人間の面倒をみていたのだ、忙しくて家に帰ってこられなかった、という以外に、経済的にも家族に相当なしわ寄せがあったのだろう。

それぞれの種類によってまとめ、新しい輪ゴムで丁寧に止めて、文箱に詰め直した。最後に年賀状を束ねていると、いきなり輪ゴムが切れた。ついていないときは、とことんついていない。ゴムにはじかれた指をくわえて散らばった年賀状を集め直した。おや、と思った。

郵便局で売っている、あたりさわりのない挨拶となんとなくめでたそうな梅の絵がついた、どうでもいいような年賀状が目についた。平成五年、一九九三年の年賀状で、差出人は茨城県笠間市の「あおやま建設」とあった。「今年もよろしくお願いします」と書き込みがあるが、私信はない。

だがそこに、メモ書きがあった。すでになじみになった岩郷克仁の手によるものだ。

『前金五百万、手数料十%』と殴り書きしてある。

岩郷美枝子の話を思い出した。退職したら故郷の茨城に畑付きの小さな家を買って、ふたりでのんびりやりたいねーえと言っていたのだ、と。

渋沢漣治からも似たようなことを聞いた。岩郷の父親の従兄が笠間に住んでいたが死んで、その家が空き家になりそうなんだ、と。ホントはそこに夫婦で住みたいんだけど、昔ながらの家だから相当に手を入れないと住めない。

わたしは年賀状に書かれた番号に電話をかけた。ひょっとして通じないかと思ったが、「あおやま建設です」と女性が出た。だが、さすがに二十年前の年賀状について、詳しそうな人間はいないという。

「去年、社長のおじいさんが亡くなりまして」

電話に出た女性が気の毒そうに言った。

「社長の父親はもっと以前に亡くなってますし、社長はまだ三十三なんですよ。ですから、二十年前に仕事の話をしたかどうか、わかる人間はいないと思います」

「年賀状を受け取ったのは、岩郷というひとなんです。岩郷克仁。聞いたことないでしょうか」

「申し訳ありませんが」

電話は切れた。ムリもない。突然こんな問い合わせをしたわりには、ちゃんと応対してもらえたほうだ。

クッキーの空き箱に、千代紙を貼って作った文箱の蓋を閉じた。美枝子が作ったんだろうな、と思った。岩郷は大切にしたんだろうな、とも思った。

笠間って、どうやって行ったらいいんだろう。

その前に岩郷美枝子に会って、父親の従兄の家の場所を聞かないと。

紙袋に文箱を入れ、さらにそれを探偵道具と一緒に少し大きめのバッグに詰めて、階段を駆け下りた。リビングのソファに、一仕事終えたらしい岡部巴がちょこんと座り、テレビを観ていた。ご近所の中継はいよいよ盛り上がっているらしく、ヘリの音がにぎやかだ。エンジン音に負けじと実況中継のアナウンサーが声を張り上げている。

「ねえ、死体出てきたよ」

岡部巴がわたしに気づいて、そう言った。

「庭に置いてあった彫刻の下から、白骨化した遺体が出たんだって。今度は犬や猫じゃなくて、人間のだって。ほら、あれ」

画面には、ひとびとが芝生の庭を横切って、なにかの包みを運び出している様子が映し出されていた。おそらく死体なのだろう。間近に見て驚かされた麻生風深の彫刻が、ブルーシートの外に倒れているのも見えた。

ふと、志緒利の部屋で見つけたスクラップブックのことを思い出した。自分で撮影したらしい、犬や猫の写真。「お手伝いのゆきちゃん」と「ばあや」の写真。

あれは、まさか、自分が手にかけたものたちのスクラップ……。

「だけど、恐ろしい話だよ。女優の娘に生まれて、ひとを何人も殺してただなんて。なんでそんなことになっちゃったんだかね」

「いろいろあったんですよ」

わたしは言った。安斎喬太郎の話は、さすがにまだ、誰にもしていない。いずれは話すべきだろうが、本人が隠しているのに、又聞きのわたしが誰かに伝えていいものか、という逡巡がある。

「いろいろあったって、殺しちゃダメだよね。特に実の母親はね」

岡部巴がひとりごとのように言った。それはそうだ。そのとおりだ。

でも。

言い返そうとした瞬間、画面がヘリ中継から芦原邸正面のロケに切り替わった。レポーターが深刻そうな面持ちで白骨死体発見について語っている。その背後には、規制線が引かれ、そこから身を乗り出した野次馬たちが見える。手を振って存在アピールをする若者や、スマホやケータイをかざす野次馬が警察官の制止を押しのけるほどの勢いだ。

その中に、ひとりだけただ立ち尽くしている人影があった。暗い顔で、カメラとは反対側の、芦原邸の入口のほうをじっと見ている。

わたしは〈スタインベック荘〉を飛び出した。

成城学園前駅行きのバスが目的地に着いたとき、テレビの画面で見たのと同じような光景が繰り広げられていたのに驚くよりあきれた。交通整理の警察官をかわし、人ごみに突入した。なんとか最前列に行き着いて、肩に手を置いた。

こちらを振り仰いだ岩郷美枝子の頰は濡れていた。

「葉村さん、やっぱりお父ちゃんはあそこにいないのかねーえ」

岩郷美枝子はすすり泣いた。

「あそこに眠っていてくれたら、まだよかったのにねーえ」

「大丈夫ですよ。ここを出ましょう」

下手にめだってマスコミに目をつけられても困る。わたしは美枝子の肩を抱いて、人ごみから強引に連れ出した。ちょうどやってきたバスに美枝子を押し込み、成城学園前駅に向かった。比較的空いている喫茶店に入った。この間、美枝子はずっとすすり泣いていて、されるがままだった。

古い喫茶店だった。ビニールのソファ、新聞雑誌、カウンターから見える場所にテレビが設置されていて、ワイドショーを流していた。煙草をくわえたマスターとカウンターの常連客、それにウェイトレスがテレビに釘付けになっている。画面には相変わらず、成城八丁目の芦原邸正面玄関が映っていた。

アイスコーヒーをふたつ注文して、品物が運ばれ、周囲にひとがいなくなるまで、そのまま待った。美枝子は小さなバッグからアイロンのきいたハンカチを取り出し、ぐしょぐしょになった顔を拭いた。最後に鼻をかみ、ふん、と言って顔を上げた。

「ずっと、怖かったんだよねーえ」

美枝子は小さな声で言った。

「ひょっとしたらって、思ってた。そんなはずない、とも思ったけど。いくらなんでも、そんなひどいことあるはずないって。だけど、葉村さんにお父ちゃんが六百万円受け取ってたって聞かされて、わかっちゃったんだよ。やっぱりそうだったんだって。だけどさ、今日、芦原吹雪の家の庭から骨が出たって聞いたから、もしかしたら、あそこにお父ちゃんもいるかもしれないって、そう思ったんだよねーえ」

美枝子の声は大きかった。わたしは身を乗り出して、声を潜めた。

「岩郷さんのご遺体があの庭に埋まっているんじゃないか、と思われたわけですね」

「死んでてほしかったわけじゃない。生きて、元気でいてほしかった。一緒に笠間に帰って、そこで暮らしたかった。でも、やっぱりそれは望めないってことだよねーえ。わたしだって二十年も帰ってこないんだから、お父ちゃんはもう、生きてないんじゃないかって思わないわけじゃなかったんだよ。でも、死んだってことになったら、なんで死んだんだってことになるじゃないか。だから、せめて、ひとを大勢殺したっていう芦原吹雪の娘の仕業だってことになったらいいな、って思ったんだよねーえ」

岩郷美枝子の目から、新しい涙があふれ出てきた。あっけにとられていたわたしは、美枝子に尋ねた。

「あの、それじゃあなたは、本当はなにが起きたと恐れてるんですか」

美枝子はうるんだ目をどこか遠くに向けて、つぶやいた。

「克哉……」

克哉さんが、なにか、と言いかけて、わたしは思わず息をのんだ。ちらばっていたいくつかの情報が不意にまとまって浮かんできた。

岩郷克仁がいなくなる前日、克哉は家にやってきて、退職金をマンションの頭金によこせと両親に迫った。貯金はたりないし給料は減らされて、だが一流商社に勤める人間にふさわしい場所に住みたいから、と。そして、岩郷克仁に追い返された。

だが現に、彼は一九九四年十一月竣工のタワーマンションに住んでいる。住み始めて二十年になると本人も言っていた、つまり新築で買ったのだ。その金はどこから出たのか。岩郷美枝子は、お父ちゃんの退職金には手をつけてないと言っていた。あれだけ多くの人間の世話をしていた岩郷家に、多額の貯金があったとも思えない。

要するに、克哉の買ったタワーマンションの頭金がどこから出たのか、わからないのだ。

山本博喜の話通り、岩郷克仁が六百万円受け取ったとしよう。おそらく彼は、笠間にある父親の従兄の空き家を改装し、そこで余生を送ろうと思いたったのではないか。渋沢によれば岩郷は、夏は畑を耕し、冬は土をこねる生活を送りたいと言っていたのだ。そこで旧知の〈あおやま建設〉にリフォームの相談などを持ちかけた。あの年賀状のメモはそのときのものだったのではないか。

なんといっても血を分けた息子のことだ。その六百万のことを、克仁は息子にだけは打ち明けたのではないだろうか。この金で家を直し、自分たちが笠間に落ち着いたら、あとは退職金と年金でやっていく。おまえたちに経済的な負担はかけないから、おまえたちも自分たちのことだけ考えて、自分たちでやりたいように生きていけばいい、と。

だが、克哉にしてみれば、両親の隠居生活よりも自分たち夫婦の生活のほうが大切だった。一九九四年十月二十日、岩郷克仁は受け取った六百万を手に笠間に向かい、その後を克哉が追った。そして……。

克哉は父親がいなくなってから、父親の書類をあれこれ持ち出していた。それは父親の行方を調べるためではなく、その消息を消し去るためだったのではないか。だから父親の書類を捨てたのだ。子どもを育て、前をむくため……それも理由のひとつだったのだろうが。

岩郷克仁は手帳とともに消えたはずだ。だが、克哉はオヤジの手帳はもちろん読んだ、芦原吹雪の娘の件では、ずいぶんいろんなひとに会っていたみたいです、と言った。その手帳は、退職祝いに、おそらく渋沢が岩郷克仁に贈った赤い手帳だったのだ。岩郷克仁が手帳を使ったのは、探偵仕事のときだけだ。手帳の中身を読めたのは、失踪後の岩郷克仁と会った人間ということになる。

それに、父親の賞状を片づけさせた件。地震のあと、と美枝子は言い、だからてっきり東日本大震災のことかと思ったが、渋沢が岩郷の失踪を知ってからしばらく後にあの家に行ったとき、美枝子はなにもない壁に頭をぶつけていた、と言っていた。となると時期的にいって、神戸の地震の後だったのだ。

もちろん、あの地震で日本中がショックを受けたのだし、落ちて壊れそうなものを片づけた家庭は多いだろうが、岩郷家の場合、地震はただの口実だったのではないか。本当は、見るたびに良心がとがめるから、片づけさせただけだったのでは。

「お父ちゃん、やっぱり見つけ出してあげたいよねーえ」

ふと気づくと、岩郷美枝子はワイドショーの画面をじっと見ながらそうつぶやいていた。

「ちゃんと、お墓に入れてあげたいよねーえ」

32

一ヶ月後、岩郷克仁の遺体が茨城県笠間市の空き家の庭から見つかった。

岩郷克哉は母親と渋沢漣治に問いつめられても、マンションの頭金の説明をつけることができず、しどろもどろになった。渋沢によれば、証拠はない、と居丈高になる克哉に、そんなものいらないよねーえ、と母親が迫り、毎日のように息子につきまとって、お父ちゃんがどこにいるか教えろ、と繰り返した。

克哉の心が折れるまで、そんなに時間はかからなかった。

岩郷克哉もまさか、父親を殺すつもりはなかったようだ。だが、父親につれられて、克哉いわく「臭くてぼろい」空き家に行き、この家の改装に使おうと思う、と六百万を見せられて腹が立った。金を奪おうとして争いになり、父親は倒れて頭を打った。克哉は父親を埋めて、二十年間、なんとか忘れようとした。

それでもやはり忘れきれなかったらしく、すべてを告白して遺骨が掘り出されると、克哉は子どもみたいに泣いて、その晩は深く静かに眠った。そんな眠りはこの二十年で初めてだった、と後で渋沢に語ったそうだ。

事件は新聞の片隅に小さく載ったが、この日、社会面を大きく占めていたのは、安斎喬太郎が刺された、というニュースだった。

報道によれば、犯人の男は生田の映画スタジオでドラマ撮影を終えた安斎喬太郎を待ちかまえ、話しかけた。安斎の付き人の話では、ふたりは知り合いだったようで、安斎が、

「ああ、これは久しぶり」

と言った。そこで、ふたりだけにして、車に荷物を詰め込んで振り向いたときには、あたりは血まみれで、男が包丁のようなものを手にして倒れた安斎に馬乗りになっていたという。

たまたま近くにいた警備員が異変に気づき、男がもう一度刺す前に包丁を奪い、ついで身柄を取り押さえようとしたが、男は彼らの手をかいくぐって車道に飛び出した。そして、走ってきたトラックに接触し、十メートル以上はねとばされて死亡した。

安斎喬太郎は内臓に達する深い傷を負って、意識不明の重態。警備員と付き人も軽い怪我を負った。

この一部始終を監視カメラがとらえていた。テレビで流されたその映像を、わたしも

見た。お世辞にも鮮明とはいえない映像だったが、襲った男がだれなのか、はっきり認識できた。

やっぱり、山本博喜は知っていたのか、と思った。彼がいつ、どの時点で安斎喬太郎の「拷問」を知ったのかはわからない。ひょっとしたら、去年の十一月頃、芦原志緒利が一時退院し、山本博喜と一線を越えてしまったとき、彼にだけは話したのかもしれない。あるいは、山本博喜がなにかに気づいたのかも。彼は芦原吹雪に拾われるまで、映画会社で働いていた。そこで安斎喬太郎の性癖を知ることがあった。志緒利の背中の火傷の痕を見て、察知した……そういうことなのかもしれない。

いずれにしても、山本博喜が死んでしまった以上、真相は闇の中だ。

闇の中と言えば、芦原志緒利は結局、三件の殺人、殺人未遂、死体遺棄などの罪で起訴された。高円寺の事件について、志緒利はなにも話していないのか、それとも忘れてしまったのか、まだマスコミに流れたことはない。博喜が死んでしまった以上、わたしが彼から聞いたというだけでは、高円寺事件に志緒利が関わっている証拠にはならない。山本博喜の兄弟も、どうやら腰が引けているようで、高円寺の身元不明死体は、そのままになっている。

ところで、麻生風深の遺品整理はのびのびになったまま。まだ実現されず、富山店長は気をもんでいる。もし、ものすごい内容なら、それだけでフェアを組めるのではないかというのだ。もちろん、その蔵書メインのフェアを開催できるのは遠い先のことになるだろうが。〈MURDER BEAR BOOKSHOP〉では〈倒叙ミステリ・フェア〉が終わってしまい、次はハードボイルド作家・角田港大《つのだこうだい》先生をはじめとする土橋の知り合いの作家のサイン会というイベントが連打され、〈骨ミステリ・フェア〉が開かれたのも、五月も末になってからだった。

コーナーには、まず、富山がどこからか借りてきたプラスティックの骨格標本を天井からつり下げた。その下に、表紙が頭蓋骨や骨の絵になっている本を、めだつように並べた。例えば、アガサ・クリスティーの“THE HOUND OF DEATH”や“THE LABOURS OF HERCULES”のトム・アダムスのイラスト。カーター・ディクスンの『時計の中の骸骨』の依光隆のイラスト。ディクスン・カーの『髑髏城』の松田正久のイラストなどなど。

もちろん、骨の出てくるミステリは盛大にかき集めた。ジェフリー・ディーヴァーの『ボーン・コレクター』、イアン・ランキンの『蹲る骨』、ジム・ケリーの『逆さの骨』、P・D・ジェイムズの『皮膚の下の頭蓋骨』……以前から話に出ていた骨ミスを集めると、けっこうインパクトのあるコーナーになった。

おかげで千客万来で、補充がたりなくなり、明日にでもまた、あちこちの古本屋百円均一棚をのぞいて、並べられそうな本を物色してこい、と富山店長に厳命された。交通費は出せませんから、自転車でお願いします。

「だってヒマなんですよね、葉村さん」

閉店後、二階のカフェで常連客の差し入れの手作りマドレーヌで一休みしながら、富山が言った。常連客の加賀谷が目を丸くした。

「え？　葉村さん、探偵のほうは開店休業中なんですか」

「まあ、そんなとこ」

〈東都総合リサーチ〉の桜井からは名刺の返却後、連絡があった。奥歯にもののはさまったような言い方で、葉村が仕事したいなら、紹介できないこともないけど、と言われた。例えば、葉村が個人で探偵社を立ち上げたらどうかな。で、うちと提携すればいい。桜井は桜井なりに、腰が引けたのを申し訳なく思っているのだろう。

考えさせてくれ、と断った。

探偵の仕事に未練がないわけではない。岩郷克仁の一件で、思わず茨城まで飛び出そうとしてしまった、そのとき思ったのだ。わたしはやっぱり調査の仕事が好きだ、と。体力はなくなっているし、冷静でもない。ダメ探偵だが、それでも働きたい。だが、精出して働いたとして、喜ぶのは誰か。

「だから言ってるじゃないですか。表に探偵社の看板も出しましょう。ミステリ専門書店の二階に事務所を構える女探偵。面白いじゃないですか」

富山が無責任に言い放った。そんなの恥ずかしいって。

「あのですね、ご存じないかもしれませんが、二〇〇七年に探偵業法が施行されまして、探偵社の看板を出すためには、公安委員会に届け出を行なわなくてはならず、届け出なく探偵業を行なうとですね」

ケーサツに弱みを握られて、いいようにこき使われちゃうんですよ。

仏頂面のわたしに向かい、富山がこともなげに言った。

「あれ。届け出てますよ、うち」

「なにが？」

「うち、本屋ってだけじゃなくて探偵業もやれるんですよ」

「……はい？」

「だから、警察署経由で公安委員会に探偵業の届け出をしました。そこの額に、ほら」

二階のカフェの壁には、ミステリ作家の写真や生原稿、サインなど得体の知れない額がたくさんかかっている。そのうちの一枚を富山が指差した。わたしは見た。度肝を抜かれた。

そこには〈探偵業届出証明書〉とあった。右肩に第３０８８９３４号、「下記の探偵業については、平成二十五年十二月十八日付けで探偵業の業務の適正化に関する法律第四条第一項第二項の規定により届出書を提出したことを証明する。」とあって、商号、名称または氏名の欄には〈白熊探偵社〉。最後に東京都公安委員会のハンコがばん、と押してあった。

「なっ、なんですかこれ。いつとったんですか」

「面白いかなと思って、去年の暮れに。都の公安委員会に書類提出して三千六百円払うだけで、特に資格試験があるわけじゃないし。ほら、ミステリ本屋と探偵業って、そんなにかけ離れた職種でもないからいいんじゃないかと思ったんですよ。ずっと額をここに掲げていたのに、気づかなかったんですか」

面白いかなと思った？　それだけで、ここまで？　てか、なんで白熊？

「こういうこと、ホントにやっちゃうのが富山さんだよね」

土橋保が半笑いで言った。最初反対したのだが、誰か従業員名簿に載りたいひと、と募集したら、知り合いのミステリ作家が何人も手を挙げたそうだ。探偵という肩書きがほしい物好きは、それなりにいるらしい。

守秘義務違反でかたっぱしから訴えられそうだが。

「まさかと思いますが、富山さん、確か届け出のとき従業員名簿を用意するんですよね。そこには」

「もちろん、葉村さんの名前も入ってますよ。当たり前じゃないですか」

「なんで断りもなく、そんなことを」

「あれ、ダメでした？ だって葉村さん、探偵じゃないですか」

けろっとして言う富山の顔を見ているうちに、わたしはあることに気がついた。気がついて、噴き出したら、そのうち笑いが止まらなくなった。

わたしはきちんと届け出をした探偵社の従業員であり、正規の探偵だった。違法探偵じゃなかったのだ、最初から。

「なにひとりで笑ってるんですか、葉村さん。不気味ですよ」

顔を見合わせる富山や土橋を尻目に、わたしはおなかを抱えて、心から笑った。富山さん、あなたは警官にさよならを言う方法を発明してたんですよ。

あとがき

若竹七海

たいへんご無沙汰しております。葉村晶、久方ぶりの長編でございます。

って、誰それ、ってことになっているんじゃないだろうか。『悪いうさぎ』から十三年ぶりの登場。その間に、短編をふたつほど書き（「蠅男」「道楽者の金庫」ともに単行本『暗い越流』所載）、完成しなかった長編原稿もどっさり書いてはいたのだが。時折、奇特な読者の方に「葉村晶はまだですか」と聞かれても笑ってごまかし、うまく書けないとふて寝している間に十三年。月日が経つのは早いものである。

おかげで葉村晶の身の上にも、それなりに変化があった。独り身で、男っ気がまるでないのは相変わらずだが、『悪いうさぎ』当時三十一歳だった晶も、いまや四十過ぎ。なにごとによらず、はっきりものを言う彼女のことで、ほんとは年齢もずばっと言わせてやりたいのだが、あれこれ齟齬が生じかねないので、四十過ぎとごまかしている。

かつて住んでいた新宿区の建物が地震で住めなくなり、調布市仙川のシェアハウスに引っ越した。長谷川所長の引退により長谷川探偵調査所が閉鎖された後、探偵休業中に旧知の富山泰之から吉祥寺にあるミステリ専門書店〈MURDER BEAR BOOKSHOP〉

の新装開店の手伝いを頼まれ、そのままずるずるとバイトを続けている……。

ちなみに（『暗い越流』のあとがきでも書いたのだが）、かつて東京創元社の編集長で、若竹をデビューさせてくださった大恩人・戸川安宣氏に頼まれ、吉祥寺にあった伝説のミステリ専門書店〈TRICK + TRAP〉限定発売の私家版「信じたければ　～殺人熊書店の事件簿1～」を作ったことがある。この短編に登場したのが、〈MURDER BEAR BOOKSHOP〉で、この設定が気に入ってしまい、葉村晶物に再登場させることとなった（どうでもいいけど、葉村は葉崎の古本屋で働いていたとある作品に出てくる。つまり、本屋で働くのは彼女にとって初めてではなく、いきなりの転職ではないのだ）。

そんな次第で、今回この長編にはミステリがどっさり出てくる。倒叙ミステリ・フェア、骨ミステリ・フェアなどフェアに登場する作品。葉村晶が買い付けにいった先で発見した作品。客と本屋の店員として知り合った、倉嶋舞美との会話に出てくる作品。いろいろ出しすぎたせいか、登場したミステリについて解説しろ、と担当編集者からのきついご下命があった。面倒なので、富山店長にかるーく紹介してもらうつもりだ。


新作を書くまでに十三年。おかげであちこちに迷惑をおかけした。担当編集者も『悪いうさぎ』のときの花田朋子さんから吉田尚子さん、佐藤洋一郎さんと一周して、本作で花田さんに戻ってしまった。吉田さん、佐藤さん、その節は原稿をあげることができず、本当に申し訳ありませんでした。ようやく完成にこぎ着けたのは、ひとえに花田さんが怖かったから……ではなくて、なにかのタイミングです。

おまけ　～富山店長のミステリ紹介～

こんにちは。ミステリ専門書店〈MURDER BEAR BOOKSHOP〉店長、富山泰之でございます。作者からご指名を受けまして、本書に登場するミステリについて、かるーく紹介させていただきます。ディープなミステリファンの皆様にとっては、初歩程度の内容ですから、読まずに飛ばしてくださってかまいません。ていうか、「専門書店の店長なのにこのレベルかよ」などと言われているさまが眼に浮かびますので、諸マニアの方々はぜひ、読み飛ばしてください。ええ、ぜひぜひ。

p.10　倒叙ミステリ　本文にも出てきましたが、まずは犯人側の視点から犯行の一部始終が描かれ、次に捜査側が犯行の穴を見つけて犯人に迫っていく、といったタイプのミステリです。『刑事コロンボ』や『警部補古畑任三郎』系の話、と説明されることが多いでしょうか。最近の拾い物は、原作モンキー・パンチ、作画岡田鯛のコミック『警部銭形』。真犯人がルパン三世一味に罪を着せようとし、あの銭形警部がインターポールから出張ってきちゃう、という設定の倒叙ミステリです。

p.11 **『伯母殺人事件』『伯母殺し』** リチャード・ハル作で「三大倒叙ミステリ」のひとつ。ちなみに東京創元社の訳本のタイトルが『伯母殺人事件』、早川書房のが『伯母殺し』。なんでかこの二社、同じ本を同じタイトルにはしたくないらしく、有名なところではエラリー・クイーンの『途中の家』と『中途の家』があります。おかげでうちは助かります。ほら、マニアに「両方持ってないと」と二冊売りつけられますので。

p.11 **R・オースティン・フリーマン** 科学捜査フェアでもお世話になった、名探偵ソーンダイク博士の生みの親。『歌う白骨』は史上初の倒叙ものと言われています。私のイチオシは『ソーンダイク博士の事件簿Ⅱ』所載の「パーシヴァル・ブランドの替玉」。購入した骨格標本を牛肉で包み、洋服を着せ、頭にうさぎの毛皮を貼り付けて焼き、自らの死を演出しようとしたブランド氏。しかし、死体を調べた名探偵はある事実を指摘する……。いま読むと、百年前の科学捜査はちょっと笑えます。

p.11 **F・W・クロフツ** 三大倒叙ミステリの一つ『クロイドン発12時30分』の作者。ちなみに私はp.28で同じクロフツの『フレンチ警視最初の事件』について熱く語っていますが、改訳版が出るまで、この文庫は超稀覯本でした。騒がずにいられますか。

p.11 **フランシス・アイルズ** アントニイ・バークリー名でも知られたミステリ黄金期の作家。三大倒叙ミステリ最後の一冊は『殺意』、妻殺しの完全犯罪をもくろむ医者の話ですが、オチがすばらしい。他にも『犯行以前』をフェアに並べました。

p.11 **ロイ・ヴィカーズ** 『迷宮課事件簿』、同じシリーズの『百万に一つの偶然』など、迷宮課ものの短編で知られています。緻密な犯罪計画とその実行が、ものすごくひょんな手がかりが迷宮課に知られることで明らかになる、という設定のミステリです。

p.11 **大倉崇裕** 日本の倒叙ミステリを代表する傑作『福家警部補シリーズ』の作者。『刑事コロンボ』を愛するあまり、そのノベライゼーション（ノベライズのふりをしたオリジナル小説も含まれます）を手がけたことで知られています。ちなみに、このとき葉村くんが見つけたのは『刑事コロンボ　殺しの序曲』（円谷夏樹訳名義）、『新・刑事コロンボ　死の引受人』、『刑事コロンボ　硝子の塔』（大妻裕一訳名義）。収穫でした。

p.15 **松本清張** 紹介の必要はないですね。いまだに新刊本屋に文庫が並びドラマ化が続く、押しも押されもせぬ推理小説界の巨匠です。なので古本屋的には、新潮文庫だったら新しい美本のほうが嬉しい。昔の本は、紙は黄ばんでるし文字は薄れてるし活字も細かいし。老眼にはキツいのです。

p.15 **藤原審爾** 代表作は『新宿警察シリーズ』ですが、私のオススメは『赤い殺意』。小心でわがままな夫と口うるさい姑に仕える専業主婦が奇禍にあい、それでも平穏な家庭にしがみつこうとする、というあらすじだけなら昼メロみたいですが、人間の浅薄な心理を描いて怖い小説です。

p.15 **河野典生** 『殺意という名の家畜』といったハードボイルドで知られていますが、ファンタジー『街の博物誌』や本格推理『アガサ・クリスティ殺人事件』なんてのもあります。『アガサ～』は『オリエント急行の殺人』の後日談、老人ポワロが登場するインドを舞台にした列車ミステリです。ここまで人様の作品にのっかっていいのか、『オリエント急行の殺人』ネタバレ上等、って感じがビミョーなんですが。

p.15 **黒岩重吾** 古代史もので有名ですが、初期には社会派推理小説作家として人気を博しました。社会派系の作品はいまやあまり読まれていないようですが、一部に根強いファンがいて、傑作医療ミステリ『背徳のメス』などが入手しやすい。そうだ。今度、医療ミステリ・フェアやりましょうかね。ロビン・クック、帚木蓬生、マイクル・クライトン、海堂尊……いかがでしょうか。

p.15 **柴田錬三郎** 『幽霊紳士／異常物語 柴田錬三郎ミステリ集』という文庫が出ました。『眠狂四郎シリーズ』のようなエロティックな時代小説、『岡っ引どぶ』といった捕物帳で知られる作家ですが、名探偵幽霊紳士、ホームズのパスティーシュものはあまり知られていなかったのでは。こういう作品が手軽に読めるようになったなんて、すごいことです。

p.15 **石坂洋次郎** ご紹介してきたp.15登場の作家の方たちは、主として中間小説雑誌で書いておられました。中間小説とは、大衆文学と純文学の間に位置する小説のことですが、七九年刊行の植草甚一『小説は電車で読もう』の筒井康隆解説のタイトルが「中間小説への挽歌」とあるので、一世を風靡したのは七〇年代といっていいでしょうか。石坂洋次郎は青春小説を得意とした中間小説作家。映画やその主題歌で知られる『青い山脈』、桜田淳子が主演した『若い人』の原作者……でわかるのは、いま何歳のひとまでなんだろうか。五十歳？

p.18 **水上勉** 『飢餓海峡』『金閣炎上』で知られる文学者ですが、社会派推理小説の代表作家でした。推理小説では『オリエントの塔』がオススメ。『エリオット殺し』『島でみんながいなくなった』を書いたキャサリン・クリスティーヌって女流推理作家が出てきます。河野典生にしろこのひとにしろ、クリスティーが好きだったとは……。ところで二〇一三年、日本版が発売された渡部雄吉の写真集『張り込み日記』。昭和三十三年に水戸で発生したバラバラ事件を捜査する、茨城県警と警視庁の刑事コンビに密着同行して撮影した魅力的な写真集です。見ていると水上勉の『眼』を連想させられます。

p.18 **『夜の疑惑』** 葉村くんはさらっと書いてますが、春陽文庫の鮎川哲也『夜の疑惑』を見つけたなんて大変なことなんですよ！　ここに収録された短編は、光文社文庫の『謎解きの醍醐味』『アリバイ崩し』『無人踏切』などで読めますが、「夜の挽歌」だけはこの本でしか読めません。甲賀三郎の『乳のない女』、左右田謙の『一本の万年筆』など、これらの本はどこに行っちゃったんですか。『夜の疑惑』発見に比べたら、殺人なんてどうでもいいっ。葉村くん、探してきてくださいっ。

p.18　**山田風太郎**　紹介の必要はないですね。忍法帖シリーズが超有名な一方、近年『十三角関係』や『青春探偵団』といったミステリ物が復刊されました。

p.18　**香山滋**　ご存知ゴジラの生みの親。イチオシはやっぱり、デンキウナギがらみの殺人を描いた「海鰻荘奇談」ですかね。このあたりの昭和のミステリは時々思い出したように復刊され、うちの店にもそろえるようにしております。

p.28　**『ジョン・ディクスン・カーを読んだ男』**　日本で独自に編纂された、ウィリアム・ブリテンのミステリ・パスティーシュ短編集。一番の傑作はやはり表題作で、カーにはまって不可能犯罪を計画した男が、ものすごくマヌケな失敗をして苦労が水の泡、というお話です。なぜか日本のミステリマニアに愛され、パスティーシュのパスティーシュがいろいろ生み出されました。

p.73 **キャシー・ライクス** カナダのモントリオールを舞台に活躍する女性法人類学者テンペランス・ブレナンのシリーズの作者。これを元に『ボーンズ』というテレビドラマが作られ、大ヒットしました。いまではアメリカ人が「法人類学者」と聞くと、ブレナン役の女優さんの顔が浮かんじゃうそうです。

p.73 **アーロン・エルキンズ……** エルキンズは、人類学者でスケルトン探偵の異名を持つギデオン・オリヴァー教授シリーズで知られるミステリ作家。シリーズでオススメはシンプルな完全犯罪が素晴らしい『古い骨』ですね。その他、ビル・プロンジーニの『骨』やドナルド・E・ウェストレイクの『骨まで盗んで』など、ここで具体的にあげたのはどれも骨とその発見から事件が動き出す名作ばかりです。

p.73 **法人類学者のノンフィクション** ウィリアム・メイプルズの『骨と語る』、エミリー・クレイグ『死体が語る真実』、鈴木和男『法歯学の出番です』などを取り揃えましたが、ついでに科学捜査フェアのときにも出した、法医学関連の本も並べてみました。法医学者、検死官、警察医、監察医、鑑識、いろんな方たちが経験や知識を惜しげもなく披露してくれているので、ノンフィクションは読み応えがあります。

p.74 **『骸骨乗組員』** スティーヴン・キングのホラー短編集のタイトルが「スケルトン・クルー」。日本では骸骨乗組員と訳されました。骸骨髑髏の表紙だと、やはりホラー作品のほうが多いようです。クライヴ・バーカーの『血の本シリーズ』の表紙とか、インパクトありますよね。

p.82　**ヴィクトリア・ホルト**　ヴィクトリア朝を舞台にした作品が多いロマンス作家。サスペンス色が強いので、うちの店にも置いています。海外作品を扱った昔の角川文庫は背の部分が白かった。これを俗に「カドカワの白背」と呼びますが、その白背の『流砂』はレア本。見つけたら買っておきたいものです。

p.83　**ジャン・バーク……**　『グッドナイト、アイリーン』で知られるバークの代表作が『骨』。伴野朗の『五十万年の死角』は、消えた北京原人の骨をめぐる推理と冒険を描いた乱歩賞受賞作。ロス・マクドナルドの『ギャルトン事件』には、行方不明のギャルトン家の息子を探す中盤で骨が出てきます。横溝正史の『髑髏検校』は、骨を集めて死者を蘇らせる「骨寄せ」なる技を使う吸血鬼のお話。あれ、ミステリじゃないわ。

p.83　**ポアロの短編**　アガサ・クリスティーの名探偵エルキュール・ポアロのベルギー警察時代を描いた「チョコレートの箱」。『ポアロ登場』に入っています。

p.84　**『追跡犬ブラッドハウンド』**　臭気追跡犬ブラッドハウンドのハンドラー、ジョー・ベスの活躍を描くヴァージニア・ラニアの小説。森で行方不明になった子どもを探すエピソードが、葉村くんのお気に入りだそうです。

p.84 **『キルトとお茶と殺人と』** サンドラ・ダラス著。不況にあえぐカンザスの田舎町でキルトの会に集う主婦たち。コージーな雰囲気が楽しい小説だけど、ミステリとしてはイマイチかな、なあんて思ったら……フィニッシング・ストロークの最高傑作です。

p.84 **ランドルフ師シリーズ** 元フットボール選手というタフガイの牧師、ランドルフ師を探偵にしたチャールズ・メリル・スミスのミステリ。これもカドカワの白背で『ランドルフ師と堕ちる天使』『～復讐の天使』などがあります。

p.145 **マルティンベック荘** スタインベックは『怒りの葡萄』で知られるアメリカの作家、マルティン・ベックはマイ・シューヴァル&ペール・ヴァールーの夫婦作家が生み出した、ストックホルム警察の刑事の名前。はい、間違えました。すみません。

p.193 **今邑彩……** 『ルームメイト』はルームシェアした女ふたりの同居の顚末を描いた恐ろしい話。新津きよみの『スパイラル・エイジ』は、ひとを殺してきたと告白し、妊娠を理由に居座る同級生と、彼女をかくまうことになった女。さらにその秘密を女の不倫相手の妻が知り……と、これまたコワイ。ヘレン・マクロイの『暗い鏡の中に』は、美術教師のドッペルゲンガーが出没する女子寮の話。超常現象が理性的な謎解きで決着と思いきや……という趣向が、後続のミステリに大きな影響を与えています。

p．193　**戸川昌子**　少し前まで、海外で一番有名な日本のミステリ作家といえば戸川昌子さんでした。いまでもそうかな？　乱歩賞受賞作『大いなる幻影』は老嬢だけが暮らす古いアパートで起こる怪事件を描いた、こわーい女性心理ミステリです。

p．410　**トム・アダムス**　日本の美しい製本に慣れていると、海外の本の装画にずっこけそうになることがあります。しかし、トム・アダムスは別格。彼の絵のためだけに本を買ってしまいます。オススメはジュリアン・シモンズがコメントをつけた画集"TOM ADAMS' AGATHA CHRISTIE COVER STORY"。リンゴの形をした髑髏のモチーフの『ハロウィーン・パーティ』、ツタンカーメンのマスクと拳銃を組み合わせた『ナイルに死す』、どれも素晴らしいのです。

p．410　**カーター・ディクスンの……**　『時計の中の骸骨』では、H・M卿をおちょくるために、車の窓から髑髏を突き出してみせるバアさんが登場。依光隆の表紙画は重厚で引きつけられます。やっぱり、カーはこの表紙でなくちゃ。一方の『髑髏城』の表紙は松田正久で、デザイン化された髑髏。こちらはモダンですね。

p．410　**ジェフリー・ディーヴァー……**　『ボーン・コレクター』は究極のツイスト＆

ターンで眼が回りそうになる、安楽椅子探偵（?）リンカーン・ライムの出世作。イアン・ランキンの『蹲る骨』では、スコットランド・エジンバラの歴史的建造物の地下室の壁から、リーバス警部が白骨を見つけてしまいます。ジム・ケリーの『逆さの骨』の主人公、新聞記者のドライデンが活躍するのは、イングランドのイースト・アングリア。昔、捕虜収容所だった場所から出てきたのは奇妙な骸骨でした。P・D・ジェイムズの『皮膚の下の頭蓋骨』は、女探偵コーデリア・グレイが活躍する孤島ものですが……あれ。この作品に骨、出てきましたっけ。忘れちゃったなー。

以上、〈MURDER BEAR BOOKSHOP〉店長、富山泰之がお送りしました。

（執筆協力・小山正）

本書は文春文庫のための書き下ろし作品です。

MURDER BEAR BOOKSHOP
次回イベント
この場を借りて告知します。

叩けば漂う男の香り！ハードボイルドの巨星
角田港大先生握手会（サイン会付き）
本が売り切れ次第終了
場所：当書店　日時：角田先生の腰痛完治後

同時開催　絶版古本フェア「男たちのロマンと匂い」
入手困難な昭和三十年代の和製ハードボイルド小説を一挙放出。
北村鱒夫、島内透、中田耕治、鷲尾三郎、山下諭一、他

解説

霜月蒼

すべてのミステリ・ファンにおすすめできるミステリは、実はそれほど多くない。

数あるジャンル小説のなかでもミステリは最大級のファン数を持つが、反面、「ミステリ」と呼ばれる小説はとても多様で、ファンの好みも多様だからである。トリックや意外な犯人を重視する保守本流、手に汗を握らせるサスペンスやスリラー、犯罪を通じて社会や人間のありようを描く社会派、現代都市での洒脱なヒーロー物語たるハードボイルド。ホラーとの境界にある作品だって無数にある。これらすべてが「ミステリ」である上、ミステリの楽しさを知ったばかりのひともいれば、たいがいの手口を知りつくしたマニアもいる。全員を同時に満足させるのは困難なのだ。

だが、ときには例外もある。そう、本書『さよならの手口』と若竹七海の「葉村晶シリーズ」は、すべてのミステリ・ファンにおすすめできる稀有な作品群なのである。

「あとがき」にあるように、本書は、「葉村晶シリーズ」の十三年ぶりの新作長編である。ここで大急ぎで断言しておくと、本書を楽しむうえで前作を読んでいる必要はまったくない。むしろ本書のあとに過去の作品を読んだほうが、まだ三十歳ちょいだった葉村の仕事ぶりを、より清新なものとして味わうことができるだろうと思う。

一方、葉村晶の過去の活躍――『プレゼント』『依頼人は死んだ』『悪いうさぎ』――を知るかたは、きっと彼女の帰還に喜びの声をあげているはずだ。いかなる悪意にさらされようともへこたれなかった彼女は、煙草をやめ、年齢を重ねても、昔と変わらぬ頑固なクライム・ファイターとしてここにいる。安心して本書を繙《ひもと》いていただきたい。

とはいえ、かくも長いブランクのあとである。私も読むまでは不安がなかったといえば嘘になる。しかし、読み終えて私がまず呟いたのは、
なんて贅沢なミステリなんだろう！

というひとことだった。この『さよならの手口』という長編ミステリには、すくなめに見積もっても長編三冊ぶんプラス短編三本ぶんのアイデアや仕掛けが、惜しみなく投入されているからである。原価率がやたらと高いのだ。

さて本作で葉村晶は私立探偵ではなく、古本屋のバイト店員として登場する。前作『悪いうさぎ』までは探偵事務所に雇われるフリーの探偵だった彼女だが、事務所が廃業。探偵稼業に疲れてもいたので充電期間に入っていたところを、元編集者・富山泰之の声がけで、彼が経営するミステリ専門書店《MURDER BEAR BOOKSHOP》でバイトをはじめたのである。ときには遺品整理屋のツテで遺品から「出物」のミステリを探すこともあって、『さよならの手口』も、そこからはじまる。本の詰まった押入れを探っているうちに床を踏み抜いてしまい、床下に埋められていた白骨死体に出くわしてしまうのだ。

と、ここから十数ページの展開がまずもって素敵に意外なのである。まるで007だ、と私は思った。007映画ではタイトルが出る前にジェームズ・ボンドのキレのいい活躍が描かれるのがお約束だが、この白骨死体の謎もそれ。つまり本題の前に一仕事あるわけで、このオープニングは、これからはじまる美味なミステリ本編への期待感を、気の利いたアペリティフのように高めてくれるのです。

そして開幕するのは、私立探偵小説の定番、失踪人探し。元スター女優・芦原吹雪を依頼人に、二十年前に失踪した娘・志緒利を葉村は追うことになる。だが過去に二度、プロの探偵による調査が行われていて、いずれも志緒利の行方を割り出せなかった。しかも最初の調査を担当した有能な元刑事は、調査を完了せぬまま姿を消していた……。

何より見事なのは、「失踪人探し」という依頼から、多数の謎が生まれることだ。芦原吹雪はシングルマザーであり、志緒利の父親が誰なのか語らない。この「父親は誰か」が第一の謎。父親候補が大物政治家であるため、政界の闇も見え隠れする。探偵の失踪の真相が第二の謎。志緒利のはとこが絞殺された事件が第三の謎……といった具合に、葉村の調査が進むにつれて、いくつもの秘密や犯罪が顔を出す。本書前半は、失踪事件という小さな謎が巨大な謎の塊に成長してゆくサスペンスに満ちているのだ。

物語の転回点は16章。驚いたことにそれまでカギだと思われていた謎が、ここで解かれてしまうのである。実際、この章での葉村と吹雪の対話はスタンダードなハードボイルド・ミステリの最終章の筆致で書かれていて、ここで終わっても「家族の悲劇」を描く正統派私立探偵小説として端正に仕上がっているなあ、と納得させられそうになる。

しかし待て、この本はまだ二百ページ以上も残っているのだ！

そこからは、葉村の動きとともに、いくつもの謎や嘘や策謀や秘密が、解明と暴露と発生をめまぐるしく繰り返す怒濤と化す。さきほど、「この作品の『本編』は吹雪を依頼人とした失踪人探しだ」といったが、じつはこのプロットに並走するように、他にも小さな事件が起きていて、そちらの事件で葉村は警察とのトラブルを抱えることになるから、そちらの解決も深刻な問題である。一方で志緒利探しも成長と転調をくりかえし、いくつもの死が掘り出され、最後には恐るべき「怪物」が顔を覗かせる……

贅沢なミステリだというのはそういうことだ。終盤になると、これらすべてにふさわしい解決がもたらされる。恐ろしいのは、それぞれの解決がミステリらしいクライマックスとして仕立てられていること。先述の16章と同じである。毎回毎回、「ああ、これがミステリの快感だよなあ」というカタルシスをおぼえるのに、「でもまだページがある！　そういえばあの謎が残ってた！」という嬉しい驚きが襲ってくる。頭から尻尾まで餡《あん》の詰まったタイ焼きのようだ、という言い回しがあるが、本書以上にその言葉にふさわしいミステリは、アガサ・クリスティーの『ナイルに死す』くらいしか思いつかない。餡の充実度は『ナイルに死す』より上な気もするほどだ。

たくさんのミステリを束《たば》にしたような『さよならの手口』が、「すべてのミステリ・ファンにおすすめできる」というのは、束にされたひとつひとつが、さまざまな味わいを持っているからである。全体としては端正な私立探偵小説（ラストの一行はレイモンド・チャンドラーの名作『ロング・グッドバイ』へのオマージュだし）。ある事件にはひえびえとした悪意をめぐるサスペンスの肌合いがある。卓抜なアイデアの犯罪計画もあれば、コミカルな顚末で解決される事件もある。悪意を描いていても後口が爽快なのは、脇役との対話などに最上質のユーモア・ミステリの味わいがあるからだ。

葉村シリーズはそういうミステリなのだ。前作『悪いうさぎ』は、私立探偵小説ではじまって、終盤、ディック・フランシスのような壮絶な孤立無援サスペンスに雪崩れ込むし、『依頼人は死んだ』や『プレゼント』には、ホラーとしてもすぐれた作品も、クリスティーの名作をひねったような本格ミステリも、パトリシア・ハイスミスのように怖い短編もある。本書の精緻きわまるプロットを代表に、どれも精妙な計算のもとに組み上げられているからマニアも唸らされるし、書きぶりは軽快でユーモラスだから誰だって気持ちよく読める。「悪」をめぐって深い余韻を残す作品だって少なくない。

ミステリの楽しみ全部入り。それが葉村晶シリーズなのだと私は言おう。そして、それを可能にしているのは、けっしてへこたれず（本書では物語の進行にともなってどんどん傷が増えてゆき、最後には文字通り満身創痍になる）苦境にあってもユーモアを忘れない、葉村晶という素晴らしく魅力的なキャラクターに他ならない。

本書のラストで、彼女は「探偵」としての自分を取り戻す。彼女なら、どんな種類のミステリだって演じられるし、解決できるはずだ。すべてのミステリ・ファンを満足させられる物語を、彼女なら紡ぐことができるだろう。

葉村晶、あんたならできる。ガンガン働いてくれ。待ってるぜ、おれたちみんな。

（ミステリ研究家）

文春文庫

さよならの手口《てぐち》

定価はカバーに表示してあります

2014年11月10日　第1刷

著　者　若《わか》竹《たけ》七《なな》海《み》
発行者　羽鳥好之
発行所　株式会社　文藝春秋

東京都千代田区紀尾井町 3-23　〒102-8008
TEL　03・3265・1211
文藝春秋ホームページ　http://www.bunshun.co.jp

落丁、乱丁本は、お手数ですが小社製作部宛お送り下さい。送料小社負担でお取替致します。

印刷製本・凸版印刷

Printed in Japan
ISBN978-4-16-790220-9